El fantasma de la Ópera

AUSTRALMÍNIMA

Gaston Leroux

El fantasma de la Ópera

Traducción
Mauro Armiño

ESPASA

Título original: *Le Fantôme de l'Opéra*

Espasa, un sello editorial de Editorial Planeta, S. A.
Avda. Diagonal, 662-664, 08034 Barcelona (España)
www.espasa.com
www.planetadelibros.com

Diseño de la colección: Austral / Área Editorial Grupo Planeta
Ilustraciones de la cubierta: © Sandra Rilova
Primera edición: noviembre de 2025

Depósito legal: B. 18.429-2025
ISBN: 978-84-670-7923-4
Composición: Realización Planeta
Impreso en España

A mi viejo hermano Jo
que, sin tener nada de fantasma,
no deja de ser, como Erik,
un Ángel de la música.

Con todo cariño.

GASTON LEROUX

Prefacio

En el que el autor de esta singular obra cuenta al lector cómo terminó adquiriendo la certeza de que el fantasma de la Ópera existió realmente

El fantasma de la Ópera existió. No fue, como durante mucho tiempo se creyó, una inspiración de artistas, una superstición de directores, la creación insulsa de los cerebros excitados de esas damiselas del cuerpo de baile, de sus madres, de las acomodadoras, de los empleados del guardarropa y de la portería.

Sí, existió en carne y hueso, aunque se diesen

todas las apariencias de un verdadero fantasma, es decir, de una sombra.

Al empezar a compulsar los archivos de la Academia Nacional de Música, me había sorprendido la asombrosa coincidencia de los fenómenos atribuidos al *fantasma*, y del más misterioso, del más fantástico de los dramas; no tardé mucho en verme arrastrado a la idea de que quizá pudiera explicarse de modo racional aquella por este. Los sucesos apenas datan de hace una treintena de años y no sería difícil encontrar todavía hoy, en el *foyer* mismo de la danza, ancianos muy respetables, cuya palabra no podría ponerse en duda, que recuerden, como si hubiera sido ayer, las condiciones misteriosas y trágicas que acompañaron al rapto de Christine Daaé, la desaparición del vizconde de Chagny y la muerte de su hermano mayor, el conde Philippe, cuyo cuerpo fue hallado a orillas del lago que se extiende por debajo de la Ópera por el lado de la calle Scribe. Pero hasta este día ninguno de tales testigos había creído oportuno mezclar en esa terrible aventura al personaje más bien legendario del fantasma de la Ópera.

La verdad penetró lentamente en mi cabeza, alterada por una investigación que chocaba, a cada paso, con sucesos que a primera vista podían considerarse extraterrestres; más de una vez estuve a punto de abandonar una tarea en la que me agotaba persiguiendo una vana imagen sin cogerla jamás. Finalmente tuve la prueba de que mis presentimientos no me habían engañado y vi recompensados todos mis esfuerzos el día en que adquirí la certeza de que el fantasma de la Ópera había sido algo más que una sombra.

Ese día yo había pasado largas horas en compañía de las *Memorias de un director*, obra ligera del excesivamente escéptico Moncharmin, que durante su paso por la Ópera no comprendió nada de la conducta tenebrosa del fantasma, y que se burló de él tanto como pudo, en el momento mismo en que era la primera víctima de la curiosa operación financiera que se producía en el interior del «sobre mágico».

Acababa yo de salir desesperado de la biblioteca cuando encontré al encantador administrador de nuestra Academia Nacional, que charlaba en un descansillo con un viejecito impulsivo y coqueto, al que me presentó alegremente. El señor administrador estaba al corriente de mis investigaciones y conocía la impaciencia con que yo había intentado descubrir el retiro del juez de instrucción del famoso caso Chagny, el señor Faure. Se desconocía qué había sido de él, si estaba muerto o vivo; y resulta que, de regreso del Canadá, donde acababa de pasar quince años, su primera salida en París había sido para pedir un pase de favor a la secretaría de la Ópera. Aquel viejecito era el propio señor Faure.

Pasamos juntos buena parte de la velada y me contó todo el caso Chagny tal como lo había entendido él en otro tiempo. Por falta de pruebas, había tenido que pronunciarse por la locura del vizconde y por la muerte accidental del hermano mayor, pero seguía convencido de que entre ambos hermanos, y a propósito de Christine Daaé, había ocurrido un drama terrible. No supo decirme qué había sido de Christine, ni del vizconde. Por supuesto, cuando le hablé del fantasma, no dejó de echarse a reír. También le habían puesto al corriente de las singulares manifestaciones que entonces parecían atestiguar la existencia de un ser excepcional que hubiera elegido por domicilio uno de los rincones más misteriosos de la Ópera, y había conocido la historia del «sobre», pero en todo ello no había visto nada que pudiera llamar la atención de un magistrado encargado de instruir el caso Chagny, y apenas si había escuchado durante unos instantes la declaración de un testigo que se había presentado espontáneamente para afirmar que había tenido ocasión de encontrarse con el fantasma. Ese personaje —el testigo— no era sino el mismo al que el todo París llamaba «el Persa», sobradamente conocido por todos los abonados a la Ópera. El juez le había tomado por un iluminado. Como supondréis, quedé prodigiosamente interesado por la historia del Persa. Quise encontrar, si aún era posible, a ese precioso y original testigo. Mi buena fortuna hizo nuevamente acto de presencia, y logré descubrirle en su pequeño piso de la calle de Rivoli, que no había abandonado desde aquella época y en el que moriría cinco meses después de mi visita.

Al principio desconfié; pero cuando el Persa me hubo contado, con candor de niño, cuanto sabía personalmente del fantasma, y cuando puso en mis manos las pruebas de su existencia y, sobre todo, la extraña correspondencia de Christine Daaé, correspondencia que iluminaba con una luz tan deslumbrante su horroroso destino, ya no pude dudar. ¡El fantasma no era un mito!

Se me ha replicado que tal vez toda esa correspondencia no fuera auténtica y que podía haber sido fabricada en todas sus partes por un hombre cuya imaginación estuviera alimentada por los cuentos más seductores; conozco de sobra esas réplicas, pero por suerte me ha sido posible encontrar la caligrafía de Christine en escritos distintos al famoso paquete de cartas, y, por consiguiente, entregarme a un estudio comparativo que ha disipado todas mis vacilaciones.

Asimismo me he documentado sobre el Persa y de este modo he podido apreciar en él a un hombre honrado, incapaz de inventar una maquinación que hubiera podido desorientar a la justicia.

Tal es la opinión del resto de las mayores personalidades que estuvieron envueltas, de cerca o de lejos, en el caso Chagny, que fueron amigas de la familia, a quienes mostré todos mis documentos y ante quienes desarrollé todas mis deducciones. Por su lado recibí los más nobles alientos y, a este respecto, me permitiré reproducir aquí algunas líneas que me dirigió el general D...

> Señor:
>
> No puedo sino incitarle a publicar los resultados de su investigación. Recuerdo perfectamente que, pocas semanas antes de la desaparición de la gran cantante Christine Daaé y del drama que enlutó a todo el barrio de Saint-Germain, se hablaba mucho, en el foyer de la danza, del fantasma; y creo que no dejó de hablarse de él sino después de cerrado ese caso que preocupaba a todos; mas, si el drama puede explicarse, como creo tras haberle oído a usted, mediante el

fantasma, le ruego, señor, que volvamos a hablar del fantasma. Por misterioso que pueda parecer al principio, siempre será más explicable que esa sombría historia donde personas malintencionadas han querido ver desgarrarse hasta la muerte a dos hermanos que se adoraron durante toda su vida...

Presentándole mis respetos, etcétera.

Por último, yo había recorrido de nuevo, con mi expediente en la mano, el vasto dominio del fantasma, el formidable monumento del que había hecho su imperio, y todo lo que mis ojos habían visto, todo lo que mi espíritu había descubierto corroboraba admirablemente los documentos del Persa, cuando un hallazgo maravilloso vino a coronar de forma definitiva mis trabajos.

Como se recordará, recientemente, al excavar el subsuelo de la Ópera para enterrar allí las voces fonografiadas de los artistas, el pico de los obreros dejó al descubierto un cadáver; ¡e inmediatamente yo demostré que ese cadáver era el del fantasma de la Ópera! Hice que el administrador mismo tocase esa prueba con la mano, y me es indiferente que los periódicos cuenten que lo que se encontró fuera una víctima de la Comuna.

Los desventurados que, durante la Comuna, fueron matados en los sótanos de la Ópera no están enterrados en ese lado; yo diré dónde pueden encontrarse sus esqueletos, muy lejos de esa cripta inmensa en la que, durante el asedio, acumularon todo tipo de provisiones de boca. Di con ese rastro precisamente cuando buscaba los restos del fantasma de la Ópera, que no habría encontrado sin ese azar inaudito del sepultamiento de las voces vivas.

Pero ya volveremos a hablar de ese cadáver y de lo que conviene hacer; ahora me importa terminar este necesarísimo prefacio dando las gracias a los excesivamente modestos comparsas que, como el señor comisario de policía Mifroid (en otro tiempo llamado a hacer las primeras comprobaciones cuando se produjo la desaparición de Christine Daaé), como también el antiguo secretario señor Rémy, el antiguo administrador señor Mercier, el antiguo jefe de canto señor Gabriel y, más especialmente, la señora baronesa de Castelot-Barbezac, que en otro tiempo fue «la pequeña Meg» (y que no se avergüenza de ello), la estrella más encantadora de nuestro admirable cuerpo de baile, hija mayor de la honorable señora Giry —antigua acomodadora muerta en el palco del fantasma—, me fueron de la ayuda más útil y gracias a los cuales voy a poder revivir en sus menores detalles, junto con el lector, aquellas horas de puro amor y de espanto.[1]

1. «Sería un ingrato si no diese también las gracias en el pórtico de esta terrible y verídica historia a la actual dirección de la Ópera, que tan amablemente se prestó a todas mis investigaciones, y en particular al señor Messager; asimismo al simpatiquísimo administrador señor Gabion y al amabilísimo arquitecto encargado de la buena conservación del monumento, que no vaciló en prestarme las obras de Charles Garnier, aunque estuviera casi seguro de que no iba a devolvérselas. Por último, debo reconocer públicamente la generosidad de mi amigo y antiguo colaborador señor J.-L. Croze, que me permitió compulsar su admirable biblioteca teatral y tomar en préstamo ediciones únicas que él apreciaba en mucho.» *(Nota del autor.)*

I

¿Es el fantasma?

La noche en que los señores Debienne y Poligny, directores dimisionarios de la Ópera, daban su última velada de gala con motivo de su marcha, el camerino de la Sorelli, una de las primeras figuras de la danza, fue invadido súbitamente por media docena de esas damiselas del cuerpo de baile que subían del escenario tras haber «danzado» el *Poliuto*. Se precipitaron en el camerino en medio de una gran confusión, unas dejando oír unas risas excesivas y poco naturales, y otras lanzando gritos de terror.

La Sorelli, que deseaba estar sola un momento para «repasar» el elogio que debía pronunciar dentro de poco en el *foyer* ante los señores Debienne y Poligny, había visto, enfadada, cómo todo aquel tropel aturdido se precipitaba tras ella. Se volvió hacia sus compañeras y se inquietó ante una emoción tan tumultuosa. Fue la pequeña Jammes —la nariz preferida por Grévin, ojos de miosotis, mejillas de rosa, garganta de lirio— quien le dijo la causa en tres palabras, con una voz temblorosa que ahogaba la angustia:

—¡Es el fantasma!

Y cerró la puerta con llave. El camerino de la Sorelli era de una elegancia oficial y vulgar. Una psique, un diván, un aseo y unos armarios formaban el necesario mobiliario. Algunos grabados en las paredes, recuerdos de su madre, que había conocido los buenos tiempos de la antigua Ópera de la calle Le Peletier. Retratos de Vestris, de Gardel, de Dupont, de Bigottini. Aquel camerino les parecía un palacio a las chiquillas del cuerpo de baile, que se alojaban en cuartos comunes, donde pasaban el tiempo cantando, peleándose, pegando a los peluqueros y a las sastras y obsequiándose con vasitos de casis o de cerveza, o incluso de ron, hasta el toque de campana del avisador.

La Sorelli era muy supersticiosa. Al oír a la pequeña Jammes hablar del fantasma, se estremeció y dijo:

—¡Qué boba eres!

Y como era la primera en creer en los fantasmas en general y en el de la Ópera en particular, quiso ser informada inmediatamente.

—¿Le ha visto? —preguntó.

—¡Como la veo a usted! —replicó llorosa la pequeña Jammes, quien, sin poder tenerse ya sobre sus piernas, se dejó caer en una silla.

Enseguida la pequeña Giry —ojos de ciruela, cabellos de tinta, tez color de humo, y con su pobre pielecita sobre sus pobres huesecitos— añadió:

—¡Si es él, es muy feo!

—¡Sí, sí! —dijo el coro de bailarinas.

Y empezaron a hablar todas al mismo tiempo. El fantasma se les había aparecido bajo las especies de un señor de frac negro que se había erguido de pronto delante de ellas, en el pasillo, sin que pudiera saberse de dónde venía. Su aparición había sido tan súbita que habría podido pensarse que salía del muro.

—¡Bah! —dijo una que casi había conservado su sangre fría—, vosotras veis fantasmas en todas partes.

Lo cierto es que, desde hacía algunos meses, en la Ópera no se hablaba de otra cosa que de ese fantasma de frac negro que paseaba como una sombra de arriba abajo del edificio, que no dirigía la palabra a nadie, al que nadie se atrevía a hablar, y que, por otro lado, se evaporaba tan pronto como era visto sin que pudiera saberse por dónde ni cómo. Habían empezado por reírse y burlarse de aquel aparecido vestido como un hombre de mundo o como un enterrador, pero la leyenda del fantasma pronto había adquirido proporciones colosales entre el cuerpo de baile. Todas pretendían haber tropezado más o menos con aquel ser extranatural y haber sido víctimas de sus maleficios. Y las que más fuerte reían no eran las más tranquilas. Cuando el fantasma no se dejaba ver, señalaba su presencia o su paso mediante sucesos extravagantes o funestos de los que le hacía responsable la superstición casi general. ¿Había que lamentar un accidente? ¿Una compañera le había hecho una travesura a alguna de las señoritas del cuerpo de baile? ¿Una borla de polvo de arroz se había perdido? ¡Todo era culpa del fantasma, del fantasma de la Ópera!

En realidad, ¿quién lo había visto? Pueden encontrarse tantos fracs negros en la Ópera que no son fantasmas... Pero este poseía una característica que no todos los fracs negros tienen. Vestía a un esqueleto.

Al menos eso decían aquellas señoritas.

Y, naturalmente, tenía una calavera.

¿Era serio todo aquello? Lo cierto es que la

imaginación del esqueleto había nacido de la descripción que hiciera del fantasma Joseph Buquet, jefe maquinista que sí lo había visto realmente. Había chocado —no podría decirse que se «había dado de narices», porque el fantasma no las tenía— con el misterioso personaje en la escalerita que, junto a la rampa, desciende directamente a los «sótanos». Le dio tiempo a vislumbrarle durante un segundo —porque el fantasma había huido—, y había conservado de esa visión un recuerdo imborrable.

Y lo que Joseph Buquet dijo del fantasma a todo el que quería oírle era lo siguiente:

—Es de una delgadez prodigiosa y su frac negro flota sobre una armadura esquelética. Sus ojos son tan profundos que no se distinguen bien las pupilas inmóviles. En resumen, que solo se ven dos grandes agujeros negros como en los cráneos de los muertos. Su piel, que está tensa sobre los huesos como una piel de tambor, no es blanca, sino feamente amarilla; su nariz es tan poca cosa que resulta invisible de perfil, y *la ausencia* de esa nariz es algo terrible *de ver.* Tres o cuatro largas mechas de color castaño, sobre la frente y detrás de las orejas, hacen la vez de cabellera.

Joseph Buquet persiguió a la extraña aparición, pero fue en vano. Había desaparecido como por encanto, y él no consiguió encontrar sus huellas.

Este jefe de máquinas era un hombre serio, formal, de imaginación escasa, y sobrio con la bebida. Sus palabras fueron escuchadas con estupor e interés, y muy pronto Buquet encontró a gente que le contaba que también ellos se habían topado con un frac negro con una calavera.

Las personas sensatas a cuyos oídos llegó esta historia afirmaron, en primer lugar, que Joseph Buquet había sido víctima de la broma de alguno de sus subordinados. Y luego se produjeron sin interrupción incidentes tan curiosos y tan inexplicables que los más maliciosos empezaron a preocuparse.

Un teniente de bomberos es, desde luego, valiente. ¡No teme a nada, y, sobre todo, no tiene miedo del fuego!

Pues bien, el teniente de bomberos en cuestión,[1] que había ido a hacer una ronda de vigilancia por los sótanos y que, al parecer, se había aventurado algo más lejos que de costumbre, había reaparecido bruscamente en el escenario, pálido, asustado, tembloroso, con los ojos fuera de las órbitas, y se había desvanecido en los brazos de la noble madre de la pequeña Jammes. ¿Por

1. «Me contó esta anécdota, también completamente auténtica, el propio señor Pedro Gailhard, antiguo director de la Ópera.» *(Nota del autor.)*

qué? Porque había visto avanzar hacia él, *¡a la altura de la cabeza, pero sin cuerpo, una cabeza de fuego!* Y repito que un teniente de bomberos no tiene ningún miedo al fuego.

Ese teniente de bomberos se llamaba Papin.

El cuerpo de baile quedó consternado. En primer lugar, esa cabeza de fuego no respondía para nada a la descripción que del fantasma había dado Joseph Buquet. Preguntaron al bombero, interrogaron de nuevo al jefe de máquinas, y por fin las señoritas quedaron convencidas de que el fantasma tenía varias cabezas que cambiaba a capricho. Naturalmente, enseguida imaginaron que corrían el mayor de los peligros. Desde el momento en que un teniente de bomberos no vacilaba en desmayarse, corifeos y *ratas** podían invocar muchas excusas al terror que las hacía echar a correr a toda la velocidad que les permitían sus piececitos cuando pasaban delante de algún agujero oscuro de un pasillo mal iluminado.

Hasta el punto de que, al día siguiente de la historia del teniente de bomberos, para proteger en la medida de lo posible el monumento consagrado a tan horribles maleficios, la Sorelli misma, rodea-

* *Ratas*: apodo familiar con que se designaba a los miembros del cuerpo de ballet en la Ópera francesa de ese período. *(Nota del traductor.)*

da por todas las bailarinas y seguida incluso por toda la chiquillería de las clases inferiores en maillot, había depositado sobre la mesa que hay en el vestíbulo del portero, hacia el patio de la administración, una herradura que todo el que entrase en la Ópera, salvo los espectadores, debía tocar antes de poner el pie en el primer peldaño de la escalera.

Y ello, so pena de convertirse en presa del poder oculto que se había apoderado del edificio, desde los sótanos al desván.

Esa herradura, como toda esta historia por lo demás, no la he inventado yo, y todavía hoy puede verse sobre la mesa del vestíbulo, delante del alojamiento del portero, cuando se entra en la Ópera por el patio de la administración.

Con todo esto, el lector ya tiene un apunte bastante rápido del estado de ánimo de tales señoritas la noche en que con ellas entramos en el camerino de la Sorelli.

—¡Es el fantasma! —había gritado la pequeña Jammes.

Y la inquietud de las bailarinas no hizo sino aumentar. Ahora reinaba un silencio angustioso en el camerino. Ya no se oía otra cosa que el ruido de unas respiraciones jadeantes. Finalmente, Jammes, tras arrojarse con muestras de un terror auténtico hacia el rincón más alejado de la pared, murmuró esta única palabra:

—¡Escuchad!

En efecto, a todo el mundo le pareció que detrás de la puerta se dejaba oír un roce. Ningún ruido de pasos. Se hubiera dicho una seda ligera que se deslizaba por el entrepaño. Luego, nada. La Sorelli intentó mostrarse menos pusilánime que sus compañeras. Se adelantó hacia la puerta y preguntó con una voz blanca:

—¿Quién está ahí?

Pero nadie le respondió.

Sintiendo entonces sobre sí todos los ojos que espiaban sus menores gestos, se obligó a ser valiente y dijo poniendo fuerza en la voz:

—¿Hay alguien detrás de la puerta?

—¡Oh, sí! ¡Sí, desde luego que hay alguien detrás de la puerta! —repitió aquella peladilla seca de Meg Giry, que retuvo heroicamente a la Sorelli por su falda de gasa—. ¡Sobre todo, no abra! ¡No, Dios mío, no abra!

Pero la Sorelli, armada de un estilete que siempre llevaba consigo, se atrevió a hacer girar la llave en la cerradura y abrir la puerta, mientras las bailarinas retrocedían hasta el gabinete de aseo y Meg Giry suspiraba:

—¡Mamá, mamá!

La Sorelli miraba valerosamente en el pasillo. Estaba desierto; un quemador de fuego, en su cárcel de cristal, arrojaba una claridad rojiza y turbia al seno de unas tinieblas ambientales, sin lograr disiparlas. Y la bailarina volvió a cerrar vivamente la puerta con un gran suspiro.

—¡No, no hay nadie! —dijo.

—Y, sin embargo, ¡nosotras lo hemos visto! —afirmó Jammes recuperando con unos pasitos temerosos su sitio junto a la Sorelli—. Debe estar en alguna parte, por ahí, dando vueltas. Yo no vuelvo a vestirme. Deberíamos bajar todas al *foyer*, juntas, inmediatamente, para el «saludo» y volver a subir juntas.

Y la niña se tocó piadosamente el dedito de coral destinado a conjurarla de la mala suerte. A escondidas, la Sorelli hizo, con la punta de la uña rosa de su pulgar derecho, una cruz de San Andrés sobre la sortija de madera que llevaba en el anular de su mano izquierda.

«La Sorelli —ha escrito un cronista célebre— es una bailarina alta, hermosa, de rostro grave y voluptuoso, de cintura tan flexible como una rama de sauce; suele decirse de ella que es "una hermosa criatura". Sus cabellos rubios y puros como el oro coronan una frente mate bajo la cual se engastan dos ojos de esmeralda. Su cabeza se balancea suavemente como un airón sobre un cuello largo, elegante y altivo. Cuando baila, hace cierto movimiento de caderas indescriptible, que da a todo su cuerpo un estremecimiento de inefable languidez.

Cuando alza los brazos y se inclina para comenzar una pirueta, poniendo de relieve así toda la silueta del vestido, y cuando la inclinación del cuerpo hace sobresalir la cadera de esta deliciosa mujer, parece que es un cuadro como para saltarse la tapa de los sesos.»

En cuanto a cerebro, parece averiguado que no lo tuvo. Nadie se lo reprochaba.

La Sorelli siguió diciendo a las pequeñas bailarinas:

—Niñas, tenéis que reponeros... ¿El fantasma? ¡Tal vez nadie lo ha visto nunca!

—¡Sí, sí! Nosotras sí lo hemos visto... Acabamos de verlo —contestaron las pequeñas—. Llevaba la calavera y su frac, como la noche en que se apareció a Joseph Buquet.

—¡Y Gabriel también lo ha visto!... —dijo Jammes—, ¡ayer a más tardar! Ayer por la tarde..., en pleno día...

—¿Gabriel, el maestro de canto?

—Sí... ¿Cómo? ¿No lo sabía usted?

—Y en pleno día ¿llevaba frac?

—¿Quién? ¿Gabriel?

—No. ¿El fantasma?

—¡Claro que llevaba frac! —afirmó Jammes—. Ha sido el mismo Gabriel quien me lo ha dicho... Lo reconoció precisamente por el frac. Pasó de la siguiente manera: Gabriel estaba en el despacho del regidor. De pronto la puerta se abrió. Era el Persa que entraba. Ya sabéis que el Persa es «gafe».

—Sí, desde luego —respondieron a coro las pequeñas bailarinas que, en cuanto evocaron la imagen del Persa, hicieron una higa al destino estirando sus dedos índice y auricular mientras replegaban sobre la palma el medio y el anular que retenía el pulgar.

—... ¡Y también sabéis lo supersticioso que es Gabriel! —prosiguió Jammes—. Sin embargo siempre es educado, y cuando ve al Persa se contenta con meterse tranquilamente la mano en el bolsillo y tocarse las llaves... Pues bien, en el momento en que la puerta se abrió delante del Persa, Gabriel dio un salto del sillón donde estaba sentado hasta la cerradura del armario, para tocar hierro. Con ese movimiento se desgarró en un clavo todo un faldón de su gabán. Al cerrar para salir, se dio de frente contra una percha y se hizo un chichón enorme; luego, al retroceder bruscamente, se rasguñó el brazo en el biombo, junto al piano; quiso apoyarse en el piano pero con tal mala suerte que la tapa cayó sobre sus manos y le aplastó los dedos; como un loco, dio un salto fuera del despacho y, por último, calculó tan mal el tiempo al bajar la escalera que cayó rodando todos los escalones del primer piso. Yo pasaba precisamente en ese momento por allí con mamá. Corrimos a levantarle: estaba completamente magullado y tenía la cara llena de sangre, hasta el punto de que nos asustamos. Pero enseguida se puso a sonreírnos y a gritar: «¡Gracias, Dios mío, por haberme librado por tan poco!». Entonces le interrogamos y nos habló del miedo que tenía. ¡Miedo que procedía de haber visto, a espaldas del Persa, al fantasma! *¡El fantasma con la calavera!*, según lo describió Joseph Buquet.

Un murmullo asustado saludó el final de esta historia, a cuyo término llegó Jammes sin aliento por haberla narrado deprisa, muy deprisa, como si la persiguiera el fantasma. Y luego hubo todavía un silencio que interrumpió, a media voz, la pequeña Giry mientras la Sorelli, muy emocionada, se limaba las uñas.

—Mejor haría Joseph Buquet en callarse —dijo la pequeña.

—¿Por qué había de callarse? —le preguntaron.

—Eso dice mamá —replicó Meg en voz muy baja esta vez, y mirando a su alrededor como si tuviera miedo de que la oyeran oídos distintos a los que allí se encontraban.

—¿Y por qué dice eso tu madre?

—¡Chis! ¡Mamá dice que al fantasma no le gusta que le aburran!

—Pero ¿por qué dice eso tu madre?

—Porque..., porque..., por nada.

Esta prudente reticencia tuvo el don de exasperar la curiosidad de aquellas señoritas, que se arracimaron alrededor de la pequeña Giry y le suplicaron que se explicase. Estaban allí, codo con codo, inclinadas en un mismo movimiento de súplica y de temor. Se comunicaban entre sí su miedo, recibiendo de ello un placer agudo que las dejaba heladas.

—¡He jurado no decir nada! —dijo entonces Meg, en un soplo.

Pero las otras no le dejaron un momento de reposo y le prometieron guardar tan bien el secreto que Meg, que ardía en deseos de contar lo que sabía, empezó a hablar con los ojos clavados en la puerta:

—Es por..., es por el palco.

—¿Qué palco?

—¡El palco del fantasma!

—¿Tiene un palco el fantasma?

Ante la idea de que el fantasma tuviera palco, las bailarinas no pudieron contener la alegría funesta de su asombro. Lanzaron suspiritos y dijeron:

—¡Ay, Dios mío! Cuenta..., cuenta...

—¡Más bajo! —ordenó Meg—. Es el palco n.º 5, como sabéis, el primer palco del lado del proscenio de la izquierda.

—¡Imposible!

—Es como digo... Mi mamá es la acomodadora de ese palco... Pero ¿me juráis no contar nada?

—Claro, venga.

—Pues bien, ese es el palco del fantasma... Nadie ha entrado en él desde hace un mes, salvo el fantasma, por supuesto, y a la administración se le ha dado orden de no venderlo nunca...

—¿Y es verdad que lo ocupa el fantasma?

—Sí, claro.

—Entonces ¿va alguien a ese palco?

—¡Qué va...! *Va el fantasma y allí no hay nadie*.

Las pequeñas bailarinas se miraron. Si el fantasma iba al palco, deberían verle, porque llevaba un frac negro y una calavera. Es lo que intentaron que Meg comprendiese, pero esta les contestó:

—¡Pero es que a un fantasma no se le ve! Y no tiene ni frac ni cabeza... Todo lo que han contado sobre su calavera y su cabeza de fuego son bobadas... No tiene nada de eso... Se le oye solo cuando está en el palco. Mamá no le ha visto nunca, pero le ha oído. ¡Mamá lo sabe muy bien, porque es ella la que le da el programa!

La Sorelli creyó que debía intervenir:

—Pequeña Giry, te estás burlando de nosotras.

Entonces la pequeña Giry se echó a llorar.

—Habría hecho mejor callándome..., ¡si mamá

se entera...! Pero lo cierto es que Joseph Buquet se equivoca metiéndose en cosas que no le afectan..., eso le acarreará alguna desgracia..., anoche mismo lo decía mamá...

En ese momento se oyeron unos poderosos pasos apresurados en el pasillo y una voz jadeante que gritaba:

—¡Cécile! ¡Cécile! ¿Estás ahí?

—Es la voz de mamá —dijo Jammes—. ¿Qué pasa?

Y abrió la puerta. Una honorable dama, vestida como un granadero de Pomerania, irrumpió en el camerino y se dejó caer gimiendo en un sillón. Sus ojos, enloquecidos, daban vueltas iluminando de forma lúgubre su cara de ladrillo cocido.

—¡Ay, qué desgracia!... —dijo—. ¡Qué desgracia!

—¿Qué ocurre? ¿Qué pasa?

—Joseph Buquet...

—¿Qué le pasa a Joseph Buquet...?

—¡Joseph Buquet ha muerto!

El camerino se llenó de exclamaciones, de protestas asombradas, de peticiones de explicación llenas de miedo...

—¡Sí..., acaban de encontrarle colgado en el tercer sótano...! *¡Pero lo más terrible* —continuó, jadeando, la pobre y honorable dama—, *lo más terrible es que los tramoyistas que han encontrado* *su cuerpo dicen que alrededor del cadáver se oía una especie de ruido parecido al canto de los muertos!*

—¡Es el fantasma! —dejó escapar, como a pesar suyo, la pequeña Giry, pero se repuso inmediatamente, con los puños en la boca—: ¡No..., no..., no he dicho nada..., no he dicho nada!

En torno suyo, todas sus compañeras, aterrorizadas, repetían en voz baja:

—¡Seguro! ¡Es el fantasma!

La Sorelli estaba pálida...

—Nunca podré hacer mi saludo —dijo.

La madre de Jammes dio su opinión vaciando un vasito de licor que había en una mesa: debía haberlo dejado allí el fantasma...

Lo cierto es que nunca se supo bien cómo había muerto Joseph Buquet. La sumaria investigación no arrojó ningún resultado, salvo el de *suicidio natural.* En las *Memorias de un Director*, el señor Moncharmin, que fue uno de los dos directores que sucedieron a los señores Debienne y Poligny, refiere el incidente del ahorcado de este modo:

«Un molesto incidente vino a turbar la pequeña fiesta que los señores Debienne y Poligny daban para celebrar su despedida. Me hallaba en el despacho de dirección cuando vi entrar de pronto a Mercier, el administrador. Se ahogaba al informarme que acababan de descubrir, colgado en el tercer sótano del escenario, entre un portante y un decorado de *El Rey de Lahore*, el cuerpo de un tramoyista. Yo exclamé: "¡Vamos a descolgarlo!". ¡Bastó el tiempo que tardé en bajar corriendo la escalera y en hacer descender la escala del portante para que el colgado no tuviera ya su cuerda!».

Al señor Moncharmin semejante suceso le parece natural. Un hombre está colgado del extremo de una cuerda, van a descolgarle y la cuerda ha desaparecido. ¡Oh! El señor Moncharmin encontró una explicación muy simple. Escuchémosle: *«Era la hora de la danza, y corifeos y bailarinas habían tomado rápidamente precauciones contra el mal de ojo»*. Punto, eso es todo. Desde aquí se ve al cuerpo de baile bajando la escala del portante y repartiéndose la cuerda del colgado en menos tiempo del que se tarda en decirlo. Eso no es serio. Cuando, por el contrario, pienso en el lugar exacto en que fue hallado el cuerpo —en el tercer sótano del escenario—, imagino que en alguna parte podía haber algún interés en que esa cuerda desapareciese después de haber cumplido su tarea, y más tarde veremos si me equivoco al imaginarlo así.

La siniestra noticia se había difundido rápidamente de arriba abajo de la Ópera, donde Joseph Buquet era muy apreciado. Los palcos se vaciaron, y las pequeñas bailarinas, apiñadas en torno a la Sorelli como corderos atemorizados alrededor del pastor, tomaron el camino del *foyer*, por corredores y escaleras mal iluminadas, trotando a toda la velocidad que les permitían sus piernecitas rosas.

II

La Margarita nueva

La Sorelli chocó con el conde de Chagny, que subía, en el primer rellano. El conde, generalmente tan tranquilo, daba muestras de una gran exaltación.

—Iba a su casa —dijo el conde saludando a la joven de forma muy galante—. ¡Ah, Sorelli, qué velada! ¡Y qué triunfo el de Christine Daaé!

—¡No es posible! —protestó Meg Giry—. ¡Si hace seis meses cantaba como un loro! Pero déjenos pasar, *mi querido conde* —dijo la chiquilla con una reverencia traviesa—, que nos van a dar noticias de un pobre hombre al que han encontrado ahorcado.

En ese momento pasaba, desalado, el administrador, que se detuvo bruscamente al oír esas palabras.

—¡Cómo! ¿Ya lo saben ustedes, señoritas?... —dijo en tono bastante rudo—. Pues bien, no hablen de ello... ¡y, sobre todo, que los señores Debienne y Poligny no sean informados! Les resultaría muy penoso en su último día.

Todo el mundo se dirigió hacia el *foyer* de la danza, que ya estaba invadido.

El conde de Chagny tenía razón: nunca hubo gala comparable a aquella; los privilegiados que asistieron todavía hablan de ese día a sus hijos y nietos con recuerdo emocionado. Basta pensar que Gounod, Reyer, Saint-Saëns, Massenet, Guiraud y Delibes subieron, uno tras otro, al atril del director de orquesta y dirigieron ellos mismos la ejecución de sus obras. Entre otros intérpretes tuvieron a Faure y a la Krauss, y fue esa noche cuando se manifestó al todo París estupefacto y enajenado esa señorita Christine Daaé cuyo misterioso destino quiero dar a conocer en esta obra.

Gounod había dirigido *La marcha fúnebre de una marioneta*; Reyer, su hermosa obertura de *Sigurd*; Saint-Saëns, *La danza macabra* y una *Ensoñación oriental*; Massenet, una *Marcha húngara* inédita; Guiraud, su *Carnaval*; Delibes, *El vals lento de Silvia* y los *pizzicati* de *Coppélia*. Las señoritas Krauss y Denise Bloch habían cantado, la primera, el bolero de las *Vísperas sicilianas*; la segunda, el brindis de *Lucrecia Borgia*.

Pero todo el triunfo había sido para Christine Daaé, que se había hecho oír primero en algunos pasajes de *Romeo y Julieta*. Era la primera vez que la joven artista cantaba esa obra de Gounod, que, por otro lado, aún no había sido llevada a la Ópera y que la Ópera Cómica acababa de reponer mucho tiempo después de haber sido estrenada en el antiguo Teatro Lírico por la señora Carvalho. ¡Ah! ¡Cuánto son de compadecer quienes no oyeron a Christine Daaé en ese papel de Julieta, quienes no conocieron su gracia ingenua, quienes no temblaron con los acentos de su voz seráfica, quienes no sintieron volar su alma con el alma de la cantante por encima de las tumbas de los amantes de Verona: «*¡Señor! ¡Señor! ¡Señor! ¡Perdónanos!*».

Pues bien, todo eso no fue nada en comparación con los acentos sobrehumanos que dejó oír en el acto de la prisión y el trío final de *Fausto*, que cantó sustituyendo a la Carlotta, que se hallaba indispuesta. ¡Nunca se había oído ni visto aquello!

Y era «una Margarita nueva» lo que la Daaé revelaba, una Margarita de un esplendor y de un brillo nunca sospechados.

La sala entera había aplaudido con los mil clamores de su inenarrable emoción a una Christine que sollozaba y desfallecía en brazos de sus compañeros. Tuvieron que trasladarla a su camerino. Parecía como si hubiera expirado. El gran crítico P. de St.-V. fijó el recuerdo inolvidable de aquel minuto maravilloso en una crónica que tituló precisamente *La nueva Margarita*. Como gran artista que era, el crítico descubría simplemente que esa hermosa y dulce niña había aportado aquella noche, sobre las tablas de la Ópera, algo más que su arte, es decir, su corazón. Ninguno de los amigos de la Ópera ignoraba que el corazón de Christine había permanecido puro como si tuviera quince años, y P. de St.-V. declaraba que «para comprender lo que acababa de ocurrir con Daaé, *¡era preciso imaginar que la muchacha acababa de enamorarse por primera vez!* Tal vez sea indiscreto —añadía—, pero solo el amor es capaz de realizar semejante milagro, una transformación tan fulminante. Hace dos años oímos a Christine Daaé en su oposición del Conservatorio, y nos dio una esperanza deliciosa. *¿De dónde procede lo sublime de hoy? ¡Si no baja del cielo en las alas del amor, tendré que pensar que sube del infierno y que Christine, como el maestro cantor de Ofterdingen, ha hecho un pacto con el diablo!* Quien no haya oído a Christine cantar el trío final de *Fausto* no conoce *Fausto*: ¡la exaltación de la voz y la embriaguez sagrada de un alma pura no pueden ir más allá!».

Sin embargo, algunos abonados protestaban. ¿Cómo se les había podido ocultar durante tanto tiempo un tesoro como aquel? Christine Daaé había sido hasta entonces un Siebel conveniente al lado de aquella Margarita un poco demasiado espléndidamente material como era la Carlotta. ¡Y había sido precisa la ausencia incomprensible e inexplicable de la Carlotta, en aquella noche de gala, para que, de repente, la pequeña Daaé pudiera dar muestra de todas sus posibilidades en una parte del programa reservada a la diva española! Por último, ¿cómo los señores Debienne y Poligny, privados de Carlotta, se habían dirigido a la Daaé? ¿Conocían acaso su genio oculto? Y, si lo conocían, ¿por qué lo ocultaban? ¿Y por qué lo ocultaba ella? Cosa extraña, en la actualidad no se le conocía ningún profesor. En varias ocasiones había declarado que en adelante trabajaría completamente sola. Todo aquello resultaba muy inexplicable.

El conde de Chagny había asistido, de pie en su palco, a aquel delirio y se había sumado a él con sus bravos clamorosos.

El conde de Chagny (Philippe-Georges-Marie) tenía entonces exactamente cuarenta y un años. Era un gran señor y un hombre guapo. De altura superior a la media, de rostro agradable, pese a la frente dura y a unos ojos algo fríos, era de una cortesía refinada con las mujeres y algo altanero con los hombres, que no siempre le perdonaban sus éxitos en sociedad. Tenía un corazón excelente y una conciencia honrada. A la muerte del viejo conde Philibert, se había convertido en jefe de una de las familias más ilustres y antiguas de Francia, cuyos cuarteles de nobleza se remontaban a Luis el Testarudo. La fortuna de los Chagny era considerable, y cuando el viejo conde, que era viudo, murió, no fue tarea fácil para Philippe tener que aceptar la gestión de un patrimonio tan pesado. Sus dos hermanas y su hermano Raoul no quisieron oír hablar de reparto, y se decidieron por la indivisión, encargando de todo a Philippe como si el derecho de mayorazgo no hubiera dejado de existir. Cuando las dos hermanas se casaron —el mismo día—, recogieron sus partes de manos del hermano, no como algo que les perteneciese sino como una dote por la que le expresaron su gratitud.

La condesa de Chagny —de soltera Moerogis de la Martynière— había muerto al dar a luz a Raoul, nacido veinte años después que su hermano mayor. Cuando el viejo conde murió, Raoul tenía doce años. Philippe se ocupó activamente de la educación del niño. Fue secundado en esa tarea, de forma admirable, por sus hermanas primero y luego por una vieja tía, viuda de marino, que vivía en Brest, y que dio al joven Raoul el gusto por las cosas del mar. El joven ingresó en la tripulación del *Borda*, sacó en él uno de los primeros números y dio tranquilamente su vuelta al mundo. Gracias a poderosos apoyos, acababa de ser designado para formar parte de la expedición oficial del *Requin*, que tenía por misión buscar en los hielos del polo a los supervivientes de la expedición del *Artois*, del que hacía tres años que no se tenían noticias. Mientras tanto, gozaba de unas largas vacaciones que no debían acabar antes de seis meses, y las viudas nobles del noble suburbio, viendo a aquel muchacho encantador que parecía tan frágil, le compadecían ya por los rudos trabajos que le esperaban.

La timidez de aquel marino, su inocencia, me atrevería a decir, era notable. Parecía haber salido la víspera de la mano de las mujeres. De hecho, mimado por sus dos hermanas y por su vieja tía, había conservado de aquella educación puramente femenina unos modales casi cándidos, teñidos de un encanto que hasta entonces nada había podido empañar. En esa época tenía algo más de veintiún años y parecía tener dieciocho.

Philippe consentía mucho a Raoul. Estaba,

en primer lugar, muy orgulloso de él y preveía con gozo una carrera gloriosa para su hermano menor en aquella marina en la que uno de sus antepasados, el famoso Chagny de La Roche, había ostentado el rango de almirante. Aprovechaba las vacaciones del joven para enseñarle París, que el muchacho desconocía prácticamente en todo lo que esa ciudad puede ofrecer de alegría lujosa y de placer artístico.

El conde estimaba que a la edad de Raoul no es muy prudente un exceso de prudencia. Era el de Philippe un carácter muy bien equilibrado, ponderado tanto en su trabajo como en sus placeres, siempre de modales perfectos, incapaz de mostrar a su hermano un ejemplo pernicioso. Lo llevó a todas partes consigo. Le hizo conocer incluso el *foyer* de la danza. Sé de sobra que se decía que el conde estaba «a partir un piñón» con la Sorelli. Pero ¿se podía acusar de crimen a este gentilhombre que había permanecido soltero y que, por consiguiente, disponía de tantos momentos de ocio, sobre todo desde que sus hermanas se habían casado, por ir a pasar una hora o dos, después de la cena, en compañía de una bailarina que, con toda evidencia, no era excesivamente espiritual, pero que tenía los ojos más hermosos del mundo? Además, hay lugares donde un verdadero parisiense, cuando ocupa el rango del conde de Chagny, debe dejarse ver, y en esa época el *foyer* de la danza de la Ópera era uno de esos lugares.

Por último, tal vez Philippe no hubiera llevado a su hermano entre los bastidores de la Academia Nacional de Música si este no se lo hubiera pedido antes en repetidas ocasiones y con una dulce obstinación de la que el conde debía acordarse más tarde.

Después de haber aplaudido aquella noche a la Daaé, Philippe se había vuelto hacia Raoul y le había visto tan pálido que se había asustado.

—¿No ve usted que esa mujer se encuentra mal? —había dicho Raoul.

En efecto, en el escenario tuvieron que sostener a Christine Daaé.

—Eres tú el que te vas a desmayar... —dijo el conde inclinándose hacia Raoul—. ¿Qué te pasa?

Pero Raoul ya se había puesto de pie.

—Vamos —dijo con voz temblorosa.

—¿Adónde quieres ir, Raoul? —le preguntó el conde, asombrado por la emoción que encontraba en su hermano menor.

—¡Vayamos a ver qué pasa! ¡Es la primera vez que canta así!

El conde miró con curiosidad a su hermano y una leve sonrisa divertida fue a posarse en la comisura de sus labios.

—¡Bah!

Y añadió inmediatamente:

—¡Vamos! ¡Vamos!

Parecía estar encantado.

Fueron enseguida a la entrada de abonados, que estaba atestada. Mientras esperaba a penetrar en el escenario, Raoul desgarraba sus guantes con un gesto inconsciente. Philippe, que era bondadoso, no se burló de su impaciencia. Pero estaba resignado. Ahora sabía por qué encontraba distraído a Raoul cuando le hablaba y también por qué parecía sentir un placer tan vivo al orientar todos los temas de conversación hacia la Ópera.

Penetraron en el escenario.

Una multitud de fracs corrían hacia el *foyer* de la danza o se dirigían hacia los camerinos de los artistas. Las alocuciones vehementes de los jefes de servicio se mezclaban a los gritos de los tramoyistas. Los figurantes del último cuadro que se van, las «figurantas» que te zarandean, un bastidor que pasa, un telón de fondo que baja del telar, un practicable que se clava con grandes martillazos, el eterno «sitio al teatro» que resuena en vuestros oídos como la amenaza de alguna catástrofe nueva para vuestra chistera o una sólida carga contra vuestros riñones: es lo que habitualmente suele ocurrir en los entreactos y lo que nunca deja de alterar a un novicio como el joven de pequeño bigote rubio, ojos azules y tez de muchacha que cruzaba, con la celeridad que la aglomeración le permitía, aquel escenario sobre el que Christine Daaé acababa de triunfar y bajo el que Joseph Buquet acababa de morir.

Nunca había sido más completa la confusión que aquella noche, pero tampoco Raoul había sido nunca menos tímido. Apartaba con hombro vigoroso todo lo que le impedía el paso, sin ocuparse de lo que se decía a su alrededor y sin tratar de comprender las frases asustadas de los tramoyistas. Solo le preocupaba el deseo de ver a aquella cuya voz mágica le había arrasado el corazón. Sí, sentía que su pobre corazón completamente nuevo ya no le pertenecía. Había intentado defenderlo desde el día en que Christine, a la que conociera de niña, reapareció ante él. Frente a ella había sentido una emoción muy dulce que quiso expulsar mediante la reflexión, porque se había jurado amar únicamente a la que fuera su mujer —tan grande era el respeto que por sí mismo tenía—, y no podía pensar ni por un segundo, naturalmente, en casarse con una bailarina; pero una sensación atroz había seguido a esa emoción dulcísima. ¿Sensación? ¿Sentimiento? Esa sensación tenía tanto de física como de moral. El pecho le dolía, como si se lo hubieran abierto para cogerle el corazón. ¡Sentía allí un hueco horrible, un vacío real que solo podría colmarse con el corazón de la otra! Eso son cosas de una psicología particular que, al parecer, solo pueden comprender los que han sido heridos, por el amor, con ese golpe extraño llamado, en el lenguaje corriente, «un flechazo».

Al conde Philippe le costaba seguirle. Y seguía sonriendo.

Al fondo del escenario, pasada la doble puerta que da a los escalones que conducen al *foyer* y a los que llevan a los camerinos de la izquierda de la planta baja, Raoul hubo de detenerse ante la pequeña tropa de *ratas* que, bajadas al instante de su desván, atestaban el pasadizo por el que quería adentrarse el joven. Más de una frase graciosa le dispararon aquellos pequeños labios maquillados, a las que no respondió; por fin pudo pasar y se hundió en la sombra de un corredor lleno de las exclamaciones que dejaban oír admiradores entusiastas. Un nombre cubría todos los demás rumores: ¡Daaé! ¡Daaé! Detrás de Raoul, el conde se decía: «Este bribón se sabe el camino», y se preguntaba por la forma en que lo había aprendido. Él nunca había llevado a Raoul al camerino de Christine. Debía creer por tanto que este había ido solo mientras el conde solía quedarse conversando en el *foyer* con la Sorelli, que a menudo le pedía permanecer a su lado hasta el momento de salir a escena, y que a veces tenía aquella manía tiránica de dejarle al cuidado de las pequeñas polainas con que bajaba de su camerino y con las que garantizaba el brillo de sus zapatos de raso y la limpieza de su maillot color carne. La Sorelli tenía una excusa: había perdido a su madre.

Aplazando unos minutos la visita que debía hacer a la Sorelli, el conde seguía, pues, la galería que llevaba al camerino de la Daaé y constataba que aquel corredor nunca había sido tan frecuentado como aquella noche en que todo el teatro parecía alterado por el éxito de la artista, y también por su desvanecimiento. Porque la hermosa niña no se había repuesto y habían ido en busca del doctor del teatro, que llegó entonces, zarandeando a los grupos y seguido de cerca por Raoul, que le pisaba los talones.

De este modo el médico y el enamorado se encontraron en el mismo momento junto a Christine, que recibió los primeros cuidados del uno y abrió los ojos en brazos del segundo. El conde se había quedado, junto a muchos otros, en el umbral de la puerta, donde casi faltaba el aire.

—¿No le parece, doctor, que estos señores deberían «desalojar» el camerino? —preguntó Raoul con audacia increíble—. Aquí no se puede respirar.

—Tiene usted toda la razón —asintió el doctor, y echó a todo el mundo fuera, salvo a Raoul y a la doncella.

Esta miraba a Raoul con unos ojos desmesurados por el más sincero de los asombros. No le había visto nunca.

Sin embargo, no se atrevió a preguntarle nada.

Y el doctor pensó que si el joven actuaba de aquella manera era, evidentemente, porque tenía derecho para hacerlo. Mientras el vizconde permanecía en aquel camerino contemplando como la Daaé volvía a la vida, los dos directores, los señores Debienne y Poligny, que habían acudido para expresar su admiración a su pupila, eran rechazados al corredor, con sus trajes oscuros. El conde de Chagny, echado como los demás al corredor, se reía a carcajadas.

—¡Ah! ¡Qué bribón! ¡Ah! ¡Qué bribón!

Y añadía, *in petto*: «¡Para que te fíes de estos jovencitos que adoptan aire de niñitas!».

Estaba radiante. Terminó diciéndose: «¡Es un Chagny!», y se dirigió hacia el camerino de la Sorelli; pero esta bajaba al *foyer* con su pequeño rebaño temblando de miedo, y el conde se la encontró en el camino como ya se ha dicho.

En el camerino, Christine Daaé había lanzado un profundo suspiro al que había contestado un gemido. Volvió la cabeza y vio a Raoul y se estremeció. Miró al doctor, al que sonrió, luego a su doncella, y por fin otra vez a Raoul.

—¡Caballero! —le dijo a este último, con una voz que todavía no era más que un soplo—. ¿Quién es usted?

—Señorita —respondió el joven, que puso una rodilla en tierra y depositó un ardiente beso en la mano de la diva—, señorita, *soy el niño que fue a recoger su chal del mar*.

Christine volvió a mirar al doctor y a la doncella, y los tres se echaron a reír. Raoul se levantó muy colorado.

—Señorita, dado que le place no reconocerme, quisiera decirle algo en particular, algo muy importante.

—¿Querrá hacerlo, caballero, cuando me encuentre mejor...? —y su voz temblaba—. Es usted muy amable...

—Pero tiene que irse... —añadió el doctor con su sonrisa más amable—. Déjeme cuidar a la señorita.

—No estoy enferma —dijo de pronto Christine con una energía tan extraña como inesperada.

Y se levantó pasándose con gesto rápido una mano sobre los párpados.

—¡Se lo agradezco, doctor...! Necesito quedarme sola... Váyanse todos, por favor..., déjenme... Estoy muy nerviosa esta noche...

El médico trató de que sus protestas fueran escuchadas, pero ante la agitación de la joven estimó que el mejor remedio para tal estado consistía en no contrariarla. Y se fue con Raoul, quien, en el corredor, se sintió muy desamparado. El doctor le dijo:

—Esta noche no la reconozco..., ella, que suele ser tan dulce...

Y le dejó allí.

Raoul se quedó solo. Toda aquella parte del teatro se encontraba ahora desierta. En el *foyer* de la Ópera debían de estar procediendo a la ceremonia de las despedidas. Raoul pensó que la Daaé tal vez se dirigiría allí y esperó en medio de la soledad y del silencio. Se escondió incluso en la sombra propicia del quicio de una puerta. Seguía teniendo aquel horrible dolor en el corazón. Y era de aquello de lo que quería hablarle a la Daaé sin demora. De pronto el camerino se abrió y vio a la criada que salía completamente sola, llevando unos paquetes. La detuvo en el pasadizo y le pidió nuevas de su ama. Ella le respondió riendo que se encontraba bien, pero que no había que molestarla porque deseaba estar sola. Y escapó. Por el cerebro abrasado de Raoul cruzó una idea: ¡Evidentemente, la Daaé quería estar a solas *para él*...! ¿No le había dicho que deseaba hablarle en privado y no era esa la razón por la que ella había hecho el vacío a su alrededor? Respirando a duras penas, se acercó al camerino y, con la oreja pegada a la puerta para oír lo que habrían de responderle, se dispuso a llamar. Pero su mano volvió a caer. Acababa de percibir, en el camerino, *una voz de hombre*, que decía con una entonación singularmente autoritaria:

—¡Christine, es necesario amarme!

Y la voz de Christine, dolorida, a la que se adivinaba acompañada de lágrimas, una voz temblorosa, respondía:

—¿Cómo puede decirme eso? *¡A mí, que solo canto para vos!*

Raoul se apoyó en la pared, sufría mucho. Su corazón, que creía muerto para siempre, había vuelto a su pecho y latía con golpes clamorosos. Todo el corredor resonaba con aquellos latidos y los oídos de Raoul estaban como ensordecidos por ellos. Probablemente, si su corazón seguía haciendo tanto ruido, iban a oírle, abrirían la puerta y el joven sería expulsado de manera vergonzosa. ¡Qué situación para un Chagny! ¡Escuchar detrás de una puerta! Se puso las dos manos sobre el corazón para hacerlo callar. Pero un corazón no son los hocicos de un perro e, incluso aunque se cojan los hocicos de un perro con las dos manos —de un perro que ladra de forma insoportable—, se le sigue oyendo gruñir.

La voz del hombre prosiguió:

—Debe de estar usted muy cansada.

—Oh, esta noche le he entregado mi alma y estoy muerta.

—Tu alma es muy hermosa, hija mía —continuó la voz grave del hombre—, y te lo agradezco. ¡No hay emperador que haya recibido un regalo como este! *Esta noche han llorado los ángeles.*

Tras estas palabras: *Esta noche han llorado los ángeles*, el vizconde no oyó nada más.

Sin embargo, no se iba; pero, como temía ser sorprendido, se refugió en un rincón de sombra, decidido a esperar allí a que el hombre abandonase el camerino. En la misma hora acababa de aprender el amor y el odio. Sabía que amaba. Quería conocer a quién odiaba. Con gran estupefacción de su parte, la puerta se abrió, y Christine Daaé, envuelta en pieles y con la cara oculta bajo un encaje, salió sola. Cerró la puerta, pero Raoul se fijó en que no la cerraba con llave. Pasó delante de él. No la siguió siquiera con la mirada, porque sus ojos estaban clavados en la puerta que no se volvía a abrir. Entonces, con el corredor desierto de nuevo, lo cruzó. Abrió la puerta del camerino y volvió a cerrarla al punto tras él. Se encontraba en la oscuridad más opaca. Habían apagado el gas.

—¿Hay alguien ahí? —dijo Raoul con una voz vibrante—. ¿Por qué se esconde?

Y al decir esto, seguía apoyando la espalda en la puerta cerrada.

Oscuridad y silencio. Raoul no oía otra cosa que el ruido de su propia respiración. Desde luego no se daba cuenta de que la indiscreción de su comportamiento superaba cuanto se podía imaginar.

—¡Solo saldrá usted de aquí cuando yo lo permita! —exclamó el joven—. ¡Si no me contesta, es usted un cobarde! ¡Pero yo sabré dar con usted!

Y rascó una cerilla. ¡En el camerino no había nadie! Después de cerrar cuidadosamente la puerta con llave, Raoul encendió los globos y las lámparas. Penetró en el gabinete de aseo, abrió los armarios, buscó, tanteó con sus manos húmedas las paredes. ¡Nada!

—¡Ah!, esto es que me estoy volviendo loco —dijo en voz alta.

Permaneció así diez minutos escuchando el silbido del gas en medio de la paz de aquel camerino abandonado: aunque lleno de amor, no pensó siquiera en robar una cinta que le ofreciese el perfume de aquella a la que amaba. Salió sin saber ya lo que hacía ni adónde iba. En un momento de su incoherente deambular, un aire helado le golpeó en la cara. Se hallaba al pie de una estrecha escalera que bajaban, detrás de él, un cortejo de obreros inclinados sobre una especie de camilla cubierta por un paño blanco.

—¿Dónde está la salida, por favor? —le dijo a uno de aquellos hombres.

—¡Sí que ve mucho! Delante de usted —le contestaron—. La puerta está abierta, pero déjenos pasar.

Señalando la camilla, preguntó de forma maquinal:

—¿Qué es eso?

El obrero contestó:

—Esto es Joseph Buquet, al que han encontrado ahorcado en el tercer sótano, entre un bastidor y un decorado de *El Rey de Lahore*.

Se echó a un lado al paso del cortejo, saludó y salió.

III

Donde, por vez primera, los señores Debienne y Poligny dan en secreto a los nuevos directores de la Ópera, los señores Armand Moncharmin y Firmin Richard, la verdadera y misteriosa razón de su salida de la Academia Nacional de Música

Mientras tanto había tenido lugar la ceremonia de la despedida.

Ya he dicho que esa fiesta magnífica había sido dada, con motivo de su salida de la Ópera, por los señores Debienne y Poligny, que habían querido morir, como decimos en la actualidad, con señorío.

Cuantos entonces eran alguien en el París de la sociedad y de las artes, los habían ayudado en la realización de aquel programa ideal y fúnebre.

Toda aquella gente se había dado cita en el *foyer* de la danza, donde la Sorelli, con una copa de champán en la mano y un breve discurso preparado en la punta de la lengua, esperaba a los directores dimisionarios. Detrás de ella, sus jóvenes y viejas compañeras del cuerpo de baile se apretujaban, comentando unas en voz baja los sucesos del día, otras dirigiendo discretamente señas de inteligencia a sus amigos, cuyo tropel parlanchín rodeaba ya el bufé, que se había preparado sobre el piso en cuesta, entre la *danza guerrera* y la *danza campestre* del señor Boulanger.

Algunas bailarinas se habían puesto ya las ropas de calle; la mayoría llevaba aún su falda de gasa ligera; pero todas se habían sentido en la obligación de adoptar caras de circunstancias. Solo la pequeña Jammes, cuyas quince primaveras parecían haber olvidado, en su despreocupación —feliz edad—, el fantasma y la muerte de Joseph Buquet, no paraba de chismorrear, de parlotear, de saltar, de hacer diabluras, hasta el punto de que, al aparecer los señores Debienne y Poligny en los escalones del *foyer* de la danza, fue llamada severamente al orden por la Sorelli, impaciente.

Todo el mundo se dio cuenta de que los señores directores dimisionarios tenían un aspecto alegre, cosa que, en provincias, a nadie le hubiera parecido natural, pero que en París pareció de muy buen gusto. Nunca será parisiense quien no haya aprendido a poner una máscara de alegría sobre sus dolores y el «antifaz» de la tristeza, del hastío y de la indiferencia sobre su íntima alegría. Si sabéis que uno de vuestros amigos está sufriendo, no tratéis de consolarle; os dirá que ya se ha consolado; pero si le sucede algún acontecimiento feliz, guardaos de felicitarle por ello; su buena fortuna le parece tan natural que le sorprenderá que le hablen de ella. En París siempre se vive en un baile de máscaras y no iba a ser en el *foyer* de la danza donde personajes tan «avisados» como los señores Debienne y Poligny habían de cometer el error de mostrar su pesadumbre, que era la realidad. Y estaban sonriéndole ya demasiado a la Sorelli, que empezaba a declamar sus cumplidos, cuando un grito de aquella pequeña loca de Jammes vino a romper la sonrisa de los señores directores de una manera tan brutal que la cara de desolación y de espanto que había debajo se mostró a ojos de todos:

—¡El fantasma de la Ópera!

Jammes había soltado aquella frase en un tono de indecible terror y su dedo apuntaba en medio de la muchedumbre de fracs a un rostro tan pálido, tan lúgubre y tan feo, con los agujeros negros de los arcos superciliares tan profundos, que aquella calavera así señalada logró de forma inmediata un éxito loco.

—¡El fantasma de la Ópera! ¡El fantasma de la Ópera!

Y unos reían, otros se zarandeaban, y algunos querían dar de beber al fantasma de la Ópera; ¡pero había desaparecido! Se había escurrido entre la multitud y le buscaron en vano, mientras los dos viejos señores trataban de calmar a la pequeña Jammes y mientras la pequeña Giry lanzaba grititos de pavo real.

La Sorelli estaba furiosa: no había podido acabar su discurso. Los señores Debienne y Poligny la habían besado y dado las gracias, y se habían escabullido con la misma celeridad que el fantasma. Nadie se sorprendió, porque se sabía que debían soportar la misma ceremonia en el piso superior, en el *foyer* del canto, y porque, en última instancia, sus amigas íntimas serían recibidas una última vez por ellos en el gran vestíbulo del gabinete de dirección, donde les esperaba una verdadera cena.

Y es ahí donde volveremos a encontrarlos junto a los nuevos directores, los señores Armand Moncharmin y Firmin Richard. Los primeros apenas conocían a los segundos, pero hicieron grandes manifestaciones de amistad y estos les respondieron con mil cumplidos; de suerte que los invitados, que habían temido una velada algo desapacible, mostraron inmediatamente unos rostros alegres. La cena fue casi divertida y, llegado el momento de los brindis, el señor comisario del gobierno se mostró tan especialmente hábil, mezclando la gloria del pasado a los éxitos del futuro, que pronto la mayor cordialidad reinó entre los invitados. La transmisión de los poderes de dirección se había realizado la víspera, de la forma más sencilla posible, y los asuntos que quedaban por regular entre la antigua y la nueva dirección habían sido resueltos bajo la presidencia del comisario del gobierno en medio de un deseo tan grande de acuerdo por ambas partes que, en aquella velada memorable, nadie podía sorprenderse de encontrar cuatro caras de directores tan risueñas.

Los señores Debienne y Poligny ya habían entregado a los señores Armand Moncharmin y Firmin Richard las dos llaves minúsculas, las llaves maestras que abrían todas las puertas de la Academia Nacional de Música —varios miles de puertas—. Y aquellas llaves, objeto de la curiosidad general, pasaban rápidamente de mano en mano cuando la atención de algunos fue desviada por el descubrimiento que acababan de hacer, en el extremo de la mesa, de aquella extraña, pálida y fantástica figura de ojos hundidos que ya se había aparecido en el *foyer* de la danza y que había sido saludada por la pequeña Jammes con el apóstrofe de: «¡El fantasma de la Ópera!».

Estaba allí, como si fuera el más natural de los invitados, salvo que no comía ni bebía.

Los que habían empezado a mirarle sonriendo habían terminado por volver la cabeza, porque aquella visión sugería inmediatamente al espíritu los pensamientos más fúnebres. Nadie repitió la broma del *foyer*, nadie exclamó: «¡El fantasma de la Ópera!».

Él no había pronunciado una sola palabra, y ni sus propios vecinos habrían podido decir en qué momento preciso había ido a sentarse allí, pero todos pensaron que, si los muertos volvían alguna vez a sentarse a la mesa de los vivos, no podrían mostrar un rostro más macabro. Los amigos de los señores Firmin Richard y Armand Moncharmin pensaron que aquel comensal descarnado era un íntimo de los señores Debienne y Poligny, mientras que los amigos de los señores Debienne y Poligny pensaron que aquel cadáver pertenecía a la clientela de los señores Richard y Moncharmin. De suerte que ningún ruego de explicación, ninguna observación desagradable, ninguna facecia de mal gusto rozó siquiera a aquel huésped de ultratumba. A ciertos invitados que estaban al corriente de la leyenda del fantasma, y que conocían la descripción que de él había hecho el jefe de los tramoyistas —ignoraban la muerte de Joseph Buquet—, les parecía *in petto* que el hombre del extremo de la mesa habría podido pasar perfectamente por la realización viviente del personaje creado, en su opinión, por la incorregible superstición del personal de la Ópera: sin embargo, según la leyenda, el fantasma no tenía nariz, cuando aquel personaje la tenía; pero el señor Moncharmin afirma en sus *Memorias* que la nariz del comensal era transparente. «Su nariz —dice— era larga, fina y transparente», y yo añadiría que podía deberse a una nariz postiza. El señor Moncharmin pudo tomar por transparencia lo que no era más que brillo. Todo el mundo sabe que la ciencia hace admirables narices postizas para quienes se han visto privados de ella por la naturaleza o por alguna operación. En realidad, ¿había ido el fantasma a participar aquella noche del banquete de los directores sin haber sido invitado? ¿Y podemos estar seguros de que aquella figura era la del fantasma de la Ópera mismo? ¿Quién se atrevería a decirlo? Si hablo aquí de este incidente, no es porque quiera ni por un momento hacer creer o intentar hacer creer al lector que el fantasma haya sido capaz de una audacia tan soberbia, sino porque, en fin de cuentas, es muy posible.

Y esta es, al parecer, razón suficiente. El señor Armand Moncharmin, siempre en sus *Memorias*, dice textualmente: Capítulo XI: «Cuando pienso en esa primera velada, no puedo deslindar la confidencia que nos hicieron en su despacho los señores Debienne y Poligny de la presencia en nuestra cena de aquel *fantasmático* personaje a quien ninguno de nosotros conocía».

Lo que pasó exactamente fue lo siguiente:

Los señores Debienne y Poligny, situados en el centro de la mesa, aún no habían visto al hombre de la calavera cuando este empezó de pronto a hablar.

—Las *ratas* tienen razón —dijo—. Tal vez la muerte de ese pobre Buquet no sea tan natural como se cree.

Debienne y Poligny dieron un brinco.

—¿Ha muerto Buquet? —exclamaron.

—Sí —contestó tranquilamente el hombre o la sombra de hombre—. Lo han encontrado ahorcado esta noche, en el tercer sótano, entre un portante y un decorado de *El Rey de Lahore*.

Ambos directores, o, mejor, exdirectores, se levantaron al punto, mirando de forma fija y extraña a su interlocutor. Estaban más alterados de lo razonable, es decir, más de lo que es razonable alterarse por el anuncio del ahorcamiento de un jefe de tramoyistas. Ambos se miraron. Estaban más blancos que el mantel. Debienne hizo una seña a los señores Richard y Moncharmin: Poligny pronunció algunas palabras de excusa dirigidas a los comensales, y los cuatro pasaron al despacho de dirección. Dejo la palabra al señor Moncharmin.

«Los señores Debienne y Poligny parecían más agitados a cada momento —cuenta él en sus *Memorias*— y nos pareció que tenían que decirnos algo que les preocupaba mucho. En primer lugar nos preguntaron si conocíamos al individuo que, sentado al extremo de la mesa, les había informado de la muerte de Joseph Buquet, y, ante nuestra negativa, se mostraron más alterados todavía. Nos arrebataron las llaves maestras de las manos, las contemplaron un instante, movieron la cabeza, y luego nos aconsejaron que, en el mayor de los secretos, hiciéramos cerraduras nuevas para los pisos, gabinetes y objetos cuyo cierre hermético pudiéramos desear. Estaban tan raros al decir esto que nos echamos a reír preguntándoles si había ladrones en la Ópera. Nos contestaron que había algo peor, el *fantasma*. Volvimos a reírnos, persuadidos de que estaban gastándonos alguna broma que debía ser como la coronación de aquella pequeña fiesta íntima. Y luego, a petición suya, recuperamos nuestro "aire serio", decididos a entrar, por darles gusto, en aquella especie de juego. Nos dijeron que nunca nos habrían hablado del fantasma si no hubieran recibido orden formal del fantasma mismo de conjurarnos a que nos mostrásemos amables con él y a concederle cuanto nos pidiese. Sin embargo, contentos por dejar un terreno en el que reinaba, como dueño y señor, aquella sombra tiránica, y por librarse de ella al mismo tiempo, habían dudado hasta el último momento en hacernos partícipes de tan curiosa aventura para la que, desde luego, nuestras escépticas mentes aún no estaban preparadas, cuando el anuncio de la muerte de Joseph Buquet les había recordado brutalmente que, cada vez que habían desobedecido los deseos del fantasma, algún suceso fantástico o funesto los había devuelto rápidamente al sentimiento de su dependencia.

»Mientras pronunciaban estas inesperadas palabras en el tono de la confidencia más secreta e importante, yo miraba a Richard. En su época de estudiante, Richard había gozado de una reputación de bromista, es decir, que no ignoraba ninguna de las mil maneras existentes para burlarse de los demás, y los bedeles del bulevar Saint-Michel supieron bastante de esa fama. Por eso parecía saborear con gusto el plato que ahora le servían. No se perdía bocado, aunque el condimento resultara algo macabro debido a la muerte de Buquet. Movía la cabeza con tristeza, y, a medida que los otros hablaban, el gesto de su rostro se volvía lamentable como el de un hombre que sintiese amargamente aquel suceso de la Ópera, ahora que sabía que había un fantasma dentro. Lo mejor que yo podía hacer era copiar servilmente esa actitud desesperada; sin embargo, pese a nuestros esfuerzos, al final no pudimos dejar de reventar de risa en las mismas narices de los señores Debienne y Poligny, quienes, viéndonos pasar sin transición del estado de ánimo más sombrío a la alegría más insolente, hicieron como si creyesen que nos habíamos vuelto locos.

»Como la farsa se prolongaba demasiado, Richard preguntó, medio en serio medio en broma:

»—Pero, en resumidas cuentas, ¿qué es lo que quiere ese fantasma?

»El señor Poligny se dirigió a su mesa y volvió con una copia del pliego de condiciones.

»El pliego de condiciones empieza con estas palabras:

»“La dirección de la Ópera estará obligada a dar a las representaciones de la Academia Nacional de Música el esplendor que conviene a la primera escena lírica francesa", y concluye con el artículo 98, concebido en los siguientes términos:

»El presente privilegio podrá serle retirado:

»"1.º *Si el director contraviene las disposiciones estipuladas en el pliego de condiciones.*"

»Luego vienen las disposiciones.

»—Aquella copia —dijo el señor Moncharmin— estaba escrita con tinta negra y era enteramente conforme a la que nosotros poseíamos.

»Sin embargo vimos que el pliego de condiciones que nos sometía el señor Poligny comportaba *in fine* un párrafo, escrito con tinta negra y grafía rara y atormentada, como si hubiera sido trazada a golpe de cabezas de cerillas, escritura de niño que no hubiera dejado de hacer palotes y que aún no supiera unir sus letras. Y ese párrafo, que alargaba de forma tan extraña el artículo 98, decía textualmente:

»"5.º *Si el director retrasa en más de quince días la mensualidad que debe al fantasma de la Ópera, mensualidad fijada hasta nueva orden en 20.000 francos, 240.000 francos al año.*"

»El señor Poligny nos mostraba con dedo vacilante aquella cláusula suprema que nosotros no nos esperábamos, desde luego.

»—¿Es eso todo? ¿*Él* no quiere nada más? —preguntó Richard con la mayor sangre fría.

»—Sí —contestó Poligny.

»Y siguió hojeando el pliego de disposiciones y leyó:

»"Artículo 63. —El proscenio grande a la derecha de las primeras butacas será reservado en todas las funciones para el jefe del Estado.

»"La platea n.º 20, los lunes, y el palco n.º 30, los miércoles y viernes, serán puestos a disposición del ministro.

»"El palco n.º 27 se reservará todos los días para uso de los prefectos del Sena y de policía".

»Y al final de ese artículo, el señor Poligny nos mostró una línea en tinta roja que le había sido añadida.

»*"En todas las funciones, el palco n.º 5 será puesto a disposición del fantasma de la Ópera."*

»Ante este inesperado golpe, no pudimos hacer otra cosa que levantarnos y estrechar calurosamente las manos de nuestros dos predecesores felicitándoles por haber ideado aquella encantadora broma, que probaba que la antigua alegría francesa nunca perdía sus derechos. Richard se creyó en el deber incluso de añadir que ahora comprendía por qué los señores Debienne y Poligny dejaban la dirección de la Academia Nacional de Música. No se podían hacer tratos con un fantasma tan exigente.

»—Evidentemente —replicó sin pestañear el

señor Poligny—, 240.000 francos no se encuentran debajo de una piedra. ¿Y han pensado en lo que puede costarnos no alquilar el palco n.º 5 reservado al fantasma en todas las funciones? Sin contar con que nos hemos visto obligados a pagar el abono, ¡es horrible! Realmente, ¡nosotros no trabajamos para mantener fantasmas...! ¡Preferimos irnos!

»—Sí —repitió el señor Debienne—, preferimos irnos. ¡Vámonos!

»Y se levantó.

»Richard dijo:

»—Pero, en fin, me parece que han sido ustedes muy buenos con ese fantasma. Si yo tuviera un fantasma tan molesto, no vacilaría en mandarlo arrestar...

»—Pero ¿dónde? ¿Cómo? —exclamaron ellos a coro—; nunca lo hemos visto.

»—Entonces ¿cuándo va a su palco?

»—*Nunca lo hemos visto en su palco.*

»—Entonces ¿por qué no lo alquilan?

»—¡Alquilar el palco del fantasma de la Ópera! Bueno, señores, inténtenlo ustedes.

»Tras lo cual, los cuatro salimos del gabinete de dirección. Richard y yo nunca nos habíamos "reído tanto".»

IV

El palco n.º 5

Armand Moncharmin escribió unas memorias tan voluminosas que, por lo que se refiere particularmente al período bastante largo de su codirección, uno tiene derecho a preguntarse si encontró alguna vez tiempo para ocuparse de la Ópera de otra forma que contando lo que en ella ocurría. El señor Moncharmin no sabía nada de música, pero tuteaba al ministro de Instrucción Pública y Bellas Artes, había hecho algo de periodismo de calle y gozaba de una fortuna bastante buena. Finalmente era un hombre encantador que no carecía de inteligencia, puesto que, decidido a regir la Ópera, había sabido elegir a quien sería su útil director y para ello se dirigió inmediatamente a Firmin Richard.

Firmin Richard era un músico distinguido y un hombre galante. Este es el retrato que de él hace, en el momento de su toma de posesión, la *Revue des Théâtres*: «El señor Firmin Richard tiene cincuenta años aproximadamente, es de alta estatura y robusto, sin ser gordo. Tiene prestancia y distinción, es de color subido, de pelo abundante, algo corto y cortado a cepillo, la barba igual que el pelo; su fisonomía tiene algo un poco triste que templa enseguida una mirada franca y recta unida a una sonrisa encantadora.

»El señor Firmin Richard es un músico muy distinguido. Hábil armonista, sabio contrapuntista, su composición tiene por carácter principal la grandeza. Ha publicado música de cámara muy apreciada por los aficionados, música para piano, sonatas o fugas llenas de originalidad, además de un volumen de melodías. Por último, *La muerte de Hércules*, ejecutada en los conciertos del Conservatorio, respira un aliento épico que hace pensar en Gluck, uno de los maestros venerados del señor Firmin Richard. A pesar de adorar a Gluck, no ama menos a Piccini: al señor Richard le agrada todo lo que encuentra. Lleno de admiración por Piccini, se inclina ante Meyerbeer, se deleita con Cimarosa y nadie aprecia mejor el inimitable genio de Weber. Por último, por lo que respecta a Wagner, el señor Richard no está lejos de pretender que fue él, Richard, el primero, y tal vez el único, en haberle comprendido en Francia».

No seguiré con la cita: me parece que de ella ya se ha desprendido con bastante claridad que, si el señor Firmin Richard amaba casi toda la música y a todos los músicos, el deber de todos los músicos era amar al señor Firmin Richard. Digamos, para concluir este rápido retrato, que el señor Richard era eso que se ha convenido en llamar un autoritario, es decir, que tenía un malísimo carácter.

Los primeros días que ambos asociados pasaron en la Ópera los dedicaron a saborear la alegría de sentirse dueños de una empresa tan grande y tan hermosa, y a buen seguro habían olvidado aquella curiosa y extraña historia del fantasma cuando se produjo un incidente que les demostró que, de tratarse de una farsa, la farsa no había terminado.

El señor Firmin Richard llegó aquella mañana a las once a su despacho. Su secretario, el señor Rémy, le mostró media docena de cartas que no había abierto porque llevaban la mención de «personal». Una de esas cartas atrajo de inmediato la atención de Richard no solo porque las señas del sobre estaban en tinta roja, sino también porque le pareció que aquella escritura ya la había visto en alguna parte. No buscó mucho tiempo: era la escritura roja con la que habían completado de forma tan extraña el pliego de condiciones. Reconoció su aspecto tosco e infantil. La abrió y leyó:

> Mi querido director: le pido perdón por molestarle en estos momentos tan preciosos en que usted decide el destino de los mejores artistas de la Ópera, en que renueva importantes compromisos y en que concluye otros nuevos; y todo ello con una seguridad de visión, una comprensión del teatro, una ciencia del público y sus gustos y una autoridad que ha estado a punto de sorprender a mi vieja experiencia. Estoy al corriente de lo que acaba de hacer por la Carlotta, la Sorelli y la pequeña Jammes, y por algunas personas más cuyas admirables cualidades, talento y genio ya ha adivinado. (Usted sabe de sobra de quién estoy hablando cuando escribo estas palabras; no se refieren evidentemente a la Carlotta, que canta como una jeringa y que nunca habría debido abandonar los Ambassadeurs ni el café Jacquin; ni a la Sorelli, cuyo éxito se debe sobre todo a la carrocería; ni a la pequeña Jammes, que baila como una vaca en un prado. Y tampoco me refie-

ro a Christine Daaé, cuyo genio es seguro, aunque usted, con su celoso cuidado, la deje al margen de todo estreno importante.) En fin, son ustedes libres de administrar como mejor les parezca su dirección, ¿no es verdad? De cualquier modo, me gustaría aprovechar que aún no ha puesto a Christine Daaé de patitas en la calle para oírla esta noche en el papel de Siebel, puesto que el de Margarita, desde su triunfo del otro día, le está prohibido; y le rogaré que no disponga de mi palco hoy ni los días siguientes; porque no he de terminar esta carta sin confesarle cuán desagradablemente he quedado sorprendido, estos últimos tiempos, al llegar a la Ópera y saber que mi palco había sido vendido, en la taquilla, por órdenes de usted. No he protestado, ante todo porque soy enemigo del escándalo, y en segundo lugar porque pensaba que sus predecesores, los señores Debienne y Poligny, que siempre fueron encantadores conmigo, habían olvidado, antes de su marcha, hablarles de mis pequeñas manías. Pero acabo de recibir la respuesta de los señores Debienne y Poligny a mi petición de explicaciones, respuesta que prueba que ustedes están al corriente de mi pliego de condiciones, y que, por tanto, se burlan de mí de forma ultrajante. ¡Si quieren que vivamos en paz, no deben empezar quitándome mi palco! Con el beneficio de estas pequeñas observaciones, le ruego tenga a bien considerarme, mi querido director, como su más humilde y obediente servidor.

Firmado: F. de la Ópera

Esta carta iba acompañada de un recorte de los anuncios de correspondencia de la *Revue Théâtrale*, donde se leía lo siguiente: «*F. de la Ópera: R. y M. no pueden ser excusados. Les avisamos y pusimos en sus manos el pliego de condiciones. ¡Saludos!*».

Apenas había terminado el señor Firmin Richard de leerlo cuando la puerta de su despacho se abrió y el señor Armand Moncharmin se plantaba ante él, con una carta absolutamente igual a la que su colega había recibido en la mano. Se miraron echándose a reír a carcajadas.

—Sigue la broma —dijo el señor Richard—; ¡pero no tiene gracia!

—¿Qué significa esto? —preguntó el señor Moncharmin—. ¿Piensan *ellos* que por haber sido directores de la Ópera vamos a concederles un palco a perpetuidad?

Porque, tanto para el primero como para el segundo, no había duda de que la doble misiva era fruto de la colaboración bromista de sus predecesores.

—¡No soy de los que aguantan una burla tanto tiempo! —le declaró Firmin a Armand.

—¡Es inofensiva! —observó Armand Moncharmin.

—Pero ¿qué es lo que quieren? ¿Un palco para esta noche?

El señor Firmin Richard ordenó a su secretario enviar el palco n.º 5 a los señores Debienne y Poligny si no estaba comprado.

No lo estaba. Les fueron enviadas las entradas inmediatamente. Los señores Debienne y Poligny vivían, el primero, en la esquina de la calle Scribe y del bulevar de los Capucines; el segundo, en la calle Auber. Las dos cartas del F. de la Ópera habían sido echadas al buzón de correos del bulevar de los Capucines. Fue Moncharmin quien lo observó al examinar los sobres.

—¡Ya lo ves! —exclamó Richard.

Se encogieron de hombros y lamentaron que personas de edad se divirtieran todavía con juegos tan inocentes.

—¡De cualquier modo, habrían podido ser educados! —observó Moncharmin—. ¿Has visto cómo nos tratan a propósito de la Carlotta, de la Sorelli y de la pequeña Jammes?

—Bueno, querido amigo, esas personas están enfermas ¡de envidia...! Cuando pienso que han llegado a pagar el anuncio de una carta en la *Revue Théâtrale*... ¿No tienen otra cosa que hacer?

—¡A propósito! —siguió diciendo Moncharmin—, parecen interesarse mucho por la pequeña Christine Daaé.

—¡Sabes tan bien como yo que esa muchacha tiene fama de prudente! —respondió Richard.

—¡Se gana tan rápidamente la fama! —replicó Moncharmin—. ¿Acaso no tengo yo fama de entender de música? Pues no conozco la diferencia que hay entre la clave de sol y la clave de fa.

—Tranquilízate, nunca has tenido esa fama, declaró Richard. Y acto seguido Firmin Richard dio orden al ujier de que hiciera pasar a los artistas que, desde hacía dos horas, paseaban por el gran corredor de la administración, en espera de que la puerta de la dirección se abriese, aquella puerta tras la que les esperaba la gloria y el dinero... o el despido.

Toda aquella jornada se pasó en discusiones, conversaciones, firmas o rupturas de contratos; por eso les ruego que crean que aquella noche, la noche del 25 de enero, nuestros dos directores, fatigados por una áspera jornada de enfados, intrigas, recomendaciones, amenazas, protestas de amor o de odio, se acostaron temprano, sin tener siquiera la curiosidad de ir a echar una ojeada al palco n.º 5 para saber si a los señores Debienne y Poligny les gustaba el espectáculo. La Ópera no había dejado de trabajar desde la despedida de la antigua dirección, y el señor Richard había ordenado hacer algunas obras necesarias sin interrumpir el curso de las representaciones.

A la mañana siguiente, los señores Richard y Moncharmin encontraron en su correo, por un lado, una carta de agradecimiento del fantasma, concebida en los siguientes términos:

> Mi querido Director:
>
> Gracias. Velada encantadora. Daaé exquisita. Cuiden los coros. La Carlotta, magnífico y trivial instrumento. Pronto les escribiré sobre los 240.000 francos —exactamente 233.424 francos con 70 céntimos, dado que los señores Debienne y Poligny me habían hecho llegar los 6.575 francos con 30 céntimos correspondientes a los diez primeros días de mi pensión de este año—, pues sus privilegios terminan el día 10 por la noche.
>
> Servidor,
>
> F. de la Ó.

Y, por otro lado, una carta de los señores Debienne y Poligny:

> Señores:
>
> Les agradecemos su amable atención, pero comprenderán fácilmente que la perspectiva de volver a oír Fausto, por delicioso que resulte para antiguos directores de la Ópera, no puede hacernos olvidar que no tenemos derecho alguno a ocupar el palco n.º 5, que pertenece exclusivamente a aquel de quien tuvimos ocasión de hablarles, al releer con ustedes, por última vez, el pliego de condiciones, último párrafo del artículo 63.
>
> Agradeciéndoles, señores, etcétera.

—¡Estos tipos empiezan a cansarme! —declaró violentamente Firmin Richard, rompiendo la carta de los señores Debienne y Poligny.

Esa noche, el palco n.º 5 fue vendido.

Al día siguiente, al llegar a su despacho, los señores Richard y Moncharmin encontraban un informe de inspector relativo a los sucesos que se habían desarrollado la víspera por la noche en el palco n.º 5. Este es el pasaje esencial del informe, muy breve:

«Me vi en la necesidad —escribe el inspector— de requerir la presencia, esta noche —el inspector había escrito su informe la víspera por la noche—, de un guardia municipal para evacuar por dos veces, al principio y en la mitad del segundo acto, el palco n.º 5. Los ocupantes —habían llegado al comienzo del segundo acto— armaban un verdadero escándalo con sus risas y sus reflexiones descabelladas. A su alrededor, se dejaban oír siseos y la sala empezaba a protestar cuando vino en mi busca la acomodadora; entré en el palco e hice las observaciones pertinentes. Aquellas personas no parecían estar en su sano juicio y me respondieron con frases estúpidas. Les advertí que si se repetía semejante escándalo me vería obligado a mandar evacuar el palco. No acababa de irme cuando oí de nuevo sus risas y las protestas de la sala. Regresé con un guardia municipal que los hizo salir. Reclamaron, entre risotadas, declarando que no se irían si no se les devolvía su dinero. Por fin se calmaron, y los dejé volver al palco; inmediatamente volvieron a empezar las risas, y entonces los hice expulsar de forma definitiva».

—Que venga el inspector —gritó Richard a su secretario, que había sido el primero en leer el informe y ya lo había subrayado con un lápiz azul.

El secretario, señor Rémy —veinticuatro años, bigote fino, elegante, distinguido, bien vestido, con la levita obligatoria de trabajo en aquel tiempo, inteligente y tímido ante el director, con 2.400 francos de sueldo al año pagado por el director, examina los periódicos, responde a las cartas, distribuye los palcos y pases de favor, regula las citas, habla con los que hacen antecámara, corre a casa de las artistas enfermas, busca las suplentes, está en contacto con los jefes de servicio, pero es, ante todo, el cerrojo del gabinete de dirección, tal vez despedido sin compensación alguna el día de mañana, porque no está reconocido por la administración—, el secretario, que ya había enviado en busca del inspector, dio orden de hacerle pasar.

El inspector, algo inquieto, entró.

—Cuéntenos lo que ha pasado —dijo con brusquedad Richard.

El inspector tartamudeó inmediatamente y aludió al informe.

—Pero, bueno, esas personas ¿por qué se reían? —le preguntó Moncharmin.

—Señor director, debían de haber cenado bien y parecían más dispuestos a gastar bromas que a escuchar buena música. Al llegar, nada más entrar en el palco volvieron a salir para llamar a la acomodadora, que les preguntó qué ocurría. Le dijeron a la acomodadora: «Mire en el palco, no hay nadie, ¿verdad...?». «No», respondió la acomodadora. «Pues bien —afirmaron ellos—, al entrar, hemos oído una voz que decía *que había alguien*.»

El señor Moncharmin no pudo dejar de mirar sin sonreírse al señor Richard, pero el señor Richard no sonreía. En otro tiempo había «trabajado» demasiado el género para no reconocer en el relato, que de la forma más ingenua del mundo le hacía el inspector, todas las señales de una de esas malditas bromas que divierten primero a sus víctimas y luego terminan por ponerlas furiosas.

El señor inspector, para hacer la pelota al señor Moncharmin, que sonreía, había creído su deber sonreír también. ¡Desventurada sonrisa! La mirada del señor Richard fulminó al empleado, que al momento se preocupó por mostrar un rostro espantosamente consternado.

—En fin, cuando llegaron esas personas —preguntó bramando el terrible Richard—, ¿no había nadie en el palco?

—Nadie, señor director, ¡nadie! Ni en el palco de la derecha, ni en el palco de la izquierda, nadie, ¡se lo juro! ¡Pongo la mano en el fuego! Lo cual demuestra que todo esto no es más que una broma.

—¿Y qué dijo la acomodadora?

—Bueno, para la acomodadora es muy simple, dice que es el fantasma de la Ópera.

Y el inspector se rio burlón. Pero volvió a comprender que había hecho mal riéndose, porque, no había terminado de pronunciar estas palabras, «dice que es el fantasma de la Ópera», cuando la fisonomía del señor Richard pasó de sombría a feroz.

—¡Que me busquen a la acomodadora! —ordenó—. ¡Ahora mismo! ¡Y que me la traigan! ¡Y que pongan a todo el mundo en la calle!

El inspector quiso protestar, pero Richard le cerró la boca con un temible: «¡Cállese!». Luego, cuando los labios del desventurado subordinado parecieron cerrados para siempre, el señor director ordenó que volvieran a abrirse.

—¿Qué es eso del «fantasma de la Ópera»? —se decidió a preguntar con un gruñido.

Pero el inspector se había vuelto incapaz de decir una sola palabra. Con una mímica desesperada dio a entender que él no sabía nada o, mejor dicho, que no quería saber nada.

—¿Usted ha visto al fantasma de la Ópera?

Con un enérgico gesto de cabeza, el inspector negó haberle visto nunca.

—¡Pues peor para usted! —declaró fríamente el señor Richard.

El inspector abrió unos ojos enormes, unos ojos que se salían de sus órbitas, para preguntar por qué el señor director había pronunciado aquel siniestro «¡Pues peor para usted!».

—¡Porque voy a darles la liquidación a todos los que no le hayan visto! —explicó el señor director—. Si está en todas partes, no es admisible que no se le vea en ninguna. ¡Me gusta que todo el mundo cumpla con su obligación!

V

Continuación de «El palco n.º 5»

Tras haber dicho esa frase, el señor Richard no volvió a ocuparse del inspector y trató diversos asuntos con su administrador, que acababa de entrar. El inspector había pensado que podía irse, y despacio, muy despacio, ¡oh, Dios mío!, ¡tan despacio...! caminando hacia atrás, ya se había acercado a la puerta cuando el señor Richard, percibiendo la maniobra, clavó al hombre en su sitio con un atronador: «¡No se mueva!».

Gracias a la solicitud del señor Rémy, ya habían ido a buscar a la acomodadora, que era portera en la calle de Provence, a dos pasos de la Ópera. No tardó en entrar.

—¿Cómo se llama usted?

—Mame Giry. Usted me conoce de sobra, señor director; soy la madre de la pequeña Giry, la pequeña Meg.

Dijo esto en un tono rudo y solemne que impresionó por un momento al señor Richard. Miró a Mame Giry (chal suelto, zapatos gastados, viejo paño de tafetán, sombrero color hollín). Por la actitud del señor director resultaba plenamente evidente que no conocía para nada o no recordaba haber conocido a Mame Giry, ni a la pequeña Giry, «ni siquiera a la pequeña Meg». Pero el orgullo de Mame Giry era tal que esta célebre acomodadora (creo que de su nombre salió una palabra perfectamente conocida en la jerga utilizada entre bastidores: *giries*. Ejemplo: si una artista reprocha a una compañera sus chismes, sus cotilleos, le dirá: «Todo eso es de *giries*»), que esta acomodadora, decíamos, imaginaba que era conocida por todo el mundo.

—¡No la conozco!... —terminó proclamando el señor director—. Pero, Mame Giry, eso no impide que yo quiera saber qué le ocurrió ayer noche para que se viera forzada, usted y el señor inspector, a recurrir a un guardia municipal...

—Precisamente quería verle yo para hablarle de ello, señor director, con el único objeto de que no le sucedan a usted los mismos sinsabores que a los señores Debienne y Poligny... Al principio, tampoco ellos querían escucharme...

—No es eso lo que le he preguntado. ¡Le pregunto qué le ocurrió ayer noche!

Mame Giry se puso roja de ira. Nunca le habían hablado en semejante tono. Se levantó como para irse, recogiendo los pliegues de su falda y agitando con dignidad las plumas de su sombrero color hollín; pero, mudando de parecer, volvió a sentarse y dijo con voz arrogante:

—¡Lo único que pasó es que están molestando al fantasma!

Entonces, como el señor Richard iba a estallar, el señor Moncharmin intervino y dirigió el interrogatorio, del que resultó que a Mame Giry le parecía completamente natural que se dejase oír una voz para proclamar que había gente en un palco donde no había nadie. Solo podía explicar el fenómeno, que no era nuevo para ella, mediante la intervención del fantasma. A ese fantasma no lo veía nadie en el palco, pero todo el mundo podía oírle. Ella le había oído con frecuencia, y se la podía creer porque no mentía jamás. ¡Podían preguntárselo a los señores Debienne y Poligny y a todos los que la conocían, y también al señor Isidore Saack, a quien el fantasma le había roto la pierna!

—¿Cómo? —la interrumpió Moncharmin—. ¿El fantasma le ha roto la pierna al pobre Isidore Saack?

Mame Giry abrió unos ojos desorbitados donde se pintaba el asombro que sentía ante tamaña ignorancia. Finalmente, consintió en informar a aquellos dos pobres inocentes. Había ocurrido en tiempos de los señores Debienne y Poligny, en el palco n.º 5, y también durante una representación del *Fausto*.

Mame Giry tose, afirma su voz..., empieza..., se diría que se prepara para cantar toda la partitura de Gounod.

—Verá, señor. Aquella noche estaban, en primera fila, el señor Maniera y su dama, los lapidarios de la calle Mogador, y, detrás de la señora Maniera, su amiga íntima, el señor Isidore Saack. Cantaba Mefistófeles *(Mame Giry canta)*: «Vos que os hacéis la dormida», y entonces el señor Maniera oye en su oído derecho (su mujer estaba a su izquierda) una voz que le dice: «¡Ah, ah! ¡No es Julie la que se hace la dormida!». (Su dama se llama precisamente Julie.) El señor Maniera se vuelve hacia la derecha para ver quién le hablaba así. ¡Nadie! Se frota la oreja y se dice a sí mismo: «¿Estaré soñando?». En eso, Mefistófeles seguía con su canto... Pero ¿no estaré aburriendo a los señores directores?

—¡No, no! Siga...

—¡Qué buenos son los señores directores! *(Una mueca de Mame Giry.)* Así pues, Mefistófeles seguía con su canto *(Mame Giry canta)*: «Catalina a la que adoro / ¿por qué negar / al amante que os implora / un beso tan dulce?»; y al punto el señor Maniera vuelve a oír en su oído derecho la voz que le dice: «¡Ah, ah! No sería Julie la que negase un beso a Isidore». Se vuelve de nuevo, pero, esta vez, hacia el lado de su dama y de Isidore, y ¿qué es lo que ve? A Isidore, que había cogido por detrás la mano de su dama y que la cubría de besos en el pequeño hueco del guante..., así, mis buenos señores. *(Mame Giry cubre de besos el trocito de carne dejado al desnudo por su guante de filadiz.)* Como podrán suponer, las cosas no quedaron así. ¡Zas! ¡Zas! El señor Maniera, que era alto y fuerte como usted, señor Richard, le soltó un par de bofetadas al señor Isidore Saack, que era delgado y enclenque como el señor Moncharmin, salvando el respeto que le debo. Fue un escándalo. En la sala gritaban: «¡Basta! ¡Basta...! ¡Va a matarle...!». En última instancia, el señor Isidore Saack pudo escapar...

—Entonces ¿no le rompió el fantasma la pierna? —pregunta el señor Moncharmin, algo vejado porque su físico hubiese causado tan pobre impresión a Mame Giry.

—Se la rompió, señor —replica Mame Giry con altanería (porque ha comprendido la hiriente intención)—. Se la rompió en la escalera *grande*, que bajó demasiado deprisa, señor; y, palabra que se la rompió tan bien que el pobre no volverá a subirla hasta dentro de mucho tiempo...

—¿Fue el fantasma quien le contó las palabras que dijo al oído derecho del señor Maniera? —sigue preguntando, con una gravedad que él cree de lo más divertida, el juez de instrucción Moncharmin.

—¡No, señor! Me lo contó el propio señor Maniera. Así...

—Pero usted, ¿ha hablado ya con el fantasma, mi buena señora?

—Como hablo con usted, mi buen señor.

—Y, cuando el fantasma le habla, ¿qué le dice?

—¡Bueno, me dice que le lleve una silla!

Al decir estas palabras, pronunciadas solemnemente, el rostro de Mame Giry se volvió de mármol, de mármol amarillo, veteado por estrías rojas, como el de las columnas que sostienen la escalinata y que se llama mármol sarrancolin.

Esta vez, Richard se echó a reír en compañía de Moncharmin y del secretario Rémy; pero, instruido por la experiencia, el inspector no reía. Apoyado en la pared se preguntaba, dando vueltas febrilmente a sus llaves en el bolsillo, cómo iba a terminar aquella historia. Y cuanto más «altanero» era el tono de Mame Giry, tanto más temía que reapareciese la cólera del señor director. En ese momento, ante la hilaridad de la dirección, Mame Giry se atrevía a volverse amenazadora, ¡amenazadora de verdad!

—En vez de reírse del fantasma —exclamó indignada—, mejor harían como el señor Poligny, que se dio cuenta por sí mismo...

—¿De qué se dio cuenta? —pregunta Moncharmin, que nunca se había divertido tanto.

—¡Del fantasma...! Se lo estoy diciendo... ¡Miren...! *(Se tranquiliza súbitamente, porque juzga que el momento es grave.)* ¡Miren...! Me acuerdo como si fuera ayer. En aquella ocasión representaban *La Judía*. El señor Poligny había querido asistir a la función, completamente solo, en el palco del fantasma. La señora Krauss había conseguido un éxito loco. Acababa de cantar, como ustedes saben, la cosa esa del segundo acto *(Mame Giry canta a media voz)*:

> *Junto a aquel que amo*
> *Quiero vivir y morir,*
> *Que la muerte misma*
> *No nos puede desunir.*

—¡Bien! ¡Bien! La sigo... —observa con una sonrisa desalentadora el señor Moncharmin.

Pero Mame Giry continúa a media voz, moviendo la pluma de su sombrero color hollín:

¡Partamos! ¡Partamos! En esta tierra, en los cielos
La misma suerte desde ahora nos espera a los dos.

—¡Sí! ¡Sí! ¡Ya lo conocemos!... —repite Richard, de nuevo impaciente—, pero ¿qué pasó entonces?

—Pues entonces, es en ese momento cuando Leopoldo exclama: «¡Huyamos!», ¿no es cierto?, y cuando Eleazar los detiene preguntándoles: «¿Adónde corréis?»..., pues bien, en ese preciso momento, el señor Poligny, a quien yo observaba desde el fondo de un palco de al lado, que se había quedado vacío, el señor Poligny se puso de pie y se marchó rígido como una estatua, y yo solo tuve tiempo para preguntarle, como Eleazar: «¿Adónde va?». ¡Pero ni me contestó, y estaba más pálido que un muerto! Vi cómo bajaba la escalera, pero no fue él quien se rompió la pierna... Sin embargo, caminaba como en un sueño, como en un mal sueño, y ni siquiera conocía el camino..., él, que cobraba precisamente por conocer bien la Ópera.

Mame Giry se expresó así y calló para juzgar

el efecto que había producido. La historia de Poligny había hecho mover la cabeza a Moncharmin.

—Todo esto no me dice en qué circunstancias, ni cómo le pidió a usted el fantasma de la Ópera una silla —insistió él, mirando fijamente a la tía Giry, como se dice, con «cuatro ojos».

—Bueno, pero es que después de esa noche..., porque, a partir de esa noche dejaron tranquilo a nuestro fantasma..., ya no trataron de quitarle su palco. Los señores Debienne y Poligny dieron órdenes para que se lo reservasen en todas las funciones. Entonces, cuando venía, me pedía su silla...

—¡Vaya, vaya! Un fantasma que pide una silla. ¿Es acaso mujer ese fantasma? —preguntó Moncharmin.

—No, el fantasma es hombre.

—¿Cómo lo sabe?

—Tiene voz de hombre, sí, una dulce voz de hombre. Las cosas pasan así: cuando viene a la Ópera, llega por regla general mediado el primer acto, da tres golpecitos secos en la puerta del palco n.º 5. La primera vez que oí esos tres golpes, como yo sabía de sobra que aún no había nadie en el palco, quedé muy intrigada, como podrán suponer. Abro la puerta, escucho, miro: ¡nadie!, y luego resulta que oigo una voz que me dice:

«Mame Jules» (ese era el apellido de mi difunto marido), «una silla, por favor». Con todos los respetos, señor director, yo estaba como un tomate. Pero aquella voz continuó: «No se asuste, Mame Jules, soy yo, el fantasma de la Ópera!». Miré hacia el lado de donde venía la voz, que por lo demás era tan buena y tan «acogedora» que casi no me daba ningún miedo. La voz, señor director, *estaba sentada en el primer sillón de la primera fila a la derecha*. Pero, aunque no veía a nadie en el sillón, habría jurado que había alguien encima, y que hablaba, y alguien muy educado, palabra.

—¿Estaba ocupado el palco de la derecha del palco n.º 5? —preguntó Moncharmin.

—No; tanto el palco n.º 7 como el n.º 3 de la izquierda aún no estaban ocupados. Solo estábamos al principio del espectáculo.

—¿Y qué hizo usted?

—Pues le traje la banqueta. Evidentemente, no pedía una silla para él, ¡era para su dama! Pero a ella no la he visto ni oído nunca...

¿Cómo? ¿Es posible? ¡Ahora resultaba que el fantasma tenía mujer! Desde Mame Giry, la doble mirada de los señores Moncharmin y Richard subió hasta el inspector que, detrás de la acomodadora, agitaba los brazos con el propósito de atraer la atención de sus jefes. Se golpeaba la frente con un índice desolado para dar a entender a los directores que la tía Jules estaba a buen seguro loca, pantomima que decidió de forma definitiva al señor Richard a prescindir de un inspector que mantenía a su servicio a una alucinada. La buena mujer proseguía, completamente entregada a su fantasma, elogiando ahora su generosidad.

—Al terminar el espectáculo siempre me da una moneda de cuarenta *sous*, a veces cien *sous*, e incluso en alguna ocasión diez francos, cuando ha estado varios días sin venir. Pero, desde que han empezado a fastidiarle de nuevo, ya no me da nada...

—Perdón, buena mujer... *(Nueva indignación de la pluma del sombrero color hollín, ante una familiaridad tan persistente)*, perdón... Pero ¿cómo se las arregla el fantasma para entregarle esos cuarenta *sous*? —pregunta Moncharmin, curioso de nacimiento.

—¡Bah! Los deja en la mesita del palco. Los encuentro allí junto con el programa que siempre le entrego; hay noches incluso que encuentro flores en mi palco, una rosa que se habrá caído del pecho de su dama... porque seguro que a veces debe de venir con una dama, porque un día olvidaron un abanico.

—¡Ah! ¡Ah! ¿El fantasma olvidó un abanico? ¿Y qué hizo usted?

—Pues se lo entregué la vez siguiente.

En ese momento se dejó oír la voz del inspector:

—No ha cumplido usted el reglamento, Mame Giry, le pondré una multa.

—¡Cállese, imbécil! *(Voz de bajo del señor Firmin Richard.)*

—Y entonces se lo llevaron, señor director; no volví a encontrarlo al terminar el espectáculo: como prueba dejaron en el lugar una caja de bombones ingleses que tanto me gustan, señor director. Es una de las finezas del fantasma...

—Está bien, Mame Giry... Puede retirarse.

Cuando Mame Giry hubo saludado con respeto, no sin cierta dignidad que nunca la abandonaba, a sus dos directores, estos comunicaron al señor inspector que estaban decididos a privarse de los servicios de aquella vieja loca. Y despidieron al señor inspector.

Cuando, a su vez, se retiró el señor inspector, tras haber hecho protestas de su entrega a la casa, los señores directores comunicaron al señor administrador que había que prepararle la cuenta al señor inspector. Cuando se quedaron solos, los señores directores se comunicaron un pensamiento común, que a ambos se les había ocurrido al mismo tiempo: el de darse una vuelta por el palco n.° 5.

Pronto los seguiremos hasta él.

VI

El violín encantado

Christine Daaé, víctima de intrigas sobre las que más tarde volveremos, no encontró en la Ópera de inmediato el triunfo de la famosa velada de gala. Luego, sin embargo, había tenido ocasión de hacerse oír en la ciudad, en casa de la duquesa de Zúrich, donde cantó los fragmentos más hermosos de su repertorio; y así es como se expresa sobre ella el gran crítico X. Y. Z., que se hallaba entre los invitados notables:

«Cuando se la oye en *Hamlet* nos preguntamos si Shakespeare ha venido de los Campos Elíseos para hacerle ensayar Ofelia... Cierto que, cuando se ciñe la diadema de estrellas de la reina de la noche, Mozart, por su parte, debe abandonar las moradas eternas para acudir a oírla. Pero no, no tiene que molestarse, porque la voz aguda y vibrante de la intérprete hechizada de su *Flauta mágica* sube hasta él al Cielo, que escala de la misma forma en que, sin esfuerzo, ella ha sabido pasar de su choza de la aldea de Skotelof al palacio de oro y mármol construido por el señor Garnier».

Pero, después de la velada de la duquesa de Zúrich, Christine no ha vuelto a cantar en sociedad. Lo cierto es que en ese período ha rechazado todas las invitaciones y cualquier cantidad. Sin dar ningún pretexto plausible, se ha negado a presentarse en una fiesta de caridad a la que había prometido anteriormente su concurso. Actúa como si ya no fuera dueña de su destino, como si tuviera miedo a un nuevo triunfo.

Supo que, para agradar a su hermano, el conde de Chagny había hecho gestiones muy activas en favor suyo ante el señor Richard; ella le escribió para agradecérselo pero también para rogarle que no volviera a hablar de ella a sus directores. ¿Cuáles podían ser las razones de tan extraña actitud? Han pretendido unos que había en todo ello un orgullo inconmensurable, otros han proclamado una divina modestia. Pero, cuando alguien dedica su vida al teatro, no es tan modesto como para eso; en realidad, no sé si no debiera escribir simplemente esta palabra: espanto. Sí, estoy seguro de que Christine Daaé tenía entonces miedo a lo que acababa de sucederle y que se hallaba tan estupefacta como todo el mundo a su alrededor. ¿Estupefacta? ¡Vamos! Tengo una carta de Christine (colección del Persa) referida a los sucesos de esa época. Pues bien, tras haberla leído, no escribiré que Christine se hallaba estupefacta, ni tampoco asustada por su triunfo, sino muy *espantada*. Sí, sí..., ¡espantada! «¡Ya no me reconozco cuando canto!», dice.

¡La pobre, la pura, la dulce niña!

No se dejaba ver en ninguna parte, y el vizconde de Chagny trató en vano de seguir sus huellas. Le escribió para pedirle permiso de presentarse en su casa, y ya desesperaba de obtener respuesta, cuando una mañana ella le hizo llegar el siguiente billete:

«Señor, no he olvidado al niñito que fue a buscar mi pañuelo al mar. No puedo dejar de escribirle esto, hoy que parto hacia Perros, llevada por un deber sagrado. Mañana es el aniversario de la muerte de mi pobre papá, a quien usted conoció, y que le apreciaba. Está enterrado allí, con su violín, en el cementerio que rodea la pequeña iglesia, al pie de la ladera donde tanto jugamos; a orilla de aquel camino en el que, algo más mayores, nos dijimos adiós por última vez».

Cuando recibió este billete de Christine Daaé, el vizconde de Chagny se precipitó a una guía de ferrocarriles, se vistió apresuradamente, escribió algunas líneas que su mayordomo debía entregar a su hermano y se lanzó a un coche que, por lo demás, le dejó en el andén de la estación de Montparnasse demasiado tarde para permitirle tomar el tren de la mañana con el que contaba.

Raoul pasó una jornada triste y no recuperó el gusto por la vida sino hacia el atardecer, cuando se vio instalado en su vagón. Durante todo el viaje, releyó el billete de Christine y aspiró su perfume; hizo resucitar la dulce imagen de sus años jóvenes. Pasó toda aquella abominable noche de ferrocarril en medio de un sueño febril que tenía por principio y por final a Christine Daaé. Empezaba a apuntar el alba cuando se apeó en Lannion. Corrió a la diligencia de Perros-Guirec. Era el único viajero. Preguntó al conductor. Supo que la víspera por la noche una joven con aspecto de parisiense se había hecho llevar a Perros y se había apeado en la posada del Sol Poniente. Solo podía tratarse de Christine. Había ido sola. Raoul dejó escapar un profundo suspiro. Podría hablar con Christine con toda calma, en aquella soledad. La amaba hasta ahogarse. Aquel muchachote que había dado la vuelta al mundo era como una virgen que nunca hubiese abandonado la casa de su madre.

A medida que se acercaba a ella, recordaba devotamente la historia de la pequeña cantante sueca. Muchos de sus detalles son ignorados todavía por la muchedumbre.

Había una vez, en una pequeña aldea de los alrededores de Upsala, un campesino que vivía allí con su familia, cultivando la tierra durante la semana y cantando en el coro los domingos. Aquel labrador tenía una hijita a la que, mucho antes de que supiese leer, enseñó a descifrar el alfabeto musical. Papá Daaé era, sin que cupiera duda alguna, un gran músico. Tocaba el violín y estaba considerado como el mejor músico de pueblo de toda Escandinavia. Su reputación se extendía a la redonda y siempre se dirigían a él para que en bodas y festines bailasen las parejas. La señora Daaé, impotente, murió cuando Christine entraba en su sexto año. Inmediatamente el padre, que solo amaba a su hija y a su música, vendió su trozo de tierra y se fue en busca de la gloria a Upsala. No encontró allí más que la miseria.

Entonces regresó a los campos, yendo de feria en feria, rascando sus melodías escandinavas, mientras su hija, que siempre iba con él, le escuchaba en éxtasis o le acompañaba cantando. Cierto día, en la feria de Limby, el profesor Valérius oyó a ambos y se los llevó a Gotemburgo. Pretendía que el padre era el primer violinista del mundo y que su hija tenía pasta de gran artista. A la niña le dieron educación e instrucción. En todas partes deslumbraba a todos por su belleza, su gracia y su sed de bien decir y bien hacer. Sus progresos eran rápidos. En esto, el profesor Valérius y su mujer tuvieron que venir a vivir a Francia. Se trajeron consigo a Daaé y a Christine. La señora Valérius trataba a Christine como a su hija. En cuanto al buen hombre, empezaba a languidecer, enfermo de nostalgia por su tierra. En París, no salía nunca. Vivía en una especie de sueño que entretenía con su violín. Durante horas enteras se encerraba en su cuarto con su hija, y se le oía tocar el instrumento y cantar con mucha dulzura. A veces, la señora Valérius iba a escucharlos tras la puerta, lanzaba un gran suspiro, se enjugaba una lágrima y se marchaba de puntillas. También ella sentía nostalgia de su cielo escandinavo.

El señor Daaé solo parecía recuperar las fuerzas en verano, cuando toda la familia iba a pasar las vacaciones a Perros-Guirec, en un rincón de Bretaña que, en aquel entonces, era prácticamente desconocido de los parisienses. Le gustaba mucho el mar de esa comarca, porque, según decía, tenía el mismo color que en su tierra, y a menudo, en la playa, tocaba sus aires más dolientes, pretendiendo que el mar se callaba para escucharlos. Además, había suplicado tanto a la señora Valérius que esta había consentido en un nuevo antojo del antiguo violinista de pueblo.

En la época de las romerías, de las fiestas de pueblo, de las danzas y de las «escapadas», se marchó como en otro tiempo, con su violín, y tenía derecho a llevarse a su hija durante ocho días. No se cansaban de escucharlos. Derramaban armonía para todo el año en las menores aldeas, y se acostaban de noche en las granjas, rechazando el lecho de la posada, estrechándose el uno contra el otro sobre la paja, como en la época en que eran tan pobres en Suecia.

Iban bien vestidos, rechazaban los *sous* que les ofrecían y no pedían, mientras, a su alrededor, las gentes no comprendían nada de la conducta de aquel violinista pueblerino que corría los caminos acompañado de aquella hermosa niña que cantaba tan bien que uno creía oír a un ángel del paraíso. Los seguían de aldea en aldea.

Cierto día, un muchacho de la ciudad, que iba con su aya, obligó a esta a hacer una caminata porque no se decidía a abandonar a la niñita cuya voz tan dulce y tan pura parecía haberlo encadenado. Así llegaron al borde de una caleta que aún se llama Trestraou. En aquel tiempo, en ese lugar no había más que el cielo, el mar y la playa dorada. Y, por encima, un gran ventarrón que se llevó el chal de Christine al mar. Christine lanzó un grito y tendió los brazos, pero el velo ya se hallaba lejos, sobre las olas. Christine oyó una voz que le decía:

—No se preocupe, señorita, yo iré a recoger su chal al mar.

Y vio a un niñito que corría, que corría, pese a los gritos y a las protestas indignadas de una buena señora completamente vestida de negro. El niño se metió en el mar vestido y le devolvió su chal. ¡Niño y chal se hallaban en buen estado! La señora de negro no acababa de tranquilizarse, pero Christine reía de buena gana y besó al niño. Era el vizconde Raoul de Chagny. Vivía, en ese momento, con su tía, en Lannion. Durante la temporada volvieron a verse casi todos los días y jugaron juntos. A petición de su tía, y por mediación del profesor Valérius, el bueno de Daaé consintió en dar lecciones de violín al joven vizconde. De este modo Raoul aprendió a amar las mismas melodías que las que habían encantado la infancia de Christine.

Tenían más o menos la misma alma soñadora y tranquila. Solo se divertían con las historias, con los viejos cuentos bretones, y su principal juego consistía en ir a buscarlos al umbral de las puertas, como mendigos. «Señora o mi buen señor,

¿tiene usted alguna historia que contarnos, por favor?» Era raro que no se les «diese». ¿Hay alguna vieja abuela bretona que no haya visto, por lo menos una vez en su vida, bailar a los *korrigans*, sobre el brezo, al claro de luna?

Pero su gran fiesta era durante el crepúsculo, en medio de la gran paz de la noche, cuando ya el sol se había acostado en el mar; el señor Daaé iba a sentarse a su lado a orillas del camino y en voz baja, como si temiera asustar a los fantasmas que evocaba, les contaba las hermosas, dulces o terribles leyendas de la región del Norte. Unas veces eran hermosas como los cuentos de Andersen, otras eran tristes como los cantos del gran poeta Runeberg. Cuando callaba, los dos niños decían: «¡Otra!».

Había una historia que empezaba así:

«Un rey estaba sentado en una canastilla, sobre una de esas aguas tranquilas y profundas que se abren como un ojo brillante en medio de los montes de Noruega...».

Y otra decía:

«La pequeña Lotte pensaba en todo y no pensaba en nada. Pájaro de estío, planeaba en los rayos de oro del sol, llevando sobre sus rizos rubios su corona de primavera. Su alma era tan clara y tan azul como su mirada. Mimaba a su madre, era fiel a su muñeca, tenía mucho cuidado de su vestido, de sus zapatos rojos y de su violín, pero, por encima de todo, lo que le gustaba era oír, mientras se dormía, al Ángel de la música».

Mientras el buen hombre decía aquellas cosas, Raoul miraba los ojos azules y la cabellera dorada de Christine. Y Christine pensaba que la pequeña Lotte era muy afortunada por oír, al dormirse, al Ángel de la música. No había historia del señor Daaé en que no interviniese el Ángel de la música, y los niños le pedían explicaciones infinitas sobre ese Ángel. El señor Daaé pretendía que todos los grandes músicos, todos los grandes artistas reciben al menos una vez en su vida la visita del Ángel de la música. Ese Ángel se había inclinado a veces sobre su cuna, como le había ocurrido a la pequeña Lotte, y por eso existen pequeños prodigios que tocan el violín a los seis años mejor que hombres de cincuenta, cosa que habéis de confesar es muy extraordinaria. A veces el Ángel viene mucho más tarde porque los niños no son buenos y no quieren aprender el método y desprecian sus gamas. En ocasiones el Ángel no viene nunca, porque no se tiene el corazón puro ni la conciencia tranquila. Nunca se ve al Ángel, pero se deja oír por las almas predestinadas. Ocurre en el momento en que menos lo esperan, cuando están tristes y desanimadas. Entonces el oído percibe de pronto armonías celestes, una voz divina, y se acuerda de ella durante toda la vida. Las personas que son visitadas por el Ángel quedan como inflamadas. Vibran con un temblor que no conoce el resto de los mortales. Y tienen el privilegio de no poder tocar un instrumento o abrir la boca para cantar sin dejar oír sonidos que avergüenzan por su belleza todos los demás sonidos humanos. Las gentes que desconocen que el Ángel ha visitado a esas personas dicen que tienen genio.

La pequeña Christine preguntaba a su papá si él había oído al Ángel. Pero el señor Daaé movía tristemente la cabeza, luego su mirada brillaba contemplando a su hija y le decía:

—¡Tú, hija mía, tú le oirás un día! Cuando yo esté en el cielo, te lo enviaré, te lo prometo.

En esa época empezaba a toser el señor Daaé.

Llegó el otoño y separó a Raoul y Christine.

Volvieron a verse tres años más tarde: eran ya adolescentes. También ocurrió en Perros, y Raoul conservó tal impresión que le persiguió toda su vida. El profesor Valérius había muerto, pero la señora Valérius se había quedado en Francia, donde sus intereses la retenían, junto con el señor Daaé y su hija, que seguían cantando y tocando el violín, arrastrando en su sueño armonioso a su querida protectora, que parecía vivir solo de música. El joven había ido a Perros por azar y también por azar entró en la casa habitada en otro tiempo por su amiguita. Vio primero al viejo Daaé, que se levantó de su asiento con lágrimas en los ojos y le abrazó, diciéndole que habían conservado un fiel recuerdo suyo. De hecho, no había pasado día sin que Christine hablase de Raoul. El viejo estaba hablando todavía cuando se abrió la puerta y, encantadora y diligente, entró la joven con té humeante sobre una bandeja. Reconoció a Raoul y depositó lo que llevaba en las manos. Por su encantador rostro se difundió una llama ligera. Permanecía dudosa, callaba. El padre los miraba a los dos. Raoul se acercó a la joven y le dio un beso que ella no evitó. Ella le hizo algunas preguntas, cumplió perfectamente su deber de huéspeda, cogió de nuevo la bandeja y salió de la habitación. Luego fue a refugiarse en un banco, en la soledad del jardín. Experimentaba unos sentimientos que agitaban su corazón adolescente por primera vez. Raoul se reunió con ella y hablaron hasta la noche, entre grandes apuros. Los dos habían cambiado, no reconocían sus personajes, que parecían haber adquirido una importancia considerable. Eran prudentes como diplomáticos y hablaban de cosas que nada tenían que ver con sus nacientes sentimientos. Cuando se despidieron, a orilla del camino, Raoul le dijo a Christine, depositando un correcto beso sobre una mano temblorosa: «¡Señorita, no la olvidaré nunca!». Y se marchó lamentando esa frase audaz, porque sabía de sobra que Christine Daaé no podía ser esposa del vizconde de Chagny.

En cuanto a Christine, fue en busca de su padre y le dijo: «¿No te parece que Raoul ya no es tan amable como antes? ¡Ya no le quiero!». Y trató de no volver a pensar en él. Lo conseguía a duras penas y se lanzó a su arte para ocupar todo su tiempo. Sus progresos resultaban maravillosos. Quienes la escuchaban le predecían que sería la primera artista del mundo. Pero, en esto, su padre murió y, de pronto, ella pareció haber perdido con él su voz, su alma y su genio. Le quedó lo suficiente para entrar en el Conservatorio, pero por los pelos. No destacó en nada, siguió las clases sin entusiasmo y obtuvo un premio para agradar a la vieja señora Valérius, con la que seguía viviendo. La primera vez que Raoul volvió a ver a Christine en la Ópera, había quedado encantado por la belleza de la joven y por la evocación de las dulces imágenes de otro tiempo, pero quedó más sorprendido todavía por el lado negativo de su arte. Parecía indiferente a todo. Volvió para escucharla. La seguía entre cajas. Intentó atraer su atención. Más de una vez la acompañó hasta la puerta del camerino, pero ella no le veía. Por lo demás, parecía no ver a nadie. Era la indiferencia andando. Raoul sufrió por ello, porque era hermosa; él era tímido y no se atrevía a confesarse a sí mismo que la amaba. Además, estaba el imprevisto de la velada de gala: los cielos desgarrados, una voz de ángel dejándose oír sobre la tierra para encanto de los hombres y consunción de su corazón...

Además, además... estaba aquella voz de hombre detrás de la puerta: «¡Tienes que amarme!», y nadie en el camerino...

¿Por qué se había reído ella cuando, en el momento en que volvía a abrir los ojos, él le dijo: «Soy el niño que recogió su chal en el mar»? ¿Por qué no le había reconocido? ¿Y por qué le había escrito?

¡Oh, qué larga es esta costa..., qué larga! Ahí está el crucero de los tres caminos... Y la landa desierta, el brezal helado, el paisaje inmóvil bajo el cielo blanco. Los vidrios tintinean, le rompen sus cristales en los oídos... ¡Cuánto ruido en esta diligencia que avanza tan despacio! Reconoce las chozas..., los cercados, los taludes, los árboles del camino... Ya está en el último recodo de la ruta, y luego bajarán y llegarán al mar..., a la gran bahía de Perros...

O sea, que ella se había apeado en la posada del Sol Poniente. ¡Bueno! No hay otra. Además, se está muy bien en ella. Recuerda que, en otro tiempo, allí se contaban hermosas historias. ¡Cómo late su corazón! ¿Qué le dirá ella al verle?

La primera persona que percibe al entrar en la vieja sala ahumada de la posada es la tía Tricard. Le reconoce, le saluda, le pregunta qué le ha traído hasta allí. Él se ruboriza, dice que, habiendo ido por un asunto a Lannion, ha decidido «llegarse hasta allí para saludarla». Ella quiere servirle la comida, pero él dice: «Dentro de un rato». Parece esperar algo o a alguien. La puerta se abre. Él está de pie. No se ha equivocado: ¡ella! Él quiere hablar, no lo consigue. Ella permanece delante de él sonriendo, nada sorprendida. Su cara es rosa y fresca como una fresa a la sombra. Sin duda la joven está emocionada por un paseo rápido. Su seno, que encierra un corazón sincero, palpita suavemente. Sus ojos, claros espejos de azul pálido, del color de los lagos que sueñan, inmóviles, muy arriba, hacia el norte del mundo, sus ojos le aportan tranquilamente el reflejo de su alma cándida. El vestido de piel se entreabre sobre un talle flexible, sobre la línea armoniosa de su joven cuerpo lleno de gracia. Raoul y Christine se miran largamente. La señora Tricard sonríe y, discreta, desaparece. Por fin, Christine habla:

—Ha venido usted, y no me extraña. Tenía el presentimiento de que volvería a encontrarle aquí, en esta posada, cuando volviese de misa.

Alguien me lo dijo en la ciudad. Sí, me habían anunciado su llegada.

—¿Quién? —pregunta Raoul, cogiendo entre sus manos la manita de Christine, que esta no retira.

—Pues mi pobre papá que está muerto.

Entre ambos jóvenes se produjo un silencio.

Luego, Raoul prosigue:

—¿Y le ha dicho su padre que yo la amo, Christine, y que no puedo vivir sin usted?

Christine se ruboriza hasta las raíces del pelo y aparta la cabeza. Con voz temblorosa dice:

—¿A mí? ¡Está usted loco, amigo mío!

Y se echa a reír para darse, como suele decirse, un respiro.

—No se ría, Christine, esto es muy serio.

Y ella replica en tono grave:

—No le he hecho venir para que me diga esas cosas.

—Usted me ha «hecho venir», Christine: adivinó que su carta no me dejaría indiferente y que yo correría a Perros. ¿Cómo ha podido pensarlo si no ha pensado que la amo?

—Pensé que usted recordaría los juegos de nuestra infancia, a los que con tanta frecuencia solía unirse mi padre. En el fondo, no sé muy bien lo que pensé... Tal vez hice mal en escribirle... Su aparición, tan súbita, la otra noche en mi palco me remitió lejos, muy lejos en el pasado, y le escribí como la niñita que yo era entonces, feliz por volver a ver a mi lado, en un momento de tristeza y soledad, a mi pequeño camarada...

Guardan silencio un instante. Hay en la actitud de Christine algo que a Raoul no le parece natural, sin que le sea posible precisar su pensamiento. Sin embargo, no la siente hostil; todo lo contrario..., la ternura desolada de sus ojos le informa sobradamente sobre este punto. Pero ¿por qué esa ternura está desolada...? Eso es tal vez lo que tiene que saber y que ya irrita al joven...

—Cuando me vio en su camerino, ¿era la primera vez que se fijaba en mí, Christine?

Esta no sabe mentir y dice:

—¡No! Ya le había visto varias veces en el palco de su hermano. Y, luego, también en el escenario.

—¡Lo sospechaba! —dice Raoul mordiéndose los labios—. Pero, entonces, ¿por qué, cuando me vio de hinojos en el camerino y le recordé que yo había recogido su chal del mar, por qué me contestó como si no me conociera y por qué se rio?

El tono de estas preguntas es tan rudo que Christine mira a Raoul, asombrada, y no le responde. El joven se queda estupefacto ante aquella súbita pelea, a la que se atreve en el momento mismo en que se había prometido hacer oír a

Christine palabras de dulzura, de amor y sumisión. Un marido, un amante que tiene todos los derechos, no hablaría de otro modo a su mujer o a su amante si le hubieran ofendido. Pero se irrita por sus errores y, considerándose estúpido, no encuentra otra salida a esta ridícula situación que la decisión feroz que adopta de mostrarse odioso.

—¡No me responde usted! —dice rabioso y desdichado—. Pues bien, yo responderé por usted. Es que en aquel camerino había alguien que la molestaba, Christine, ¡alguien a quien usted no quería mostrar que podía interesarse en una persona que no fuera él...

—Si alguien me molestaba, amigo mío —le interrumpió Christine en un tono helado—... si alguien me molestaba esa noche, ese alguien debía ser usted, porque fue a usted a quien puse en la puerta...

—Sí..., para quedarse con el otro...

—¿Qué dice usted, caballero?... —exclama la joven jadeando—. Y ¿de qué otro se trata?

—De aquel a quien usted dijo: «¡Yo canto solo para usted! ¡Le he dado mi alma esta noche, y estoy muerta!».

Christine ha cogido el brazo de Raoul: le aprieta con una fuerza difícil de imaginar en aquel ser tan frágil.

—Entonces ¿escuchaba detrás de la puerta?

—¡Sí! Porque la amo... Y lo oí todo...

—¿Qué oyó usted?

Y la joven, de pronto extrañamente calmada, soltó el brazo de Raoul.

—Él le dijo: «¡Es necesario amarme!».

Ante estas palabras, por el rostro de Christine se difunde una palidez cadavérica, sus ojos se ahondan... Vacila, está a punto de caer. Raoul se precipita, tiende el brazo, pero Christine ya ha superado ese desfallecimiento pasajero y, en voz baja, casi expirante, exclama:

—¡Diga! ¡Diga! ¡Siga diciendo todo lo que oyó!

Raoul la mira, duda, no comprende lo que pasa.

—Siga diciendo... ¡Ya ve que me está usted matando...!

—También oí que él le respondió, cuando usted le dijo que le había dado su alma: «Tu alma es muy hermosa, hija mía, y te lo agradezco. ¡No hay emperador que haya recibido un regalo como este! ¡Esta noche han llorado los ángeles!».

Christine se lleva la mano al corazón y mira a Raoul en medio de una emoción indescriptible. Su mirada es tan aguda, tan concentrada, que parece la de una enloquecida. Raoul está asustado. Pero de pronto los ojos de Christine se humedecen y por sus mejillas de marfil se deslizan dos perlas, dos pesadas lágrimas...

—¡Christine...!

—¡Raoul...!

El joven quiere cogerla, pero ella se le desliza entre las manos y escapa en medio de un gran desorden.

Mientras Christine permanecía encerrada en su cuarto, Raoul se hacía mil reproches por su brutalidad; pero, por otro lado, los celos volvían a galopar por sus venas encendidas. ¿Por qué había mostrado la joven semejante emoción al saber que habían sorprendido su secreto? ¡Tenía que ser algo importante! Cierto que Raoul, pese a lo que había oído, no dudaba de la pureza de Christine. Sabía que la joven gozaba de una gran fama de prudencia y no era tan novicio como para no comprender la necesidad a que se ve obligada a veces una artista al oír palabras de amor. Christine había contestado bien, afirmando que había entregado su alma, pero, evidentemente, en aquel asunto solo se trataba de canto y de música. ¿Evidentemente? Entonces ¿por qué aquella emoción hacía un instante? ¡Dios mío, qué desgraciado era Raoul! Y, si hubiera tenido al hombre, *la voz de hombre*, le habría exigido explicaciones cumplidas.

¿Por qué había huido Christine? ¿Por qué no bajaba?

Raoul se negó a almorzar. Estaba completamente mohíno y su dolor era grande al ver transcurrir lejos de la joven sueca aquellas horas que él había esperado tan dulces. ¿Por qué no iba ella a recorrer con él la región en que tantos recuerdos comunes tenían? ¿Y por qué ella no tomaba inmediatamente el camino de París, si, al parecer, en Perros no tenía nada que hacer y, de hecho, allí no hacía nada? Se había enterado de que por la mañana ella había mandado decir una misa por el descanso del alma de su padre y que había pasado largas horas rezando en la pequeña iglesia y en la tumba del violinista.

Triste, desalentado, Raoul se dirigió hacia el cementerio que rodeaba la iglesia. Empujó la puerta. Vagó solitario entre las tumbas, descifrando las inscripciones, y, cuando llegaba detrás del ábside, fue informado inmediatamente por la nota restallante de las flores que suspiraban sobre el granito tumbal y se desbordaban hasta la tierra blanca. Embalsamaban todo aquel rincón helado del invierno bretón. Eran milagrosas rosas rojas que parecían brotadas del alba, en medio de la nieve. Era un poco de vida entre los muertos, porque allí la muerte estaba en todas partes. También salía de la tierra que había devuelto su exceso de cadáveres. Había esqueletos y cráneos amontonados a centenares contra la pared de la iglesia, simplemente retenidos por una ligera red de alambres que dejaba al descubierto todo el macabro edificio. Las calaveras, apiladas, alineadas como ladrillos, consolidadas en los intersticios por huesos limpiamente blanqueados, parecían formar el primer asiento sobre el que se habían fabricado los muros de la sacristía. La puerta de esa sacristía se abría en medio de aquel osario, como se ve en muchas viejas iglesias bretonas.

Raoul rezó por Daaé y luego, lamentablemente impresionado por esas sonrisas eternas que ponen las bocas de las calaveras, salió del cementerio, subió la colina y se sentó al borde de la landa que domina el mar. El viento corría con mala intención por las playas, ladrando tras la pobre y tímida claridad del día. Esta cedió, huyó y se hizo una con la raya lívida del horizonte. Entonces el viento se calló. Era el atardecer. Raoul estaba envuelto en sombras heladas, pero no sentía el frío. Todo su pensamiento vagaba por la landa desierta y desolada, todo su recuerdo. A ese lugar había venido con frecuencia, a la caída del día, con la pequeña Christine para ver bailar a los *korrigans*, justo en el momento en que se levanta la luna. Por lo que a él se refiere, nunca los había visto, a pesar de tener buenos ojos. Christine, por el contrario, que era algo miope, pretendía haber visto a muchos. Raoul sonrió ante esa idea y, de pronto, se estremeció. Una forma, una forma precisa, pero que había llegado hasta allí sin que él supiera cómo, sin que el menor ruido le hubiera advertido, una forma de pie a su lado, decía:

—¿Cree que vendrán esta noche los *korrigans*?

Era Christine. Él quiso hablarle. Ella le cerró la boca con su mano enguantada.

—¡Escúcheme, Raoul, estoy decidida a decirle algo grave, muy grave!

Su voz temblaba. Él esperó.

Ella prosiguió, respirando con ahogo:

—¿Se acuerda, Raoul, de la leyenda del Ángel de la música?

—¡Claro que me acuerdo! —dijo él—; creo que fue aquí donde su padre nos la contó por primera vez.

—También fue aquí donde me dijo: «Cuando yo esté en el cielo, hija mía, te lo enviaré». Pues bien, Raoul, mi padre está en el cielo y yo he recibido la visita del Ángel de la música.

—No lo dudo —replicó el joven con toda seriedad, porque creía comprender que su amiga mezclaba, en un pensamiento piadoso, el recuerdo de su padre al resplandor de su último triunfo.

Christine pareció algo asombrada por la sangre fría con que el vizconde de Chagny se enteraba de que ella había recibido la visita del Ángel de la música.

—¿Cómo lo entiende, Raoul? —dijo ella inclinando su pálido rostro tan cerca de la cara del joven que este pudo pensar que Christine iba a darle un beso, aunque ella solo quería leer, a pesar de las tinieblas, en sus ojos.

—Entiendo —replicó él— que una criatura humana no canta como usted cantó la pasada noche sin que intervenga algún milagro, sin que el Cielo haya intervenido en algo. No hay profesor en la tierra que pueda enseñarle parecidos acentos. Usted ha oído al Ángel de la música, Christine.

—Sí —dijo ella con solemnidad—, *en mi camerino*. Es ahí donde me da sus lecciones cotidianas.

El tono con que Christine dijo esto era tan penetrante y tan singular que Raoul la miró inquieto, como se mira a una persona que dice una enormidad o afirma alguna visión loca en la que cree con todas las fuerzas de su pobre cerebro enfermo. Pero se había echado hacia atrás e, inmóvil, ya no era otra cosa que un poco de sombra en la noche.

—¿En su camerino? —repitió él como un eco estúpido.

—Sí, ahí es donde le oigo y no he sido la única en oírle.

—Entonces ¿quién más le ha oído, Christine?

—Usted, amigo mío.

—¿Yo? ¿Yo he oído al Ángel de la música?

—Sí, la pasada noche era él quien hablaba cuando usted escuchaba detrás de la puerta de mi camerino. Era él quien me dijo: «Es preciso amarme». Pero yo me creía la única persona en percibir su voz. Juzgue por eso mi asombro al saber, esta mañana, que también usted podía oírle...

Raoul se echó a reír a carcajadas. Y al punto la noche se disipó sobre la landa desierta y los primeros rayos de la luna vinieron a envolver a los jóvenes. Christine se había vuelto, hostil, hacia Raoul. Sus ojos, de ordinario tan dulces, lanzaban relámpagos.

—¿Por qué se ríe? ¿Cree acaso haber oído una voz de hombre?

—¡Exacto! —respondió el joven, cuyas ideas empezaban a aturullarse ante la actitud de combate de Christine.

—¿Y es usted, Raoul, usted el que me dice eso? ¡Un antiguo compañero de mi infancia! ¡Un amigo de mi padre! No le reconozco. Pero ¿qué cree entonces? Soy una mujer honrada, señor vizconde de Chagny, y no me encierro con voces de hombre en mi camerino. ¡Si hubiera abierto la puerta, habría visto que allí no había nadie!

—¡Es verdad! Cuando usted salió, yo abrí

aquella puerta y no encontré a nadie en el camerino...

—¿Lo ve...?

El conde tuvo que recurrir a todo su valor.

—¡Lo que veo, Christine, es que alguien está burlándose de usted!

Ella lanzó un grito y huyó. Él corrió tras ella, pero la muchacha, en medio de una irritación feroz, le soltó:

—¡Déjeme! ¡Déjeme!

Y desapareció. Raoul regresó a la posada muy cansado, muy desalentado y muy triste.

Supo que Christine acababa de subir a su habitación y que había anunciado que no bajaría para la cena. El joven preguntó si no se encontraba enferma. La buena posadera le contestó de forma ambigua que, de encontrarse mal, debía de ser de un mal que no era muy grave, y, como creía en el enfado de dos enamorados, se alejó encogiéndose de hombros y expresando de forma solapada la piedad que sentía por unos jóvenes que perdían en vanas disputas las horas que el buen Dios les ha permitido pasar en la tierra. Raoul cenó completamente solo, en un rincón del hogar, y, como es fácil suponer, con aspecto muy huraño. Luego, en su cuarto, trató de leer; y en su cama, trató de dormir. De la habitación de al lado no salía ningún ruido. ¿Qué hacía Christine? ¿Dormía? Y, si no dormía, ¿en qué estaba pensando? Y ¿en qué pensaba él? ¿Habría sido capaz de decirlo? La extraña conversación que había mantenido con Christine le había alterado completamente... Pensaba menos en Christine que *alrededor* de Christine, y ese «alrededor» era tan difuso, tan nebuloso, tan inasible, que sentía un malestar muy raro y angustioso.

Las horas pasaban muy lentas; podían ser las once y media de la noche cuando oyó nítidamente pasos en la habitación contigua a la suya. Era un paso ligero, furtivo. ¿No se había acostado Christine todavía? Sin razonar sus gestos, el joven se vistió a todo correr, con cuidado de hacer el menor ruido. Y, dispuesto a todo, esperaba. ¿Dispuesto a qué? ¿Lo sabía acaso? Su corazón dio un brinco cuando oyó girar sobre sus goznes lentamente la puerta de Christine. ¿Adónde iba ella a esta hora en que todo dormía en Perros? Entreabrió despacio su puerta y pudo ver, en un rayo de luna, la forma blanca de Christine deslizarse con precauciones por el corredor. Alcanzó la escalera, bajó, y él, por encima de ella, se inclinó sobre la barandilla. De pronto oyó dos voces que hablaban rápidamente. Le llegó una frase: «No pierda la llave». Era la voz de la posadera. Abajo se abrió la puerta que daba a la rada. Se cerró de nuevo. Y todo volvió a la calma. Raoul regresó al punto a su cuarto y corrió a la ventana, que abrió. La forma blanca de Christine se alzaba en el muelle desierto.

Aquel primer piso de la posada del Sol Poniente apenas estaba alto y un árbol en espaldera que tendía sus ramas a los brazos impacientes de Raoul permitió a este salir sin que la posadera pudiera sospechar su ausencia. Por eso, cuál no sería el asombro de la buena mujer, a la mañana siguiente, cuando le llevaron al joven casi helado, más muerto que vivo, y cuando supo que lo habían encontrado tirado cuan largo era en los escalones del altar mayor de la pequeña iglesia de Perros. Corrió a informar enseguida de la noticia a Christine, que bajó apresuradamente y prodigó, ayudada por la posadera, sus cuidados inquietos al joven que no tardó en abrir los ojos y en volver a la vida al ver encima suyo la encantadora cara de su amiga.

¿Qué había pasado? Pocas semanas más tarde, cuando el drama de la Ópera obligó a la intervención del ministerio público, el señor comisario Mifroid tuvo oportunidad de interrogar al vizconde de Chagny sobre los acontecimientos de la noche de Perros; fueron transcritos sobre las hojas del informe del sumario de la siguiente manera (Signatura 150).

Pregunta.—¿Le vio la señorita Daaé bajar de su habitación por el singular camino que usted había elegido?

Respuesta.—No, señor, no, no. Sin embargo me acerqué hasta ella sin preocuparme por ahogar el ruido de mis pasos. Entonces yo solo quería una cosa, que ella se volviese, que me viese y que me reconociese. Acababa de decirme, en efecto, que mi persecución era completamente incorrecta y que la forma de espionaje a que yo me entregaba era indigna de mí. Pero ella no pareció oírme y, de hecho, actuó como si yo no estuviera allí. Abandonó tranquilamente el muelle y luego, de pronto, subió rápidamente por el camino. El reloj de la iglesia acababa de dar las doce de la noche menos un cuarto, y me pareció que el sonido de la hora había determinado la velocidad de su carrera, porque casi echó a correr. Así llegó ella a la puerta del cementerio.

P.—¿Estaba abierta la puerta del cementerio?

R.—Sí, señor, y me sorprendió, pero no pareció asombrar a la señorita Daaé.

P.—¿Había alguien en el cementerio?

R.—Yo no vi a nadie. Si hubiera habido alguien, le habría visto. La luz de la luna era resplandeciente y la nieve que cubría la tierra, al reflejar sus rayos, volvía la noche más clara todavía.

P.—¿No podía haber alguien escondido detrás de las tumbas?

R.—No, señor. Son unas piedras tumbales miserables que desaparecían bajo la capa de nieve y que alineaban sus cruces a ras del suelo. Las únicas sombras eran las de aquellas cruces y las dos nuestras. La iglesia resplandecía de claridad. Nunca he visto semejante luz nocturna. Era muy hermoso, muy transparente y muy frío. Yo nunca había estado de noche en un cementerio, e ignoraba que pudiera haber en ellos una luz semejante, «una luz que no pesa nada».

P.—¿Es usted supersticioso?

R.—No, señor, soy creyente.

P.—¿En qué estado de ánimo se encontraba?

R.—Muy sano y muy tranquilo, palabra. Cierto que la salida insólita de la señorita Daaé me había alterado al principio profundamente; pero, tan pronto como vi a la joven penetrar en el cementerio, me dije que iba a cumplir alguna promesa sobre la tumba paterna, y me pareció tan natural que recobré toda mi calma. Estaba simplemente asombrado de que todavía no me hubiera oído andar tras ella, porque la nieve crujía bajo mis pasos. Pero sin duda estaba completamente absorbida por su piadoso pensamiento. Decidí por lo demás no turbarla y, cuando hubo llegado a la tumba de su padre, me quedé a unos pasos. Ella se arrodilló en la nieve, se santiguó y empezó a rezar. En ese momento sonaron las doce de la noche. Todavía resonaba la duodécima campanada en mi oído cuando, de pronto, vi a la joven alzar la cabeza; su mirada se clavó en la bóveda celeste, sus brazos se tendieron hacia el astro de las noches; me pareció que se encontraba en éxtasis y yo estaba preguntándome cuál había sido la razón súbita y determinante de aquel éxtasis cuando levanté la cabeza, lancé a mi alrededor una mirada enloquecida y todo mi ser se tensó hacia el Invisible, *el invisible que nos tocaba música.* ¡Y qué música! ¡Ya la conocíamos! Christine y yo ya la habíamos oído en nuestra juventud. Pero en el violín del señor Daaé nunca se había expresado con un arte tan divino. En aquel instante no pude hacer otra cosa que recordar cuanto acababa de decirme Christine sobre el Ángel de la música, y no supe realmente qué pensar ante aquellos sonidos inolvidables que, si no bajaban del cielo, al menos no permitían conocer su origen sobre tierra. Allí no había ningún instrumento ni mano para guiar el arco. ¡Claro que recordaba la admirable melodía! Era *La resurrección de Lázaro*, que el señor Daaé nos tocaba en sus horas de tristeza y de fe. Si el Ángel de Christine hubiera existido no habría tocado mejor aquella noche con el violín del difunto músico pueblerino. La invocación de Jesús nos arrebataba de la tierra, y palabra que casi esperé ver levantarse la piedra de la tumba del padre de Christine. También se me ocurrió que Daaé había sido enterrado con su violín, y, en realidad, no sé hasta dónde, en aquel minuto fúnebre y radiante, junto a calaveras que se reían de nosotros con todas sus mandíbulas inmóviles..., no, no sé hasta dónde se fue mi imaginación ni dónde se detuvo. Pero la música había callado y recobré mis sentidos. Me pareció oír un ruido procedente del lugar donde estaban las calaveras en el osario.

P.—¡Ah! ¿Conque oyó usted un ruido procedente del osario?

R.—Sí, me pareció que las calaveras se reían ahora y no pude dejar de estremecerme.

P.—¿No se le ocurrió pensar que detrás del osario podía estar escondido precisamente el músico celeste que tanto acababa de encantarle?

R.—Pensé tanto en eso que no pensé en otra cosa, señor comisario, hasta el punto de que olvidé seguir a la señorita Daaé, que acababa de levantarse y llegaba tranquilamente a la puerta del cementerio. En cuanto a ella, estaba tan absorta que no me sorprende que no me haya oído. No me moví, con los ojos clavados en el osario, decidido a llegar al final de aquella increíble aventura y de conocer su clave.

P.—¿Y qué pasó entonces para que, a la mañana siguiente, le encontraran medio muerto, sobre los escalones del altar mayor?

R.—¡Oh! Todo fue muy rápido... Una calavera rodó a mis pies..., luego otra... y otra... Se hubiera dicho que yo era el blanco de aquel fúnebre juego de bolas. Y se me ocurrió que un falso movimiento habría destruido la armonía del andamiaje tras el que se escondía nuestro músico. La hipótesis me pareció razonable, sobre todo porque, de pronto, una sombra se deslizó sobre el muro resplandeciente de la sacristía. Corrí. La sombra, empujando la puerta, ya había penetrado en la iglesia. Si yo tenía alas, la sombra tenía una capa. Fui lo bastante rápido como para coger un pico de la capa de la sombra. En ese momento la sombra y yo estábamos justo delante del altar mayor, y los rayos de la luna, a través de la gran vidriera del ábside, caían rectos delante de nosotros. Como yo no la soltaba, la sombra se volvió y, entreabierta la capa en que se envolvía, vi, señor juez, como le veo a usted, una espantosa calavera que lanzaba sobre mí una mirada en la que ardían los fuegos del infierno. Creí que tenía que habérmelas con el propio Satán, y, ante aquella aparición de ultratumba, mi corazón, pese a todo su valor, desfalleció, y ya no me acuerdo de nada hasta el momento en que me desperté en mi pequeño cuarto de la posada del Sol Poniente.

VII

Una visita al palco n.º 5

Habíamos abandonado a los señores Firmin Richard y Armand Moncharmin en el momento en que se decidían a visitar el palco n.º 5.

Han subido ya la ancha escalera que lleva desde el vestíbulo de la administración al escenario y sus dependencias; han cruzado la escena, han entrado en el teatro por la puerta de abonados, y luego a la sala por el primer corredor a la izquierda. Se han deslizado entonces entre las primeras filas de las butacas de patio y han mirado el palco n.º 5. Lo vieron mal debido a que estaba sumido en la semioscuridad y a que sobre el terciopelo rojo del pasamanos había inmensas fundas.

En ese momento estaban casi solos en el inmenso navío tenebroso y un gran silencio los rodeaba. Era la hora tranquila en que los tramoyistas van a beber.

El equipo había vaciado momentáneamente la escena, dejando un decorado a medias; algunos rayos de luz (una luz blancuzca, siniestra, que parecía robada de un astro moribundo) se habían insinuado por no se sabe qué abertura, hasta una vieja torre que erguía sus almenas de cartón sobre el escenario; en esa noche ficticia, o mejor, en ese día mentiroso, las cosas adoptaban formas extrañas. Sobre las butacas de patio, la tela que las recubría tenía la apariencia de un mar furioso, cuyas olas glaucas hubieran sido inmovilizadas instantáneamente por orden secreta del gigante de las tempestades que, como todo el mundo sabe, se llama Adamástor. Los señores Moncharmin y Richard eran los náufragos de aquella agitación inmóvil de un mar de tela pintada. Avanzaban hacia los palcos de la izquierda, a grandes brazadas, como marineros que han abandonado su barca y tratan de ganar la orilla. Las ocho grandes columnas de cartón piedra pulido se alzaban en la sombra como otros tantos pilotes prodigiosos destinados a sostener el acantilado amenazador, crujiente y destripado, cuyos cimientos estaban representados por las líneas circulares, paralelas e inclinadas de los balcones de los palcos de los pisos primero, segundo y tercero. Desde lo alto, en la cima del acantilado, perdidas en el cielo de cobre del señor Lenepveu, unas figuras hacían muecas, se reían, se burlaban y se mofaban de la inquietud de los señores Moncharmin y Richard. Eran, sin embargo, figuras muy serias por regla general. Se llamaban Isis, Amfítrite, Hebe, Flora, Pandora, Psiqué, Tetis, Pomona, Dafne, Clitia, Galatea, Aretusa. Sí, la propia Aretusa y Pandora, a quien todo el mundo conoce por su caja, miraban a los dos nuevos directores de la Ópera que habían terminado por aferrarse a algún resto del naufragio y que, desde allí, contemplaban en silencio el palco n.º 5. Ya he dicho que estaban preocupados. Al menos, me lo imagino. En cualquier caso, el señor Moncharmin confiesa que estaba impresionado. Textualmente dice: «Aquel "columpio" (¡vaya estilo!) del fantasma de la Ópera, sobre el que tan amablemente nos habían hecho subir, desde que habíamos cogido la herencia de los señores Debienne y Poligny, había terminado sin duda por turbar el equilibrio de mis facultades imaginativas, y, en fin de cuentas, visuales, porque (¿era el decorado excepcional en que nos movíamos, en el centro de un silencio increíble, lo que nos impresionó hasta ese punto...? ¿Fuimos nosotros el juguete de una especie de alucinación hecha posible por la casi oscuridad de la sala y la penumbra que bañaba el palco n.º 5?), porque yo vi, y también Richard vio, en el mismo momento, una forma en el palco n.º 5. Richard no dijo nada; yo, por lo demás, tampoco. Pero nos agarramos la mano con un mismo gesto. Luego, esperamos unos minutos así, sin movernos, con los ojos siempre clavados en el mismo punto: pero la forma había desaparecido. Entonces salimos y, en el corredor, nos dimos cuenta de nuestras impresiones y nos hablamos de *la forma*. Por desgracia, mi forma no era del todo la forma de Richard. Yo había visto una especie de calavera situada en el borde del palco, mientras que Richard había percibido una forma de mujer vieja que se parecía a la señora Giry. Hasta el punto de que comprendimos haber sido juguetes de una ilusión, y por eso corrimos sin más tardanza y riendo como locos al palco n.º 5, en el que entramos y en el que no hallamos ninguna forma».

Y ahora estamos en el palco n.º 5.

Es un palco como todos los demás palcos del primer piso. En realidad nada distingue este palco de sus vecinos.

Divirtiéndose ostensiblemente y riéndose, los señores Moncharmin y Richard removían los muebles del palco, levantaban las fundas y los sillones y examinaban en particular aquel sobre el que *la voz tenía la costumbre de sentarse*. Pero constataron que era un sillón normal, que no tenía nada de mágico. En resumen, el palco era el más normal de los palcos, con su tapicería roja, sus sillones, su alfombrilla y su pasamanos de terciopelo rojo. Tras haber palpado con toda seriedad la alfombrilla y no haber descubierto nada especial en ese lado lo mismo que en los otros, bajaron a la platea inferior, que correspondía al palco n.º 5. En la platea n.º 5, que está justo en la esquina de la primera salida de la izquierda de las butacas de patio, tampoco encontraron nada que mereciese la pena señalarse.

—Todas esas gentes se burlan de nosotros —terminó exclamando Firmin Richard—; el sábado se representa *Fausto*, ¡y nosotros dos asistiremos a la función en el palco n.º 5!

VIII

En que los señores Firmin Richard y Armand Moncharmin tienen la audacia de hacer representar *Fausto* en una sala «maldita» y del espantoso suceso que ocurrió

Pero el sábado por la mañana, al llegar a su despacho los directores, se encontraron con una doble carta del F. de la Ó., concebida en estos términos:

Mis queridos directores:

¿Me han declarado acaso la guerra?

Si todavía desean la paz, este es mi ultimátum.

Contiene las cuatro condiciones siguientes:

1.º Devolverme mi palco —y quiero que desde ahora esté a mi libre disposición.

2.º El papel de Margarita será cantado esta noche por Christine Daaé. No se preocupen de la Carlotta, que estará enferma.

3.º Confío absolutamente en los buenos y leales servicios de la señora Giry, mi acomodadora, a la que deberán reintegrar inmediatamente en sus funciones.

4.º Háganme saber, mediante una carta entregada a la señora Giry, que me la hará llegar, que aceptan ustedes, como sus antecesores, el contenido de mi pliego de condiciones relativo a mi pago mensual. Posteriormente les comunicaré la forma en que deberán entregármelo.

En caso contrario, esta noche representarán el *Fausto*, en una sala maldita.

A buen entendedor, saludos,

F. de la Ó.

—¡Me carga...! ¡Me está cargando! —gritó Richard levantando sus puños vengadores y dejándolos caer con estrépito sobre la mesa de su despacho.

En esto entró Mercier, el administrador.

—Lachenal querría ver a uno de ustedes —dijo—. Parece que se trata de algo urgente, y el buen hombre me parece muy alterado.

—¿Quién es el tal Lachenal? —preguntó Richard.

—El jefe de sus domadores.

—¿Cómo que el jefe de mis domadores?

—Claro, señor —explicó Mercier—..., en la Ópera hay varios domadores, y el señor Lachenal es su jefe.

—¿Y qué hace ese domador?

—Lleva la dirección de las cuadras.

—¿Qué cuadras?

—Pues las suyas, señor, las cuadras de la Ópera.

—¿Hay cuadras en la Ópera? ¡Palabra que no sabía nada! ¿Y dónde se encuentran?

—Debajo, por el lado de la Rotonda. Es un servicio muy importante, tenemos doce caballos.

—¡Doce caballos! Dios mío, ¿y para qué sirven?

—Pues para los desfiles de *La Judía*, de *El Profeta*, etcétera. Se necesitan caballos amaestrados y que «entiendan de tablas». Los domadores se encargan de enseñarles. El señor Lachenal es muy hábil. Es el antiguo director de las cuadras de Franconi.

—Muy bien..., pero ¿qué quiere?

—No lo sé..., nunca le he visto en semejante estado.

—¡Hágale pasar!

El señor Lachenal entra. Lleva una fusta en la mano con la que se golpea nervioso una de sus botas.

—Buenos días, señor Lachenal —dice Richard impresionado—. ¿A qué debemos el honor de su visita?

—Señor director, vengo a pedirle que ponga en la calle a todas las cuadras.

—¡Cómo! ¿Quiere echar a la calle a todos los caballos?

—No se trata de los caballos, sino de los palafreneros.

—¿Cuántos palafreneros tiene, señor Lachenal?

—¡Seis!

—¡Seis palafreneros! Bastaría con dos.

—Se trata de ¡plazas! —le interrumpió Mercier— que han sido creadas y que nos fueron impuestas por el subsecretario de Bellas Artes. Están ocupadas por protegidos del gobierno, y si puedo permitirme...

—¡Al cuerno con el gobierno...! —afirmó

Richard con energía—. No necesitamos más de cuatro palafreneros para doce caballos.

—¡Once! —rectificó el jefe de los domadores.

—¡Doce! —repitió Richard.

—¡Once! —repite Lachenal.

—¡Bueno, el señor administrador me ha dicho que tenía usted doce caballos!

—Tenía doce, pero solo nos quedan once desde que nos han robado a *César*.

Y el señor Lachenal se da un gran golpe con la fusta en la bota.

—Nos han robado a *César* —exclamó el señor administrador—. *César*, el caballo blanco de *El Profeta*.

—¡No hay dos *Césares*! —declaró en tono seco el señor jefe de los domadores—. ¡Estuve diez años con Ferroni, y mire si habré visto caballos! Pues, bien, no hay dos *Césares*. Y nos lo han robado.

—¿Cómo ha sido?

—No lo sé. Nadie sabe nada. Por eso vengo para pedirle que ponga en la calle a todas las cuadras.

—¿Y qué dicen sus palafreneros?

—Tonterías..., unos acusan a figurantes..., otros pretenden que es el portero de la administración.

—¿El portero de la administración? ¡Respondo de él como de mí mismo! —protestó Mercier.

—Pero, señor jefe de domadores —exclamó Richard—, ¡usted debe tener alguna idea...!

—¡Sí, claro que tengo una! ¡Tengo una! —declaró de pronto el señor Lachenal—, y voy a decírsela. Para mí, no hay duda.

El señor jefe de domadores se acercó a los señores directores y les dijo al oído:

—Ha sido el fantasma quien ha dado el golpe.

Richard dio un brinco.

—¿O sea, que también usted? ¡También usted!

—¿Cómo que yo también? Es lo más natural.

—Pero ¿cómo, señor Lachenal, cómo usted, señor jefe de domadores...?

—Le digo lo que pienso, después de lo que he visto.

—Y ¿qué ha visto, señor Lachenal?

—¡He visto, como le veo a usted, una sombra negra que montaba un caballo blanco que se parecía como dos gotas de agua a *César*!

—¿Y no corrió usted tras ese caballo blanco y esa sombra negra?

—Corrí y llamé, señor director, pero huyeron con una rapidez desconcertante y desaparecieron en la oscuridad de la galería...

El señor Richard se levantó.

—Está bien, señor Lachenal. Puede retirarse..., vamos a presentar una denuncia contra el *fantasma*...

—¿Y pondrá a todas mis cuadras en la calle?

—¡Desde luego! ¡Hasta la vista, señor!

El señor Lachenal saludó y se fue.

Richard echaba espuma.

—¡Prepárele la cuenta a ese imbécil!

—¡Es amigo del señor comisario del gobierno! —se aventuró a decir Mercier...

—Y toma el aperitivo en Tortoni con Lagréné, Scholl y Pertuiset, el cazador de leones —añadió Moncharmin—. ¡Nos vamos a echar a la prensa sobre nosotros! Contará la historia del fantasma y todo el mundo se reirá a costa nuestra. ¡Si hacemos el ridículo, estamos muertos!

—Está bien, no hablemos más... —concedió Richard, que ya estaba pensando en otra cosa.

En ese momento se abrió la puerta y, desde luego, aquella puerta no debía estar defendida entonces por su cancerbero ordinario, porque vieron a Mame Giry entrar de sopetón, con una carta en la mano, y decir de corrido:

—Perdón, señores, pero esta mañana he recibido una carta del fantasma de la Ópera. Me dice que me pase por su despacho, que probablemente tienen algo que...

No pudo acabar la frase. Vio la cara de Firmin Richard, y era terrible. El honorable director de la Ópera estaba a punto de estallar. El furor que le agitaba aún no se traducía al exterior más que por el color escarlata de su rostro moribundo y por el relámpago de sus ojos fulgurantes. No dijo nada. No podía hablar. Pero, de súbito, su gesto salió disparado. Fue primero el brazo izquierdo el que la emprendió con la grotesca persona de Mame Giry y le hizo describir media vuelta tan inesperada, una pirueta tan rápida que esta lanzó un clamor desesperado; luego fue el pie derecho, el pie derecho del mismo honorable director el que fue a imprimir su suela sobre el tafetán negro de una falda que, desde luego, nunca había sufrido en semejante lugar un ultraje parecido.

Las cosas ocurrieron con tanta precipitación que, cuando Mame Giry volvió a encontrarse en la galería, estaba aún como aturdida y parecía no comprender nada. Pero, de pronto, comprendió, y la Ópera resonó con sus gritos indignados, con sus protestas feroces, con sus amenazas de muerte. Se precisaron tres mozos para bajarla al patio de la administración y dos agentes para ponerla en la calle.

Más o menos a la misma hora, la Carlotta, que vivía en un pequeño palacete de la calle del

Faubourg Saint-Honoré, llamaba a su doncella y le pedía que le trajera a la cama el correo. En aquel correo, encontraba una carta anónima en que se le decía:

> Si canta esta noche, puede ocurrirle una gran desgracia en el momento mismo en que cante..., una desgracia peor que la muerte.

Después de haber leído la carta, la Carlotta ya no sintió apetito para almorzar. Rechazó la bandeja en la que la camarista le presentaba el chocolate humeante. Se sentó en la cama y pensó profundamente. No era la primera carta de aquel tipo que recibía, pero nunca había leído una tan amenazadora.

En aquel momento se creía el blanco de las mil intrigas de la envidia y solía contar que tenía un enemigo secreto que había jurado su perdición. Pretendía que tramaban contra ella algún complot malvado, alguna intriga que estallaría uno de aquellos días; pero no era mujer que se dejase intimidar, añadía.

La verdad era que, si había intriga, la dirigía la misma Carlotta contra la pobre Christine, que ni siquiera lo sospechaba. La Carlotta no le había perdonado a Christine el triunfo obtenido por esta al sustituirla de improviso.

Cuando supo la extraordinaria acogida dada a su sustituta, la Carlotta se había sentido curada instantáneamente de un principio de bronquitis y de un acceso de enojo contra la administración, y no volvió a dar muestras de la menor veleidad de dejar su puesto. Luego había trabajado con todas sus fuerzas para «ahogar» a su rival, haciendo intervenir a poderosos amigos ante los directores para que no volviesen a dar a Christine ocasión de un nuevo triunfo. Algunos periódicos que habían empezado a celebrar el talento de Christine no se ocuparon más que de la gloria de la Carlotta. Por último, en el teatro mismo, la célebre diva decía sobre Christine las palabras más ultrajantes y pretendía causarle mil pequeños disgustos.

La Carlotta no tenía ni corazón ni alma. ¡No era más que un instrumento! Cierto que un maravilloso instrumento. Su repertorio comprendía todo lo que puede tentar la ambición de una gran artista tanto entre los maestros alemanes como entre los italianos o franceses. Hasta ese día, nunca se había oído a la Carlotta desafinar ni carecer del volumen de voz necesario para la traducción de ningún pasaje de su inmenso repertorio. En resumen, el instrumento era extenso, potente y de una precisión admirable. Pero nadie habría podido decir a la Carlotta lo que Rossini le dijo a la Krauss después de haber cantado para él en alemán «Sombríos bosques...»: «Canta usted con el alma, hija mía, y ¡su alma es hermosa!».

¿Dónde estaba tu alma, oh Carlotta, cuando bailabas en los tugurios de Barcelona? ¿Dónde estaba más tarde, en París, cuando cantaste en tristes tablados tus coplillas cínicas de bacante de music-hall? ¿Dónde cuando, ante los maestros reunidos en casa de uno de tus amantes, hacías resonar ese instrumento dócil, cuya maravilla consistía en cantar con la misma perfección indiferente el sublime amor y la orgía más baja? ¡Oh, Carlotta, si alguna vez hubieras tenido un alma y la hubieses perdido, la habrías encontrado cuando te convertiste en Julieta, cuando fuiste Elvira, y Ofelia, y Margarita! Porque otras han subido de lugar más bajo que tú, y el arte, ayudado por el amor, las ha purificado.

En verdad, cuando pienso en todas las bajezas, en todas las villanías que Christine Daaé tuvo que sufrir, en esa época, de parte de la tal Carlotta, no puedo contener mi cólera, y no me asombra que mi indignación se traduzca en ojeadas algo más amplias sobre el arte en general, y el del canto en particular, en las que no encontrarán su sitio ciertamente los admiradores de la Carlotta.

Cuando la Carlotta hubo terminado de pensar en la amenaza de la extraña carta que acababa de recibir, se levantó.

—Ya veremos —dijo. Y pronunció en español algunos juramentos de un tono muy decidido.

Lo primero que vio al poner las narices en la ventana fue un cuervo. El cuervo y la carta la convencieron de que aquella noche corría el más serio de los peligros. Reunió en casa a todos sus amigos, les informó que una intriga organizada por Christine Daaé la amenazaba para la función de la noche, y declaró que había que destrozar a la pequeña llenando la sala con sus propios admiradores, con los admiradores de la Carlotta. ¿No se engañaba, verdad? Contaba con que ellos estarían preparados para cualquier evento y harían callar a los perturbadores si, como temía, organizaban el escándalo.

Tras haber ido en busca de noticias sobre la salud dc la diva, el secretario particular del señor Richard regresó con la tranquilidad de que se encontraba a las mil maravillas y de que, «aunque estuviese en la agonía», cantaría aquella misma noche el papel de Margarita. Como el secretario había recomendado encarecidamente a la diva, de parte de su jefe, no cometer ninguna imprudencia, no salir de casa y cuidarse de las corrientes de aire, la Carlotta no pudo dejar de relacionar, una vez que el secretario se hubo ido, aquellas recomendaciones excepcionales e inesperadas con las amenazas escritas en la carta.

Eran las cinco cuando recibió por correo una nueva carta anónima de la misma escritura que la primera. Era breve. Decía simplemente:

> Está usted constipada; si fuera usted razonable, comprendería la locura que es querer cantar esta noche.

La Carlotta se rio burlona, se encogió de hombros —eran magníficos— y lanzó dos o tres notas que la tranquilizaron.

Sus amigos fueron fieles a su promesa. Aquella noche estaban todos allí, en la Ópera, pero buscaron en vano a su alrededor aquellos feroces conspiradores a los que debían combatir. Si se exceptuaba algunos profanos, algunos honrados burgueses cuya cara plácida no reflejaba otro designio que el de volver a oír una música que hacía mucho había conquistado sus sufragios, no estaban más que los habituales cuyas costumbres elegantes, pacíficas y correctas, descartaban cualquier idea de manifestación. Lo único que parecía anormal era la presencia de los señores Richard y Moncharmin en el palco n.º 5. Los amigos de la Carlotta pensaron que, tal vez, los señores directores habían venteado por su parte el proyectado escándalo y se habían dirigido a la sala para pararlo tan pronto como estallase; pero era una hipótesis injustificada, como sabemos; los señores Richard y Moncharmin solo pensaban en su fantasma.

¿Nada...? En vano interrogo en ardiente vigilia
A la Naturaleza y al Creador.
¡Ninguna voz en mi oído desliza
Una palabra de consuelo...!

El célebre barítono Carolus Fonta acababa de lanzar la primera llamada del doctor Fausto a los poderes del infierno cuando el señor Firmin Richard, que estaba sentado en la silla misma del fantasma —la silla de la derecha, en la primera fila—, se inclinaba con el mejor humor del mundo hacia su asociado y le decía:

—Y a ti, ¿ya te ha dicho al oído una voz alguna palabra?

—¡Esperemos! No tengamos prisa —respondía en el mismo tono divertido el señor Armand Moncharmin—. La función acaba de empezar y ya sabes que el fantasma no llega hasta la mitad del primer acto.

El primer acto transcurrió sin incidentes, cosa que no extrañó a los amigos de Carlotta, porque en ese acto Margarita no canta. En cuanto a los dos directores, al caer el telón se miraron sonriendo:

—¡El primero se acabó! —dijo Moncharmin.

—¡Sí, el fantasma se retrasa! —declaró Firmin Richard. Moncharmin, siguiendo con la burla, añadió:

—En resumen, que la sala no está demasiado mal compuesta esta noche *para ser una sala maldita*.

Richard se dignó sonreír. Señaló a su colaborador una buena y gorda señora, bastante vulgar, vestida de negro, que estaba sentada en una butaca en medio de la sala y a la que flanqueaban dos hombres, de aspecto zafio en sus levitas de paño de frac.

—Pero ¿quién es esa «gente»? —preguntó a Moncharmin.

—Esa gente, querido, es mi portera, mi hermano y su marido.

—¿Les has regalado entradas?

—Claro... Mi portera no había venido nunca a la Ópera..., esta es la primera vez, y, como ahora ha de venir todas las noches, he querido que esté bien acomodada en vez de pasarse el tiempo acomodando a los demás.

Moncharmin pidió explicaciones y Richard le informó que había decidido que su portera, en la que tenía la mayor de las confianzas, ocupase por algún tiempo el puesto de Mame Giry.

—A propósito de la señora Giry —dijo Moncharmin—, ¿sabes que va a presentar una denuncia contra ti?

—¿Ante quién? ¿Ante el fantasma?

¡El fantasma! Moncharmin casi lo había olvidado.

Por lo demás, el misterioso personaje no hacía gran cosa para presentarse ante el recuerdo de los señores directores.

De pronto la puerta de su palco se abrió bruscamente y entró el regidor asustado.

—¿Qué ocurre? —preguntaron los dos, estupefactos, al ver al regidor en semejante lugar en aquel momento.

—Ocurre —dijo el regidor— que los amigos de Christine Daaé han preparado un escándalo contra la Carlotta. Y esta se ha puesto hecha una furia.

—Pero ¿qué es toda esa historia?... —dijo Richard frunciendo el ceño.

Pero se alzaba el telón sobre la Kermesse y el director hizo una seña al regidor para que se retirase.

Cuando el regidor hubo abandonado el palco, Moncharmin se inclinó al oído de Richard:

—Entonces ¿la Daaé tiene amigos? —preguntó.

—Sí —dijo Richard—, los tiene.

—¿Quién?

Richard señaló con la mirada un palco del primer piso, en el que solo había dos hombres.

—Sí, él me la ha recomendado... tan calurosamente que si no supiese que es el amigo de la Sorelli...

—¡Vaya! ¡Vaya!... —murmuró Moncharmin—. ¿Y quién es ese joven tan pálido que se sienta a su lado?...

—Su hermano el vizconde.

—Mejor haría yéndose a la cama. Parece enfermo.

La escena resonaba con cantos alegres. La embriaguez en música. Triunfo del cubilete.

Vino o cerveza,
Cerveza o vino,
¡Si está lleno mi vaso
Me da lo mismo!

Estudiantes, burgueses, soldados, muchachas y matronas bailaban con el corazón alegre delante de la taberna del dios Baco. Siebel hizo su entrada.

Christine Daaé estaba encantadora disfrazada de hombre. Su fresca juventud y su gracia melancólica seducían a primera vista. Los partidarios de la Carlotta imaginaron inmediatamente que sería saludada con una ovación que les informaría sobre las intenciones de sus amigos. Por lo demás, esa ovación indiscreta hubiera sido una torpeza insigne. No se produjo.

Al contrario, cuando Margarita cruzó la escena y hubo cantado los dos únicos versos de su papel en ese acto segundo:

> *¡No, señores, no soy señorita ni hermosa,*
> *Y no necesito que me den la mano!*

unos bravos clamorosos acogieron a la Carlotta. Era tan imprevisto y tan inútil que quienes no estaban al corriente de nada se miraron preguntándose qué era lo que ocurría; el acto concluyó sin ningún incidente. Todo el mundo se decía entonces: «Será en el próximo acto, evidentemente». Algunos que, al parecer, estaban mejor informados que otros, afirmaron que el «jaleo» debía empezar en la «Copa del rey de Thule», y se precipitaron hacia la entrada de abonados para avisar a la Carlotta.

Los directores abandonaron el palco durante ese entreacto para informarse sobre aquella historia de intriga de que les había hablado el regidor, pero volvieron pronto a su sitio encogiéndose de hombros y tratando el asunto de tontería. Lo primero que vieron al entrar fue una caja de bombones ingleses en la mesita del pasamanos. ¿Quién la había llevado allí? Preguntaron a las acomodadoras. Pero nadie pudo decirles nada. Cuando de nuevo se volvieron hacia el pasamanos vieron esta vez, junto a la caja de bombones ingleses, unos gemelos. Se miraron. No tenían ninguna gana de reírse. A su memoria volvía todo lo que la señora Giry les había dicho... y además... les parecía que a su alrededor había como una extraña corriente de aire... Se agarraron en silencio, realmente impresionados.

La escena representaba el jardín de Margarita...

Declaradle mi amor,
Llevadle mis votos...

Cuando cantaba esos dos primeros versos, con su ramo de rosas y lilas en la mano, Christine, levantando la cabeza, vio en su palco al vizconde de Chagny y, a partir de ese momento, a todos les pareció que su voz era menos segura, menos pura, menos cristalina que de costumbre. Algo desconocido ensordecía y sobrecargaba su canto. Debajo de él había temblor y temor.

—¡Qué mujer tan rara! —observó casi en voz alta un amigo de la Carlotta situado en la orquesta—. La noche pasada estaba divina, y hoy le tiembla la voz. ¡No tiene experiencia, carece de método!

Es en vos en quien tengo fe,
Hablad vos por mí.

El vizconde se puso la cabeza entre las manos. Lloraba. Detrás de él, el conde se mordía con violencia las puntas del bigote, se encogía de hombros y fruncía el ceño. Para que tradujese mediante tantos signos externos sus sentimientos íntimos, el conde, de ordinario tan correcto y tan frío, debía estar furioso. Lo estaba. Había visto a su hermano regresar de un rápido y misterioso viaje en un estado de salud alarmante. Las explicaciones subsiguientes habían tenido sin duda la virtud de tranquilizar al conde que, deseoso de saber a qué atenerse, había pedido una entrevista a Christine Daaé. Esta había tenido la audacia de responderle que no podía recibirle, ni a él ni a su hermano. Imaginó un cálculo abominable. No le perdonaba a Christine que hiciera sufrir a Raoul, pero, sobre todo, no perdonaba a Raoul que sufriera por Christine. ¡Ah!, había hecho mal en interesarse en aquel momento por la pequeña, cuyo triunfo de una noche seguía siendo incomprensible para todos.

Que sobre su boca la flor
Pueda depositar al menos
Un dulce beso.

—¡Pequeña espabilada, bah! —gruñó el conde.

Y se preguntó qué era lo que quería aquella mujer..., qué podía esperar... Era pura, decían que no tenía amigo ni protector de ningún tipo..., ¡buena bribona debía de ser Ángel del Norte!

En cuanto a Raoul, detrás de sus manos, telón que ocultaba sus lágrimas de niño, solo pensaba en la carta que había recibido a su vuelta a París, adonde Christine había llegado antes que él, escapando de Perros como una ladrona: «Mi querido y antiguo amiguito, debe tener el valor de no volver a verme, de no volver a hablarme..., si es que me ama un poco, hágalo por mí, por mí, que no le olvidará nunca..., mi querido Raoul. Sobre todo, no entre nunca más en mi camerino. Va en ello mi vida. Va en ello la suya. Su pequeña Christine».

Una salva de aplausos... Es la Carlotta, que hace su entrada.

El acto del jardín seguía desarrollándose con sus peripecias acostumbradas.

Cuando Margarita hubo terminado de cantar el aria del Rey de Thule, fue aclamada; lo fue más aún cuando hubo terminado el aria de las joyas:

Ah, cuánto río al verme
Tan bella en este espejo...

Segura ya de sí misma, segura de sus amigos en la sala, segura de su voz y de su éxito, sin miedo de nada, Carlotta se entregó toda entera, con ardor, con entusiasmo, con embriaguez. Su actuación ya no tuvo freno ni pudor... No era Margarita, era Carmen. La aplaudieron más, y su dúo con Fausto parecía prepararle un nuevo éxito cuando de pronto ocurrió... algo espantoso.

Fausto estaba arrodillado:

Déjame, déjame contemplar tu rostro
Bajo la pálida claridad
Con que el astro de la noche, como en una nube,
Acaricia tu belleza.

Y Margarita respondía:

¡Oh silencio! ¡Oh dicha! ¡Inefable misterio!
¡Embriagadora languidez!
¡Escucho...! ¡Y comprendo esa voz solitaria
Que en mi corazón canta!

En ese momento..., justo en ese momento..., se produce algo..., quiero decir algo espantoso...

...Con movimiento unánime la sala se pone de pie... En su palco, los dos directores no pueden contener una exclamación de horror... Espectadores y espectadoras se miran como pidiéndose unos a otros la explicación de un fenómeno tan inesperado... El rostro de la Carlotta expresa el dolor más atroz, sus ojos parecen acosados por la locura. La pobre mujer se ha levantado, con la boca entreabierta todavía al terminar de decir: «esa voz solitaria que en mi corazón canta...». Pero aquella boca ya no cantaba..., *no osaba pronunciar ni una palabra, ni un sonido...*

Porque aquella boca creada para la armonía, aquel instrumento tan ágil que nunca había fallado, órgano magnífico, generador de las sonoridades más hermosas, de los acordes más difíciles, de las modulaciones más blandas, de los ritmos más ardientes, sublime mecánica humana a la que para ser divina solo faltaba el fuego del cielo, el único que da verdadera emoción y eleva las almas..., aquella boca había dejado pasar...

De aquella boca se había escapado...

... *¡Un gallo!*

¡Un horrible, un repugnante, un plumoso, venenoso, espumoso, espumeante y chillón gallo...!

¿Por dónde había entrado? ¿Cómo se había agazapado sobre la lengua? Con las patas de atrás replegadas, para saltar a mayor altura y más lejos, taimadamente había salido de la laringe, y... ¡cuac!

¡Cuac! ¡Cuac...! ¡Ah, el terrible cuac!

Como supondréis, de gallos solo se habla en

sentido figurado. No se le veía, pero, ¡por todos los demonios!, se le oía. ¡Cuac!

La sala quedó como salpicada. Nunca plumífero alguno, en los clamorosos corrales, había desgarrado la noche con un cuac más horrible.

Y, desde luego, nadie lo esperaba. La Carlotta todavía no daba crédito a su garganta ni a sus oídos. Si a sus pies hubiera caído un rayo, le habría sorprendido menos que aquel gallo chillón que acababa de salir de su boca...

Y no la hubiera deshonrado. Mientras que, por supuesto, un gallo agazapado en la lengua deshonra siempre a una cantante. Hay algunas que han muerto por un gallo.

¡Dios mío! ¿Quién lo hubiera creído...? Estaba cantando tan tranquila: «¡Y comprendo esa voz solitaria que en mi corazón canta!». Cantaba sin esfuerzo, como siempre, con la misma facilidad con que uno dice: «Buenos días, señora, ¿cómo está?».

No puede negarse que hay cantantes presuntuosas, que cometen el error de no medir sus fuerzas y que, en su orgullo, quieren alcanzar, con la débil voz que el cielo les concede, esfuerzos excepcionales y lanzar notas que les fueron prohibidas al venir a este mundo. Es entonces cuando el cielo, para castigarlas, les envía, sin que ellas lo sepan, un gallo a la boca, un gallo que hace cuac. Todo el mundo lo sabe. Pero nadie podía admitir que una Carlotta, que tenía por lo menos dos octavas en la voz, soltara un gallo.

No podían olvidarse sus estridentes fas sobreagudos, sus *staccati* inauditos en *La flauta mágica*. Se acordaban del *Don Juan*, donde ella era Elvira y donde obtuvo el triunfo más clamoroso cierta noche, al dar el si bemol que no podía dar su compañera doña Ana. Entonces ¿qué significaba realmente aquel cuac, al final de aquella tranquila, pacífica y pequeñita «voz solitaria que en mi corazón canta»?

Aquello no era natural. Tenía que haber algún sortilegio. Aquel gallo olía a quemado. ¡Pobre, miserable, desesperada, destruida Carlotta...!

En la sala crecía el rumor. Si a cualquier otra, y no a la Carlotta, le hubiera ocurrido semejante aventura, ¡la habrían silbado! Pero, con ella, cuyo perfecto instrumento era conocido por todos, nadie exteriorizó cólera, sino consternación y espanto. ¡Los hombres que asistieron, si es que alguno lo hizo, a la catástrofe que rompió los brazos de la Venus de Milo, debieron de sufrir ese mismo espanto...! Además, si asistieron, pudieron ver el golpe que hería la estatua... y comprender...

Pero allí... ¡Aquel gallo era incomprensible!

Tanto que pasaron unos segundos preguntándose si la Carlotta había oído realmente salir de su propia boca aquella nota..., pero ¿era aquel sonido una nota? Un sonido sigue siendo música; pero ella quiso convencerse de que aquel ruido infernal no había existido; que, por un momento, había sufrido una ilusión de su oído, y no una criminal traición de su órgano vocal...

La Carlotta lanzó una mirada enloquecida a su alrededor como para buscar un refugio, una protección, o, mejor, la seguridad espontánea de la inocencia de su voz. Sus dedos crispados se dirigieron a su garganta en un gesto de defensa y de protesta. ¡No, no! ¡Aquel cuac no era suyo! Y parecía incluso que también Carolus Fonta era de esa opinión, porque la miraba con una expresión inenarrable de pasmo infantil y gigantesco. En última instancia, él estaba junto a ella. No la había abandonado un momento. ¿Podría decirle cómo había ocurrido aquello? ¡No, no podía! Sus ojos estaban estúpidamente clavados en la boca de la Carlotta como los ojos de los niños miran el sombrero inagotable del prestidigitador. ¿Cómo había podido contener una boca tan pequeña un cuac tan grande?

Todo aquello, gallo, cuac, emoción, terror-rumor de la sala, confusión del escenario, de bastidores —algunos comparsas asomaban unas cabezas asustadas—, todo lo que describo al detalle duró unos segundos.

Unos segundos horribles que parecieron interminables sobre todo a los dos directores, que seguían en el palco n.º 5. Moncharmin y Richard estaban muy pálidos. El episodio inaudito y que seguía siendo inexplicable los llenaba de una angustia tanto más misteriosa cuanto que, desde hacía un instante, se hallaban bajo la influencia directa del fantasma. Habían sentido su aliento. Y bajo ese aliento algunos cabellos de Moncharmin se habían quedado tiesos... Y Richard se había pasado su pañuelo por la frente sudorosa... ¡Sí, estaba allí..., a su alrededor..., detrás de ellos, a su lado, le sentían sin verle...! Oían su respiración..., ¡y tan cerca de ellos, tan cerca de ellos...! *Cuando alguien está presente, se sabe*... Pues bien, ¡ahora ellos sabían...!, *estaban seguros de que en el palco eran tres*... Temblaban... Se les ocurrió la idea de huir... No se atrevían... ¡No se atrevían a hacer ningún movimiento, ni a intercambiar una palabra que hubiera podido oír el fantasma, de quien sabían que estaba allí! ¿Qué iba a pasar? ¿Qué iba a ocurrir?

¡Ocurrió el cuac! Por encima de todos los rumores de la sala se oyó su doble exclamación de horror. *Se sentían bajo los golpes del fantasma.* Inclinados por encima del palco, miraban a la Carlotta como si no la reconociesen. Aquella mujer del infierno debía de haber dado con su cuac la señal de alguna catástrofe. ¡Ah! Ya estaban esperando la catástrofe. ¡El fantasma se la había prometido! ¡La sala estaba maldita! Su doble pecho directivo jadeaba bajo el peso de la catástrofe. Se oyó la voz estrangulada de Richard que gritaba a la Carlotta:

—¡Siga! ¡Siga!

¡No! La Carlotta no siguió... Volvió a empezar valiente, heroicamente, el verso fatal en el que había aparecido el gallo.

Un silencio espantoso sucedió a todos los ruidos. Solo la voz de la Carlotta llenó de nuevo el navío sonoro.

¡Escucho...!

La sala también escucha...

Y comprendo esa voz solitaria (¡cuac!)
(¡Cuac...!) Que en mi... (¡cuac!)

El gallo también ha vuelto a empezar.

La sala estalla en un tumulto prodigioso. Derrumbados en sus asientos, los dos directores no se atreven siquiera a volverse; no tienen fuerza para hacerlo. ¡El fantasma se ríe de ellos en sus mismas narices! Y por fin oyen claramente en el oído derecho su voz, la imposible voz, la voz sin boca, la voz que dice:

«¡Esta noche está cantando como para que se caiga la lámpara!».

En un mismo movimiento, ambos levantaron la cabeza al techo y lanzaron un grito terrible. La lámpara, la inmensa masa de la lámpara se deslizaba, iba hacia ellos, a la llamada de aquella voz satánica. Desenganchada, la lámpara caía desde lo alto de la sala y se derrumbaba en medio de la orquesta, entre mil clamores. Aquello fue el espanto, el sálvese quien pueda general. Mi deseo no es hacer revivir aquí una hora histórica. A los curiosos les bastará con abrir los periódicos de la época. Hubo numerosos heridos y una muerta.

La lámpara se había derrumbado sobre la cabeza de la desventurada que había ido por vez primera en su vida a la Ópera, sobre aquella persona a la que el señor Richard había designado para sustituir en sus funciones de acomodadora a Mame Giry, la acomodadora del fantasma. Murió en el acto, y al día siguiente aparecía un periódico con estos titulares: *¡Doscientos mil quilos sobre la cabeza de una portera!* Esa fue toda su oración fúnebre.

IX

El cupé misterioso

Aquella trágica noche fue mala para todo el mundo. La Carlotta se había puesto enferma. En cuanto a Christine Daaé, había desaparecido después de la función. Quince días habían transcurrido sin que se la hubiera vuelto a ver en el teatro, sin que se hubiera dejado ver fuera del teatro.

No debe confundirse esa primera desaparición, que se produjo sin escándalo, con el famoso rapto que, al poco tiempo, debía producirse en condiciones tan inexplicables y tan trágicas.

Naturalmente, Raoul fue el primero en no comprender nada de la ausencia de la diva. Le había escrito a las señas de la señora Valérius y no había recibido respuesta. Al principio no se sorprendió, conociendo su estado de ánimo y la resolución que ella tenía de romper toda relación con él, sin que por lo demás Raoul hubiera podido adivinar la razón para ello.

Su dolor no había hecho más que crecer, y terminó inquietándose al no ver a la cantante en ningún programa. Repusieron el *Fausto* sin ella. Una tarde, hacia las cinco, fue a interesarse en la dirección por las causas de aquella desaparición de Christine Daaé. Encontró muy preocupados a los directores. Sus propios amigos no los reconocían: habían perdido toda la alegría y el entusiasmo. Se les veía cruzar el teatro con la cabeza gacha, la frente pensativa y las mejillas pálidas, como si los persiguiera algún abominable pensamiento, o presas de alguna travesura del destino que coge a su víctima y no la suelta.

La caída de la lámpara había entrañado muchas responsabilidades, pero era difícil conseguir que los señores directores se explicasen sobre este asunto.

La investigación había concluido declarándolo accidente, provocado a causa de desgaste de los medios de suspensión; pero habría sido deber, tanto de los antiguos directores como de los nuevos, constatar ese desgaste y remediarlo antes de que determinase la catástrofe.

Debo decir que los señores directores Richard y Moncharmin parecían en esa época tan cambiados, tan lejanos..., tan misteriosos..., tan incomprensibles que muchos abonados pensaron que algún suceso más horrible todavía que la lámpara era la causa que había modificado el estado de ánimo de los señores directores.

En sus relaciones cotidianas, se mostraban muy impacientes, excepto con la señora Giry, que había sido reintegrada en sus funciones. Es fácil de adivinar la forma en que recibieron al vizconde de Chagny cuando este vino a pedirles nuevas de Christine. Se limitaron a responderle que estaba de permiso. Él preguntó cuánto tiempo duraría ese permiso; se le contestó con bastante sequedad que era ilimitado, dado que Christine Daaé lo había solicitado por motivos de salud.

—¡Entonces está enferma! —exclamó—. ¿Qué tiene?

—¡No lo sabemos!

—¿O sea, que no le han mandado el médico del teatro?

—No, ella no lo ha pedido, y, como confiamos en ella, hemos creído su palabra.

No le pareció aquello muy natural a Raoul, que abandonó la Ópera presa de los más sombríos pensamientos. Decidió que, pasase lo que pasase, iría en busca de noticias a casa de la señora Valérius. Recordaba sin duda los términos enérgicos de la carta de Christine, que le prohibía intentar lo que fuera para verla. Pero lo que había visto en Perros, lo que había oído tras la puerta del camerino, la conversación que había mantenido con Christine a orillas de la landa, le hacían presentir alguna maquinación que, no por ser algo diabólica, dejaba de ser menos humana. La imaginación exaltada de la joven, su alma tierna y crédula, la educación primitiva que había rodeado sus años jóvenes con un círculo de leyendas, el continuo pensamiento de su padre muerto y, sobre todo, el estado de sublime éxtasis en que la música la sumía cuando este arte se manifestaba a ella en ciertas condiciones excepcionales —¿no lo había juzgado él así durante la escena del cementerio...?—, todo aquello constituía en su opinión un terreno moral propicio a las intrigas malhechoras de algún personaje misterioso y sin escrúpulos. ¿De quién era víctima Christine Daaé? Esa era la pregunta muy sensata que Raoul se hacía al dirigirse a toda prisa a casa de la señora Valérius.

Porque el vizconde tenía un espíritu de los más sanos. Era, sin duda, poeta, amaba la música en lo que tiene de más alado, y era gran aficionado a los viejos cuentos bretones donde danzan los *korrigans*; y por encima de todo estaba enamorado de aquella pequeña hada del Norte que era

Christine Daaé; lo cual no impide que solo creyera en lo sobrenatural en materia de religión y que la historia más fantástica del mundo no fuera capaz de hacerle olvidar que dos y dos son cuatro.

¿Qué le iban a decir en casa de la señora Valérius? Temblaba al llamar a la puerta de un pequeño piso de la calle Notre-Dame-des-Victoires.

La doncella que una noche había salido, enfrente de él, del camerino de Christine, fue a abrirle. Preguntó si podía ver a la señora Valérius. Le respondieron que estaba indispuesta, en cama, y que era por tanto incapaz de «recibir».

—Preséntele mi tarjeta —dijo.

No tuvo que esperar mucho tiempo. La doncella volvió y le introdujo en un pequeño salón bastante oscuro y sumariamente amueblado, en cuyas paredes los dos retratos del profesor Valérius y del señor Daaé se hallaban frente por frente.

—La señora pide perdón al señor vizconde —dijo la criada—. No podrá recibirle más que en su cuarto, porque sus pobres piernas ya no la sostienen.

Cinco minutos después Raoul era introducido en un cuarto casi a oscuras, donde inmediatamente distinguió, en la penumbra de una alcoba, el buen rostro de la bienhechora de Christine. El pelo de la señora Valérius estaba ahora completamente blanco, pero sus ojos no habían envejecido; al contrario, su mirada nunca había sido tan clara, ni tan pura, ni tan infantil.

—¡Señor de Chagny!... —dijo alegremente tendiendo sus dos manos al visitante—. ¡Ah, es el Cielo quien le envía...! Vamos a poder hablar de *ella*.

Esta última frase sonó lúgubre en los oídos del joven. Inmediatamente preguntó:

—Señora..., ¿dónde está Christine?

Y la anciana señora le respondió tranquila:

—Está con su «genio bueno».

—¿Qué genio bueno? —exclamó el pobre Raoul.

—Pues el *Ángel de la música*.

Consternado, el vizconde de Chagny se dejó caer sobre una silla. ¡Realmente Christine estaba con el *Ángel de la música*! Y, desde su cama, la señora Valérius le sonreía llevándose un dedo a la boca, para recomendarle silencio. Y añadió:

—¡No hay que decírselo a nadie!

—Puede contar conmigo —replicó Raoul sin saber muy bien lo que decía, porque sus ideas sobre Christine, ya muy alteradas, se embrollaban cada vez más y parecía que todo empezaba a dar vueltas a su alrededor, alrededor del cuarto, alrededor de aquella extraordinaria y valiente anciana de cabellos canos, de ojos azul cielo pálido, de ojos de cielo vacío—... Puede contar conmigo...

—¡Lo sé! ¡Lo sé! —dijo la mujer con una sonrisa feliz—. Pero acérquese a mí, como cuando era un niño. Deme sus manos como cuando me contaba la historia de la pequeña Lotte que le había contado el señor Daaé. Le quiero, señor Raoul, ya lo sabe. ¡Y Christine también le quiere!

—... Ella me quiere... —suspiró el joven, que reunía a duras penas su pensamiento en torno al genio de la señora Valérius, del Ángel del que Christine le había hablado de forma tan extraña, de la cabeza de muerto que había entrevisto en una especie de pesadilla sobre los escalones del altar mayor de Perros, y también del fantasma de la Ópera, cuya fama había llegado a sus oídos una noche en que se había quedado algún tiempo más en el escenario, a dos pasos de un grupo de tramoyistas que recordaban la descripción cadavérica que había hecho antes de su misterioso final el ahorcado Joseph Buquet...

Preguntó en voz baja:

—¿Qué le hace creer, señora, que Christine me quiere?

—¡Me hablaba de usted todos los días!

—¿De veras...? ¿Y qué le decía?

—Me dijo que usted se le había declarado...

Y la anciana se echó a reír con una carcajada, enseñando todos sus dientes, que había conservado con gran celo. Raoul se levantó, con la frente ruborizada y sufriendo de una manera atroz.

—Bueno, ¿adónde va...? ¿Quiere volver a sentarse...? ¿Cree usted que va a despedirse así...? Está usted molesto porque me he reído, le pido perdón... Después de todo, no es culpa suya lo que ha pasado... Usted no sabía... Usted es joven... y creía que Christine era libre...

—¿Está prometida Christine? —preguntó con voz estrangulada el desventurado Raoul.

—¡No, por supuesto que no...! Sabe de sobra que Christine, aunque lo desee, no puede casarse...

—¿Cómo? No sé nada de eso... ¿Y por qué no puede casarse Christine?

—Pues por el *Genio de la música*...

—¿Cómo?

—Sí, ¡él se lo prohíbe...!

—¿Que él se lo prohíbe...? ¿El genio de la música le prohíbe casarse?

Raoul se inclinaba hacia la señora Valérius, con la mandíbula adelantada, como para morderla. Si hubiera sentido deseos de devorarla no la habría mirado con unos ojos más feroces. Hay momentos en que una inocencia de espíritu demasiado excesiva parece tan monstruosa que se vuelve odiosa. Raoul encontraba a la señora Valérius demasiado inocente.

Ella no dudó sobre la mirada horrible bajo la que estaba. Y prosiguió con su aire más natural:

—Bueno, él se lo prohíbe... sin prohibírselo... Le dice simplemente que, si se casa, ella no volvería a oírle. ¡Eso es todo...! ¡Y que él se marcharía para siempre...! Entonces, como usted comprenderá, ella no quiere dejar que *el Genio de la música* se vaya. Es muy lógico.

—Sí, sí —concedió Raoul en un soplo—, es muy lógico.

—Por lo demás, yo creía que Christine le había dicho todo esto cuando le vio en Perros, adonde había ido con su «genio bueno».

—¡Ah, ah! ¿Fue a Perros con el «genio bueno»?

—Quiero decir que él la había citado en el cementerio de Perros, sobre la tumba del señor Daaé. Le había prometido tocarle la *Resurrección de Lázaro* en el violín de su padre.

Raoul de Chagny se levantó y pronunció con gran autoridad estas palabras decisivas:

—Señora, ¡ahora mismo va a decirme dónde vive ese genio!

La anciana no pareció muy sorprendida ante aquella pregunta indiscreta. Alzó los ojos y respondió:

—¡En el cielo!

Tanto candor le desconcertó. Una fe tan

simple y perfecta en un genio que bajaba todas las tardes desde el cielo para frecuentar los camerinos de las artistas de la Ópera, le dejó estupefacto.

Ahora se daba cuenta del estado de espíritu en que podía encontrarse una joven educada entre un músico de pueblo supersticioso y una anciana «iluminada», y tembló al pensar en las consecuencias de todo aquello.

—¿Sigue siendo Christine una mujer honrada? —preguntó de pronto sin poder impedir que saliera de sus labios.

—¡Se lo juro por mi parte del paraíso! —exclamó la vieja que, en esta ocasión, pareció ofenderse—..., y si lo duda, señor, no sé qué ha venido a hacer aquí.

Raoul se desgarraba los guantes.

—¿Cuánto tiempo hace que conoce a ese «genio»?

—¡Hace unos tres meses...! Sí, hace tres meses que empezó a darle lecciones.

El vizconde extendió los brazos en un gesto inmenso y desesperado, y los dejó caer abrumado.

—¿El genio le da lecciones...? ¿Dónde?

—Ahora que se ha marchado con él, no podría decírselo, pero hace quince días se las daba en el camerino de Christine. Aquí, en este piso tan pequeño, sería imposible. Toda la casa los oiría. Mientras que en la Ópera, a las ocho de la mañana, no hay nadie. ¡Y no les molestan! ¿Comprende...?

—¡Comprendo! ¡Comprendo! —exclamó el vizconde, y se despidió de forma precipitada de la anciana, que se preguntaba para sus adentros si el vizconde no estaba algo chiflado.

Cuando cruzaba el salón, Raoul volvió a encontrarse de frente con la doncella, y por un instante estuvo a punto de interrogarla, pero creyó sorprender en sus labios una leve sonrisa. Pensó que estaba burlándose de él. Escapó. ¿No tenía ya suficiente...? Había querido informarse, ¿qué más podía desear...? Regresó al domicilio de su hermano a pie, en un estado lastimoso...

Hubiera querido castigarse, darse de cabezadas contra las paredes. ¡Haber creído en tanta inocencia, en tanta pureza! ¡Haber intentado explicar todo, por un momento, mediante la ingenuidad, mediante la simplicidad de espíritu, mediante el candor inmaculado! *¡El genio de la música!* ¡Ahora ya lo conocía! ¡Lo estaba viendo! ¡Sin que le pudiera caber la menor duda, se trataba de algún horrible tenor, un guapo mozo, que para cantar ponía el corazón en la boca! ¡Y se encontraba ridículo y desgraciado hasta el exceso! ¡Ah, qué miserable, pequeño, insignificante y necio era el señor vizconde de Chagny!, pensaba enrabietado Raoul. Y ella, ¡qué criatura tan audaz y tan satánicamente libertina!

De cualquier modo, aquella carrera por las calles le había sentado bien, había refrescado algo la llama de su cerebro. Cuando entró en su cuarto solo pensaba en arrojarse sobre la cama para ahogar en ella sus sollozos. Pero su hermano estaba allí y Raoul se dejó caer entre sus brazos, como un recién nacido. El conde le consoló paternalmente, sin pedirle explicaciones; por lo demás, Raoul hubiera vacilado en contarle la historia del *genio de la música*. Si hay cosas de las que uno puede jactarse, hay otras por las que se sufre demasiada humillación siendo compadecido.

El conde se llevó a su hermano a cenar al restaurante. Con una desesperación tan reciente, es probable que Raoul hubiera declinado aquella noche cualquier invitación si el conde, para decidirle, no le hubiera informado que la pasada noche, en una avenida del Bois, la dama de sus pensamientos había sido vista en galante compañía. Al principio el vizconde no quiso creerlo, pero se le dieron detalles tan precisos que dejó de protestar. En última instancia, ¿no era la aventurera más vulgar? La habían visto en un cupé con los cristales bajados. Parecía aspirar largamente el aire helado de la noche. Había un claro de luna soberbio. En cuanto a su acompañante, solo habían distinguido en la sombra una vaga silueta. El coche iba «al paso», por una avenida desierta, detrás de las tribunas de Longchamp.

Raoul se vistió con frenesí, dispuesto ya para olvidar su angustia a lanzarse, como se dice, en los «torbellinos del placer». Mas, ¡ay!, fue un triste comensal; tras haber dejado al conde a hora temprana, hacia las diez de la noche se encontró en un coche de llantas detrás de las tribunas de Longchamp.

Hacía un frío de perros. La ruta parecía desierta y estaba muy iluminada por la luna. Ordenó al cochero esperarle pacientemente en la esquina de una pequeña avenida adyacente y, ocultándose cuanto pudo, empezó a dar vueltas.

No hacía media hora que se entregaba a ese sano ejercicio cuando un coche, procedente de París, torció en la esquina de la ruta y, tranquilamente, al paso de su caballo, se dirigió hacia donde estaba Raoul.

Inmediatamente pensó: ¡es ella! Y su corazón empezó a latir con grandes golpes sordos, como los que ya había sentido en su pecho al oír la voz de un hombre detrás de la puerta del camerino... ¡Dios mío! ¡Cómo la amaba!

El coche seguía avanzando. En cuanto a él, no se había movido. ¡Esperaba...! ¡Si era ella, estaba decidido a saltar a la cabeza de los caballos...!

Costara lo que costase, quería tener una explicación con el *Ángel de la música*...

Siguieron oyéndose pasos y el cupé llegaba a su altura. No dudaba de que era ella... En efecto, una mujer se asomaba por la portezuela.

Y, de pronto, la luna la iluminó con una pálida aureola.

—¡Christine!

El nombre sagrado de su amada le brotó de los labios y del corazón. ¡No pudo contenerlo...! Saltó para recogerlo, porque aquel nombre lanzado al rostro de la noche había sido como la señal esperada de una embestida furiosa del carruaje, que pasó delante de él sin darle tiempo a poner en práctica sus proyectos. El cristal de la portezuela había vuelto a levantarse. Y había desaparecido el rostro de la joven. El cupé, tras el que corría, ya no era más que un punto negro en el camino blanco.

Siguió llamándola: ¡Christine...! Nada le respondió. Se detuvo en medio del silencio.

Lanzó una mirada desesperada al cielo, a las estrellas; golpeó con el puño su pecho encendido... ¡La amaba y no era correspondido!

Con ojos tristes volvió a mirar aquella ruta desolada y fría, aquella noche pálida y muerta. No había nada más frío ni más muerto que su corazón: ¡había amado a un ángel y despreciaba a una mujer!

¡Cómo se ha burlado de ti, Raoul, la pequeña hada del Norte! ¿No ves que resulta inútil tener una mejilla tan fresca, una frente tan tímida y siempre dispuesta a cubrirse con el velo rosa del pudor para pasear en la noche solitaria, al fondo de un cupé de lujo, en compañía de un misterioso amante? ¿No debería de haber unos límites sagrados para la hipocresía y la mentira...? ¿Y qué debería haber para los ojos claros de la infancia cuando se tiene alma de cortesana?

...Ella había pasado sin responder a su llamada...

Pero ¿por qué había ido él a cruzarse en su camino?

¿Con qué derecho se había plantado delante de ella, que no le pide otra cosa que el olvido, que le reprocha su presencia...?

—¡Vete...! ¡Desaparece...! ¡No cuentas...!

¡Pensó en morir, y tenía veinte años...! Su criado le sorprendió por la mañana sentado en la cama. No se había desnudado, y el criado tuvo miedo de alguna desgracia al verle con aquella cara de desastre. Raoul le arrancó de las manos el correo que le traía. Había reconocido una carta, un papel, una escritura. Christine le decía:

> Amigo mío, vaya pasado mañana al baile de máscaras de la Ópera, a medianoche, al saloncito

que está detrás de la chimenea del gran *foyer*; permanezca de pie junto a la puerta que lleva a la Rotonda. No hable de esta cita a nadie. Póngase un dominó blanco, bien enmascarado. Si alguien le reconoce, me va en ello la vida. Christine.

X

El baile de máscaras

El sobre, completamente sucio de barro, no llevaba ningún sello. «Para entregar al señor vizconde Raoul de Chagny», y las señas a lápiz. Lo habían tirado con la esperanza de que algún transeúnte recogería el billete y lo llevaría a su domicilio; es lo que había pasado. Habían encontrado el billete en una acera de la plaza de la Ópera. Raoul volvió a leerlo febrilmente.

No necesitaba más para que renaciese en él la esperanza. La sombría imagen que por un instante se había hecho de una Christine olvidada de sus deberes para con ella misma, dejó paso a la primera imaginación que había tenido de una pobre muchacha inocente, víctima de una imprudencia y de su sensibilidad excesiva. ¿Hasta qué punto era realmente víctima a esa hora? ¿De quién estaba prisionera? ¿A qué abismo la habían arrastrado? Se lo preguntaba con una angustia muy cruel; pero ese dolor mismo le parecía soportable frente al delirio en que le sumía la idea de una Christine hipócrita y mentirosa. ¿Qué había pasado? ¿Qué influencia había sufrido la joven? ¿Qué monstruo la había encantado, y con qué armas?

... ¿Con qué armas podía ser, si no eran las de la música? Sí, sí, cuanto más pensaba más se convencía de que era por ese lado por donde descubriría la verdad. ¿Había olvidado acaso el tono con que ella le dijera, en Perros, que había recibido la visita del enviado celeste? Y la historia misma de Christine, en aquellos últimos tiempos, ¿no debía ayudarle a aclarar las tinieblas en que se debatía? ¿Había ignorado la desesperación que se apoderó de ella tras la muerte de su padre y la repugnancia que había sentido entonces hacia todas las cosas de la vida, incluso de su arte? Había pasado por el Conservatorio como una pobre máquina cantante, carente de alma. Y, de pronto, despertó, como bajo el soplo de una intervención divina. ¡El Ángel de la música había llegado! ¡Canta la Margarita del *Fausto* y triunfa...! ¡El

Ángel de la música! ¿Quién se hace pasar, pues, a sus ojos por ese maravilloso genio...? ¿Quién, informado de la leyenda amada del viejo Daaé, la ha utilizado hasta el punto de que la joven no es ya entre sus manos otra cosa que un instrumento sin defensa que él hace vibrar a capricho?

Y Raoul pensaba que una aventura como aquella no era excepcional. Recordaba lo que le había ocurrido a la princesa Belmonte, que acababa de perder a su marido y cuya desesperación se había convertido en estupor... Hacía un mes que la princesa no podía hablar ni llorar. Esa inercia física y moral iba agravándose cada día y el debilitamiento de la razón conducía poco a poco a la destrucción de la vida. Llevaban todas las tardes a la enferma a sus jardines; pero no parecía comprender siquiera dónde estaba. Raff, el mayor cantante de Alemania, quiso visitar esos jardines, famosos por su belleza. Una de las mujeres de la princesa rogó al gran artista que cantara, sin dejarse ver, cerca del bosquecillo donde la mujer se hallaba tumbada. Raff aceptó la propuesta y cantó una melodía sencilla que la princesa había oído de labios de su marido en los primeros días de su himeneo. La melodía era expresiva y conmovedora. La música, la letra, la voz admirable del artista, todo se unió para remover profundamente el alma de la princesa. De sus ojos brotaron lágrimas..., lloró, se salvó y quedó convencida de que su esposo había bajado aquella noche del cielo para cantarle la melodía de antaño.

¡Sí..., esa tarde...! Una tarde, pensaba ahora Raoul, una única tarde... Pero aquella hermosa estratagema no hubiera aguantado ante una experiencia repetida...

La ideal y doliente princesa de Belmonte habría terminado por descubrir a Raff, tras el bosquecillo, si hubiera vuelto al mismo lugar todas las tardes durante tres meses...

El Ángel de la música había dado lecciones a Christine durante tres meses... ¡Ah, qué profesor tan cumplidor...! ¡Y ahora la paseaba por el Bois!

Raoul se desgarraba la carne con sus dedos crispados, puestos sobre un pecho en el que latía su corazón celoso. Sin experiencia, se preguntaba aterrado a qué juego le invitaba la señorita para una próxima mascarada. ¿Y hasta qué punto una chica de la Ópera puede burlarse de un buen joven completamente nuevo en el amor? ¡Qué miseria...!

El pensamiento de Raoul iba de este modo de extremo a extremo. No sabía ya si debía tener lástima de Christine o maldecirla, y la compadecía y la maldecía alternativamente. Por si acaso, sin embargo, consiguió un dominó blanco.

Llegó por fin la hora de la cita. Cubierto el

rostro con un antifaz provisto de un largo y espeso encaje, completamente de blanco, el vizconde se encontró muy ridículo por haberse puesto aquel traje de las mascaradas románticas. Un hombre de mundo no se disfrazaba para ir al baile de la Ópera. Le hubiera hecho reír. Pero una idea consolaba al vizconde: ¡que nadie le reconocería! Además, aquel traje y aquel antifaz tenían otra ventaja: Raoul iba a poder pasearse por allí «como por su casa», completamente solo, con la desazón en el alma y la tristeza en el corazón. No tendría necesidad de fingir: sería superfluo componer una máscara para su rostro: ¡la tenía!

Aquel baile era una fiesta excepcional, que se celebraba antes de los días de ayuno, en honor del aniversario del nacimiento de un ilustre dibujante de regocijos de antaño, de un émulo de Gavarni cuyo lápiz había inmortalizado a los «carnavaleros» y el descenso de la Courtille. Por eso debía haber un aspecto mucho más alegre, más ruidoso y más bohemio que en la mayoría de los bailes de máscaras. Numerosos artistas se habían dado cita allí, seguidos por toda una clientela de modelos y de pintorcillos que, hacia medianoche, empezaban a armar bulla.

Raoul subió la escalinata a las doce menos cinco, no se detuvo para contemplar, en torno suyo, el espectáculo de trajes multicolores que se mostraban a lo largo de los escalones de mármol, en uno de los decorados más suntuosos del mundo; no se dejó entretener por ninguna máscara graciosa, ni contestó a ninguna broma, y escapó a la familiaridad atrevida de varias parejas que ya estaban demasiado alegres. Tras cruzar el gran *foyer* y escapar a una cadeneta que lo había encerrado un momento, entró por fin en el salón que el billete de Christine le había indicado. En aquel espacio había muchísima gente, porque era el punto donde se encontraban todos los que iban a cenar a la Rotonda o volvían de tomar una copa de champán. El tumulto era allí ardiente y alegre. Raoul pensó que Christine había preferido, para su misteriosa cita, aquella algarabía a un rincón aislado: bajo la máscara estarían más escondidos.

Se apoyó en la puerta y esperó. No esperó mucho tiempo. Pasó un dominó negro que rápidamente le cogió la punta de los dedos. Comprendió que era ella.

La siguió.

—¿Es usted, Christine? —preguntó entre dientes.

El dominó se volvió con presteza y alzó el dedo hasta la altura de sus labios para recomendarle sin duda que no volviera a repetir su nombre.

Raoul continuó siguiéndola en silencio.

Tenía miedo de perderla, después de haberla encontrado de forma tan extraña. Ya no sentía odio contra ella. No dudaba siquiera de que ella «no tenía nada que reprocharse», por extraña e inexplicable que pareciera su conducta. Estaba dispuesto a todas las humillaciones, a todos los perdones, a todas las cobardías. Amaba. Y, desde luego, iban a explicarle de forma muy natural, acto seguido, las razones de aquella ausencia tan singular...

De vez en cuando el dominó negro se volvía para ver si continuaba siguiéndole el dominó blanco.

Cuando Raoul cruzaba de nuevo así, detrás de su guía, el gran *foyer* del público, no pudo dejar de observar entre todos los barullos, un barullo..., entre todos los grupos que se entregaban a las extravagancias más locas, un grupo apiñado en torno a un personaje cuyo disfraz, porte original y aspecto macabro causaban sensación...

El personaje iba completamente vestido de escarlata con un inmenso sombrero de plumas sobre una calavera. ¡Ah, qué hermosa imitación de calavera! ¡Los pintorzuelos que había a su alrededor le festejaban, le felicitaban..., le preguntaban en qué taller, frecuentado por Plutón, le habían hecho, dibujado y maquillado una calavera tan bella! ¡La «Pelona» misma había debido posar!

El hombre de la calavera, de sombrero de plumas y traje escarlata arrastraba tras de sí una inmensa capa de terciopelo rojo cuya cola se estiraba de forma regia sobre el suelo; y en la capa habían bordado, en letras de oro, una frase que todos leían y repetían en voz alta: «¡No me toquéis! ¡Soy la Muerte roja que pasa...!».

Alguien quiso tocarle..., pero una mano de esqueleto, que salió de una manga de púrpura, agarró de forma brutal la muñeca del imprudente y este, habiendo sentido el influjo de la osamenta, el abrazo furioso de la Muerte que parecía que no iba a soltarle nunca, lanzó un grito de dolor y espanto. Una vez que la Muerte roja le devolvió la libertad, echó a correr como un loco en medio de la rechifla general. Fue en este momento cuando Raoul se cruzó con el fúnebre personaje que precisamente acababa de volverse hacia aquel lado. Y Raoul estuvo a punto de dejar escapar un grito: «¡La calavera de Perros-Guirec!». ¡La había reconocido...! Quiso perseguirla, olvidando a Christine; pero el dominó negro, que también parecía presa de una extraña conmoción, le había agarrado del brazo y le arrastraba..., le arrastraba lejos del *foyer*, fuera de aquella multitud demoníaca entre la que paseaba la Muerte roja.

El dominó negro se volvía a cada instante, y por dos veces le pareció percibir, sin ninguna duda, algo que la espantaba, porque aceleró más todavía su marcha y la de Raoul como si alguien los persiguiera.

Subieron así dos pisos. Allí las escaleras y corredores estaban casi desiertos. El dominó negro empujó la puerta de un camerino e hizo señas al dominó blanco para que entrara. Christine (porque era ella, pudo reconocerla por su voz), Christine cerró tras él la puerta del camerino recomendándole en voz baja que permaneciera en la parte de atrás del camerino y no se asomase. Raoul se quitó la máscara. Christine conservó la suya. Y cuando el joven iba a rogar a la cantante que se la quitase, quedó totalmente asombrado al verla inclinarse hacia el tabique y escuchar atentamente lo que ocurría al otro lado. Luego Christine entreabrió la puerta y miró en el corredor diciendo en voz baja: «¡Debe de haber subido arriba, al "camerino de los Ciegos"!». De pronto exclamó: «¡Ya baja!».

Quiso cerrar la puerta, pero Raoul se opuso, porque, en el escalón más alto de la escalera que subía al piso superior, había visto posarse *un pie rojo*, y luego otro..., y lentamente, majestuosamente, descendió todo el traje escarlata de la Muerte roja. Y volvió a ver la calavera de Perros-Guirec.

—¡Es él! —exclamó—... ¡Esta vez no se me escapará...!

Pero Christine había cerrado la puerta en el momento en que Raoul pretendía abalanzarse fuera. Él quiso apartarla de su camino.

—¿Quién? —preguntó ella con la voz totalmente cambiada—..., ¿quién es el que no se le escapará?

Raoul trató de vencer brutalmente la resistencia de la joven, pero ella le rechazaba con una fuerza inesperada... Él comprendió o creyó comprender y se puso furioso.

—¿Quién? —dijo encolerizado—... ¡Pues él! El hombre que se oculta bajo esa terrible imagen mortuoria..., el genio malo del cementerio de Perros..., ¡la Muerte roja...! En fin, su amigo, señora... *Su Ángel de la música*. Pero yo le arrancaré su máscara de la cara, como arrancaré la mía, y nos miraremos, esta vez frente a frente, sin velo ni mentira, y entonces sabré a quién ama usted y quién la ama.

Y estalló en una risa insensata mientras Christine, detrás de su antifaz, dejaba oír un doloroso gemido.

Extendió con un gesto trágico sus dos brazos, que pusieron una barrera de carne blanca sobre la puerta.

—En nombre de nuestro amor, Raoul, ¡usted no pasará!

Él se detuvo. ¿Qué es lo que había dicho...? ¿En nombre de su amor...? Pero si ella nunca le había dicho, nunca, que le amaba. Y sin embargo, ¡no le habían faltado ocasiones para hacerlo...! Le había visto ya bastante desgraciado, llorando en su presencia e implorando una palabra de esperanza que no había salido de sus labios... Le había visto enfermo, casi muerto de terror y frío tras la noche del cementerio de Perros. ¿Había permanecido ella a su lado en el momento en que más necesidad había tenido de sus cuidados? No. ¡Había huido...! ¡Y ahora decía que le amaba! Hablaba «en nombre de su amor». ¡Vamos! No quería otra cosa que retrasarle unos segundos... Tenía que ganar tiempo para que la Muerte roja escapase... ¿Su amor? ¡Estaba mintiendo!

Y, con un acento de odio infantil, se lo dijo.

—¡Miente usted, señora! Porque usted no me ama ni nunca me ha amado. Hay que ser un pobre desgraciado como yo para dejarse engañar, para dejarse burlar como lo he sido. ¿Por qué me permitió usted con su actitud, con la alegría de su mirada, con su silencio mismo, todas las esperanzas durante nuestra primera cita en Perros? ¡Todas las esperanzas honradas, señora, porque soy un hombre honrado y la creía a usted una mujer honrada cuando no era otra su intención que burlarse de mí! ¡Ay! ¡Se ha reído usted de todo el mundo! ¡Ha abusado vergonzosamente del corazón cándido de su propia bienhechora, que sigue creyendo sin embargo en su sinceridad cuando acude al baile de la Ópera con la Muerte roja...! ¡La desprecio!

Y se echó a llorar. Ella dejaba que la injuriase. Solo pensaba en retenerle.

—Un día me pedirá perdón por todas esas viles palabras, Raoul, ¡y yo le perdonaré...!

Él movió la cabeza.

—¡No, no! ¡Usted me había vuelto loco...! Cuando pienso que solo tenía una meta en la vida: ¡dar mis apellidos a una cantante de la Ópera...!

—¡Raoul...! ¡Desgraciado!

—¡Me moriré de vergüenza!

—Viva, amigo mío —dijo la voz grave y alterada de Christine—, ¡y adiós!

—¡Adiós, Christine!

—¡Adiós, Raoul!

El joven dio un paso vacilante. Se atrevió a decir un sarcasmo más:

—¡Oh, supongo que me permitirá acudir de vez en cuando a aplaudirla!

—¡No volveré a cantar, Raoul!

—¿De veras?... —añadió él con más ironía aún—. Le preparan otras distracciones: ¡Enhorabuena...! ¡Pero volveremos a vernos en el Bois una de estas noches!

—Ni en el Bois, ni en ninguna otra parte, Raoul; no volverá a verme.

—¿Podría saberse al menos a qué tinieblas regresa...? ¿Para qué infierno sale de viaje, misteriosa dama...? ¿O para qué paraíso?

—Había venido para decírselo..., amigo mío, pero ya no puedo decirle nada... ¡No me creería! ¡Usted ha perdido la fe en mí, Raoul, todo ha terminado...!

Y dijo aquel «¡Todo ha terminado!» en un tono tan desesperado, que el joven se estremeció y el remordimiento de su crueldad empezó a turbarle el alma.

—Pero ¿no va a decirme de una vez qué significa todo esto?... —exclamó él—. Es usted libre, sin trabas... Se pasea por la ciudad... Se pone un dominó para correr al baile... ¿Por qué no vuelve a su casa...? ¿Qué ha hecho desde hace quince días...? ¿Qué es esa historia del Ángel de la música que le ha contado a la señora Valérius? Alguien ha podido engañarla, abusar de la credulidad de usted... Yo mismo fui testigo de ello en Perros... Pero ahora ya sabe a qué atenerse... Me parece muy sensata, Christine... ¡Sabe usted lo que hace...! Y sin embargo, la señora Valérius sigue esperándola, invocando su «genio bueno»... ¡Explíquese, Christine, se lo suplico...! ¿Se habrán engañado los demás...? ¿Qué es toda esta comedia?

Christine se quitó simplemente la máscara y dijo:

—¡Es una tragedia, amigo mío...!

Raoul vio entonces su cara y no pudo contener una exclamación de sorpresa y espanto. Los frescos colores de otro tiempo habían desaparecido. Una palidez mortal se extendía sobre aquellos rasgos que había conocido tan encantadores y tan suaves, reflejos de la gracia tranquila y de la conciencia sin lucha. ¡Qué atormentados estaban ahora! El surco del dolor los había ahondado despiadadamente y los hermosos ojos claros de Christine, en otro tiempo limpios como los lagos que servían de ojos a la pequeña Lotte, parecían aquella noche de una profundidad oscura, misteriosa e insondable, y estaban completamente cercados por una sombra espantosamente triste.

—¡Amiga mía, amiga mía!... —gimió él tendiendo los brazos—, ha prometido usted perdonarme...

—¡Quizá... quizá un día...! —dijo ella volviéndose a poner su máscara, y se marchó prohibiéndole seguirla con un gesto que le rechazaba...

Él quiso lanzarse tras ella, pero la joven se volvió y repitió con tal autoridad soberana su gesto de despedida que él no se atrevió a dar un paso.

La miró alejarse... Y luego bajó donde se hallaba la muchedumbre, sin saber con exactitud qué hacía, con las sienes palpitantes y el corazón desgarrado; en la sala que atravesaba preguntó si no habían visto pasar a la Muerte roja. Le decían: «¿Quién es esa Muerte roja?». Él respondía: «Un caballero disfrazado con una calavera y una gran capa roja». En todas partes le dijeron que la Muerte roja acababa de pasar arrastrando su regia capa, pero no la encontró en ningún sitio, y hacia las dos de la mañana regresó al corredor que, por detrás del escenario, llevaba al camerino de Christine Daaé.

Sus pasos le habían conducido al lugar donde había empezado a sufrir. Llamó a la puerta. No le respondieron. Entró como había entrado cuando buscaba por todas partes *la voz de hombre*. El camerino estaba vacío. Ardía un mechero de gas, como lámpara. En un pequeño escritorio había papel y sobres. Pensó escribir a Christine, pero en el corredor se dejaron oír unos pasos... Solo tuvo tiempo para esconderse en el tocador, que estaba separado del camerino por una simple cortina. Una mano empujaba la puerta del camerino. ¡Era Christine!

Contuvo la respiración. ¡Quería ver! ¡Quería

saber...! Algo le decía que iba a asistir a una parte del misterio y que tal vez iba a empezar a comprender...

Christine entró, se quitó la máscara con gesto fatigado y la arrojó sobre la mesa. Suspiró, dejó caer su hermosa cabeza entre las manos... ¿En qué pensaba...? ¿En Raoul...? ¡No! Porque Raoul la oyó murmurar: «¡Pobre Erik!».

Al principio creyó haber oído mal. En primer lugar, estaba convencido de que si alguien era digno de lástima ese alguien era él, Raoul. Después de lo que acababa de pasar entre ellos, lo más lógico era que ella dijese en un suspiro: «¡Pobre Raoul!». Pero, moviendo la cabeza, ella repitió: «¡Pobre Erik!». ¿Qué pintaba el tal Erik en medio de los suspiros de Christine, y por qué la pequeña hada del Norte se compadecía de Erik cuando Raoul era tan desgraciado?

Christine se puso a escribir despacio, tranquilamente, tan pacíficamente que Raoul, que todavía temblaba por el drama que los separaba, quedó molesta y singularmente impresionado. «¡Qué sangre fría!», se dijo. La joven escribió así llenando dos, tres, cuatro hojas. De pronto levantó la cabeza y escondió las hojas en su pecho... Parecía escuchar... Raoul también escuchó... ¿De dónde procedía aquel ruido extraño, aquel ritmo lejano...? Un canto sordo que parecía salir de las paredes... Sí, se hubiera dicho que los muros cantaban... El canto se volvía más claro..., las palabras resultaban inteligibles..., se distinguió una voz..., una voz bellísima, dulcísima y muy cautivadora..., pero tanta dulzura seguía siendo, sin embargo, masculina y por ello podía juzgarse que la voz no pertenecía a una mujer... La voz seguía acercándose..., traspasó la pared..., llegó..., y la voz ahora *estaba en el cuarto*, delante de Christine. Christine se levantó y habló con la voz como si estuviera hablando con alguien que se hallara a su lado.

—Heme aquí, Erik, estoy preparada —dijo—. Es usted el que se ha retrasado, amigo mío.

Raoul, que miraba con prudencia detrás de la cortina, no podía dar crédito a sus ojos, que no le mostraban nada.

La fisonomía de Christine se iluminó. Una sonrisa fue a posarse sobre sus labios exangües, una sonrisa como la de los convalecientes cuando empiezan a esperar que la enfermedad que los ha herido no ha de llevárselos.

La voz sin cuerpo empezó a cantar otra vez y, desde luego, Raoul nunca había oído en toda su vida en el mundo —como voz que une, al mismo tiempo y con el mismo aliento, los extremos— nada tan amplia y heroicamente suave, nada más victoriosamente insidioso, más delicado en la fuerza, más fuerte en la delicadeza, más irresistiblemente triunfante. Había allí acentos definitivos que cantaban de forma magistral y que a buen seguro debían, por la sola virtud de su audición, provocar el nacimiento de acentos elevados entre los mortales que sienten, aman y traducen la música. Había una fuente tranquila y pura de armonía en la que los fieles podían beber devotamente con toda tranquilidad, seguros de que estaban allí para beber la gracia de la música. Y su arte, de pronto, se había transfigurado después de alcanzar lo divino. Raoul escuchaba aquella voz con fiebre y empezaba a comprender cómo había podido dejar estupefacto al público una noche Christine Daaé, con acentos de una belleza desconocida, de una exaltación sobrehumana, bajo la influencia sin duda todavía del misterioso e invisible maestro. Y comprendía mejor un suceso tan considerable al escuchar la excepcional voz, que no cantaba nada excepcional: con el amarillo había hecho el azul. La trivialidad de los versos y la facilidad y casi vulgaridad popular de la melodía parecían transformarse en belleza gracias a un soplo que las elevaba y las llevaba al cielo en alas de la pasión. Porque aquella voz angélica glorificaba un himno pagano.

La voz cantaba la «noche de himeneo» de *Romeo y Julieta*.

Raoul vio a Christine tender los brazos hacia la voz, igual que había hecho en el cementerio de Perros hacia el violín invisible que tocaba *La resurrección de Lázaro*...

Nada podría traducir la pasión de aquella voz cuando dijo:

¡El destino te encadena a mí sin retorno...!

Raoul sintió traspasado el corazón y, luchando contra el encanto que parecía privarle de toda voluntad y energía, y casi de toda lucidez en el momento en que más la necesitaba, logró descorrer la cortina que le ocultaba y caminó hacia Christine. Esta, que avanzaba hacia el fondo del camerino cuya pared entera estaba ocupada por un gran espejo que le devolvía su imagen, no podía verle, porque se hallaba exactamente detrás de ella y completamente tapado por ella.

¡El destino te encadena a mí sin retorno...!

Christine seguía caminando hacia su imagen y su imagen bajaba hacia ella. Las dos Christines —el cuerpo y la imagen— terminaron por tocarse, por confundirse, y Raoul tendió los brazos para cogerlas a las dos de una sola vez.

Pero, por una especie de milagro deslumbrante que le hizo vacilar, Raoul se vio de pronto rechazado hacia atrás, mientras un viento helado barría su rostro; vio no dos, sino cuatro, ocho, veinte Christines, que giraron a su alrededor con tal ligereza que se burlaban y huían con tanta rapidez que su mano no pudo tocar a ninguna. Finalmente todo quedó inmóvil, y él se vio en el espejo. Pero Christine había desaparecido.

Corrió hacia el espejo. Chocó contra las paredes. ¡Nadie! Y sin embargo el camerino resonaba todavía con un ritmo lejano, apasionado:

¡El destino te encadena a mí sin retorno...!

Sus manos enjugaron su frente sudorosa, palparon su carne despierta, tantearon la penumbra, dieron a la llama del mechero de gas toda su fuerza. Estaba seguro de que no soñaba. Se hallaba en el centro de un juego formidable, físico y moral, cuya clave no poseía y que tal vez iba a triturarle. Vagamente se creía un príncipe aventurero que ha traspasado el límite prohibido de un cuento de hadas y no debe extrañarse de ser presa de los fenómenos mágicos que ha afrontado y desencadenado por amar de forma desconsiderada.

¿Por dónde? ¿Por dónde se había ido Christine?

¿Por dónde volvería...?

¿Volvería...? ¡Ay! ¿No le había asegurado ella que todo había terminado...? ¿Y no repetía la pared: *El destino te encadena a mí sin retorno*? ¿A mí? ¿A quién?

Entonces, extenuado, vencido, con el cerebro vacío, se sentó en el lugar mismo que hacía un instante ocupaba Christine. Como ella, dejó caer su cabeza entre las manos. Cuando volvió a levantarla, por su joven rostro corrían abundantes lágrimas, verdaderas y pesadas lágrimas, como las de los niños envidiosos, lágrimas que lloraban por una desgracia nada fantástica, sino común a todos los amantes de la tierra, y que él mismo precisó en voz alta:

—¿Quién es ese Erik? —dijo.

XI

Hay que olvidar el nombre de «la voz de hombre»

A la mañana siguiente del día en que Christine había desaparecido delante de sus ojos en una especie de deslumbramiento que aún le hacía sospechar de sus sentidos, el señor vizconde de Chagny se dirigió en busca de noticias a casa de la señora Valérius. Cayó sobre un cuadro conmovedor.

A la cabecera de la anciana dama, que tejía sentada en su lecho, Christine hacía punto. Nunca óvalo más encantador, ni frente más pura, ni mirada más dulce se inclinaron sobre una labor de virgen. A las mejillas de la joven habían vuelto los colores frescos. El cerco azulado de sus ojos claros había desaparecido. Raoul no reconoció ya el rostro trágico de la víspera. Si el velo de melancolía difundido sobre aquellos rasgos adorables no hubiera parecido al joven el último vestigio del drama inaudito en que se debatía aquella misteriosa mujer, habría podido pensar que Christine era su incomprensible heroína.

Christine se levantó sin emoción aparente cuando él se acercó y le tendió la mano. Pero la sorpresa de Raoul era tal que se quedó allí, anonadado, sin un gesto, sin una palabra.

—Bueno, señor de Chagny —exclamó la señora Valérius—. ¿No conoce ya a nuestra Christine? ¡Su «genio bueno» nos la ha devuelto!

—¡Mamá! —la interrumpió la joven en tono seco, mientras un vivo rubor le subía hasta los ojos—, mamá, creía que no se volvería a hablar de eso... ¡Ya sabe usted que él no tiene el genio de la música!

—¡Hija mía, sin embargo te ha dado lecciones durante tres meses!

—Mamá, le he prometido explicarle todo un día; yo espero..., mas, hasta ese día, usted me ha prometido silencio y no preguntarme nunca.

—¡Si me prometieses no volver a abandonarme! Pero ¿me has prometido eso, Christine?

—Mamá, todo eso no puede interesar al señor de Chagny...

—Se engaña, señorita —la interrumpió el joven con una voz que quería aparentar firmeza y valor y que todavía temblaba—; todo lo que la afecta me interesa hasta un punto que no podría usted comprender. No le ocultaré que mi sorpresa iguala a mi alegría al encontrarla junto a su madre adoptiva y que lo que pasó ayer entre nosotros, lo que pudo usted decirme, lo que yo pude adivinar, nada me hacía prever un regreso tan rápido. Sería el primero en alegrarme si usted no se empeñara en conservar sobre todo esto un secreto que puede serle fatal..., y yo soy amigo suyo hace demasiado tiempo para no preocuparme, lo mismo que la señora Valérius, por una funesta aventura que seguirá siendo peligrosa mientras no hayamos descubierto su trama y de la que usted terminará por ser la víctima, Christine.

Ante estas palabras, la señora Valérius se agitó en su lecho.

—¿Qué quiere decir eso?... —exclamó—. ¿Christine está en peligro?

—Sí, señora... —declaró Raoul con valentía, pese a las señas de Christine.

—¡Dios mío! —exclamó, jadeante, la buena y cándida anciana—. Tienes que decírmelo todo, Christine. ¿Por qué me intranquilizas? ¿Y de qué peligro se trata, señor de Chagny?

—¡Un impostor está abusando de su buena fe!

—¿El Ángel de la música es un impostor?

—¡Ella misma le ha dicho que no hay Ángel de la música!

—Entonces ¿qué es lo que hay? Dígamelo, en nombre del Cielo —suplicó impotente la señora Valérius—. ¡Provocará usted mi muerte!

—¡Lo que hay, señora, a nuestro alrededor, alrededor de usted, alrededor de Christine, es un misterio terrestre mucho más digno de temor que cualquier fantasma y cualquier genio!

La señora Valérius volvió hacia Christine un rostro aterrado, pero esta ya se había precipitado hacia su madre adoptiva y la estrechaba entre sus brazos:

—¡No le creas, mamá...! ¡No le creas...! —repetía, y trataba de consolarla con sus caricias, porque la anciana lanzaba suspiros que partían el alma.

—¡Entonces dime que no volverás a dejarme! —imploró la viuda del profesor.

Christine callaba y Raoul prosiguió:

—Eso es lo que hay que prometer, Christine... ¡Es lo único que puede tranquilizarnos a su madre y a mí! Nos comprometemos a no hacerle ninguna pregunta sobre el pasado a condición de que usted prometa permanecer bajo nuestra salvaguardia en el futuro...

—¡Es un compromiso que yo no le pido, y es

una promesa que yo no les haré! —dijo la joven con orgullo—. Soy libre en mis actos, señor de Chagny; usted no tiene ningún derecho a controlarlos y le ruego que deje de hacerlo de ahora en adelante. En cuanto a lo que he hecho los últimos quince días, solo hay un hombre en el mundo que tiene derecho a exigir que se lo cuente: ¡mi marido! ¡Pero ni tengo marido ni me casaré nunca!

Y mientras decía esto con fuerza, extendió la mano hacia Raoul, como para hacer más solemnes sus palabras; y Raoul palideció no solo por las palabras mismas que acababa de oír, sino porque acababa de ver en el dedo de Christine un anillo de oro.

—No tiene usted marido y, sin embargo, lleva una «alianza».

Y pretendió coger su mano, pero Christine la retiró enseguida.

—¡Es un regalo! —dijo ruborizándose y esforzándose en vano por esconder su apuro.

—¡Christine! ¡Dado que no tiene usted marido, ese anillo solo puede habérselo dado aquel que espera serlo! ¿Por qué seguir engañándonos? ¿Por qué torturarme más? ¡Ese anillo es una promesa! ¡Y esa promesa ha sido aceptada!

—¡Es lo que yo le he dicho! —exclamó la anciana.

—¿Y qué le ha respondido, señora?

—Lo que he querido —exclamó Christine exasperada—. ¿No le parece, caballero, que este interrogatorio ha durado demasiado...? En cuanto a mí...

Raoul, muy emocionado, temía dejarle pronunciar las palabras de una ruptura definitiva. Por eso la interrumpió:

—Perdón por haberle hablado así, señorita... ¡Conoce el honesto sentimiento que en este instante me hace mezclarme en cosas que, sin duda, no me afectan! Pero déjeme decirle lo que he visto..., y he visto más de lo que usted se imagina, Christine..., o he creído ver, porque, en realidad, en una aventura como esta se duda incluso del testimonio de los propios ojos...

—¿Qué es lo que ha visto, señor, o qué es lo que ha creído ver?

—¡He visto su éxtasis *ante el sonido de la voz*, Christine! De la voz que salía de la pared, o de un camerino, o del piso de al lado... ¡sí, *su éxtasis*...! ¡Y eso es lo que me espanta...! ¡Usted está bajo el más peligroso de los hechizos...! Y, sin embargo, parece que se ha dado cuenta de la impostura, puesto que hoy dice que *él no tiene el genio de la música*... Entonces, Christine, ¿por qué le siguió usted una vez más? ¿Por qué se levantó, con la cara radiante, como si realmente oyese a los ángeles...? ¡Ah, qué peligrosa es esa voz, Christine, puesto que yo mismo, mientras la oía, estaba tan encantado que usted desapareció de mi vista sin que pudiese decir adónde se había ido...! ¡Christine! ¡Christine! ¡En nombre del cielo, en nombre de su padre que está en el cielo y al que tanto amó usted y que me amó a mí, Christine, debe decirnos, a su bienhechora y a mí, a quién pertenece esa voz! ¡Y, a pesar suyo, nosotros la salvaremos!... ¡Vamos! ¿Cómo se llama ese hombre, Christine...? ¡Ese hombre que ha tenido la audacia de ponerle en el dedo un anillo de oro!

—Señor de Chagny —declaró fríamente la joven—, ¡no lo sabrá usted nunca!

Entonces se oyó la voz agria de la señora Valérius que, de pronto, se ponía de parte de Christine, al ver la hostilidad con que su pupila acababa de dirigirse al vizconde.

—¡Si ella ama a ese hombre, señor vizconde, a usted no le afecta!

—¡Ay, señora!... —continuó con humildad Raoul, que no pudo contener sus lágrimas—. ¡Ay! Creo, en efecto, que Christine le ama... Todo me lo prueba, pero mi desesperación no se debe solo a eso, porque de lo que no estoy seguro, señora, es de que quien es amado por Christine sea digno de ese amor.

—¡Solo a mí corresponde juzgarlo, señor!

—dijo Christine mirando a Raoul directamente a la cara y mostrándole un rostro dominado por una irritación soberana.

—Cuando se emplean para seducir a una joven medios tan románticos... —continuó Raoul, que sentía que las fuerzas le abandonaban...

—El hombre debe de ser un miserable o la joven muy tonta, ¿no es cierto?

—¡Christine!

—Raoul, ¿por qué condena así a un hombre al que nunca ha visto, al que nadie conoce y del que usted mismo no sabe nada...?

—Sí, Christine..., sí... Sé por lo menos el nombre que usted pretende seguir ocultándome. ¡Su *Ángel de la música*, señorita, se llama Erik...!

Christine se traicionó inmediatamente. Esta vez se puso pálida como el mantel de un altar. Balbuceó:

—¿Quién se lo ha dicho?

—¡Usted misma!

—¿Cómo?

—Cuando le compadeció la pasada noche, la noche del baile de máscaras. Al llegar a su camerino, ¿no dijo usted: «*¡Pobre Erik!*»? Pues bien, Christine, en alguna parte estaba un pobre Raoul que la oyó.

—¡Es la segunda vez que me escucha usted detrás de las puertas, señor de Chagny!

—No estaba detrás de la puerta... ¡Estaba en el camerino...! ¡En su tocador, señorita!

—¡Desgraciado!... —gimió la joven, que mostró todos los indicios de un espanto inexpresable—. ¡Desgraciado! ¿Quiere que le maten?

—¡Quizá!

Raoul pronunció ese «quizá» con tanto amor y desesperación que Christine no pudo contener un sollozo.

Le cogió entonces las manos y le miró con toda la pura ternura de que era capaz, y el joven, bajo aquella mirada, sintió que su dolor estaba ya calmado.

—Raoul —dijo ella—. Debe usted olvidar la *voz de hombre* y no volver a recordar su nombre..., y no intentar nunca saber el misterio de la *voz de hombre*.

—¿Tan terrible es ese misterio?

—¡No hay otro más horrible sobre la tierra!

Un silencio separó a ambos jóvenes. Raoul se sentía abrumado.

—¡Júreme que usted no hará nada para «saber» —insistió ella—... ¡Júreme que no volverá a entrar en mi camerino si yo no le llamo!

—¿Me promete llamarme a él alguna vez, Christine?

—Se lo prometo.

—¿Cuándo?

—Mañana.

—¡Entonces, se lo juro!

Fueron sus últimas palabras ese día.

Él le besó las manos y se fue maldiciendo a Erik y prometiéndose ser paciente.

XII

Encima de las trampillas

Al día siguiente volvió a verla en la Ópera. Seguía llevando en el dedo el anillo de oro. Ella fue dulce y buena. Le habló de los proyectos que tenía, de su futuro, de su carrera.

Él le informó que la partida de la expedición polar se había adelantado y que, dentro de tres semanas, un mes a más tardar, abandonaría Francia.

Ella le alentó casi con gozo a mirar aquel viaje con alegría, como una etapa de su gloria futura. Y, cuando él respondía que la gloria sin amor no ofrecía a sus ojos ningún encanto, ella le trató de niño cuyas penas deben ser pasajeras.

Él le dijo:

—Christine, ¿cómo puede hablar tan a la ligera de cosas tan graves? Tal vez no nos veamos nunca más... ¡Puedo morir durante esa expedición!

—¡Y yo también! —respondió ella simplemente.

Christine ya no sonreía, ya no bromeaba. Parecía pensar en algo nuevo que se le ocurría por vez primera. Su mirada estaba iluminada.

—¿En qué piensa, Christine?

—Pienso que no volveremos a vernos.

—¿Y eso le pone tan radiante?

—¡Y en que dentro de un mes tendremos que decirnos adiós..., para siempre!

Ella le puso la mano en la boca:

—¡Cállese, Raoul...! ¡No se trata de eso, lo sabe de sobra...! ¡Y no nos casaremos nunca! ¡De acuerdo!

Parecía que le costaba contener de pronto una alegría desbordante. Se palmeó las manos con una alegría infantil... Raoul la miraba inquieto, sin comprender.

—Pero..., pero... —continuó diciendo ella, mientras tendía sus dos manos al joven, o, mejor dicho, se las daba como si de pronto hubiera decidido hacerle un regalo—. Pero, aunque no podemos casarnos, podemos..., podemos prometernos... ¡Solo nosotros lo sabremos, Raoul...! ¡Ha habido matrimonios secretos...! ¿Por qué no puede haber esponsales secretos...? ¡Quedamos prometidos, amigo mío, por un mes...! Dentro de un mes usted se marchará y yo podré ser feliz, con el recuerdo de ese mes, toda mi vida.

Estaba encantada con su idea... Y se puso seria:

—Esta —dijo— *es una felicidad que no hará mal a nadie.*

Raoul había comprendido. Se lanzó sobre esa inspiración. Quiso convertirla inmediatamente en realidad. Se inclinó ante Christine con una humildad sin par y dijo:

—Señorita, tengo el honor de pedir su mano.

—Pero si ya tiene las dos, querido prometido... ¡Oh, Raoul, qué felices vamos a ser...! Jugaremos al futuro maridito y a la futura mujercita...

Raoul se decía: ¡Imprudente! De aquí a un mes habré tenido tiempo de hacérselo olvidar o de penetrar y destruir «el misterio de la voz de hombre», y dentro de un mes Christine consentirá en convertirse en mi mujer. ¡Mientras tanto, juguemos!

Fue el juego más hermoso del mundo, al que se entregaron como los puros niños que eran. ¡Ah, cuántas cosas maravillosas se dijeron! ¡Y cuántos juramentos eternos intercambiaron! La idea de que no había nadie para exigir esos juramentos una vez transcurrido el mes los sumía en una turbación que saboreaban entre horribles delicias, entre risas y lágrimas. Jugaban «al corazón» como otros juegan «a la pelota»; pero, como eran sus dos corazones los que se lanzaban, tenían que ser muy, pero que muy hábiles, para recogerlos sin hacerse daño. Cierto día —el octavo desde que había empezado el juego—, el corazón de Raoul se encontró muy mal y el joven detuvo la partida con estas palabras extravagantes: «Ya no me voy al polo Norte».

Christine, que en su inocencia no había pensado en esa posibilidad, descubrió de pronto el peligro del juego y se lo reprochó con amargura. No le respondió una palabra a Raoul y regresó a la casa.

Esto ocurría por la tarde, en el camerino de la cantante, donde le daba todas sus citas y donde se divertían con verdaderas meriendas cena en torno a tres galletas, dos vasos de oporto y un ramo de violetas.

Ella no cantaba por la noche. Y él no recibió la acostumbrada carta, pues se habían dado permiso para escribirse todos los días de ese mes. A la mañana siguiente, corrió a casa de la señora Valérius, que le informó que Christine estaría ausente dos días. Se había ido la tarde anterior, a las cinco, diciendo que no estaría de vuelta hasta pasado mañana. Raoul estaba alterado. Detestaba a la señora Valérius, que le participaba aquella nueva con una tranquilidad pasmosa. Trató de «sacarle algo», pero, evidentemente, la buena señora no sabía nada. Solo consintió en responder a las preguntas enloquecidas del joven:

—¡Ese es el secreto de Christine!

Y ella alzaba el dedo mientras lo decía con una unción conmovedora que recomendaba discreción y que, al mismo tiempo, pretendía tranquilizar.

—¡Ah, bien! —exclamaba con mala intención Raoul mientras bajaba la escalera como un loco—, ¡ah, bien! ¡Qué bien guardadas están las señoritas con señoras como la Valérius!

¿Dónde podía estar Christine...? Dos días... ¡Dos días menos en su felicidad, tan breve! ¡Y era culpa suya...! ¿No había oído que debía partir...? Y si su firme intención era no partir, ¿por qué había hablado tan pronto? Se acusaba de torpeza y durante cuarenta y ocho horas fue el más desventurado de los mortales; pero al cabo de ese tiempo Christine reapareció.

Reapareció triunfante. Volvió a encontrar el éxito inaudito de la velada de gala. Desde la aventura del gallo, la Carlotta no había podido presentarse en escena. El terror a un nuevo cuac dominaba su corazón y le privaba de todos sus recursos; y los lugares testigo de su incomprensible desastre se le habían vuelto odiosos. Encontró el medio de romper su contrato. A Daaé le pidieron, momentáneamente, que ocupara el puesto vacante. Un auténtico delirio la recibió en *La Judía*.

El vizconde, presente naturalmente en esa velada, fue el único que sufrió oyendo los mil ecos de aquel nuevo triunfo; porque vio que Christine seguía llevando su anillo de oro. Una voz lejana murmuraba al oído del joven: «Esta noche sigue llevando el anillo de oro, y no has sido tú quien se lo ha dado. Esta noche ha seguido entregando su alma, y no ha sido a ti».

Y la voz continuaba: «¡Si no quiere decirte lo que ha hecho desde hace dos días..., si te oculta el lugar de su retiro, hay que preguntarle por Erik!».

Corrió al escenario. Se cruzó en su camino. Ella le vio, porque sus ojos le buscaban. Le dijo: «¡Deprisa! ¡Deprisa! ¡Venga!». Y le arrastró a su camerino, sin preocuparse de todos los cortesanos de su joven gloria que murmuraban ante su puerta cerrada: «¡Esto es un escándalo!».

Raoul cayó inmediatamente a sus rodillas. Le juró que se marcharía a la expedición y le suplicó que no volviese a privarle de una hora de la felicidad ideal que ella le había prometido. Christine dejó que sus lágrimas corrieran. Se besaban como un hermano y una hermana desesperados que acaban de ser heridos por un duelo común y que se encuentran para llorar a un muerto.

De súbito, ella se arrancó al dulce y tímido abrazo del joven, pareció escuchar algo desconocido... y, con gesto breve, señaló la puerta a Raoul. Cuando él estuvo en el umbral, ella le dijo, en voz tan baja que el vizconde adivinó más que oyó las palabras:

—¡Mañana, querido prometido! ¡Y puede sentirse feliz, Raoul..., esta noche he cantado para usted!

Él se retractó.

Pero, ¡ay!, aquellos dos días de ausencia habían roto el encanto de su amable mentira. Se miraban en el camerino sin decirse nada, con sus tristes ojos. Raoul se contenía para no gritar: «¡Tengo celos! ¡Tengo celos! ¡Tengo celos!». Pero ella le oía de todos modos.

Entonces ella dijo:

—Vamos a pasear, amigo mío, el aire nos hará bien.

Raoul creyó que iba a proponerle alguna excursión campestre, lejos de aquel monumento que detestaba como una prisión y a cuyo carcelero sentía con rabia pasearse por las murallas..., el carcelero Erik... Pero le llevó al escenario, y le hizo sentarse en el brocal de madera de una fuente, en medio de la paz y del frescor dudoso de un primer decorado montado para el próximo espectáculo; otro día paseó con él llevándole de la mano por las avenidas abandonadas de un jardín cuyas plantas trepadoras habían sido cortadas por las manos hábiles de un decorador, como si los verdaderos cielos, las verdaderas flores y la verdadera tierra le estuvieran prohibidos para siempre y ella estuviese condenada a no respirar otra atmósfera que la del teatro. El joven vacilaba en hacerle la menor pregunta porque, como enseguida le parecía que no podía contestarle, temía hacerla sufrir inútilmente. De vez en cuando pasaba un bombero, que vigilaba de lejos su idilio melancólico. En ocasiones, ella intentaba valientemente equivocarse y equivocarle sobre la belleza mendaz de aquel marco inventado por la ilusión de los hombres. Su imaginación siempre viva se le aparecía con los colores más brillantes, tan brillantes, decía ella, que la naturaleza no podía producir otros comparables. Ella se exaltaba mientras Raoul oprimía, despacio, su mano febril. Ella decía:

—Mire, Raoul, esas murallas, esos bosques, esos cenadores, esas imágenes de tela pintada, todo esto ha visto los amores más sublimes, porque aquí fueron inventados por los poetas, que superan cien codos la estatura de los hombres.

meritorias, primeras bailarinas, con muchos diamantes alrededor... Mientras, Christine distribuye bombones entre ellas.

Otro día le hacía entrar en una amplia sala de su palacio, completamente llena de oropeles, de harapos de caballeros, de lanzas, de escudos y penachos, y pasaba revista a todos los fantasmas de guerreros inmóviles y cubiertos de polvo. Se dirigía a ellos con buenas palabras, prometiéndoles que volverían a ver las noches resplandecientes de luz y los desfiles con música delante de la rampa clamorosa.

De este modo le paseó por todo su imperio, que era ficticio, pero inmenso, que se extendía a través de diecisiete pisos desde la planta baja hasta el tejado y que habitaba un ejército de súbditos. Pasaba entre ellos como una reina popular, animando los trabajos, sentándose en los almacenes, dando sabios consejos a las sastras cuyas manos dudaban en cortar los ricos paños que debían vestir a los héroes. Habitantes de ese país hacían todos los oficios. Había zapateros y orfebres. Todos habían aprendido a amarla, porque Christine se interesaba por las penas y las pequeñas manías de cada uno. Conocía los rincones desconocidos habitados en secreto por viejas familias.

Llamaba a su puerta y les presentaba a Raoul como a un príncipe encantador que había pedido su mano, y los dos, sentados en algún accesorio carcomido, escuchaban las leyendas de la Ópera como en otro tiempo, en su infancia, habían escuchado los viejos cuentos bretones. Aquellos viejos no se acordaban de nada más que de la Ópera. Vivían allí desde hacía muchísimos años. Las administraciones desaparecidas se habían olvidado de ellos; las revoluciones de palacio los habían ignorado; fuera, la historia de Francia había pasado sin que se dieran cuenta, y nadie se acordaba de ellos. Así transcurrían los preciosos días, y Raoul y Christine, mediante el interés excesivo que parecían poner en las cosas exteriores, se esforzaban torpemente por ocultarse el uno al otro el único pensamiento de su corazón. Era un hecho cierto que Christine, que hasta entonces se había mostrado la más fuerte, de pronto se volvió nerviosa hasta el punto de no poderlo expresar. En sus expediciones, echaba a correr sin razón, o bien se paraba de forma brusca y su mano, helada en un instante, retenía al joven. A veces sus ojos parecían perseguir sombras imaginarias. Gritaba: «Por aquí», luego «por allí», más tarde «por aquí», con una risa anhelante que con frecuencia acababa en lágrimas. Raoul quería hablar entonces, hacerle preguntas a pesar de sus promesas y sus compromisos. Pero, antes incluso de que hubiera formulado una pregunta, ella respondía febrilmente: «¡Nada...! Le juro que no hay nada».

Cierta vez que, estando sobre el escenario, pasaban ante una trampilla entreabierta, Raoul se inclinó sobre el abismo oscuro y dijo:

—Christine, me ha hecho visitar todas las partes superiores de su imperio..., pero se cuentan extrañas historias sobre los sótanos... ¿Quiere que bajemos?

Al oír esto, ella le tomó en sus brazos, como si temiera verle desaparecer en el agujero negro, y le dijo en voz baja temblando:

—¡Nunca...! ¡Le prohíbo ir allí...! ¡Además, eso no es mío...! *¡Todo lo que está bajo tierra le pertenece!*

Raoul sumió sus ojos en los de Christine y le dijo con voz ruda:

—Entonces ¿*él* vive abajo?

—¡Yo no le he dicho eso...! ¿Quién le ha dicho algo parecido? ¡Vamos, venga! Hay momentos, Raoul, en que me pregunto si no está loco... ¡Usted siempre oye cosas imposibles...! ¡Venga! ¡Venga!

Y le arrastraba literalmente, porque él, obstinado, quería permanecer junto a la trampilla y aquel agujero le atraía.

La trampilla fue cerrada de golpe, y de forma tan súbita, sin que hubieran visto siquiera la mano que la impulsaba, que ambos quedaron completamente aturdidos.

—Tal vez fuera *él* quien estaba ahí... —terminó diciendo Raoul.

Ella se encogió de hombros, pero no parecía nada tranquila.

—¡No, no! Son los «cerradores de trampillas». Es preciso que los «cerradores de trampillas» hagan algo... Abren y cierran las trampillas sin motivo... Es como los «cerradores de puertas»; tienen que «pasar el tiempo».

—¿Y si fuera *él*, Christine?

—No, claro que no. ¡*Él* está encerrado! Trabaja.

—Ah, ¿es verdad que *él* trabaja?

—Sí, él no puede abrir y cerrar las trampillas y trabajar. Estamos muy tranquilos.

Y, cuando decía esto, temblaba.

—¿En qué trabaja?

—¡Oh, en algo terrible...! ¡Por eso estamos muy tranquilos...! Cuando *él* trabaja en eso, no ve nada; no come, ni bebe, ni respira..., durante días y noches... ¡es un muerto viviente y no tiene tiempo de entretenerse con las trampillas!

Volvió a temblar y se inclinó escuchando al otro lado de la trampilla... Raoul la dejaba hacer y decir. Él se calló. Ahora temía que el sonido de su voz la hiciera reflexionar de pronto, y se detuviera en el curso, tan frágil todavía, de sus confidencias.

Ella no le había soltado..., seguía teniéndole entre sus brazos..., y suspiró:

—¡Si fuera *él!*

Raoul, tímido, preguntó:

—¿*Le* tiene miedo?

Ella dijo:

—¡No, claro que no!

El joven adoptó contra su voluntad la actitud de compadecerla, como se hace con un ser impresionable que todavía está presa de un sueño reciente. Parecía decir: «¡Porque, verá, yo estoy aquí!». Y su gesto fue, casi de forma involuntaria, amenazador; entonces Christine le miró con asombro, como un fenómeno de valor y de virtud, y en su pensamiento pareció medir en su justo valor tan inútil y audaz gesto caballeroso. Besó al pobre Raoul como una hermana que le recompensara, en un acceso de ternura, por haber cerrado su pequeño puño fraterno para defenderla contra los peligros siempre posibles de la vida.

Raoul comprendió y se ruborizó de vergüenza. Se encontraba tan débil como ella. Se decía: «Pretende que no tiene miedo, pero nos aleja de la trampilla temblando». Esa era la verdad. Los días siguientes fueron a pasear sus curiosos y castos amores casi en los tejados, muy lejos de las trampillas. La agitación de Christine no hacía más que aumentar a medida que transcurrían las horas. Por fin, una tarde llegó con mucho retraso, con el rostro tan pálido y los ojos tan enrojecidos por una desesperación segura que Raoul se decidió a todo; por ejemplo, le aseguró de buenas a primeras *«que solo partiría hacia el polo Norte si ella le confiaba el secreto de la Voz de hombre»*.

—¡Cállese! En nombre del Cielo, cállese. ¡Si él *le oyese*, desventurado Raoul!

Y los ojos extraviados de la joven miraban a su alrededor.

—¡Christine, yo la salvaré de *su* poder, lo juro! Y no volverá a pensar en *él*, es totalmente necesario.

—¿Es posible?

Ella se permitió esta duda que era un estímulo, arrastrando al joven hasta el último piso del teatro, «a la altura», allí donde estaban lejos, muy lejos de las trampillas.

—La esconderé en un rincón desconocido del mundo, donde *él* no irá a buscarla. Estará a salvo, y entonces yo partiré, puesto que ha jurado no casarse nunca.

Christine se arrojó sobre las manos de Raoul y las estrechó con un arrebato increíble. Pero, inquieta de nuevo, volvía la cabeza a todas partes.

—¡Más arriba! —se limitó a decir—, ¡más arriba...!

Y le arrastró hacia las alturas.

A él le costaba seguirla. Pronto se hallaron debajo de los tejados, en el laberinto de los armazones. Se deslizaban entre los arbotantes, los cabrios, las jambas de fuerza, los lienzos de pared, las vertientes y los declives; corrían de viga en viga, como hubieran corrido en un bosque de troncos formidables de árbol a árbol...

Y, pese a la precaución que ella tenía de mirar a cada instante detrás de sí, no vio una sombra que la seguía como su sombra, que se detenía con ella, que volvía a caminar cuando ella caminaba de nuevo y que no hacía más ruido que el que debe hacer una sombra. En cuanto a Raoul, no se dio cuenta de nada porque, cuando tenía a Christine delante, nada le interesaba de lo que ocurría detrás.

XIII

La lira de Apolo

De este modo llegaron a los tejados. Ella se deslizaba por ellos ligera y familiar, como una golondrina. Su mirada, entre los tres domos y el frontón triangular, recorrió el espacio desierto. Respiró con fuerza, por encima de París, cuyo valle se divisaba entregado al trabajo. Miró a Raoul confiada. Le llamó a su lado, y juntos caminaron allá arriba, sobre calles de zinc, por avenidas de fundición; contemplaron su forma gemela en las amplias albercas llenas de un agua inmóvil, donde en verano los chiquillos de la danza, una veintena de críos, se zambullen y aprenden a nadar. Detrás de ellos había surgido la sombra, siempre fiel a sus pasos, aplastándose sobre los tejados, avanzando con movimientos de alas negras hasta las encrucijadas de las calles de hierro, girando alrededor de los pilones, contorneando en silencio los domos; y los desventurados jóvenes no sospecharon su presencia cuando, confiados, se sentaron por fin bajo la alta protección de Apolo, que alzaba, con su gesto de bronce, su prodigiosa lira en el corazón de un cielo de fuego.

Un atardecer encendido de primavera los rodeaba. Nubes que acababan de recibir del ocaso su ligero vestido de oro y púrpura pasaban lentas arrastrándolo sobre los jóvenes; y Christine le dijo a Raoul:

—Pronto iremos más lejos y con más rapidez que las nubes al confín del mundo, y luego usted me abandonará, Raoul. Pero si, llegado el momento de raptarme, yo no consintiera en seguirle, entonces, Raoul, usted debería llevarme.

Con qué fuerza le dijo esto, con una fuerza que parecía dirigida contra sí misma mientras se apretaba nerviosa contra él. Raoul quedó sorprendido.

—¿Teme cambiar de opinión, Christine?

—No sé —contestó moviendo de forma extraña la cabeza—. ¡Es un demonio!

Y se echó a temblar. Se acurrucó en los brazos de Raoul con un gemido.

—Ahora tengo miedo de volver a vivir con él: ¡en la tierra!

—¿Quién la obliga a volver, Christine?

—¡Si no vuelvo, pueden ocurrir grandes desgracias...! ¡Pero no puedo más...! ¡No puedo más...! Sé de sobra que hay que compadecerse de las gentes que viven «bajo tierra». ¡Pero este es demasiado horrible! Y, sin embargo, se acerca el momento; me queda solo un día. Si no vuelvo, será él quien venga a buscarme con su voz. Me arrastrará con él, a su casa, bajo tierra, y se pondrá de rodillas delante de mí, ¡con su calavera! ¡Y me dirá que me ama! ¡Y llorará! ¡Ay, esas lágrimas! Raoul, esas lágrimas en los dos agujeros negros de la calavera. ¡No puedo ver correr esas lágrimas!

Retorció de una forma horrible sus manos, mientras Raoul, dominado también por aquella desesperación contagiosa, la estrechaba contra su corazón:

—¡No, no! ¡Nunca más volverá a oírle decir que la ama! ¡No volverá a ver correr sus lágrimas! ¡Huyamos...! ¡Ahora mismo, Christine, huyamos! —y ya quería arrastrarla.

Pero ella le detuvo.

—No, no —dijo ella moviendo dolorosamente la cabeza—, ¡ahora no...! Sería demasiado cruel... Deje que me oiga cantar mañana por la noche, una última vez..., y luego nos iremos. A medianoche irá usted a buscarme a mi camerino; a las doce en punto. En ese momento él estará esperándome en el comedor del lago... ¡nosotros seremos libres y usted me llevará consigo...! Incluso aunque yo no quiera, tiene que jurármelo, Raoul..., porque siento que si esta vez voy, tal vez no vuelva nunca... —Y añadió—: ¡Usted no puede comprender...!

Y lanzó un suspiro al que respondió, según creyó, otro suspiro a su espalda.

—¿No ha oído?

A ella le castañeteaban los dientes.

—No —aseguró Raoul—, no he oído nada...

—Es demasiado horrible —confesó ella—, temblar siempre así... Y sin embargo aquí no corremos ningún peligro; estamos en nuestra casa, en mi casa, en el cielo, a pleno aire, a plena luz del día. El sol está ardiendo, ¡y a los pájaros de la noche no les gusta contemplar el sol! Yo nunca *le* he visto a la luz del día... ¡Debe de ser horrible...! —balbuceó volviendo hacia Raoul unos ojos extraviados—. ¡Ah, la primera vez que *le* vi...! ¡Creí que *él* iba a morirse!

—¿Por qué?... —preguntó Raoul, realmente asustado ante el tono que tomaba aquella extraña y formidable confidencia—, ¿por qué creyó que iba a morirse?

—¡PORQUE YO LE HABÍA VISTO!

. . . .

Esta vez Raoul y Christine se volvieron al mismo tiempo.

—¡Aquí hay alguien que sufre! —dijo Raoul—..., tal vez alguien herido. ¿No ha oído?

—No podría decirle —confesó Christine—, *incluso aunque no esté aquí, mis oídos están llenos de sus suspiros*... Sin embargo, si usted ha oído...

Se levantaron y miraron a su alrededor... Estaban completamente solos en el inmenso tejado de plomo. Volvieron a sentarse y Raoul preguntó:

—¿Cuándo le vio por primera vez?

—Hacía tres meses que le oía sin verle. La primera vez que le «oí», creí, como usted, que esa voz adorable que de pronto había empezado a cantar *a mi lado*, cantaba en un camerino cercano. Salí y la busqué por todas partes; pero mi camerino está muy aislado, Raoul, como usted sabe, y me fue imposible dar con la voz fuera de mi camerino, mientras ella permanecía fielmente dentro. Y no solo cantaba, sino que me hablaba, respondía a mis preguntas como una verdadera voz de hombre, con una diferencia: que era bella como la voz de un ángel. ¿Cómo explicar un fenómeno tan increíble? Yo nunca había dejado de pensar en el *Ángel de la música* que mi pobre padre había prometido enviarme cuando estuviera muerto. Me atrevo a hablarle de una chiquillada como esa, Raoul, porque usted conoció a mi padre, y porque él le quería y porque usted creyó, en la misma época que yo, cuando era un niño, en el *Ángel de la música*, y estoy segura de que no ha de reírse ni burlarse. Yo, amigo mío, había conservado el alma tierna y crédula de la pequeña Lotte y no sería la compañía de la señora Valérius quien me la habría de quitar. Llevé esa pequeña alma completamente blanca entre mis manos ingenuas e ingenuamente la tendí, la ofrecí a la voz de hombre, creyendo ofrecérsela a un ángel. Alguna culpa debió de tener en ello mi madre adoptiva, a quien no ocultaba yo nada del inexplicable fenómeno. Ella fue la primera en decirme: «Debe ser el ángel; en cualquier caso, siempre puedes preguntárselo». Es lo que hice, y la voz de hombre me respondió que era la voz de ángel que yo esperaba y que mi padre me había prometido al morir. A partir de ese momento, entre la voz y yo se estableció una gran intimidad, y tuve en ella una confianza absoluta. Me dijo que había bajado a la tierra para hacerme saborear las alegrías supremas del arte eterno, y me pidió permiso para darme lecciones de música todos los días. Consentí con un ardor ferviente y no falté a ninguna de las citas que me daba, a hora temprana, en mi camerino, cuando ese rincón de la Ópera estaba desierto. Imposible decirle cómo fueron aquellas lecciones. Usted mismo, que ha oído la voz, no puede hacerse una idea.

—Evidentemente, no, no puedo hacerme una idea —afirmó el joven—. ¿Con qué se acompañaba?

—Con una música que ignoro, que estaba detrás de la pared y que era de una precisión incomparable. Además, se hubiera dicho, amigo mío, que la Voz sabía exactamente en qué punto de mis clases me había dejado mi padre al morir, y el sencillo método que había empleado; así, acordándome, o mejor, acordándose mi órgano de todas las lecciones pasadas y beneficiándose ahora de las presentes, hice progresos prodigiosos, ¡tales que, en otras condiciones, hubieran exigido años! Piense que soy bastante delicada, amigo mío, y que al principio mi voz tenía poco carácter, porque las cuerdas bajas se hallaban poco desarrolladas por naturaleza y los tonos agudos eran bastante duros y el medio estaba velado. Mi padre había combatido contra todos estos defectos y triunfado por un momento: la Voz los venció definitivamente. Poco a poco fui aumentando el volumen de los sonidos en proporciones que mi debilidad pasada no me permitía esperar: aprendí a dar a mi respiración mayor alcance. Pero, sobre todo, la Voz me confió el secreto para desarrollar los sonidos de pecho en una voz de soprano. Finalmente, envolvió todo ello con el fuego sagrado de la inspiración, despertó en mí una vida ardiente, devoradora, sublime. La Voz tenía la virtud, al dejarse oír, de elevarme hasta ella. Me ponía al unísono de su soberbia elevación. ¡El alma de la Voz habitaba mi boca e insuflaba en ella la armonía!

»Al cabo de unas semanas, no me reconocía cantando... Yo misma estaba incluso espantada..., tuve miedo, por un momento, a algún tipo de sortilegio; pero la señora Valérius me tranquilizó. Sabía que yo era, según decía, una joven demasiado simple para que el demonio se interesara por mí.

»Mis progresos habían permanecido secretos, entre la Voz, la señora Valérius y yo, por orden misma de la Voz. Cosa curiosa, fuera del camerino yo cantaba con mi voz de todos los días y nadie se daba cuenta de nada. Yo hacía todo lo que quería la Voz. Me decía: "¡Hay que esperar..., ya verá, dejaremos pasmado a todo París!". Y yo esperaba. Vivía en una especie de sueño extático en el que mandaba la Voz. En esto, Raoul, una noche le vi a usted en la sala. Mi alegría fue tal que no pensé siquiera en ocultarla al volver a mi camerino. Para nuestra desgracia, la Voz ya estaba allí y pronto vio, por mi aspecto, que algo nuevo había ocurrido. Me preguntó "qué tenía", y yo no vi inconveniente en contarle nuestra dulce historia, ni le oculté el lugar que usted ocupaba en mi corazón. Entonces la Voz se calló: la llamé, no me respondió: le supliqué, resultó en vano. Sentí un terror loco ante la idea de que se había ido para siempre. ¡Ojalá lo hubiese hecho, amigo mío...! Volví a mi casa, aquella noche, en un estado desesperado. Me arrojé al cuello de la señora Valérius diciéndole: "¿Sabes? La Voz se ha ido. ¡Tal vez no vuelva nunca más!". Y ella quedó tan consternada como yo y me pidió explicaciones. Yo se lo conté todo. Me dijo: "¡Vaya! ¡La Voz está celosa!". Esto, amigo mío, me hizo pensar que yo le amaba a usted...

En este punto Christine se detuvo un momento. Inclinó la cabeza sobre el seno de Raoul y ambos permanecieron un instante en silencio, uno en brazos del otro. La emoción que los embargaba era tal que no vieron, o, mejor dicho, no sintieron desplazarse, a unos pasos de ellos, a la sombra rastrera de dos grandes alas negras que se acercó, a ras de los techos, tan cerca, tan cerca que hubiera podido ahogarlos cerrándose sobre ellos.

—Al día siguiente —continuó Christine con un profundo suspiro—, volví a mi palco muy pensativa. La Voz estaba allí. ¡Oh, amigo mío! Me habló con una gran tristeza. Me declaró categóricamente que, si yo debía entregar mi corazón sobre la tierra, ella no tenía otra cosa que hacer que subir al cielo. Y me dijo esto con tal acento de dolor *humano* que, desde ese día, habría debido yo desconfiar y empezar a comprender que había sido extrañamente víctima de mis sentidos engañados. Pero mi fe en aquella aparición de la Voz, a la que tan íntimamente estaba mezclado el pensamiento de mi padre, seguía siendo total. Lo único que temía era no volver a oírla; por otro lado, había reflexionado sobre el sentimiento que me inclinaba hacia usted; había medido todo su inútil peligro; ignoraba incluso si se acordaba de mí. Pasase lo que pasase, su situación en el mundo me prohibía por siempre la idea de una unión honesta; le juré a la Voz que usted no significaba para mí otra cosa que un hermano y que nunca sería otra cosa, que mi corazón estaba libre de cualquier amor terreno... Y, por esta razón, amigo mío, aparté mis ojos cuando, en la escena o en los corredores, usted intentaba atraer mi atención; ¡por ese motivo no le reconocía..., por esa razón no le veía...! Mientras tanto, las horas de lecciones entre la Voz y yo transcurrían en un divino delirio. Nunca me había poseído hasta aquel punto la belleza de los sonidos, y un día la Voz me dijo: «Ahora sí, Christine Daaé, ahora ya puedes aportar a los hombres un poco de la música del cielo!».

»¿Por qué aquella noche, que era velada de gala, no acudió la Carlotta al teatro? ¿Cómo fui llamada yo para sustituirla? No lo sé; pero yo canté..., canté con un arrebato desconocido; era ligera como si me hubieran dado alas; ¡por un momento creí que mi alma abrasada iba a abandonar su cuerpo!

—¡Oh, Christine! —dijo Raoul, cuyos ojos se habían humedecido con ese recuerdo—. Esa noche mi corazón vibró en cada acento de su voz. Vi correr las lágrimas por sus pálidas mejillas, y lloré con usted. ¿Cómo podía cantar mientras lloraba?

—Mis fuerzas me abandonaron —dijo Christine—, cerré los ojos... Cuando volví a abrirlos, ¡usted estaba a mi lado! ¡Pero también estaba allí la Voz, Raoul...! Sentí miedo por usted, y, por eso, tampoco esa vez quise reconocerle y me eché a reír cuando usted me recordó que había recogido mi pañuelo en el mar...

»Pero, ay, a la Voz no se la puede engañar... Ella sí que le reconoció... ¡Y la Voz estaba celosa...! Durante los dos días siguientes, me hizo escenas atroces... Me decía: "¡Usted le ama! ¡Si no le amase, no le rechazaría! Es un antiguo amigo al que puede estrechar la mano como a todos los demás... ¡Si no le amase, no temería encontrarse a solas con él y conmigo en su camerino...! ¡Si no le amase, no le echaría...!".

»—¡Basta! —le dije irritada a la Voz—; mañana debo ir a Perros, para visitar la tumba de mi padre; le pediré al señor Raoul de Chagny que me acompañe.

»—Haga lo que quiera —respondió ella—, pero sepa que también yo estaré en Perros, porque estoy en todas partes donde esté usted, Christine, y si se muestra siempre digna de mí, si no me miente, cuando suenen las doce campanas de medianoche, yo tocaré sobre la tumba de su padre *La resurrección de Lázaro*, con el violín del muerto.

»Así pues, amigo mío, me vi llevada a escribirle la carta que le condujo a Perros. ¿Cómo pude engañarme hasta ese punto? ¿Cómo no sospeché alguna impostura, ante las preocupaciones tan personales de la Voz? ¡Ay! Yo no era dueña ya de mí misma: ¡yo era algo suyo...! Y los medios de que la Voz disponía debían engañar fácilmente a una niña como yo.

—Pero, finalmente... —exclamó Raoul en este punto del relato de Christine, cuando esta parecía deplorar con lágrimas la inocencia demasiado perfecta de un espíritu muy poco «avisado»—, pero, finalmente, ¡pronto supo usted la verdad...! ¿Cómo no escapó de inmediato a esa abominable pesadilla?

—¡Saber la verdad...! ¡Raoul...! ¡Salir de esa

pesadilla...! Pero si, por desgracia, yo solo entré en esa pesadilla el día en que conocí esa verdad...! ¡Calle! ¡Calle...! No le he dicho nada..., y ahora que vamos a bajar del cielo a la tierra, ¡compadézcame, Raoul...! ¡Compadézcame...! Una noche, noche fatal..., mire..., era la noche en que debían ocurrir tantas desgracias..., la noche en que Carlotta pudo creerse transformada en el escenario en un horrible gallo y en que empezó a lanzar gritos como si toda su vida hubiera vivido en corrales..., la noche en que la sala quedó de pronto sumida en la oscuridad por el trueno de la lámpara que se aplastaba contra el suelo... Esa noche hubo muertos y heridos, y todo el teatro resonaba con los clamores más tristes.

»Mi primer pensamiento, Raoul, en medio de la catástrofe, fue para usted y para la Voz al mismo tiempo, porque en esa época ambos eran las dos mitades iguales de mi corazón. Quedé completamente tranquilizada respecto a usted, porque le había visto en el palco de su hermano y sabía que no corría ningún peligro. En cuanto a la Voz, me había anunciado que asistiría a la función, y sentí miedo por ella; sí, realmente miedo, como si hubiera sido "una persona normal viva que fuera capaz de morir". Me decía a mí misma: "¡Dios mío! La lámpara tal vez haya aplastado a la Voz." Me hallaba entonces en el escenario, y enloquecida hasta el punto de que me disponía a correr hacia la sala para buscar a la Voz entre los muertos y los heridos, cuando se me ocurrió la idea de que, si no le había ocurrido nada, debía estar ya en mi camerino, donde habría ido apresuradamente para tranquilizarme. De un salto llegué a mi camerino. No estaba la Voz. Me encerré allí y, con lágrimas en los ojos, le supliqué, si todavía estaba viva, que se manifestase a mí. La Voz no me contestaba, pero, de pronto, oí un largo, un admirable gemido que conocía de sobra. Era la queja de Lázaro cuando, a la voz de Jesús, empieza a levantar los párpados y a volver a ver la luz. Eran los llantos del violín de mi padre. Reconocí el golpe de arco de Daaé, el mismo, Raoul, que nos tenía inmóviles en los caminos de Perros, el mismo que había "encantado" la noche del cementerio. Y luego, sobre el instrumento invisible y triunfante, el grito de alegría de la Vida, y la Voz, dejándose oír por fin, empezó a cantar la frase dominante y soberana: "¡Ven y cree en mí! ¡Los que crean en mí, resucitarán! ¡Camina! ¡Los que han creído en mí no podrán morir!". No podría expresarle la impresión que sentí al oír esa música que cantaba la vida eterna en el momento en que, a nuestro lado, unos pobres desgraciados, aplastados por aquella lámpara fatal, entregaban su alma... Me pareció que también a mí me ordenaba ir, levantarme, caminar hacia ella. Ella se alejaba, yo la seguí: "¡Ven! ¡Y cree en mí!". Yo creía en ella, yo iba..., iba, y, cosa extraordinaria, mi camerino parecía alargarse ante mis pasos..., alargarse... Evidentemente, debía producirse un efecto de espejos..., porque tenía el espejo delante de mí... Y de pronto, sin saber cómo, me encontré fuera de mi camerino.

Raoul interrumpió bruscamente aquí a la joven:

—¡Cómo! ¿Sin saber de qué forma? ¡Christine, Christine! ¡Debería intentar no soñar más!

—¡Ay, pobre amigo, no estaba soñando! ¡Me hallaba fuera de mi camerino sin saber cómo! Usted, que me ha visto desaparecer de mi camerino una noche, tal vez podría explicarme cómo ocurrió, ¡pero yo no puedo hacerlo...! Solo puedo decirle una cosa, y es que, hallándome delante de mi espejo, de pronto no lo vi delante de mí y lo busqué detrás..., pero allí ya no había espejo, ni camerino... Me encontraba en un corredor oscuro... ¡Tuve miedo y grité!

»Todo estaba oscuro a mi alrededor; a lo lejos, una débil claridad roja iluminaba un ángulo de la pared, una esquina de la encrucijada. Grité. Solo mi voz llenaba las paredes, porque el canto y los violines habían callado. Y de pronto, en medio de la oscuridad, una mano se posaba en la mía..., o, mejor dicho, algo ososo y helado que me aprisionó la muñeca y ya no me soltó. Yo grité. Un brazo me agarró por la cintura y me vi levantada... Me debatí un instante horrorizada; mis dedos resbalaron a lo largo de las piedras húmedas, donde no consiguieron aferrarse. Y luego, no me moví más, creí que iba a morir de espanto. Me llevaban hacia la pequeña claridad rojiza; entramos en aquella claridad y entonces vi que estaba entre las manos de un hombre envuelto en una gran capa negra y que tenía una máscara que le ocultaba toda la cara... Intenté un esfuerzo supremo: mis miembros se pusieron rígidos, mi boca se abrió una vez más para gritar mi espanto, pero una mano la cerró, una mano que sentí sobre mis labios, sobre mi carne..., y que olía a la muerte. Y me desvanecí.

»¿Cuánto tiempo permanecí sin conocimiento? No podría decirlo. Cuando volví a abrir los ojos, el hombre y yo seguíamos en medio de las tinieblas. Una linterna sorda, depositada en el suelo, iluminaba el brotar de una fuente. Chapoteaba el agua que salía de la pared y desaparecía inmediatamente bajo el suelo sobre el que yo estaba tendida; mi cabeza reposaba sobre la rodilla del hombre de la capa y la máscara negra, y mi silencioso compañero me refrescaba las sienes con un cuidado, una atención y una delicadeza que me parecieron más horribles de soportar que la brutalidad de su rapto. Por ligeras que fuesen, sus manos no dejaban de oler a la muerte. Las rechacé, pero sin fuerza. Pregunté en un soplo: "¿Quién es usted? ¿Dónde está la Voz?". Solo me contestó un suspiro. De pronto, un aliento cálido pasó sobre mi rostro y vagamente, en las tinieblas, al lado de la forma negra del hombre, distinguí una forma blanca. La forma negra me alzó y me depositó sobre la forma blanca. Y al punto, un alegre relincho hirió mis oídos estupefactos y murmuré: *"¡César!"*. El animal se estremeció. Amigo mío, estaba semitumbada sobre una silla de montar y había reconocido el caballo blanco de *El Profeta*, al que con tanta frecuencia había mimado con golosinas. Y una noche se difundió por el teatro el rumor de que aquel animal había desaparecido y había sido robado por el fantasma de la Ópera. En cuanto a mí, yo creía en la Voz; nunca había creído en el fantasma, y sin embargo me preguntaba temblando si no era la prisionera del fantasma. Desde el fondo de mi corazón llamé a la Voz en mi ayuda, porque nunca me habría imaginado que la Voz y el fantasma fueran uno. ¿Ha oído hablar del fantasma de la Ópera, Raoul?

—Sí... —respondió el joven—. Pero, dígame, Christine, ¿qué le ocurrió cuando estuvo sobre el caballo blanco de *El Profeta*?

—No hice ningún movimiento y me dejé llevar... Poco a poco un extraño torpor sucedió al estado de angustia y de terror en que me había sumido aquella infernal aventura. La forma negra me sostenía y yo no hacía nada para escapar de ella. Por todo mi cuerpo se había difundido una paz singular y pensaba que estaba bajo la influencia bienhechora de algún elixir. Podía disponer plenamente de mis sentidos. Mis ojos se iban acostumbrando a las tinieblas que, además, se iluminaban, aquí y allá, con breves resplandores... Juzgué que estábamos en una estrecha galería circular y pensé que aquella galería daba la vuelta a la Ópera, que bajo tierra es inmensa. Una vez, amigo mío, una sola vez había descendido yo a esos subterráneos que son prodigiosos, pero me había parado en el tercer sótano, sin atreverme a seguir hacia delante bajo tierra. Y, sin embargo, a mis pies se abrían todavía dos pisos más, en los que habría podido alojarse una ciudad. Pero las figuras que se me habían aparecido me habían hecho huir. Hay ahí demonios, completamente negros, delante de calderas, y agitan palas y tenedores, atizan braseros, encienden llamas, te amenazan si te acercas abriendo de pronto sobre uno las fauces rojas de los hornos... Y, mientras tranquilamente *César* me llevaba en esa noche de pesadilla a sus lomos, vi de pronto, lejos, muy lejos, y pequeños, muy pequeños, como al extremo de un anteojo vuelto del revés, a los demonios negros delante de los braseros rojos de sus caloríferos... Aparecían... Desaparecían... Volvían a aparecer a capricho de nuestra marcha... Por fin, desaparecieron del todo. La forma de hombre seguía sosteniéndome, y *César* caminaba sin guía y con pie seguro... No podría decirle, ni siquiera de forma aproximada, cuánto duró, en la noche, aquel viaje; solo se me ocurrió que dábamos vueltas y más vueltas, que descendíamos siguiendo una inflexible espiral hasta el corazón mismo de los abismos de la tierra: pero ¿no era mi cabeza la que daba vueltas? No, no lo creo. Yo tenía una lucidez increíble. Hubo un momento en que *César* alzó su hocico, olfateó la atmósfera y aceleró algo su paso. Sentí el aire húmedo y luego *César* se detuvo. La noche se había aclarado. Una luz azulada nos rodeaba. Miré dónde nos hallábamos. Estábamos a orillas de un lago cuyas aguas de plomo se perdían a lo lejos, en la oscuridad..., pero la luz azul iluminaba aquella orilla y en ella vi una barquita atada a una argolla, en el muelle.

»Yo sabía, desde luego, que todo aquello existía, y la visión de aquel lago y de aquella barca bajo tierra no tenía nada de sobrenatural. Pero piense en las condiciones excepcionales en que abordé aquella ribera. Las almas de los muertos no debían sentir mayor inquietud al abordar el Éstige. Caronte no era desde luego más lúgubre ni más mudo que la forma de hombre que me transportó a la barca. ¿Se había acabado el efecto del elixir? ¿Bastaba el frescor de aquellos lugares para devolverme completamente los sentidos? Mi torpor se desvanecía e hice algunos movimientos que denunciaban el nuevo inicio de mi terror. Mi siniestro compañero debió de darse cuenta, porque, con gesto rápido, despidió a *César*, que huyó a las tinieblas de la galería: oí los cuatro cascos golpeando los escalones sonoros de una escalinata, luego el hombre se lanzó hacia la barca, a la que liberó de su atadura de hierro; cogió los remos y remó con fuerza y rapidez. Bajo la máscara, sus ojos no dejaban de mirarme; sentía sobre mí el peso de sus pupilas inmóviles. El agua no hacía ningún ruido a nuestro alrededor. Nos deslizábamos en medio de aquella claridad azulada de que os he hablado, y luego nos encontramos de nuevo en la oscuridad completa; por fin atracamos. La barca chocó con un cuerpo duro. Y de nuevo fui llevada en unos brazos. Yo había recuperado la fuerza suficiente para gritar. Y grité. Luego, de pronto, me callé, abrumada por la luz. Sí, una luz restallante, en medio de la cual me habían depositado. Me levanté de un salto. Era dueña de todas mis fuerzas. En el centro de un salón que no me parecía adornado, ornamentado y amueblado más que con flores, flores magníficas y estúpidas debido a las cintas de seda que las unían a unos cestillos, igual que las que se venden en las floristerías de los bulevares, flores demasiado civilizadas como las que solía yo encontrar en mi camerino tras cada estreno; en el centro de aquel embalsamamiento tan parisiense, la forma negra de hombre con la máscara estaba de pie, con los brazos cruzados... y habló:

»—Tranquilícese, Christine —dijo—; no corre ningún peligro.

»*¡Era la Voz!*

»Mi furia igualó a mi pasmo. Salté sobre aquella máscara y quise arrancarla para conocer la cara de la Voz. La forma de hombre me dijo:

»—¡No corre ningún peligro, si no toca la máscara!

»Y aprisionando suavemente mis muñecas, me hizo sentar.

»¡Luego se puso de rodillas delante de mí y no dijo nada más!

»La humildad de ese gesto me devolvió algún ánimo; la luz, precisando todas las cosas a mi alrededor, me devolvió a la realidad de la vida. Por extraordinaria que pareciese, la aventura estaba rodeada ahora de cosas mortales que yo podía ver y tocar. Las colgaduras de aquellas paredes, aquellos muebles, aquellas antorchas, aquellos vasos e incluso aquellas flores cuya procedencia casi hubiera podido decir, por sus canastillas doradas, y cuánto habían costado, encerraban fatalmente mi imaginación en los límites de un salón tan trivial como muchos otros que, por lo menos, tenían la excusa de no estar situados en los subsuelos de la Ópera. Tenía que vérmelas sin duda con algún espantoso excéntrico que, misteriosamente, se había alojado en las bodegas, como otros, por necesidad y que, con la muda complicidad de la administración, habían hallado un refugio definitivo en los tejados de aquella torre de Babel moderna, donde se intrigaba, donde se cantaba en todas las lenguas y donde se amaba en todas las jergas.

»Y entonces la *Voz*, la *Voz* que yo había reconocido bajo la máscara, que no había podido ocultármela, *era aquello que estaba de rodillas delante de mí: ¡un hombre!*

»Ya no pensé siquiera en la horrible situación en que me encontraba, no me pregunté tampoco qué iba a ser de mí ni cuál sería el designio oscuro y fríamente tiránico que me había llevado hasta aquel salón, igual que se encierra a un prisionero en una mazmorra y a una esclava en el harén. ¡No, no, no! Me decía: ¡La Voz es esto: un hombre! Y me eché a llorar.

»El hombre, que seguía de rodillas, comprendió sin duda el sentido de mis lágrimas, porque dijo:

»—¡Es verdad, Christine...! No soy ni ángel, ni genio, ni fantasma... Soy Erik.

En este momento el relato de Christine volvió a interrumpirse. A los jóvenes les pareció que el eco había repetido, detrás de ellos: ¡Erik...! ¿Qué eco...? Se volvieron y solo vieron que la noche había llegado. Raoul hizo un movimiento como para levantarse, pero Christine le retuvo a su lado:

—¡Quédese! Tiene que saberlo todo *aquí.*

—¿Por qué aquí, Christine? Temo el fresco de la noche por usted.

—Solo debemos temer las trampillas, amigo mío, y aquí estamos en el confín del mundo de las trampillas... y yo no tengo derecho a verle fuera del teatro... No es este el momento de llevarme la contraria... No despertemos sus sospechas...

—¡Christine! ¡Christine! Algo me dice que hacemos mal esperando a mañana por la noche, y que deberíamos huir ahora mismo.

—Le digo que, si él no me oye cantar mañana por la noche, tendrá una pena infinita.

—Es difícil no causar pena a Erik y huir de él para siempre...

—En eso tiene razón, Raoul..., porque, desde luego, cuando yo huya, él morirá...

Y la joven añadió con voz sorda:

—Pero la partida también es igual... porque corremos el riesgo de que nos mate.

—¿La ama entonces?

—¡Hasta el crimen!

—Pero su morada no puede ser inencontrable... Podemos ir a buscarle allí. Desde el momento en que Erik no es un fantasma, se puede hablar con él e incluso obligarle a responder.

Christine movió la cabeza:

—¡No, no! ¡Contra Erik no se puede hacer nada...! Lo único que se puede hacer es huir.

—¿Y cómo, pudiendo huir, ha vuelto usted a su lado?

—Porque me lo exigía... Y lo comprenderá cuando sepa la forma en que salí de su casa...

—¡Ah, cuánto le odio...! —exclamó Raoul—. Y usted, Christine, dígame..., necesito que me diga esto para oír más tranquilo la continuación de esta extraordinaria historia de amor..., y usted, ¿le odia?

—¡No! —dijo Christine simplemente.

—¿Para qué tantas palabras...? ¡Usted le ama! ¡Su miedo, sus terrores, todo eso es amor, y amor del más delicioso! El amor que uno no se confiesa... —explicó Raoul con amargura—. El que, cuando se piensa en él, da un escalofrío... ¡Piense, un hombre que vive en un palacio bajo tierra!

Y se rio burlón.

—¡Usted quiere que yo vuelva allí!... —le interrumpió brutalmente la joven—. Tenga cuidado, Raoul, se lo he dicho: ¡no volvería!

Hubo un silencio espantoso entre los tres..., los dos que hablaban y la sombra que, detrás, escuchaba...

—Antes de responderle —dijo por fin Raoul con voz lenta—, desearía saber qué sentimiento le inspira a usted *él*, si no le odia.

—¡Horror! —dijo ella.

Y soltó estas palabras con tal fuerza que cubrieron los suspiros de la noche.

—¡Eso es lo terrible!... —continuó Christine en medio de una fiebre que iba en aumento—. Me horroriza y no le detesto. ¿Cómo odiarle, Raoul? Contemplé a Erik a mis pies, en la morada del lago, bajo tierra. Él mismo se acusa, se maldice, ¡implora mi perdón...! Confiesa su impostura. ¡Me ama! ¡Pone a mis pies un amor inmenso y trágico...! ¡Me ha robado por amor...! Me ha encerrado con él, bajo tierra, por amor..., pero me respeta, y se arrastra, y gime, y llora... Y cuando yo me levanto, Raoul, cuando le digo que no puedo hacer otra cosa que despreciarle si no me devuelve inmediatamente esa libertad que me ha robado, cosa increíble..., él me la ofrece..., no tengo más que irme... Está dispuesto a enseñarme el misterioso camino... Pero..., pero él se levanta también, y me veo obligada a recordar que, aunque no es ni fantasma, ni ángel, ni genio, sigue siendo la Voz, ¡porque canta!

»¡Y yo le escucho..., y me quedo!

»Esa noche no intercambiamos ni una palabra más... Él había cogido un arpa y empezó a cantarme, con voz de hombre, con voz de ángel, el romance de Desdémona. El recuerdo que yo tenía de haberlo cantado me daba vergüenza. Amigo mío, hay en la música una virtud que hace que no exista nada del mundo exterior fuera de esos sonidos que van a golpear el corazón. Mi extravagante aventura quedó olvidada. Solo revivía la voz y yo la seguía embriagada en su armonioso viaje; yo formaba parte del rebaño de Orfeo. La voz me paseó por el dolor, por la alegría, por el martirio, por la desesperación, por el júbilo, por la muerte y por los himeneos triunfantes... Yo escuchaba... Ella cantaba... Me cantó fragmentos desconocidos..., y me hizo oír una música nueva que causó en mí una extraña impresión de dulzura, de languidez, de reposo..., una música que, después de haber sublevado mi alma, la calmó poco a poco y la llevó hasta el umbral del sueño. Me adormecí.

»Cuando desperté, estaba sola, en una *chaise longue*, en una pequeña habitación muy sencilla, provista de una cama trivial de caoba, de paredes cubiertas de tela de Jouy, e iluminada por una lámpara depositada sobre el mármol de una vieja cómoda Luis Felipe. ¿Qué era aquel decorado nuevo...? Me pasé la mano por la frente, como para espantar una pesadilla... ¡Ay!, no tardé mucho en darme cuenta de que no había soñado. ¡Estaba prisionera y solo podía salir de mi aposento para entrar en un cuarto de baño de los más confortables! Agua caliente y agua fría a voluntad. De vuelta en mi habitación, vi sobre la cómoda un billete escrito con tinta roja que me informó de mi triste situación y que, por si todavía era necesario, eliminó todas las dudas sobre la realidad de los acontecimientos: "Querida Christine —decía el papel—, tranquilícese sobre su destino. No tiene usted en el mundo amigo mejor ni más respetuoso que yo. En este momento, está usted sola en esta morada que le pertenece. Debo salir para ir de compras y traerle toda la ropa que usted pueda necesitar".

»"¡Decididamente he caído en manos de un loco! —exclamé—. ¿Qué va a ser de mí? ¿Y cuánto tiempo piensa este miserable tenerme encerrada en su cárcel subterránea?"

»Recorrí mi pequeño aposento como una insensata, buscando una salida que no encontré. Me acusaba amargamente por mi estúpida superstición y sentí un placer enorme en burlarme de la perfecta inocencia con que, a través de las paredes, había acogido yo a la Voz del genio de la música... Cuando una es tan tonta, hay que esperar las catástrofes más inauditas y todas se merecen. Sentía deseos de darme de cabezadas contra las paredes, me reí de mí misma y lloré por mí al mismo tiempo. En ese estado me encontró Erik.

»Después de haber llamado con tres golpes secos en la pared, entró tranquilamente por una puerta que yo no había sabido descubrir y que él dejó abierta. Venía cargado de cajas y paquetes que depositó sin prisa sobre mi cama, mientras yo le colmaba de insultos y le conminaba a quitarse aquella máscara si es que pretendía disimular con ella una cara de hombre honrado.

»Me respondió con gran serenidad:

»—¡Nunca verá usted el rostro de Erik!

»Y me reprochó que aún no hubiera hecho mi aseo a aquella hora del día; se dignó informarme que eran las dos de la tarde. Me dejaba media hora para mi aseo mientras, al decirlo, ponía mi reloj en hora. Tras ello, me invitó a pasar al comedor, donde nos esperaba, según me anunció, un excelente almuerzo. Yo tenía mucha hambre, le di con la puerta en las narices y entré en el cuarto de baño. Me bañé después de haber puesto a mi lado unas magníficas tijeras con las que estaba dispuesta a darme la muerte si Erik, después de haberse comportado como un loco, dejaba de comportarse como un hombre honesto. El frescor del agua me hizo el mayor bien y, cuando reaparecí ante Erik, yo había adoptado la prudente resolución de no enfrentarme a él ni enfadarle por nada, y halagarle llegado el caso para obtener una pronta libertad. Fue él quien primero me habló de sus proyectos sobre mí, precisándomelos para tranquilizarme, me decía. Le agradaba demasiado mi compañía para verse privado de ella inmediatamente, como había consentido la víspera, ante la expresión indignada de mi espanto. Ahora yo debía comprender que no tenía sentido asustarme por verle a mi lado. Me amaba, pero no me lo diría mientras yo no se lo permitiera, y el resto del tiempo lo pasaríamos con la música.

»—¿Qué entiende usted por el resto del tiempo... —le pregunté.

»Él me contestó con firmeza:

»—Cinco días.

»—Y después, ¿seré libre?

»—Será libre, Christine, porque una vez transcurridos esos cinco días habrá aprendido a no temerme; y luego usted volverá para ver, de vez en cuando, al pobre Erik...

»El tono con que pronunció estas últimas

palabras me conmovió profundamente. Me pareció descubrir en ellas una desesperación tan real, tan digna de compasión que alcé hacia la máscara un rostro enternecido. No podía ver los ojos tras la máscara, pero eso no disminuía la extraña sensación de malestar que producía interrogar a aquel misterioso trozo de seda negra; mas, bajo la tela, en el extremo de la barba de la máscara, aparecieron una, dos, tres, cuatro lágrimas.

»En silencio, me señaló un lugar frente a él, en un pequeño velador que ocupaba el centro de la habitación en la que la víspera había tocado el arpa para mí, y yo me senté muy turbada. Comí sin embargo con apetito algunos cangrejos, un ala de pollo rociada con un poco de vino de Tokay que él mismo había traído, según me dijo, de las bodegas de Königsberg, frecuentadas en otro tiempo por Falstaff. En cuanto a él, no comía, no bebía. Le pregunté cuál era su nacionalidad y si aquel nombre de Erik no ocultaba algún origen escandinavo. Me respondió que no tenía ni nombre ni patria, y que había tomado el nombre de Erik *por casualidad*. Le pregunté por qué, ya que me amaba, no había hallado otro medio de hacérmelo saber que el de arrastrarme consigo y encerrarme bajo tierra.

»—Es muy difícil conseguir ser amado en una tumba —le dije.

»—Uno tiene las "citas" que puede —contestó en tono extraño.

»Luego se levantó y me tendió los dedos porque quería, según dijo, hacerme los honores de su vivienda; pero yo retiré vivamente mi mano de la suya lanzando un grito. Lo que toqué era a medias húmedo y ososo, y recordé que sus manos olían a muerte.

»—¡Oh, perdón! —gimió.

»Y abrió delante de mí una puerta.

»—Este es mi cuarto —dijo—. Es bastante curioso de visitar... Si usted quiere verlo.

»Yo no vacilé. Sus ademanes, sus palabras, todo su aspecto me inspiraba confianza..., y además notaba que no había que tener miedo.

»Entré. Me pareció que penetraba en una cámara mortuoria. Las paredes estaban cubiertas de negro, pero, en vez de las lágrimas blancas que por regla general completan ese fúnebre adorno, se veían sobre un enorme pentagrama de música las notas repetidas del *Dies irae*. En medio del cuarto había un dosel del que colgaban cortinas de brocatel rojo y, bajo el dosel, un ataúd abierto.

»Al verlo, retrocedí.

»—Es ahí dentro donde duermo —dijo Erik—. Hay que acostumbrarse a todo en la vida, incluso a la eternidad.

»Yo aparté la cabeza: había recibido una impresión siniestra de aquel espectáculo. Mis ojos encontraron entonces el teclado de un órgano que ocupaba todo el lienzo de la pared. Sobre el pupitre había un cuaderno, todo garrapateado de notas rojas. Pedí permiso para mirarlo y leí en la primera página: *Don Juan triunfante.*

»—Sí —me dijo—, a veces compongo. Hace veinte años que empecé este trabajo. Cuando lo haya terminado, lo llevaré conmigo a ese ataúd y no volveré a despertar.

»—Tiene que trabajar en él lo menos posible —le dije yo.

»—Trabajo a veces quince días y quince noches seguidos, durante los cuales solo vivo de música, y luego descanso durante años.

»—¿Quiere tocarme algo de su *Don Juan triunfante*?... —pregunté, creyendo agradarle y superando la repugnancia que sentía por permanecer en aquella cámara de la muerte.

»—No me pida nunca eso —respondió con voz sombría—. Ese *Don Juan* no se ha escrito sobre la letra de un Lorenzo da Ponte, inspirado por el vino, los pequeños amores y el vicio, finalmente castigado por Dios. Si lo desea, tocaré a Mozart, que hará correr sus hermosas lágrimas y le inspirará honestas reflexiones. ¡Pero mi *Don Juan*, Christine, arde, y sin embargo no lo fulmina el fuego del cielo!

»Entonces volvimos al salón que acabábamos de dejar. Observé que en aquel aposento no había espejos por ninguna parte. Iba a hacer esa reflexión, pero Erik fue a sentarse al piano diciéndome:

»—Mire, Christine, hay una música tan terrible que consume a cuantos se le acercan. Usted todavía no está en esa música, afortunadamente, porque en caso contrario perdería sus frescos colores y nadie la reconocería a su regreso a París. Cantemos ópera, Christine Daaé.

»Y me dijo: "Cantemos ópera, Christine Daaé", como si me lanzase una injuria.

»Mas no tuve tiempo de pensar en la intención que había dado a sus palabras. Inmediatamente empezamos el dúo de *Otelo*, y ya la catástrofe estaba sobre nuestras cabezas. En esa ocasión me otorgó el papel de Desdémona, que canté con una desesperación y un terror reales que nunca había alcanzado hasta ese día. La vecindad de semejante compañero, en lugar de anonadarme, me inspiraba un terror magnífico. Los sucesos de que yo era víctima me acercaban de forma singular al pensamiento del poeta y encontré acentos que hubieran deslumbrado al músico. En cuanto a él, su voz era atronadora, su alma vengativa se concentraba en cada sonido y aumentaba terriblemente su potencia. El amor, los celos y el odio estallaban a nuestro alrededor en gritos desgarradores. La máscara negra de Erik me hacía pensar en la máscara natural del Moro de Venecia. Era Otelo en persona. Creí que él iba a golpearme, que yo iba a perecer bajo sus golpes..., y, sin embargo, yo no hacía ningún movimiento para rehuirle, para evitar su furor como la tímida Desdémona. Al contrario, me acerqué a él, atraída, fascinada, encontrándole encantos a la muerte en medio de una pasión como aquella; pero, antes de morir, quise conocer, para llevarme su imagen sublime en mi última mirada, aquellos rasgos desconocidos que debían transfigurar el fuego del arte eterno. Quise ver el *rostro* de la *Voz* c, instin tivamente, con un gesto del que no fui dueña, porque ya no lo era de mí, mis dedos raudos arrancaron la máscara...

»¡Oh! ¡Horror...! ¡Horror...! ¡Horror...!

Christine se detuvo ante aquella visión que aún parecía apartar con sus dos manos temblorosas, mientras los ecos de la noche, igual que habían repetido el nombre de Erik, repetían ahora tres veces el clamor: ¡Horror...! ¡Horror...! ¡Horror...! Raoul y Christine, más estrechamente unidos todavía por el terror del relato, alzaron sus ojos hacia las estrellas que brillaban en un cielo tranquilo y puro.

Raoul dice:

—Es extraño, Christine, esta noche tan dulce y tan tranquila está llena de gemidos. ¡Se diría que se lamenta con nosotros!

Ella le responde:

—Ahora que va a conocer el secreto, sus oídos van a llenarse, como los míos, de lamentos.

Ella coge las manos protectoras de Raoul entre las suyas y, sacudida por un largo estremecimiento, prosigue:

—¡Oh! Sí, aunque viva cien años, siempre oiré el clamor sobrehumano que lanzó, el grito de su dolor y de su rabia infernales mientras aquella cosa aparecía ante mis ojos desorbitados de horror, lo mismo que mi boca, que no se cerraba y que, sin embargo, ya no gritaba.

»¡Oh, Raoul, aquella cosa! ¡Cómo no ver la cosa! Si mis oídos se llenaron para siempre con sus gritos, mis ojos están atormentados para siempre por su cara. ¡Qué imagen! ¿Cómo no verla y cómo hacérsela ver a usted...? Raoul, usted ya ha visto las calaveras cuando están secas por el paso de los siglos y, tal vez, si no ha sido víctima de una horrible pesadilla, usted vio su calavera la noche de Perros. También ha visto pasearse, en el último baile de disfraces, a "la Muerte roja". Pero todas esas calaveras estaban inmóviles y su mudo horror ya no vivía. Imagine, si puede, la máscara de la Muerte poniéndose a vivir de pronto para expresar con los cuatro agujeros negros de sus ojos, de su nariz y de su boca la cólera en su último grado, la furia soberana de un demonio, *y la no mirada en los agujeros de los ojos*, porque, como más tarde supe, nunca se perciben sus ojos de brasa más que en la noche profunda... Pegada contra el muro, yo debía de ser la imagen misma del Espanto, lo mismo que él era la de la Fealdad.

»Entonces, acercó a mí el rechinamiento horrible de sus dientes sin labios y, mientras yo caía de rodillas, me silbó odiosamente cosas insensatas, palabras sin ilación, maldiciones, delirio... ¡Ni lo sé...! ¿Qué es lo que sé?

»Inclinado sobre mí, exclamaba: "Mira, ¡puesto que has querido ver! ¡Ve! ¡Alimenta tus ojos, embriaga tu alma con mi maldita fealdad! ¡Mira el rostro de Erik! ¡Ahora ya conoces el rostro de la Voz! ¿No te bastaba, di, con oírme? Has querido saber cómo estaba hecho. ¡Qué curiosas sois las mujeres!".

»Y se echaba a reír repitiendo: "¡Qué curiosas sois las mujeres...!", con una risa gruñona, ronca, espumeante, formidable... Seguía diciendo cosas como esta: "¿Estás satisfecha? ¿Soy hermoso, eh...? Cuando, como tú, una mujer me ha visto, es mía. ¡Me ama para siempre! Yo soy un tipo de la clase de Don Juan".

»Y levantándose cuan alto era, con el puño

en la cadera, moviendo sobre los hombros aquella cosa horrible que era su cabeza, se pavoneaba: "¡Mírame! *¡Yo soy Don Juan triunfante!*".

»Y como yo apartaba la cabeza pidiendo gracia, atrajo hacia sí mi cabeza brutalmente, cogiéndola por el pelo, en el que habían entrado sus dedos de muerte.

—¡Basta! ¡Basta! —la interrumpió Raoul—. ¡Lo mataré, lo mataré! ¡En nombre del cielo, Christine, dime dónde está el *comedor del lago*! ¡Tengo que matarle!

—¡Calla, Raoul, si quieres saberlo todo!

—¡Ah, sí, quiero saber cómo y por qué regresaste! ¡Ese es el secreto, Christine, no hay otro! ¡No hay otro! Pero, ¡de cualquier modo, le mataré!

—¡Oh, Raoul mío! ¡Escucha, puesto que quieres saber, escucha! Me arrastraba por el pelo, y entonces..., y entonces... ¡Oh, esto es más terrible todavía!

—Pues dilo ahora... —exclamó Raoul, feroz—. ¡Deprisa, dilo!

—Entonces dijo entre silbidos: «¿Cómo? ¿Te doy miedo? ¿Es posible...? ¿Crees acaso que sigo teniendo una máscara? ¿Y que esto..., esto, mi cabeza, es una máscara? Pues bien —y se puso a aullar—: arráncala como la otra. ¡Vamos, vamos! ¡Hazlo otra vez! ¡Hazlo! ¡Lo ordeno! ¡Tus manos! ¡Tus manos...! Dame tus manos..., si no te bastan, yo te prestaré las mías..., y los dos nos pondremos a arrancar la máscara». Yo me eché a sus pies, pero él me cogió las manos, Raoul..., y las hundió en el horror de su cara... Con mis uñas, se arañó las carnes, ¡sus horribles carnes muertas!

»—¡Mira! ¡Mira!... —clamaba desde el fondo de su garganta, que resoplaba como una forja—, ¡mira cómo estoy hecho completamente de muerte...! ¡De la cabeza a los pies...! ¡Y que solo es un cadáver el que te ama, el que te adora y el que no te abandonará nunca...! ¡Nunca...! Mandaré agrandar el ataúd, Christine, para más tarde, cuando hayamos acabado nuestros amores... ¡Mira, yo ya no río, mira, estoy llorando..., lloro por ti, Christine, que me has arrancado la máscara y que, por eso, no podrás abandonarme nunca...! ¡Mientras podías creerme hermoso, Christine, podías volver...! Sé que habrías vuelto..., pero ahora que conoces mi fealdad, huirías para siempre... ¡Por eso te obligo a quedarte conmigo! ¿Por qué has querido verme? ¡Insensata, loca Christine, que has querido verme...! ¡Si mi propio padre no me vio nunca, y mi propia madre, para no verme, me regaló, llorando, mi primera máscara!

»Por fin me había soltado y ahora se arrastraba por el piso entre hipos horribles. Y luego, como un reptil, reptó, se arrastró fuera del cuarto, entró en su habitación, cuya puerta se cerró tras él, y yo me quedé sola, entregada a mi horror y a mis reflexiones, pero liberada de la visión de la cosa. Un prodigioso silencio, el silencio de la tumba, había sucedido a aquella tempestad, y pude meditar en las consecuencias terribles del gesto que había arrancado la máscara. Las últimas palabras del monstruo me habían informado suficientemente. Me había encarcelado a mí misma para siempre y mi curiosidad iba a ser la causa de todas mis desgracias. Él me lo había advertido... Me había repetido que yo no corría ningún peligro mientras no tocase la máscara, y yo la había tocado. Maldije mi imprudencia, pero temblando comprobé que el razonamiento del monstruo era lógico. Sí, habría regresado de no haber visto su rostro... Él ya me había conmovido, interesado y apiadado incluso con sus lágrimas enmascaradas, lo bastante para no permanecer insensible a su plegaria. En última instancia yo no era una ingrata, y su imposibilidad no podía hacerme olvidar que él era la Voz y que me había animado con su genio. ¡Habría regresado! Y ahora, salida de aquellas catacumbas, no regresaría. ¡No vuelve una para encerrarse en una tumba con un cadáver que te ama!

»En ciertos ademanes furiosos que durante la

escena él había mostrado al mirarme o, mejor dicho, al acercar a mí los dos agujeros negros de su mirada invisible, yo había podido medir el salvajismo de su pasión. Para no haberme tomado en sus brazos cuando yo no podía ofrecerle ninguna resistencia, era preciso que aquel monstruo fuera también un ángel, y, tal vez, después de todo, lo era un poco, el Ángel de la música, y quizá lo hubiese sido por completo si Dios le hubiera vestido con belleza en lugar de vestirlo con podredumbre.

»Extraviada en la idea del destino que me estaba reservado, presa del terror de ver abrirse de nuevo la puerta de la habitación del ataúd y contemplar otra vez la figura del monstruo sin máscara, me había deslizado en mi propia habitación y me había apoderado de unas tijeras que podían poner término a mi espantoso destino..., cuando se dejaron oír los sonidos de un órgano...

»Fue entonces, amigo mío, cuando empecé a comprender las palabras de Erik sobre lo que él llamaba, con un desprecio que me había sorprendido, la música de ópera. Lo que yo oía nada tenía que ver con lo que hasta ese día me había encantado. Su *Don Juan triunfante* (porque para mí no había duda de que se había lanzado a su obra maestra para olvidar el horror de aquel minuto), su *Don Juan triunfante* no me pareció al principio más que un largo, horrible y magnífico sollozo en el que el pobre Erik había puesto toda su miseria maldita.

»Volvía a ver el cuaderno de notas rojas y fácilmente imaginaba que aquella música se había escrito con sangre. Me paseaba con todo detalle por el martirio; me hacía entrar en todos los recovecos del abismo, del abismo habitado por el *hombre feo*; me mostraba a Erik golpeando atrozmente su pobre y horrible cabeza contra las paredes fúnebres de aquel infierno y rehuyendo las miradas de los hombres, para no espantarlos. Anonadada, palpitante, lamentable y vencida asistí al surgimiento de aquellos acordes gigantescos en que se divinizaba el *Dolor*, y, luego, los sonidos que subían del abismo se agruparon de pronto en un vuelo prodigioso y amenazador; su tropa tornasolada pareció escalar el cielo como el águila sube hacia el sol, y una sinfonía triunfal pareció abarcar el mundo de tal modo que comprendí que la obra por fin estaba acabada y que la Fealdad, elevada sobre las alas del Amor, había osado mirar de frente a la Belleza. Estaba ebria; la puerta que me separaba de Erik cedió bajo el empuje de mi esfuerzo. Él se había levantado al oírme, pero *no osó volverse.*

»—Erik —exclamé—, muéstreme su cara sin terror. Le juro que es usted el más doliente y sublime de los hombres, ¡y si, a partir de ahora,

Christine Daaé tiembla cuando le mire, será porque piense en el esplendor de su genio!

»Entonces Erik se volvió, porque me creyó, ¡y yo, ay..., yo tenía fe en mí...! Él levantó hacia el Destino sus manos descarnadas, y cayó a mis rodillas con palabras de amor...

»...Con palabras de amor en su boca de muerte..., y la música se había callado...

»Besaba el ruedo de mi vestido, y no vio que yo cerraba los ojos.

»¿Qué más puedo decirle, amigo mío? Ahora ya conoce el drama... Durante quince días volvió a repetirse..., quince días durante los cuales yo le mentí. Mi mentira fue tan horrible como el monstruo que me la inspiraba, y a ese precio pude conseguir mi libertad. Quemé su máscara. Y lo hice tan bien que, incluso cuando no cantaba, se atrevía a buscar una de mis miradas, como un perro tímido que merodea alrededor de su amo. Él era, a mi alrededor, como un esclavo fiel y me rodeaba de mil cuidados. Poco a poco fui inspirándole tal confianza que osó pasearme por las orillas del lago Averno y llevarme en barca sobre sus aguas de plomo; en los últimos días de mi cautiverio, me hacía franquear de noche las verjas que cierran los subterráneos de la calle Scribe. Allí nos esperaba un coche que nos llevaba hacia las soledades del Bosque.

»La noche en que le encontramos, a punto estuvo de resultar trágica para mí, porque tiene unos celos terribles de usted; celos que solo he podido combatir asegurándole su próxima partida... Por fin, tras quince días de aquel abominable cautiverio en que, alternativamente ardí de piedad, de entusiasmo, de desesperación y de horror, me creyó cuando le dije: *¡volveré!*

—Y ha vuelto, Christine —gimió Raoul.

—Cierto, amigo mío, y debo decir que no han sido las espantosas amenazas con que acompañó mi puesta en libertad las que me ayudaron a cumplir mi palabra, sino el sollozo desgarrador que él lanzó sobre el umbral dc su tumba. Sí, ese sollozo —repitió Christine moviendo dolorosamente la cabeza—, me encadenó al desventurado más de lo que yo podía suponer en el momento de la despedida. ¡Pobre Erik! ¡Pobre Erik!

—Christine —dijo Raoul levantándose—, dice usted que me ama, pero pocas son las horas que han transcurrido desde que ha recuperado su libertad, y ya vuelve usted junto a Erik... ¡Recuerde el baile de máscaras!

—Las cosas estaban así..., recuerde usted también que esas pocas horas las pasé con usted, Raoul..., con gran peligro para ambos...

—Durante esas pocas horas, yo dudé de que me amase.

—¿Y sigue dudándolo todavía, Raoul...? Sepa, entonces, que cada uno de mis viajes junto a Erik ha aumentado mi horror hacia él, porque cada uno de esos viajes, en lugar de aplacarle como yo esperaba, le han enloquecido de amor..., ¡y tengo miedo...! ¡Tengo miedo...! ¡Tengo miedo...!

—Tiene miedo..., pero ¿me ama...? Si Erik fuera hermoso, ¿me amaría, Christine?

—¡Desventurado! ¿Por qué tentar al destino...? ¿Por qué preguntarme cosas que yo oculto en el fondo de mi conciencia como se oculta el pecado?

Ella se levantó a su vez, rodeó la cabeza del joven con sus brazos temblorosos y le dijo:

—¡Oh, mi prometido de un día, si no le amase, no le daría mis labios. Por primera y última vez, aquí están.

Él los tomó, pero la oscuridad que los rodeaba produjo tal desgarramiento que huyeron como si una tempestad se acercara, y sus ojos, en los que habitaba el espanto de Erik, les mostró, antes de desaparecer en el fondo de los tejados, muy arriba, por encima de ellos, ¡un inmenso pájaro nocturno que los miraba con sus ojos de brasa, y que parecía aferrado a las cuerdas de la lira de Apolo!

XIV

Un golpe maestro del experto en trampillas

Raoul y Christine corrieron y corrieron. Ahora huían del tejado donde estaban los ojos de brasa que solo se ven en la noche profunda; y no pararon hasta el octavo piso bajando hacia la tierra. Aquella noche no había función, y los pasillos de la Ópera estaban desiertos.

De pronto una silueta extraña se alzó ante los jóvenes impidiéndoles el paso:

—¡No! ¡Por aquí no!

Y la silueta les indicó otro pasillo por el que debían llegar entre bastidores.

Raoul quería detenerse, pedir explicaciones.

—¡Vamos, deprisa! ¡Deprisa...! —ordenó aquella forma vaga, disimulada en una especie de hopalanda y tocada con un bonete puntiagudo.

Christine arrastraba ya a Raoul, le forzaba a seguir corriendo:

—Pero ¿quién es? ¿Quién es ese? —preguntaba el joven.

Y Christine respondía:

—¡Es *El Persa...*!

—¿Y qué hace ahí?

—Nadie sabe nada de él... ¡Siempre está en la Ópera!

—Lo que usted me obliga a hacer, Christine, es una cobardía —dijo Raoul, que se hallaba muy emocionado—. Me obliga a huir, es la primera vez en mi vida.

—¡Bah! —respondió Christine, que empezaba a calmarse—, creo que hemos huido de la sombra de nuestra imaginación.

—Si de veras hemos visto a Erik, habría debido clavarle en la lira de Apolo como se clava a la lechuza en las tapias de nuestras granjas bretonas, y se habría acabado el problema.

—Mi buen Raoul, antes tendría que haber subido hasta la lira de Apolo; y no es una ascensión fácil.

—Los ojos de brasa eran de verdad.

—¡Sí, y ahora usted está dispuesto, como yo,

a verlos en todas partes. Pero, luego, uno piensa y se dice: lo que he tomado por los ojos de brasa no eran sin duda otra cosa que las puntas de oro de dos estrellas que miraban la ciudad a través de las cuerdas de la lira.

Y Christine bajó un piso más, seguida por Raoul. Este dijo:

—Dado que está completamente decidida a partir, Christine, le repito que sería mejor huir ahora mismo. ¿Por qué esperar a mañana? ¡Tal vez nos haya oído esta noche...!

—¡No, claro que no! Está trabajando, se lo repito, en su *Don Juan triunfante*, y no se preocupa de nosotros.

—Está usted tan poco segura que no cesa de mirar a nuestra espalda.

—Vamos a mi camerino.

—Vayámonos mejor fuera de la Ópera.

—¡Nunca, hasta el minuto mismo de nuestra fuga! Eso nos acarrearía la desgracia por no cumplir mi palabra. Le he prometido no vernos más que aquí.

—Debo sentirme muy feliz porque él le haya permitido también eso. ¿Sabe? —dijo Raoul con amargura—, ha sido usted muy audaz permitiéndonos el juego de los desposorios.

—Pero, querido, eso él lo sabe. Me dijo: «Confío en usted, Christine. El señor Raoul de

Chagny está enamorado de usted y debe irse. Antes de que se vaya, ¡que sea tan desventurado como yo...!».

—¿Y qué significa eso, por favor?

—Soy yo quien debería preguntárselo a usted, amigo mío. ¿No es uno desventurado cuando ama?

—Sí, Christine, cuando se ama y cuando no se está seguro de ser amado.

—¿Dice eso por Erik?

—Por Erik y por mí —dijo el joven meneando la cabeza con aire pensativo y desolado.

Llegaron al camerino de Christine.

—¿Por qué se cree más segura en este camerino que en el teatro? —preguntó Raoul—. Si usted le oye a través de las paredes, también él puede oírnos.

—¡No! Me ha dado su palabra de no volver a ponerse tras las paredes de mi camerino, y creo en la palabra de Erik. Mi camerino y mi habitación, en el *aposento del lago*, son míos, exclusivamente míos, y sagrados para él.

—¿Cómo pudo abandonar usted este camerino para ser trasladada a un pasillo oscuro, Christine? ¿Quiere que intentemos repetir sus pasos?

—Es peligroso, amigo mío, porque el espejo aún podría arrastrarme y, en vez de huir, me vería obligada a llegar al final del pasadizo secreto que lleva a las orillas del lago y desde ahí llamar a Erik.

—¿La oiría?

—Puedo llamar a Erik desde cualquier sitio, desde todos Erik me oirá... Él mismo me lo ha dicho, es un genio muy curioso. No debe creer, Raoul, que se trata simplemente de un hombre al que le divierte vivir bajo tierra. Hace cosas que ningún otro hombre podría hacer; sabe cosas que el mundo viviente ignora.

—Tenga cuidado, Christine, está construyendo usted un fantasma.

—No, no es un fantasma, es un hombre del cielo y de la tierra, nada más.

—¡Un hombre del cielo y de la tierra..., nada más! ¡Qué forma de hablar...! ¿Y sigue decidida a huir de él?

—Sí, mañana.

—¿Quiere que le diga por qué querría verla huir esta noche?

—Dígame, amigo mío.

—¡Porque mañana usted no se decidirá a nada!

—En tal caso, Raoul, usted me llevará consigo a pesar mío..., ¿no es lo acordado?

—¡Entonces, aquí mañana por la noche! A las doce estaré en su camerino —dijo el joven con aire sombrío—; pase lo que pase, yo cumpliré mi promesa. ¿Ha dicho usted que, después de asistir a la representación, él ha de ir a esperarla al *comedor del lago*?

—Allí es donde me ha citado.

—¿Y cómo irá usted a su encuentro, Christine, si no sabe salir de su camerino «por el espejo»?

—Pues yendo directamente a la orilla del lago.

—¿A través de todos los subterráneos? ¿Por las escaleras y pasillos por donde pasan los tramoyistas y las gentes de servicio? ¿Cómo puede haber conservado el secreto de un viaje como ese? Todo el mundo habría seguido a Christine Daaé y habría llegado a la orilla del lago acompañada por una muchedumbre.

Christine sacó de un cofre una enorme llave y se la enseñó a Raoul.

—¿Qué es? —preguntó el joven.

—Es la llave de la verja del subterráneo de la calle Scribe.

—Comprendo, Christine. Lleva directamente al lago. ¿Quiere darme esa llave?

—¡Nunca! —respondió ella con energía—. ¡Sería una traición!

De pronto, Raoul vio que Christine cambiaba de color. Una palidez mortal se difundió por sus rasgos.

—¡Oh, Dios mío!... —exclamó—. ¡Erik, Erik, tenga piedad de mí!

—¡Cállese!... —ordenó el joven—. ¿No me ha dicho que podía oírla?

Pero la actitud de la cantante se volvía cada vez más inexplicable. Se retorcía los dedos, repitiendo con aire extraviado:

—¡Oh, Dios mío! ¡Dios mío!

—Pero ¿qué pasa? ¿Qué ocurre? —le imploró Raoul.

—El anillo.

—¿Cómo el anillo? Por favor, Christine, vuelva en sí.

—El anillo de oro que él me dio.

—¡Ah! ¿Es que Erik le dio el anillo de oro?

—¡Lo sabe de sobra, Raoul! Pero lo que usted no sabe es lo que me dijo al dármelo: «Le devuelvo su libertad, Christine, pero a condición de que este anillo esté siempre en su dedo. Mientras lo conserve, quedará usted preservada de cualquier peligro y Erik seguirá siendo su amigo. Pero si alguna vez se separa de él, ¡pobre de usted!, Christine, porque Erik se vengará...». ¡Amigo mío, amigo mío! ¡El anillo ha desaparecido de mi dedo...! ¡Pobres de nosotros!

Buscaron en vano el anillo a su alrededor. No lo encontraron. La joven no se tranquilizaba.

—Ha sido mientras le he dado ese beso, allá

arriba, bajo la lira de Apolo —intentó explicar ella temblando—; el anillo se habrá deslizado de mi dedo y habrá caído sobre la ciudad. Ahora ¿cómo recuperarlo? ¡Y qué desgracia nos amenaza, Raoul! ¡Ah, hay que huir, huir!

—Huir ahora mismo —insistió una vez más Raoul.

Ella dudó. Él creyó que iba a decir que sí... Pero luego sus claras pupilas se turbaron y dijo:

—¡No, mañana!

Y le abandonó de forma precipitada, en medio de un desasosiego completo, mientras se retorcía los dedos con la esperanza, sin duda, de que el anillo apareciese así.

En cuanto a Raoul, regresó a casa, muy preocupado por todo lo que había oído.

—Si no la salvo de las manos de ese charlatán —dijo en voz alta en su cuarto, mientras se acostaba—, está perdida; ¡pero la salvaré!

Apagó la lámpara y, en las tinieblas, sintió la necesidad de injuriar a Erik. Tres veces gritó en voz alta: «¡Charlatán...! ¡Charlatán...! ¡Charlatán!».

Pero, de pronto, se incorporó sobre un codo; un sudor frío corría por sus sienes. Dos ojos, ardientes como brasas, acababan de iluminarse al pie de su cama. Le miraban fija, terriblemente, en la noche oscura.

Raoul era valiente y, sin embargo, temblaba.

Adelantó la mano, tanteando, vacilante, insegura, en la mesilla de noche. Tras dar con la caja de cerillas, encendió una. Los ojos desaparecieron.

Pensó, aunque nada tranquilo:

«Ella me ha dicho que *sus* ojos solo se veían en la oscuridad. Han desaparecido con la luz, pero tal vez *él* todavía esté ahí».

Y se levantó, buscó, rodeó con cuidado las cosas, miró, como un niño, debajo de la cama. Entonces se encontró ridículo y dijo en voz alta:

—¿Qué debo creer, o qué no debo creer en un cuento de hadas como este? ¿Dónde termina lo real y empieza lo fantástico? ¿Qué ha visto Christine? ¿Qué ha creído ver?

Y añadió, con un estremecimiento:

—Y yo mismo, ¿qué he visto? ¿He visto realmente los ojos de brasa hace un momento? ¿No han brillado en mi imaginación? ¡No estoy seguro de nada! ¡Y no juraré sobre esos ojos!

Volvió a acostarse. De nuevo se hizo la oscuridad.

Los ojos reaparecieron.

—¡Oh! —suspiró Raoul.

Incorporándose, los miraba con todo el valor de que era capaz. Tras un silencio que aprovechó para recuperar todo su valor, gritó de pronto:

—¿Eres tú, Erik? ¡Hombre, genio o fantasma! ¿Eres tú?

Pensó: «Si es él... está en el balcón».

Y en camisa corrió a un pequeño mueble en el que, a tientas, cogió un revólver. Armado, abrió la ventana. La noche era entonces muy fría. Raoul no hizo otra cosa que echar una ojeada sobre el balcón desierto y volvió a entrar, cerrando la puerta. De nuevo se acostó temblando, con el revólver sobre la mesilla de noche, al alcance de su mano.

Una vez más, sopló la vela.

Los ojos seguían estando allí, al final de la cama. ¿Estaban entre la cama y el cristal de la ventana, o detrás del cristal de la ventana, es decir, en el balcón?

Eso es lo que Raoul quería saber. También quería saber si aquellos ojos pertenecían a un ser humano... Quería saber todo...

Entonces, tranquila, fríamente, *sin molestar a la noche* que le rodeaba, el joven cogió el revólver y apuntó.

Apuntó a las dos estrellas de oro que seguían mirándole con un resplandor inmóvil tan singular.

Apuntó un poco encima de las dos estrellas. Si aquellas estrellas eran ojos, y si encima de aquellos ojos había una frente, y si Raoul no era demasiado torpe...

La detonación rodó con un estrépito terrible

en la paz de la casa dormida... Y, mientras por los pasillos corrían unos pasos, Raoul, en su cama, con el brazo tendido, dispuesto a disparar de nuevo, miraba...

Esta vez las dos estrellas habían desaparecido.

Luz, criados, el conde Philippe, terriblemente ansioso.

—¿Qué pasa, Raoul?

—Me parece que he soñado —respondió el joven—. He disparado contra dos estrellas que me impedían dormir.

—¿Estás divagando...? ¿Te encuentras bien...? Dime, Raoul, ¿qué ha pasado? —y el conde se apoderó del revólver.

—No, no divago..., por lo demás, pronto lo sabremos.

Se levantó, se puso una bata y unas zapatillas, cogió de las manos de un criado una luz y, abriendo la puerta vidriera, salió al balcón.

El conde había constatado que la ventana había sido atravesada por una bala a la altura de un hombre. Raoul se inclinaba sobre el balcón con su vela...

—¡Oh..., oh...! —exclamó—. ¡Sangre...! ¡Hay sangre...! ¡Aquí, y allí, más sangre! ¡Mejor...! Un fantasma que sangra... es menos peligroso —dijo en tono burlón.

—¡Raoul! ¡Raoul! ¡Raoul!

A las nueve, una especie de berlina con las cortinas echadas sobre unas portezuelas herméticamente cerradas llegó para ocupar un sitio en la fila en dirección de la Rotonda. La tiraban dos vigorosos caballos y la conducía un cochero cuyo rostro era difícil de distinguir, porque estaba envuelto en los largos pliegues de un pasamontañas. Delante de aquella berlina se hallaban tres coches. La instrucción dejó establecido más tarde que eran los cupés de la Carlotta, que había regresado de forma súbita a París, de la Sorelli, y, por delante de todos, el del conde Philippe de Chagny. De la berlina no se bajó nadie. El cochero permaneció en su asiento. Los otros tres cocheros habían permanecido asimismo en los suyos.

Una sombra, envuelta en una gran capa negra y tocada con un sombrero blando de fieltro negro, pasó por la acera entre la Rotonda y los vehículos. Parecía mirar con más atención la berlina. Se acercó a los caballos, luego al cochero, y se alejó sin haber pronunciado una palabra. La investigación judicial creyó más tarde que esa sombra era la del vizconde Raoul de Chagny; pero yo no lo creo, dado que esa noche, como las otras, el vizconde de Chagny llevaba un sombrero de copa que, por lo demás, se ha encontrado. Pienso más bien que esa sombra era la del fantasma, que estaba al corriente de todo, como se verá a continuación.

Como por casualidad, se representaba el *Fausto*. La sala era de las más brillantes. El barrio estaba magníficamente representado. En esa época, los abonados no cedían, no arrendaban ni subarrendaban ni compartían sus palcos con las finanzas, el comercio o el extranjero. En la actualidad, en el palco del marqués de tal que sigue conservando ese título: palco del marqués de tal, porque el marqués es por contrato su titular, en ese palco, decíamos, descansa tal vendedor de tocino y su familia —y está en su derecho porque paga el palco del marqués—. En el pasado, esas costumbres eran prácticamente desconocidas. Los palcos de la Ópera eran salones donde uno estaba casi seguro de encontrar o ver a gentes de la buena sociedad a quienes, a veces, les gusta la música.

Todo ese grupo se conocía, sin que por ello mantuvieran trato necesariamente. Pero llevaban los nombres en la cara y la fisionomía del conde de Chagny no era ignorada por nadie.

La gacetilla aparecida por la mañana en *L'Époque* ya había debido de producir su efecto, porque todos los ojos estaban vueltos hacia el palco donde el conde Philippe, en apariencia indiferente y con gesto descuidado, se encontraba completamente solo. El elemento femenino de aquella brillante reunión parecía singularmente intrigado, y la ausencia del vizconde daba lugar a cien cuchicheos detrás de los abanicos. Christine Daaé fue acogida con bastante frialdad. Aquel público especial no le perdonaba haber mirado tan alto.

La diva se dio cuenta de la mala disposición de una parte de la sala, y se sintió turbada.

Los habituales, que pretendían hallarse al corriente de los amores del vizconde, no dejaron de sonreír en ciertos pasajes del papel de Margarita. Por eso se volvieron de forma ostensible hacia el palco de Philippe de Chagny cuando Christine cantó la frase: «Querría saber quién era ese joven, si es un gran señor y cómo se llama».

Con la barbilla apoyada en su mano, el conde no parecía preocuparse de tales manifestaciones. Tenía los ojos clavados en el escenario; pero ¿lo miraba? Parecía ausente...

Christine fue perdiendo toda su seguridad. Temblaba. Se encaminaba a una catástrofe... Carolus Fonta se preguntó si no estaba indispuesta, si podría aguantar en escena hasta el final del acto, que era el del jardín. En la sala se recordaba la desgracia que le había ocurrido, al final de ese acto, a la Carlotta, y el cuac histórico que momentáneamente había suspendido su carrera en París.

Precisamente la Carlotta hizo entonces su entrada en un palco de enfrente, entrada sensacional. La pobre Christine alzó los ojos hacia aquel nuevo tema de emoción. Reconoció a su rival. Creyó verla reír irónicamente. Esto la salvó. Se olvidó de todo para triunfar una vez más.

A partir de ese momento, cantó con toda su alma. Trató de superar cuanto había hecho hasta entonces, y lo consiguió. En el último acto, cuando empezó a invocar a los ángeles y a ascender del suelo, arrastró en un nuevo vuelo a toda la sala estremecida, y todos y cada uno pudieron creer que tenía alas.

Ante esta llamada sobrehumana, un hombre, en el centro del patio de butacas, se había levantado y permanecía de pie, frente a la actriz, como si en un mismo movimiento abandonase la tierra... Era Raoul.

¡Ángeles puros! ¡Ángeles radiantes!
¡Ángeles puros! ¡Ángeles radiantes!

Y Christine, con los brazos extendidos, el pecho abrasado y envuelta en la gloria de su cabellera suelta sobre sus hombros desnudos, lanzaba el clamor divino:

¡Llevad mi alma al seno de los cielos!

Fue entonces cuando, de pronto, sobre el teatro se hizo una repentina oscuridad. Fue todo tan rápido que apenas tuvieron tiempo los espectadores de lanzar un grito de estupor, porque la luz iluminó la escena de nuevo.

... ¡Pero Christine Daaé ya no estaba allí! ¿Qué había sido de ella...? ¿Qué era aquel milagro? Todos se miraban sin comprender y la emoción llegó pronto a su colmo. No era menor el desasosiego en la escena que en el patio de butacas. Desde entrecajas se precipitaban hacia el lugar en que, un instante antes, Christine cantaba. El espectáculo se interrumpía en medio del mayor desorden.

¿Dónde, adónde había ido Christine? ¿Qué sortilegio la había arrebatado a millares de espectadores entusiastas y en los brazos mismos de Carolus Fonta? En verdad podían preguntarse si escuchando su ardiente plegaria no la habían llevado realmente los ángeles «al seno de los cielos» en cuerpo y alma.

Raoul, que seguía de pie en el patio de butacas, había lanzado un grito. El conde Philippe se había erguido en su palco. Miraban al escenario, miraban al conde, miraban a Raoul, y todos se preguntaban si aquel curioso suceso no guardaba relación con la gacetilla aparecida aquella misma mañana en un periódico. Pero Raoul dejó altivo su sitio, el conde desapareció de su palco y, mientras caía el telón, los abonados se precipitaron hacia la entrada de artistas. El público esperaba una declaración en medio de un barullo indescriptible. Todo el mundo hablaba al mismo tiempo. Cada uno pretendía explicar cómo había ocurrido. Unos decían: «Ha caído en una trampa»; y otros: «La han raptado en las bambalinas; tal vez la pobre sea víctima de un nuevo truco inventado por la nueva dirección»; y otros: «Es una emboscada. La coincidencia de la desaparición y la oscuridad lo demuestra de sobra».

Por fin se alzó despacio el telón y Carolus Fonta, avanzando hasta el atril del director de orquesta, anunció con voz grave y triste:

—¡Señoras y señores, un acontecimiento inaudito y que nos sume en una profunda inquietud, acaba de producirse! ¡Nuestra compañera Christine Daaé ha desaparecido ante nuestros ojos sin que podamos saber cómo!

XV

Singular actitud de un imperdible

Sobre el escenario se produce un barullo indescriptible. Artistas, tramoyistas, bailarinas, comparsas, figurantes, coristas, abonados, todo el mundo pregunta, grita, se zarandea. «¿Qué ha sido de ella?» «La han secuestrado.» «¡Ha sido el vizconde de Chagny quien la ha raptado!» «¡No, ha sido el conde!» «¡Ah, ahí está Carlotta! ¡Ha sido Carlotta quien ha dado el golpe!» «¡No, ha sido el fantasma!»

Y algunos ríen, sobre todo después de que el examen atento de las trampillas y del suelo haya hecho rechazar la idea de un accidente.

En medio de esa multitud ruidosa se observa un grupo de tres personajes que hablan en voz baja con gestos desesperados. Son Gabriel, el maestro de canto; Mercier, el administrador; y el secretario Rémy. Se han retirado al rincón de un tambor que comunica el escenario con el amplio corredor del *foyer* de la danza. Allí, tras unos enormes accesorios, parlamentan:

—¡He llamado! ¡No ha respondido nadie! Tal vez ya no estén en el despacho. En cualquier caso, es imposible saberlo porque se han llevado las llaves.

Así se expresa el secretario Rémy, y no cabe ninguna duda de que con esas palabras se refiere a los señores directores. Estos han ordenado en el último entreacto que nadie los moleste bajo ningún pretexto. «No están para nadie.»

—En cualquier caso... —exclama Gabriel—, ¡no se rapta a una cantante, en pleno escenario, todos los días!

—¿Les ha gritado usted eso? —pregunta Mercier.

—Ahora mismo vuelvo allá —dice Rémy, y, corriendo, desaparece.

En ese momento llega el regidor.

—Bueno, señor Mercier, ¿viene usted? ¿Qué hacen ustedes dos aquí? El señor administrador los necesita.

—No quiero hacer nada ni saber nada hasta que no llegue el comisario —declara Mercier—. He mandado buscar a Mifroid. Cuando llegue, ¡ya veremos!

—Y yo le digo que hay que bajar inmediatamente al registro.

—No lo haré mientras no llegue el comisario...

—Yo ya he bajado al registro.

—¿Y qué ha visto usted?

—No he visto a nadie, ¿me oye? ¡A nadie!

—Entonces ¿qué quiere que haga yo allí?

—Evidentemente —contesta el regidor, que pasa frenético sus manos por un mechón rebelde—. ¡Evidentemente! Pero, tal vez, si hubiera alguien en el registro, ese alguien podría explicarnos cómo de pronto se han apagado las luces del escenario. Y resulta que Mauclair no aparece, ¿comprende?

Mauclair era el jefe de luces, que dispensaba a capricho sobre el escenario de la Ópera la claridad y la oscuridad.

—Mauclair no aparece —repite Mercier desquiciado—. ¿Y sus ayudantes?

—¡Ni Mauclair ni sus ayudantes! ¡En las luces no hay nadie, ya se lo he dicho! Como puede suponer, la pequeña no se ha raptado ella sola —grita el regidor—. El golpe estaba preparado, y es lo que tenemos que ver... ¿Y no están los directores...? He prohibido que bajen la luz y he puesto un bombero delante de la casilla del registro. ¿No he hecho bien?

—Sí, sí, ha hecho bien... Ahora, esperemos al comisario.

El regidor se aleja encogiéndose de hombros, rabioso, mascullando injurias contra esos «gallinas» que se acurrucan tranquilamente en un rincón mientras todo el teatro está «patas arriba».

Tranquilos, lo que se dice tranquilos, Gabriel y Mercier no lo estaban. Pero habían recibido una orden que los paralizaba. No se podía molestar a los directores bajo ningún pretexto. Rémy había infringido esa orden y no había servido de nada.

Precisamente en ese momento volvía de su segunda expedición. Su cara estaba curiosamente asustada.

—Y bien, ¿ha hablado con ellos? —le pregunta Mercier.

Rémy responde:

—Moncharmin ha terminado por abrirme la puerta. Los ojos se le salían de las órbitas. He pensado que iba a pegarme. No he podido decir ni una sola palabra, y ¿saben lo que me ha gritado?: «¿Tiene usted un imperdible?». «No.» «¡Pues entonces, déjeme en paz!» Un ordenanza que le había oído —gritaba como un sordo—

llega con un imperdible y se lo da, e inmediatamente Moncharmin me golpea con la puerta en las narices. ¡Eso es todo!

—¿Y no ha podido decirle que Christine Daaé...?

—Me habría gustado verle a usted en mi lugar... ¡Echaba espuma por la boca... Solo pensaba en su imperdible... Creo que si no se lo hubieran llevado inmediatamente, le habría dado un ataque. ¡Desde luego, todo esto no es natural y nuestros directores están volviéndose locos...!

El señor secretario Rémy no está contento. No hay más que verle.

—Así no podemos seguir. No estoy acostumbrado a que me traten de este modo.

De pronto Gabriel dice en un soplo:

—Vuelve a ser un golpe del F. de la Ó.

Rémy se ríe burlón. Mercier suspira, parece dispuesto a decir una confidencia..., pero, tras haber mirado a Gabriel que le hace señas de callar, se queda mudo.

Sin embargo Mercier, que siente crecer su responsabilidad a medida que pasan los minutos y no aparecen los directores, no aguanta más:

—Pues yo mismo iré a reprenderlos —decide.

Gabriel, muy sombrío y grave de repente, le detiene.

—¡Piense lo que hace, Mercier! ¡Si permanecen en su despacho, tal vez sea porque es necesario! El F. de la Ó. tiene más de un recurso en sus manos.

Pero Mercier mueve la cabeza.

—Pues peor. ¡Voy allá! Si me hubieran escuchado, hace tiempo que se lo habrían contado todo a la policía.

Y se va.

—¿*Todo* qué? —pregunta al punto Rémy—. ¿Qué es lo que había que haber contado a la policía? ¿Por qué calla, Gabriel...? ¡También usted está en la confidencia! Pues bien, deberá hacerme partícipe de ella si no quiere que grite que están volviéndose todos locos... ¡Sí, locos de verdad!

Gabriel hace rodar en sus órbitas unos ojos estúpidos y finge no comprender nada de esa «salida» inconveniente del señor secretario particular.

—¿Qué confidencia? —murmura—. No sé a qué se refiere.

Rémy se exaspera.

—Esta noche, aquí mismo, en los entreactos, Richard y Moncharmin tenían gestos de alienados.

—No me he fijado —gruñe Gabriel, con fastidio.

—¡Pues ha sido usted el único...! ¿Cree que yo no los he visto...? ¿Y que el señor Parabise, el director del Crédit Central, no se ha dado cuenta de nada...? ¿Y que el señor embajador de La Borderie tiene los ojos metidos en el bolsillo...? Pero, señor maestro de canto, ¡si todos los abonados señalaban con el dedo a nuestros directores!

—¿Y qué es lo que hacían nuestros directores? —pregunta Gabriel con su aire más ingenuo.

—¿Qué hacían? ¡Usted sabe mejor que nadie lo que hacían...! ¡Estaba usted allí...! ¡Y usted y Mercier estaban mirándolos...! ¡Y ustedes eran los únicos que no se reían!

—¡No le entiendo!

Muy frío, muy «encerrado en sí mismo», Gabriel abre los brazos y los deja caer, gesto que, evidentemente, significa que se desinteresa del problema... Rémy prosigue.

—¿Y adónde van a parar con esta nueva manía? *¿Ahora no quieren que nadie se acerque a ellos?*

—¿Cómo? *¿Que no quieren que nadie se acerque a ellos?*

—¿Por qué no quieren que nadie los toque?

—¿Ha observado usted realmente *que no quieren que nadie los toque*? ¡Eso sí que es extraño.

—¡Usted mismo lo concede! ¡Nunca es tarde! *¡Y caminan para atrás!*

—¡Para atrás! ¿Ha visto usted que nuestros directores *caminen para atrás*? Yo creía que solo los cangrejos caminaban para atrás.

—¡No se ría, Gabriel! ¡No se ría!

—No me río —protesta Gabriel, que habla en tono serio «como un papa».

—Por favor, Gabriel, usted, que es amigo íntimo de la dirección, ¿podría explicarme por qué en el entreacto del «jardín», delante del *foyer*, cuando yo iba con la mano tendida hacia el señor Richard, he oído al señor Moncharmin decirme precipitadamente en voz baja: «¡Aléjese! ¡Aléjese! ¡Y sobre todo no toque al señor director!...»? ¿Soy un apestado?

—¡Increíble!

—Y pocos instantes después, cuando el señor embajador de La Borderie se ha dirigido hacia el señor Richard, ¿no ha visto al señor Moncharmin interponerse entre ambos y no le ha oído exclamar: «¡Señor embajador, se lo suplico, no toque al señor director!»?

—¡Pasmoso...! ¿Y qué hacía Richard mientras tanto?

—¿Qué hacía? ¡Lo ha visto usted de sobra! Daba media vuelta, *saludaba delante de él, aunque delante de él no había nadie, y se retiraba «para atrás»*.

—¿Para atrás?

—Y Moncharmin, detrás de Richard, daba también media vuelta, es decir, que siguiendo a Richard había hecho un rápido semicírculo y también se retiraba *«para atrás»*... Y han ido *así* hasta la escalera de la administración, ¡para atrás...! ¡Para atrás! En fin, si no están locos, ¿quiere explicarme qué significa todo esto?

—Tal vez ensayaban una figura de ballet —indica Gabriel sin convicción.

El señor secretario Rémy se siente ultrajado por una broma tan vulgar en un momento tan dramático. Frunce el ceño, se muerde los labios y se inclina al oído de Gabriel.

—¡No se haga el listo, Gabriel! Aquí pasa algo en lo que Mercier y usted pueden tener parte de responsabilidad.

—¿Qué pasa? —pregunta Gabriel.

—Christine Daaé no es la única que ha desaparecido súbitamente esta noche.

—¡Ah!

—Nada de «¡ah!». ¿Podría decirme por qué la tía Giry ha bajado inmediatamente al *foyer*, por qué Mercier la ha cogido de la mano y se la ha llevado a escape con él?

—¡Vaya! —dice Gabriel—. Ni me he fijado.

—Se ha fijado tanto, Gabriel, que usted ha ido detrás de Mercier y de la tía Giry, hasta el despacho de Mercier. Desde entonces, a usted y a Mercier se les ha visto, pero nadie ha vuelto a ver a la tía Giry...

—¿Cree que nos la hemos comido?

—No, sino que la han encerrado con doble

vuelta de llave en el despacho, y, cuando alguien pasa cerca de la puerta del despacho, ¿sabe lo que se oye? Se oyen estas palabras: «¡Ay, bandidos! ¡Ay, bandidos!».

En este preciso momento de la singular conversación, llega Mercier jadeante.

—¡Bueno!... —dice con voz sombría—. ¡Es muy fuerte!... Les he gritado: «¡Es gravísimo! ¡Abran! ¡Soy yo, Mercier!». He oído pasos. La puerta se ha abierto y ha aparecido Moncharmin. Estaba muy pálido. Me preguntó: «¿Qué quiere?». Le he contestado: «Han raptado a Christine Daaé». ¿Saben lo que me ha contestado: «¡Pues mejor para ella!». Y ha vuelto a cerrar la puerta poniéndome esto en la mano.

Mercier abre la mano; Rémy y Gabriel miran.

—¡El imperdible! —exclama Rémy.

—¡Extraño! ¡Extraño! —dice en voz baja Gabriel, que no puede contener un estremecimiento.

De pronto una voz les hace volverse a los tres.

—Perdón, señores, ¿podrían decirme dónde está Christine Daaé?

Pese a la gravedad de las circunstancias, una pregunta como aquella les hubiera hecho sin duda reír a carcajadas si no hubieran visto un rostro tan doloroso del que inmediatamente sintieron lástima. Era el vizconde Raoul de Chagny.

XVI

«¡Christine! ¡Christine!»

Tras la fantástica desaparición de Christine Daaé, el primer pensamiento de Raoul fue acusar a Erik. No dudaba del poder casi sobrenatural del Ángel de la música, en el dominio de la Ópera, donde este había establecido diabólicamente su imperio.

Y Raoul se había precipitado hacia el escenario, en su locura de desesperación y de amor. «¡Christine! ¡Christine!», gemía enloquecido, llamándola como debía llamarle ella desde el fondo de aquel abismo oscuro donde el monstruo se la había llevado como una presa, totalmente estremecida aún por su exaltación divina, completamente vestida con la blanca mortaja en la que se ofrecía ya a los ángeles del paraíso.

«¡Christine! ¡Christine!», repetía Raoul..., y le parecía oír los gritos de la joven a través de aquellas tablas frágiles que le separaban de ella. ¡Se inclinaba, escuchaba..., vagaba por el escenario como un insensato! ¡Ah, descender, descender, descender a aquel pozo de tinieblas cuyas salidas todas estaban cerradas para él!

¡Ay!, ese obstáculo frágil que se desliza de ordinario tan fácilmente sobre sí mismo para dejar ver el abismo al que tiende todo su deseo..., aquellas tablas que su paso hace crujir y que suenan bajo su peso con el prodigioso vacío de «lo de abajo»..., esas tablas parecen inamovibles... Tienen el aspecto sólido de no haberse movido nunca..., ¡y resulta que las escaleras que permiten descender debajo del escenario están prohibidas para todo el mundo!

«¡Christine! ¡Christine!» Le rechazan entre risas... Se burlan de él... Creen que el pobre prometido tiene el cerebro perturbado.

¿En qué carrera forzada, por los corredores de noche y misterio que solo él conoce, ha arrastrado Erik a la pura niña hasta aquella guarida horrible de la habitación Luis Felipe, cuya puerta da a aquel lago de Infierno...? «¡Christine, Christine! ¡No respondes! ¿Estás viva todavía, Christine? ¿No has exhalado tu último suspiro en un minuto de horror sobrehumano, bajo el aliento abrasado del monstruo?»

Unos pensamientos horribles cruzan como fulminantes relámpagos el cerebro congestionado de Raoul.

Evidentemente, Erik ha debido descubrir su secreto, saber que Christine le traicionaba. ¡Qué venganza sería la suya!

¿Qué no osaría el Ángel de la música, precipitado desde lo alto de su orgullo? Entre los brazos todopoderosos del monstruo, ¡Christine está perdida!

Y Raoul piensa todavía en las estrellas de oro que la noche pasada vinieron a vagar por su balcón: ¿por qué no las fulminó con su arma imponente?

Cierto que hay ojos extraordinarios de hombre que se dilatan en las tinieblas y brillan como estrellas o como ojos de gato. (Algunos hombres albinos, que parecen tener ojos de conejo de día tienen ojos de gato por la noche, es cosa sabida.)

Sí, sí, Raoul había disparado sobre Erik. ¿No lo había matado? El monstruo había huido por el canalón como los gatos o los presidiarios que —también todos lo saben— escalarían el cielo en vertical con la ayuda de un canalón.

Indudablemente, Erik meditaba entonces alguna empresa decisiva contra el joven, pero había sido herido y había escapado para volverse contra la pobre Christine.

Así piensa cruelmente el pobre Raoul mientras corre hacia el camerino de la cantante...

«¡Christine! ¡Christine...!» Lágrimas amargas queman los párpados del joven, que ve esparcidas sobre los muebles las ropas destinadas a vestir a su hermosa prometida en la hora de la fuga... ¡Ah! ¿Por qué no quiso ella partir antes? ¿Por qué haber tardado tanto...? ¿Por qué haber jugado con la catástrofe que los amenazaba..., con el corazón del monstruo...? ¿Por qué haber querido, ¡piedad suprema!, lanzar como pasto último a aquella alma de demonio este canto celestial...?

¡Ángeles puros! ¡Ángeles radiantes!
¡Llevad mi alma al seno de los cielos...!

Raoul, cuyo pecho estalla en sollozos, juramentos e injurias, palpa con sus manos torpes el gran espejo que una noche se abrió delante de él para permitir a Christine bajar a la morada tenebrosa. Empuja, presiona, tantea..., pero el espejo al parecer solo obedece a Erik... ¿Son acaso inútiles los gestos con un espejo semejante? ¿Bastará pronunciar ciertas frases? Cuando era muy pequeño le contaban que había objetos que obedecían de ese modo a la palabra.

De pronto Raoul recuerda... «una verja que da a la calle Scribe... Un subterráneo que sube directamente del lago a la calle Scribe...». Sí, Christine le ha hablado de todo eso... Y, tras haber comprobado, ¡ay!, que la pesada llave no está en su cofre, corre a la calle Scribe.

Ya está allí, pasea sus manos temblorosas por las ciclópeas piedras, busca salidas..., encuentra barrotes..., ¿son estos o aquellos? ¿No será este tragaluz? Hunde sus miradas impotentes entre los barrotes... Dentro, ¡qué oscuridad tan profunda...! ¡Escucha...! ¡Qué silencio...! Da vueltas alrededor del monumento. ¡Ah, qué barrotes tan grandes, qué verjas tan prodigiosas...! ¡Es la puerta del patio de la administración!

Raoul corre en busca de la portera:

—Perdón, señora, ¿podría indicarme una puerta de verja, sí, una puerta hecha de barrotes, de barrotes... de hierro..., que da a la calle Scribe... y que lleva al lago? Ya sabe, el lago. ¡Sí, el lago! El lago que hay bajo tierra..., bajo el suelo de la Ópera.

—Señor, sé de sobra que hay un lago debajo de la Ópera, pero no sé qué puerta lleva a él..., ¡nunca he ido al lago...!

—¿Y la calle Scribe, señora? ¿La calle Scribe? ¿Tampoco ha ido nunca a la calle Scribe?

La portera se ríe, se echa a reír a carcajadas. Raoul huye bramando, salta, trepa unas escaleras, baja otras, atraviesa toda la administración, y vuelve a encontrarse en la luz del «escenario».

Se detiene, su corazón late hasta romperse en su pecho jadeante: ¿y si hubieran encontrado a Christine Daaé? Hay allí un grupo, pregunta:

—Perdón, señores, ¿no han visto a Christine Daaé?

Y se ríen de él.

En ese mismo minuto, el escenario queda inundado por un rumor nuevo, y, en medio de una multitud de fracs negros que lo rodean con movimientos de brazos explicativos, hace su aparición un hombre que parece muy tranquilo y muestra un rostro amable, muy sonrosado y mofletudo, enmarcado por cabellos rizados e iluminado por dos ojos azules de una serenidad maravillosa. El administrador Mercier señala al recién venido al vizconde de Chagny, diciéndole:

—Es a ese hombre, señor, a quien debe hacer la pregunta. Le presento al señor comisario de policía Mifroid.

—¡Ah, señor vizconde de Chagny! Encantado de verle, caballero —dice el comisario—. Si hace el favor de venir conmigo... Y ¿dónde están ahora los directores...? ¿Dónde están los directores?

Como el administrador calla, el secretario Rémy cree su deber informar al señor comisario que los señores directores están encerrados en su despacho y que aún no conocen lo ocurrido.

—¿Es posible...? ¡Vamos a su despacho!

Y el señor Mifroid, seguido por un cortejo que crece sin cesar, se dirige hacia la administración. Mercier aprovecha el tumulto para poner una llave en la mano de Gabriel.

—Esto se está poniendo feo... —le murmura—. Vete a soltar a la tía Giry...

Y Gabriel se aleja.

Pronto llegan a la puerta de la dirección. Pero resulta vano que Mercier haga oír sus conminaciones, la puerta no se abre.

—¡Abran en nombre de la ley! —ordena la voz clara y algo inquieta del señor Mifroid.

Por fin, la puerta se abre. Todos se precipitan en los despachos siguiendo al comisario.

Raoul es el último en entrar. Cuando se dispone a seguir al grupo por los aposentos, una mano se posa en su hombro y él oye estas palabras pronunciadas en su oído:

¡Los secretos de Erik no interesan a nadie!

Se vuelve ahogando un grito. La mano que se había posado en su hombro está ahora en labios de un personaje de tez de ébano y ojos de jade, tocado con un gorro de astracán... ¡El Persa!

El desconocido prolonga el gesto que recomienda discreción, y en el momento en que el vizconde, estupefacto, va a preguntarle la razón de su misteriosa intervención, el otro saluda y desaparece.

XVII

Revelaciones sorprendentes de la señora Giry relativas a sus relaciones personales con el fantasma de la Ópera

Antes de seguir al señor comisario de policía Mifroid al despacho de los señores directores, el lector me permitirá hablar de ciertos acontecimientos extraordinarios que acababan de desarrollarse en ese despacho en el que habían intentado penetrar en vano el secretario Rémy y el administrador Mercier, y donde los señores Richard y Moncharmin se habían encerrado tan herméticamente con un propósito que el lector ignora todavía, pero que no puedo por mi deber histórico —quiero decir mi deber de historiador— ocultarles por más tiempo.

Ya he tenido ocasión de exponer la forma en que el humor de los señores directores había ido modificándose desagradablemente hacía algún tiempo, y he dado a entender que esa transformación no había debido tener por causa única la caída de la lámpara en las circunstancias que ya se conocen.

Informamos pues al lector —pese al deseo que tendrían los señores directores de que tal acontecimiento permaneciese oculto para siempre— de que el fantasma había conseguido cobrar tranquilamente sus primeros veinte mil francos. ¡Cuántas lágrimas y cuánto rechinar de dientes hubo! Sin embargo, todo se había hecho de la forma más sencilla del mundo.

Cierta mañana, los señores directores habían encontrado un sobre completamente preparado encima de su escritorio. El sobre llevaba una dirección: Para el Señor F. de la Ó. (personal), e iba acompañada por una pequeña nota del propio F. de la Ó.:

> Ha llegado el momento de cumplir las cláusulas del pliego de intenciones: deberán meter veinte billetes de mil francos en este sobre, que sellarán con su propio sello, y se lo entregarán a la señora Giry, que hará lo que sea preciso.

Los señores directores no se lo hicieron repetir dos veces; sin perder tiempo en preguntarse por la forma en que aquellas misivas diabólicas podían llegar a su gabinete, que cerraban cuidadosamente con llave, tenían una buena ocasión para echarle el guante al misterioso maestro cantor. Y después de haber contado todo a Gabriel y a Mercier, bajo promesa del mayor secreto, metieron los veinte mil francos en el sobre y se lo confiaron, sin pedir explicaciones, a la señora Giry, que había sido reintegrada a sus funciones. La acomodadora no dio la menor señal de sorpresa. No necesito decir hasta qué punto fue vigilada. Por lo demás, la acomodadora se dirigió inmediatamente al palco del fantasma y depositó el precioso sobre en la mesita del pasamanos. Los dos directores, igual que Gabriel y Mercier, estaban escondidos de tal forma que el sobre no fue perdido de vista por ellos ni un segundo durante todo el curso de la representación, e incluso después, porque, como el sobre no se había movido, los que lo vigilaban tampoco se movieron y el teatro se vació, y la señora Giry se fue mientras los señores directores, y Gabriel y Mercier seguían allí. Finalmente se cansaron y abrieron el sobre tras haber comprobado que los sellos no habían sido rotos.

A primera vista, Richard y Moncharmin juzgaron que los billetes seguían allí, pero a la segunda ojeada se dieron cuenta de que no eran los mismos. Los veinte billetes verdaderos habían desaparecido y habían sido sustituidos por veinte billetes de la «Santa Farsa». ¡Primero hubo rabia, luego terror!

—¡Es más fuerte que en el caso de Robert Houdin! —exclamó Gabriel.

—Sí —contestó Richard—, y cuesta más caro.

Moncharmin quería correr en busca del comisario. Richard se opuso. Sin duda tenía su plan, y dijo:

—¡No seamos ridículos! Todo París se moriría de risa. El F. de la Ó. ha ganado la primera manga, nosotros ganaremos la segunda.

Pensaba, evidentemente, en la siguiente mensualidad.

De cualquier modo, habían sido burlados de forma tan perfecta que durante las semanas siguientes no pudieron superar cierto abatimiento. Era, desde luego, muy comprensible. Si no llamaron entonces al comisario, fue porque no hay que olvidar que los señores directores mantenían en el fondo de sí mismos la idea de que una aventura tan extraña no podía ser otra cosa que una odiosa broma montada, sin duda, por sus predecesores, y que convenía no divulgar nada antes de conocer su «clave». Por otro lado, esta idea quedaba enturbiada en Moncharmin por una sospecha que también se le ocurría al propio Richard, quien a veces tenía ocurrencias burlescas. Y así, preparados para cualquier eventualidad, esperaron los acontecimientos vigilando y haciendo vigilar a la tía Giry, a la que Richard quiso que no se le hablara de nada.

—Si es cómplice —decía—, hace mucho tiempo que los billetes están lejos. Pero, en mi opinión, no es más que una imbécil.

—¡Hay muchos imbéciles en este asunto! —había contestado, pensativo, Moncharmin.

—¿Podía alguien sospechar...? —gimió Richard—, pero no te preocupes, la próxima vez tomaré todas las precauciones...

Y así fue como llegó la próxima vez..., el mismo día que debía ver la desaparición de Christine Daaé.

Por la mañana recibieron una misiva del fantasma que les recordaba el plazo. «Hagan como la última vez —decía amablemente el F. de la Ó.—. *Salió muy bien*. Entreguen el sobre, en el que habrán metido los veinte mil francos, a la excelente señora Giry.»

Y la nota iba acompañada por el sobre habitual. No había más que llenarlo.

La operación debía hacerse esa misma tarde, una hora antes del espectáculo. Por eso, media hora antes de que el telón se alce sobre aquella excesivamente famosa representación de *Fausto*, penetramos en el antro directorial.

Richard muestra el sobre a Moncharmin, luego cuenta en su presencia los veinte mil francos y los mete en el sobre, pero sin cerrarlo.

—Y ahora, que llamen a la tía Giry.

Fueron en busca de la vieja, que entró haciendo una buena reverencia. La señora seguía llevando su vestido de tafetán negro cuyo color derivaba hacia el orín y el lila, y su sombrero de plumas color hollín. Parecía de buen humor. Dijo nada más entrar:

—¡Buenos días, señores! Sin duda es otra vez el sobre.

—Sí, señora Giry... —dijo Richard con gran amabilidad—. ¡Es por el sobre...! Y también por otra cosa.

—Lo que usted diga, señor director, lo que usted diga. Y ¿cuál es esa otra cosa?

—Ante todo, señora Giry, tengo una preguntita que hacerle.

—Hágala, señor director, que aquí está la tía Giry para responderle.

—¿Sigue en buenas relaciones con el fantasma?

—¡Inmejorables, señor director, inmejorables!

—Ya ve que estamos encantados... Y dígame,

señora Giry... —dijo Richard adoptando el tono de una confidencia importante—. Entre nosotros se puede decir... Usted no es tonta.

—Pero, señor director... —exclamó la acomodadora deteniendo el balanceo amable de las dos plumas negras de su sombrero color hollín—, por favor, le ruego que crea que eso nunca lo ha pensado nadie.

—Estamos de acuerdo y vamos a entendernos. La historia del fantasma es una buena broma, ¿verdad...? Pues bien, y también entre nosotros, ya ha durado bastante.

La señora Giry miró a los directores como si le hablasen en chino. Se acercó a la mesa de Richard y dijo bastante inquieta:

—¿Qué quiere usted decir...? ¡No le comprendo!

—Me comprende usted muy bien. En cualquier caso, tiene que comprendernos... Lo primero que va a hacer es decirnos cómo se llama.

—¿Cómo se llama quién?

—Aquel de quien usted es cómplice, tía Giry.

—¿Que yo soy cómplice del fantasma? ¿Yo...? ¿Cómplice de qué?

—Usted hace todo lo que él quiere.

—¡Oh, no es muy engorroso, ya lo sabe usted!

—¡Y siempre le da propinas!

—No me quejo.

—¿Cuánto le da por llevarle este sobre?

—Diez francos.

—¡Caramba! No es mucho.

—¿Por qué?

—Se lo diré ahora mismo, tía Giry. En este momento querríamos saber por qué razón..., extraordinaria..., se ha entregado usted en cuerpo y alma a ese fantasma y no a otro. ¡Por cien *sous* o por diez francos no se consigue la amistad y el desvelo de la tía Giry...

—¡Cierto...! Y palabra que puedo decirle esa razón, señor director... No hay en ella ninguna deshonra..., al contrario.

—No lo dudamos, tía Giry.

—Pues, verá..., al fantasma no le gusta que yo cuente sus historias.

—¡Ah! ¡Ah! —se rio burlón Richard.

—Pero esta, ¡esta solo me afecta a mí!... —prosiguió la vieja—, bueno, una noche, en el palco n.º 5 encontré una carta dirigida a mí..., una especie de nota escrita con tinta roja... Y no necesito leerle esa carta, señor director, porque la sé de memoria..., y no la olvidaré aunque viva cien años...

Y la señora Giry, muy derecha, recita la carta con una elocuencia conmovedora.

«Señora. — 1825, la señorita Ménétrier, corifeo, se convirtió en marquesa de Cussy. — 1832, la señorita Marie Taglioni, bailarina, se convirtió en condesa Gilbert des Voisins. — 1846, la Sota, bailarina, se casa con un hermano del rey de España. — 1847, Lola Montes, bailarina, se casa morganáticamente con el rey Luis de Baviera y es nombrada condesa de Landsfeld. — 1848, la señorita María, bailarina, se convierte en baronesa de Hermeville. — 1870, Thérèse Hessler, bailarina, se casa con don Fernando, hermano del rey de Portugal...»

Richard y Moncharmin escuchan a la vieja que, a medida que avanza en la curiosa enumeración de esos gloriosos himeneos, se anima, se yergue, se vuelve audaz y, finalmente, inspirada como una sibila sobre su trípode, lanza con voz resonante de orgullo la última frase de la carta profética: *«¡1885, Meg Giry, emperatriz!».*

Agotada por ese esfuerzo supremo, la acomodadora vuelve a caer sobre su silla diciendo:

—Señores, la firma que llevaba la carta era: *El fantasma de la Ópera*. Yo ya había oído hablar del fantasma, pero solo creía en él a medias. Desde el día en que me anunció que mi pequeña Meg, la carne de mi carne, el fruto de mis entrañas, sería emperatriz, creí en él por completo.

En verdad que no había que contemplar mucho tiempo la fisonomía exaltada de la tía Giry para comprender lo que se había podido conseguir de aquella hermosa inteligencia con dos palabras: «fantasma y emperatriz».

Pero ¿quién manejaba los hilos de aquel extravagante maniquí...? ¿Quién?

—¿Le ha visto usted alguna vez, habla con usted, cree todo lo que le dice? —preguntó Moncharmin.

—Sí; en primer lugar a él le debo que mi pequeña Meg se haya convertido en corifeo. Yo le había dicho al fantasma: «Para que sea emperatriz en 1885, no debe perder tiempo, debe ser corifeo inmediatamente». Él me contestó: «Desde luego». Y le bastó con decirle unas palabras al señor Poligny para que así fuese...

—¡Entonces el señor Poligny le ha visto!

—No más que yo, ¡pero le ha oído! ¡El fantasma le dijo unas palabras al oído, ya lo sabe, la noche en que salió tan pálido del palco n.º 5!

Moncharmin lanza un suspiro.

—¡Vaya historia! —gime.

—¡Ah! —responde la tía Giry—, yo siempre he creído que había secretos entre el fantasma y el señor Poligny. Todo lo que el fantasma le pedía al señor Poligny, el señor Poligny lo concedía... El señor Poligny no le negaba nada al fantasma.

—Ya lo oyes, Richard, Poligny no tenía nada que negar al fantasma.

—¡Sí, sí, ya lo he oído! —declaró Richard—. ¡El señor Poligny es amigo del fantasma! Y como la señora Giry es amiga del señor Poligny, así nos va —añadió en tono muy brusco—. Pero el señor Poligny no me preocupa lo más mínimo... La única persona cuya suerte me interesa realmente, no lo oculto, es la señora Giry... Señora Giry, ¿sabe lo que hay en este sobre?

—¡Dios mío, no! —dijo.

—¡Pues mire!

La señora Giry lanza al sobre una mirada turbia, que pronto centellea.

—¡Billetes de mil francos! —exclama.

—Sí, señora Giry..., sí, billetes de mil... ¡Lo sabe de sobra!

—Yo, señor director..., le juro...

—No jure, señora Giry... Y ahora voy a decirle la otra cosa por la que la he mandado llamar... Señora Giry, voy a hacer que la detengan.

Las dos plumas negras del sombrero color hollín, que por lo general adoptaban la forma de dos signos de interrogación, se convirtieron de pronto en signos de exclamación; en cuanto al sombrero mismo, osciló, amenazando tempestad con su moño. La sorpresa, la indignación, la protesta y el terror se tradujeron en la madre de la pequeña Meg mediante una especie de pirueta extravagante, «resbalón» de la virtud ofendida que la llevó de un salto hasta las narices del señor director, que no pudo dejar de echar hacia atrás su sillón.

—¿Hacerme detener?

La boca que decía esas palabras pareció que iba a escupir a la cara del señor Richard los tres dientes que le quedaban.

El señor Richard estuvo heroico. Dejó de retroceder. Su índice amenazador apuntaba a la acomodadora del palco n.º 5, como si la señalara a los magistrados ausentes.

—¡La haré detener, señora Giry, por ladrona!

—¡Repita eso!

Y la señora Giry abofeteó con todas sus fuerzas al señor director Richard antes de que el señor director Moncharmin tuviera tiempo de interponerse. ¡Respuesta vengadora! No fue la mano reseca de la colérica vieja la que se abatió sobre la mejilla directorial, sino el sobre mismo, causa de todo el escándalo, el sobre mágico que se abrió de golpe dejando escapar los billetes que revolotearon en un vuelo fantástico de mariposas gigantes.

Ambos directores lanzaron un grito, y un mismo pensamiento los puso a los dos de rodillas, recogiendo de modo febril y contando deprisa los preciosos papeles.

—*¿Siguen siendo los buenos?*, Moncharmin.

—*Siguen siendo los buenos*, Richard.

—¡Siguen siendo buenos!

Por encima de ellos, los tres dientes de la señora Giry chocan en una refriega clamorosa, llena de horribles interjecciones. Pero solo se percibe con claridad un *leitmotiv*:

—¿Yo, una ladrona...? ¿Una ladrona yo?

Se ahoga.

Y exclama:

—¡Estoy destrozada!

Y, súbitamente, vuelve a ponerse delante de las narices de Richard.

—En cualquier caso —chilla—, usted, señor Richard, *usted debe saber mejor que yo dónde están los veinte mil francos*.

—¿Yo? —pregunta Richard estupefacto—. ¿Y cómo voy a saberlo?

Al punto, Moncharmin, severo e inquieto, pretende que la buena mujer se explique.

—¿Qué significa esto? —pregunta—. ¿Y por qué pretende usted, señora Giry, que el señor Richard sepa *mejor que usted* dónde están los veinte mil francos?

En cuanto a Richard, que se siente ruborizado bajo la mirada de Moncharmin, ha cogido la mano de la señora Giry y la agita con violencia. Su voz imita al trueno. Gruñe, retumba..., fulmina.

—¿Por qué tengo que saber yo mejor que usted dónde están los veinte mil francos? ¿Por qué?

—Porque han ido a parar a su bolsillo... —dice la vieja mirándole ahora como si viese al diablo.

Le toca entonces al señor Richard ser fulminado, primero por esa contestación inesperada, luego por la mirada cada vez más suspicaz de Moncharmin. De pronto pierde la fuerza que necesitaría en este difícil momento para rechazar una acusación tan despreciable.

Sorprendidos así en la paz de su corazón, los más inocentes aparecen de pronto, debido a que el golpe que los hiere los hace palidecer, o ruborizarse, o vacilar, o levantarse, o derrumbarse, o protestar, o no decir nada cuando habría que hablar, o hablar cuando habría que callar, o permanecer secos cuando habría que sudar, o sudar cuando habría que permanecer secos, aparecen de pronto, repito, culpables.

Moncharmin ha detenido el impulso vengador con el que Richard, que era inocente, iba a precipitarse sobre la señora Giry y se apresta, animoso, a interrogar a esta... con dulzura.

—¿Cómo ha podido sospechar usted que mi colega Richard se ha metido en el bolsillo los veinte mil francos?

—¡Yo no he dicho eso nunca! —declara la tía Giry—. Fui yo en persona quien metió los veinte mil francos en el bolsillo del señor Richard.

Y añadió a media voz:

—¡Tanto peor! ¡Así fue...! ¡Que me perdone el fantasma!

Y cuando Richard se dispone a gritar, Moncharmin, con autoridad, le ordena callarse.

—¡Perdón! ¡Perdón! ¡Perdón! Deje que esta mujer se explique. Déjeme interrogarla.

Y añade:

—Es realmente extraño que te lo tomes así... Estamos a punto de resolver todo este misterio. ¡Estás furioso! Te equivocas... A mí me divierte mucho.

La tía Giry, mártir, alza su cabeza donde resplandece la fe en su propia inocencia.

—Me dicen ustedes que había veinte mil francos en el sobre que yo metí en el bolsillo del señor Richard, pero, se lo repito, yo no sabía nada... ¡Ni tampoco el señor Richard!

—¡Ah! ¡Ah! —dijo Richard, afectando de pronto un gesto de valor que desagradó a Moncharmin—. ¡Tampoco yo lo sabía! ¡Usted mete veinte mil francos en mi bolsillo, y yo no me entero! ¡Esta sí que es buena, señora Giry!

—Sí... —asintió la terrible señora—, es verdad... Ninguno de los dos sabíamos nada... Pero usted ha tenido que terminar por darse cuenta.

Richard habría devorado a la señora Giry si Moncharmin no hubiera estado allí. Pero Moncharmin la protege y precipita el interrogatorio.

—¿Qué clase de sobre metió usted en el bolsillo del señor Richard? No fue el que nosotros le dimos, el que, delante de nosotros, llevó al palco n.º 5, y sin embargo solo ese sobre contenía los veinte mil francos.

—¡Perdón! Fue el que me dio el señor director el que yo metí en el bolsillo del señor director —explica la tía Giry—. En cuanto al que deposité en el palco del fantasma, era otro sobre exactamente igual, y que yo llevaba preparado en mi manga, y que me había dado el fantasma.

Y al decir esto, la tía Giry saca de su manga un sobre completamente preparado e idéntico en sus señas al que contiene los veinte mil francos. Los señores directores se apoderan de él, lo examinan, comprueban que está cerrado con los sellos de su propio sello de dirección. Lo abren... Contiene veinte billetes de la «Santa Farsa», como los que un mes antes los habían dejado tan estupefactos.

—¡Qué sencillo! —dice Richard.

—¡Qué sencillo! —repite más solemne que nunca Moncharmin.

—Los trucos más brillantes —responde Richard—, siempre han sido los más sencillos. Basta con un compadre...

—O una comadre —añade con su voz blanca Moncharmin.

Y prosigue, con los ojos clavados sobre la señora Giry, como si quisiera hipnotizarla:

—¿Era el fantasma el que le hacía llegar este sobre, y era él quien le decía que lo sustituyese por el que le entregábamos? ¿Era él quien le ordenaba meter este último en el bolsillo del señor Richard?

—¡Claro que era él!

—Entonces ¿podría mostrarnos, señora, un ejemplo de sus talentos...? Aquí está el sobre. Haga como si no supiésemos nada.

—Lo que ustedes manden, señores.

La tía Giry ha recogido el sobre con los veinte billetes y se dirige a la puerta. Se dispone a salir.

Los dos directores se le echan encima.

—¡Ah, no, no! No nos «la vuelva a hacer». ¡Ya es suficiente! No queremos volver a empezar.

—Perdón, señores —se excusa la vieja—, perdón, pero me han dicho que actuase como si ustedes no supieran nada... Pues bien, si no saben nada, me iré con el sobre.

—Pero entonces ¿cómo va a meterlo en mi bolsillo? —pregunta Richard, a quien Moncharmin no quita el ojo izquierdo de encima, mientras su ojo derecho está completamente concentrado en la señora Giry; posición difícil para la vista, pero Moncharmin está decidido a todo por descubrir la verdad.

—Debo meterlo en su bolsillo en el momento

que usted menos lo espere, señor director. Como sabe, a lo largo de la noche suelo dar una vuelta entre bastidores, y a menudo acompaño, como es mi derecho de madre, a mi hija al *foyer* de la danza, le llevo su merienda en el momento del descanso, e incluso algo para beber... En resumen, que entro y salgo como quiero... También van al *foyer* los abonados... Y también usted, señor director... Hay mucha gente... Yo paso detrás de usted y meto el sobre en el bolsillo trasero de su traje... ¡Nada de brujería!

—¡Nada de brujería! —gruñe Richard poniendo ojos de Júpiter tonante—. ¡Nada de brujería! ¡Pero la cojo a usted en flagrante delito de mentira, vieja bruja!

El insulto molesta menos a la honorable dama que el golpe que se quiere propinar a su buena fe. Se levanta, hirsuta, mostrando sus tres dientes.

—¿Por qué?

—Porque esa noche me la pasé en la sala vigilando el palco n.º 5 y el falso sobre que usted había colocado allí. No bajé al *foyer* de la danza ni un segundo...

—Por eso, señor director, no fue esa noche cuando le metí el sobre... Fue a la siguiente representación... Mire, era la noche en que el señor subsecretario de Estado para las Bellas Artes...

Ante estas palabras, el señor Richard detiene bruscamente a la señora Giry...

—¡Ah, es cierto! —dice pensativo—. ¡Ya me acuerdo, sí, ahora me acuerdo! El señor subsecretario de Estado estaba entre bastidores. Preguntó por mí. Bajé un instante al *foyer* de la danza. Yo me encontraba en las escaleras del *foyer*... El señor subsecretario de Estado y su jefe de gabinete estaban en el *foyer* mismo... De pronto me volví... Era usted la que pasaba detrás de mí, señora Giry... Me pareció que me había rozado... Detrás de mí solo estaba usted... ¡Sí, todavía la veo, estoy viéndola!

—¡Así fue, señor director, así fue! Yo acababa de poner fin a mi asunto en su bolsillo. ¡Y qué fácil me lo puso su bolsillo, señor director!

Y la señora Giry une una vez más el gesto a la palabra. Pasa detrás del señor Richard y, con una rapidez que impresiona al mismo Moncharmin, que en esta ocasión mira con sus dos ojos, deposita el sobre en el bolsillo de uno de los faldones del traje del señor director.

—¡Evidentemente! —exclama Richard algo pálido—. Esto es muy fuerte de parte del F. de la Ó. El problema se le planteaba de la siguiente forma: suprimir todo intermediario peligroso entre el que da los veinte mil francos y el que los coge. No podía encontrar mejor medio que venir a cogérmelos del bolsillo sin que yo me diera cuenta, porque yo ni siquiera sabía que estaban allí... ¡Admirable!

—¡Admirable, desde luego!... —repitió Moncharmin—, pero te olvidas, Richard, de que yo he puesto diez mil francos de esos veinte mil y que a mí no me han metido nada en el bolsillo.

XVIII

Continuación de la curiosa actitud de un imperdible

La última frase de Moncharmin expresaba la sospecha que tenía sobre su colaborador de forma demasiado evidente como para que no se produjera de inmediato una explicación tormentosa, a cuyo término quedó entendido que Richard se plegaría a los deseos de Moncharmin, con objeto de ayudarle a descubrir al miserable que se burlaba de ellos.

Llegamos de esta forma al «entreacto del jardín», durante el cual el señor secretario Rémy, a quien no se le escapa nada, ha observado con tanta curiosidad el extraño comportamiento de sus directores, y a partir de ese momento nada nos será más fácil que encontrar una razón a actitudes tan excepcionalmente barrocas y, sobre todo, tan poco conformes con la idea que uno debe hacerse de la dignidad directorial.

La conducta de Richard y Moncharmin estaba guiada en su totalidad por la revelación que acababan de hacerles: 1.° Richard debía repetir con toda exactitud aquella noche los gestos que había hecho durante la desaparición de los primeros veinte mil francos; 2.° Moncharmin no debía perder de vista ni un segundo el bolsillo trasero de Richard en el que la señora Giry habría metido los segundos veinte mil francos.

El señor Richard fue a situarse en el mismo lugar en que se había hallado cuando saludaba al señor subsecretario de Estado de Bellas Artes, mientras el señor Moncharmin se colocaba a unos pocos pasos a su espalda.

La señora Giry pasa, roza al señor Richard, suelta los veinte mil francos en el bolsillo del faldón de su director y desaparece...

O, mejor dicho, la hacen desaparecer. Cumpliendo la orden que Moncharmin le ha dado pocos instantes antes, durante la reconstrucción de la escena, Mercier encierra a la buena señora en el despacho de la administración. De este modo, a la vieja le será imposible comunicarse con su fantasma. Y ella se dejó hacer, porque la tía Giry no es más que una pobre figura desplumada, llena de espanto, que abre unos ojos de ave asombrada bajo una cresta en desorden, que ya oye por el corredor sonoro el ruido de los pasos del comisario con que la han amenazado, y que lanza suspiros capaces de agrietar las columnas de la escalinata principal.

Mientras tanto, el señor Richard se inclina, hace reverencias, saluda, camina para atrás como si delante de él tuviera al alto y omnipotente funcionario que es el señor subsecretario de Estado para las Bellas Artes.

Pero, si semejantes ademanes de cortesía no habrían provocado ningún asombro en caso de que delante del señor director se hallara el señor subsecretario de Estado, a los espectadores de aquella escena tan natural, pero tan inexplicable, les causaron un asombro muy comprensible porque delante del señor director no había nadie.

El señor Richard saludaba al vacío..., se inclinaba ante la nada..., y retrocedía —caminaba para atrás— delante de nada...

...Además, a unos pasos de allí, el señor Moncharmin hacía lo mismo.

...Y empujando al señor Rémy, suplicaba al señor embajador de La Borderie y al señor director del Crédito central que no «tocasen al señor director».

Moncharmin, que se había hecho una composición de lugar, no creía lo que hacía un momento acababa de decirle Richard sobre los veinte mil francos desaparecidos: «Tal vez sea el señor embajador, o el señor director del Crédito central, o incluso el señor secretario Rémy».

Sobre todo porque durante la primera escena de la confesión misma de Richard, este, después de haber sido rozado por la señora Giry, no se había encontrado con nadie en aquella parte del teatro... Porque, os pregunto, si debía repetir exactamente los mismos gestos, ¿encontraría hoy a alguna de esas personas?

Después de haber caminado para atrás a fin de saludar, Richard continuó caminando de esa forma por prudencia..., hasta el pasillo de la administración... De ese modo, siempre era vigilado por detrás por Moncharmin mientras él vigilaba «a quienes se le acercaban» por delante.

Pero, repitámoslo, esa manera completamente nueva de pasear entre bastidores que habían adoptado los señores directores de la Academia Nacional de Música no debía pasar inadvertida.

Y no pasó inadvertida.

Por suerte para los señores Richard y Moncharmin, en el momento en que se producía esta curiosa escena, casi todas las «ratitas» se hallaban en los desvanes.

Porque los señores directores habrían tenido éxito con las jóvenes.

...Pero solo pensaban en sus veinte mil francos.

Llegado que hubo al pasillo semioscuro de la administración, Richard le dijo en voz baja a Moncharmin:

—Estoy seguro de que nadie me ha tocado... Ahora aléjate de mí y vigílame en la oscuridad hasta la puerta de mi gabinete..., no hay que poner en guardia a nadie y ya veremos lo que pasa.

Pero Moncharmin replica:

—No, Richard, no... Camina hacia delante... Yo camino *inmediatamente* detrás. ¡No te dejaré ni un paso!

—Pero así nunca podrán robarnos nuestros veinte mil francos —exclama Richard.

—Es lo que espero —declara Moncharmin.

—Entonces lo que estamos haciendo es absurdo.

—Hacemos exactamente lo que hicimos la última vez... La última vez me reuní contigo cuando saliste del escenario, en el rincón de este pasillo..., y yo te seguí *por la espalda*.

—¡Eso es exacto! —suspira Richard moviendo la cabeza y obedeciendo pasivamente a Moncharmin.

Dos minutos más tarde ambos directores se encerraban en el despacho de la dirección.

Fue el propio Moncharmin quien se guardó la llave en el bolsillo.

—La última vez nos encerramos los dos así —dijo—, hasta el momento en que dejaste la Ópera para volver a tu casa.

—¡Cierto! ¿Y no vino nadie a molestarnos?

—Nadie.

—Entonces —preguntó Richard, que se esforzaba por reunir sus recuerdos—, entonces me habrán robado probablemente en el trayecto de la Ópera a mi domicilio...

—¡No!... —dijo en un tono más seco que nunca Moncharmin—, no, eso es imposible... Fui yo quien te llevó a tu casa en mi coche. Los veinte mil francos *desaparecieron en tu casa*, para mí no hay la menor duda.

Esa era la idea que ahora tenía Moncharmin.

—¡Es increíble!... —protestó Richard—, estoy completamente seguro de mis criados..., y, si uno de ellos fuera el autor del robo, habría desaparecido luego.

Moncharmin se encogió de hombros, dando a entender que él no entraba en tales detalles.

En esto, a Richard empieza a parecerle que Moncharmin le trata en un tono completamente insoportable.

—¡Basta, Moncharmin!

—¡Esto es demasiado, Richard!

—¿Te atreves a sospechar de mí?

—¡Sí, de una broma deplorable!

—¡No se bromea con veinte mil francos!

—Es lo que yo pienso —declara Moncharmin desplegando un periódico en cuya lectura se sumerge de forma ostentosa.

—¿Qué vas a hacer? —pregunta Richard—. ¿Ahora te pones a leer el periódico?

—Sí, Richard, hasta la hora en que te lleve a tu casa.

—¿Como la última vez?

—Como la última vez.

Richard arranca el periódico de las manos de Moncharmin. Moncharmin se levanta, más irritado que nunca. Ante sí tiene a un Richard exasperado que le dice, cruzando los brazos sobre el pecho, gesto insolente desde el principio del mundo:

—Esto es lo que pienso —dice Richard—. *Pienso en lo que yo podría pensar* si, como la última vez, después de haber pasado la velada mano a mano contigo, me llevaras a mi casa, y si, en el momento de despedirnos, yo comprobara que del vestido de mi traje habían desaparecido los veinte mil francos..., como la última vez.

—¿Y qué podrías pensar? —exclamó Moncharmin, ruborizado.

—Podría pensar que, dado que no te has apartado de mí un milímetro, y dado que, según tu deseo, has sido el único en acercarte a mí como la última vez..., podría pensar que si esos veinte mil francos ya no están en mi bolsillo, hay muchas probabilidades de que estén en el tuyo.

Moncharmin dio un brinco al oír la hipótesis.

—*¡Oh!* —exclamó—, *¡un imperdible!*

—¿Qué pretendes hacer con un imperdible?

—¡Atarte...! ¡Un imperdible..., un imperdible!

—¿Quieres atarme con un imperdible?

—Sí, atarte a los veinte mil francos... De esta forma, sea aquí, sea en el trayecto desde la Ópera a tu domicilio o a tu cuarto, sentirás la mano que entre en tu bolsillo..., ¡y ya verás si es la mía, Richard...! ¡Ah!, eres tú quien ahora sospecha de mí... ¡Un imperdible!

Y fue en ese momento cuando Moncharmin abrió la puerta del corredor gritando:

—¡Un imperdible! ¿Quién me da un imperdible?

Y también sabemos la forma en que, en ese mismo instante, el secretario Rémy, que no tenía ningún imperdible, fue recibido por el director Moncharmin, mientras un ordenanza le conseguía a este el deseado imperdible.

Y lo que ocurrió fue lo siguiente:

Después de cerrar la puerta, Moncharmin se arrodilló a espaldas de Richard.

—Espero —dijo— que sigan ahí los veinte mil francos.

—También yo —contestó Richard.

—¿Los buenos? —preguntó Moncharmin, que esta vez estaba completamente decidido a no dejarse «timar».

—¡Míralos! Yo no quiero ni tocarlos —declaró Richard.

Moncharmin retiró el sobre del bolsillo de Richard y sacó los billetes temblando porque, esta vez, para poder constatar frecuentemente la presencia de los billetes, no habían sellado el sobre y ni siquiera lo habían pegado. Se tranquilizó al comprobar que todos estaban allí, y que eran los auténticos. Los metió en el bolsillo del faldón y los prendió cuidadosamente con el imperdible.

Tras lo cual se sentó detrás del faldón, al que no quitó ojo un instante, mientras Richard, sentado a su mesa, no hacía ni un solo movimiento.

—Un poco de paciencia, Richard —ordenó Moncharmin—, solo nos quedan unos minutos... El reloj dará pronto las doce campanadas de la medianoche. Y a las doce campanadas fue cuando salimos la última vez.

—Tendré toda la paciencia que haga falta.

Pasaba el tiempo, lento, pesado, misterioso, asfixiante. Richard trató de reír.

—Acabaré creyendo —dijo— en la omnipotencia del fantasma. Y en este momento, de forma especial, ¿no te parece que hay en la atmósfera de esta habitación un no sé qué que inquieta, que indispone, que asusta?

—Cierto —confesó Moncharmin, que realmente estaba impresionado.

—¡El fantasma!... —continuó Richard en voz baja y como si temiera ser oído por unos oídos invisibles—. ¡El fantasma! De todos modos, ¡y si fuera un fantasma el que daba sobre esta mesa los tres golpes secos que oímos perfectamente..., el que deja aquí los sobres mágicos..., el que habla en el palco n.º 5..., el que mata a Joseph Buquet..., el que deja caer la lámpara..., el que nos roba! ¡En última instancia...!

¡Aquí solo estamos tú y yo...!, y si los billetes desaparecen sin que ni tú ni yo hagamos nada..., habrá que creer en el fantasma..., en el fantasma...

En ese momento el reloj dejó oír su resorte en la chimenea y sonó la primera campanada de medianoche.

Ambos directores se estremecieron. Una angustia cuya causa no habrían podido explicar y que trataron en vano de combatir los amenazaba. El sudor corría por sus frentes. Y la duodécima campanada resonó de forma singular en sus oídos.

Cuando el péndulo se hubo callado, lanzaron un suspiro y se levantaron.

—Creo que podemos irnos —dijo Moncharmin.

—También yo —obedeció Richard.

—¿Me permites que mire en tu bolsillo antes de salir?

—¿Cómo no, Moncharmin? ¡Es absolutamente necesario! ¿Y bien? —le preguntó Richard a Moncharmin, que palpaba.

—Estoy tocando el imperdible.

—Evidentemente, como bien decías, ahora ya no nos pueden robar sin que me dé cuenta.

Pero Moncharmin, cuyas manos seguían tanteando alrededor del bolsillo, gritó:

—*Sigo sintiendo el imperdible, pero ya no siento los billetes.*

—¡No! ¡No bromees, Moncharmin...! No es el momento.

—Pues toca tú mismo.

Con un gesto, Richard se quitó el traje. Los dos directores arrancaron el bolsillo... *¡El bolsillo estaba vacío!*

Lo más curioso es que el imperdible seguía prendido en el mismo lugar.

Richard y Moncharmin palidecieron. No había duda del sortilegio.

—El fantasma —murmuró Moncharmin.

Pero Richard saltó de pronto sobre su colega.

—¡Solo tú has tocado en mi bolsillo...! ¡Devuélveme mis veinte mil francos...! ¡Devuélveme mis veinte mil francos...!

—Por mi alma te juro que no los tengo... —suspira Moncharmin, que parece a punto de desmayarse.

Y, como llamaban a la puerta, fue a abrir caminando con paso casi automático, pareciendo reconocer apenas al administrador Mercier, intercambiando con él unas palabras sin comprender nada de lo que el otro le decía, y depositando, con un gesto inconsciente, en la mano de aquel fiel servidor completamente estupefacto, el imperdible que ya no podía servirle para nada...

XIX

El comisario de policía, el vizconde y el Persa

La primera frase del señor comisario de policía al entrar en el despacho de la dirección fue para pedir noticias de la cantante.

—¿No está aquí Christine Daaé?

Iba seguido, como ya he dicho, por una compacta multitud.

—¿Christine Daaé? —responde Richard—. No, ¿por qué?

Por lo que se refiere a Moncharmin, ya no tiene fuerzas para pronunciar ni una palabra... Su estado de ánimo es mucho más grave que el de Richard, porque Richard todavía puede sospechar de Moncharmin, pero Moncharmin se halla frente al gran misterio..., el que hace estremecerse a la humanidad desde su nacimiento: lo Desconocido.

Richard continúa, porque la muchedumbre que rodeaba a los directores y al comisario guardaba un silencio impresionante:

—¿Por qué me pregunta, señor comisario, si Christine Daaé no está aquí?

—Porque tenemos que encontrarla, señores directores de la Academia Nacional de Música —declara solemnemente el señor comisario de policía.

—¡Cómo que hay que encontrarla! ¿Acaso ha desaparecido?

—¡En plena representación!

—¡En plena representación! ¡Es extraordinario!

—¿Lo es, verdad? ¡Y tan extraordinario como esa desaparición es que yo tenga que informarlos de ella!

—En efecto... —asiente Richard, que se coge la cabeza entre las manos y murmura—: ¿Qué es toda esta historia? Decididamente, hay motivos suficientes para presentar la dimisión...

Y se arranca algunos pelos de su bigote sin darse cuenta siquiera.

—Pero esto es como en un sueño..., ha desaparecido en plena representación.

—Sí, ha sido raptada en el acto de la cárcel, en el momento en que invocaba la ayuda del cielo, pero dudo mucho que la hayan raptado los ángeles.

—¡Pues yo estoy seguro!

Todo el mundo se vuelve. Un joven pálido y tembloroso de emoción repite:

—¡Pues yo estoy seguro!

—¿De qué está usted seguro? —pregunta Mifroid.

—De que a Christine Daaé la ha raptado un ángel, señor comisario, y podría decirle el nombre...

—¡Ah, señor vizconde de Chagny! ¿Pretende que la señorita Christine Daaé ha sido raptada por un ángel, por un ángel de la Ópera, sin duda?

Raoul mira a su alrededor. Evidentemente busca a alguien. En ese instante en que le parece tan necesario llamar en ayuda de su prometida el socorro de la policía, no le importaría ver de nuevo al misterioso desconocido que hacía un momento le recomendaba discreción. Pero no lo descubre en ninguna parte. ¡Vamos, tiene que hablar...! Pero no podría explicarse ante toda aquella muchedumbre que le mira con una curiosidad indiscreta.

—Sí, señor, por un ángel de la Ópera —le contestó al señor Mifroid—, y le diré dónde vive cuando estemos solos...

—Tiene razón, caballero.

Y haciendo sentarse a Raoul a su lado, el comisario de policía ordena que salgan todos, salvo, naturalmente, los directores, que sin embargo no habrían protestado porque ya parecían hallarse por encima de cualquier contingencia.

Entonces Raoul se decide:

—Señor comisario, ese ángel se llama Erik, vive en la Ópera y es *el Ángel de la música.*

—¡*El Ángel de la música!* ¿De veras? Sí que es curioso... ¡*El Ángel de la música!*

Y, volviéndose hacia los directores, el señor comisario de policía Mifroid pregunta:

—Caballeros, ¿tienen ustedes ese ángel en la casa?

Los señores Richard y Moncharmin movieron la cabeza sin sonreír siquiera.

—¡Oh! —dijo el vizconde—, estos caballeros han oído hablar del fantasma de la Ópera. Pues bien, puedo asegurarles que el fantasma de la Ópera y el Ángel de la música son la misma cosa. Y su verdadero nombre es Erik.

El señor Mifroid se había levantado y miraba atentamente a Raoul.

—Perdón, caballero, ¿tiene intención de burlarse de la justicia?

—¿Yo? —protestó Raoul, que pensó dolorosamente: «Otro que no quiere hacerme caso».

—Entonces ¿qué me está diciendo con su fantasma de la Ópera?

—Digo que esos señores han oído hablar de él.

—Caballeros, parece que ustedes conocen al fantasma de la Ópera.

Richard se levantó, con los últimos pelos de su bigote en la mano.

—¡No, señor comisario! No, no le conocemos, pero nos gustaría mucho conocerle, porque esta misma noche nos ha robado veinte mil francos...

Y Richard volvió hacia Moncharmin una mirada terrible, que parecía decir: «Devuélveme los veinte mil francos o lo cuento todo». Moncharmin le comprendió tan bien que hizo un gesto de loco: «¡Ah, lo digo todo! ¡Lo digo todo!».

En cuanto a Mifroid, miraba alternativamente a los directores y a Raoul y se preguntaba si no se había perdido en un asilo de locos. Se pasó la mano por el pelo:

—Un fantasma que en una misma noche rapta a una cantante y roba veinte mil francos es un fantasma muy ocupado. Si ustedes quieren, hablamos en serio. Primero la cantante, luego los veinte mil francos. Veamos, señor de Chagny, tratemos de hablar en serio. Usted cree que la señorita Christine Daaé ha sido raptada por un individuo llamado Erik. ¿Conoce a ese individuo? ¿Le ha visto?

—Sí, señor comisario.

—¿Dónde?

—En un cementerio.

El señor Mifroid se sobresaltó, siguió mirando a Raoul y dijo:

—¡Por supuesto...! Ahí es donde se suele ver a los fantasmas. ¿Y qué hacía usted en un cementerio?

—Señor —dijo Raoul—, me doy perfecta cuenta de la rareza de mis respuestas y del efecto que producen en usted. Pero le ruego que crea que estoy en mis cabales. Va en ello la salvación de una persona que, junto con mi bienamado hermano Philippe, me es lo más querido del mundo. Querría convencerle en pocas palabras, porque el tiempo pasa y los minutos son preciosos. Por desgracia, si no le cuento desde el principio la historia más extraña del mundo, no me creerá. Voy a decirle, señor comisario, cuanto sé sobre el fantasma de la Ópera. ¡Por desgracia, señor comisario, no sé gran cosa!

—Diga lo que sepa, diga lo que sepa —exclamaron de pronto Richard y Moncharmin, muy interesados; por desgracia para la esperanza que por un instante habían concebido de conocer algún detalle susceptible de ponerlos tras las huellas de su mistificador, pronto tuvieron que rendirse a la triste evidencia de que el señor Raoul de Chagny había perdido del todo la cabeza. Toda aquella historia de Perros-Guirec, calaveras y violín encantado solo podía haber nacido en el cerebro trastornado de un enamorado.

Era evidente, además, que el señor comisario Mifroid compartía cada vez más esa manera de ver, y el magistrado hubiera puesto fin ciertamente a aquellas palabras desordenadas, de las que hemos dado un apunte en la primera parte de este relato, si las circunstancias mismas no se hubieran encargado de interrumpirlos.

La puerta acababa de abrirse y un individuo singularmente vestido con una amplia levita negra y tocado con un sombrero de copa a la vez raído y brillante, calado hasta las orejas, hizo su entrada. Corrió hacia el comisario y le habló en voz baja. Era algún agente de la Seguridad, sin duda, que iba a dar cuenta de una misión urgente.

Durante ese coloquio, el señor Mifroid no dejaba de mirar a Raoul.

Y, por fin, dirigiéndose a él, le dijo:

—Caballero, ya se ha hablado demasiado del fantasma. Hablemos ahora un poco de usted, si no tiene inconveniente; ¿debía raptar usted esta noche a la señorita Christine Daaé?

—Sí, señor comisario.

—¿A la salida del teatro?

—Sí, señor comisario.

—¿Había tomado todas las medidas para hacerlo?

—Sí, señor comisario.

—El coche que le ha traído debía llevarse a ambos. El cochero estaba avisado..., y el itinerario trazado de antemano... ¡Mejor! Debía encontrar en cada etapa caballos de refresco...

—Cierto, señor comisario.

—Y, sin embargo, su coche sigue ahí, esperando sus órdenes, junto a la Rotonda, ¿no es así?

—Sí, señor comisario.

—¿Sabía que, junto a su coche, había otros tres vehículos?

—No les he prestado la menor atención...

—Eran los de la señorita Sorelli, que no había encontrado sitio en el patio de la administración; de la Carlotta, y de su señor hermano, el conde de Chagny...

—Es posible...

—Lo que es cierto, en cambio..., es que, si su propio vehículo, el de la Sorelli y el de la Carlotta siguen en su sitio, junto a la acera de la Rotonda..., el del señor conde de Chagny ya no está...

—Eso no tiene nada que ver, señor comisario.

—¡Perdón! ¿No se había opuesto el señor conde a su matrimonio con la señorita Daaé?

—Son cosas que solo afectan a la familia.

—Ya me ha contestado..., se había opuesto..., y por eso usted raptaba a Christine Daaé, se la llevaba lejos de las posibles maniobras de su señor hermano... Pues bien, señor de Chagny, permítame informarle que su hermano ha sido más rápido que usted... ¡Ha sido él quien ha raptado a Christine Daaé!

—¡Oh! —gimió Raoul llevándose la mano al corazón—, no es posible... ¿Está usted seguro?

—Inmediatamente después de la desaparición de la artista, organizada con complicidades que tendremos que establecer, su hermano ha montado en su coche, que se ha lanzado a una carrera enloquecida a través de París.

—¿A través de París...? —dijo en un estertor el pobre Raoul—. ¿Qué entiende usted por a través de París?

—Y por fuera de París...

—Fuera de París... ¿Por qué ruta?

—Por la de Bruselas.

Un grito ronco escapa de la boca del desventurado joven.

—¡Oh! —exclama—, ¡juro que los alcanzaré! Y, de dos saltos, salió del despacho.

—Y tráiganosla... —le grita jovial el comisario—. ¡Vaya! ¡Esa noticia vale tanto como la del Ángel de la música!

Dicho lo cual, el señor Mifroid se vuelve hacia su auditorio estupefacto y le administra un cursillo de policía honrado pero en modo alguno pueril:

—No sé si ha sido realmente el señor conde de Chagny quien ha raptado a Christine Daaé..., pero necesito saberlo y creo que, en este momento, nadie desea informarme mejor que su hermano el vizconde... ¡Ahora corre, vuela! ¡Es mi principal ayudante! Así es, caballeros, el arte que se cree tan complicado de la policía, y que, sin embargo, parece tan sencillo cuando se descubre que debe consistir en hacer que gentes que no lo son hagan de policías.

Pero el señor comisario de policía Mifroid tal vez no habría estado tan contento de sí mismo de haber sabido que la carrera de su veloz mensajero se había visto detenida cuando este entró en el primer corredor, vacío sin embargo de la muchedumbre de curiosos que se había dispersado. El corredor parecía desierto.

Pero el camino de Raoul se vio obstaculizado por una gran sombra.

—¿Dónde va tan deprisa, señor de Chagny? —había preguntado la sombra.

Raoul, impacientado, había alzado la cabeza y reconocido el gorro de astracán de hacía un momento. Se detuvo.

—¡Usted otra vez! —exclamó con voz febril—. ¡Usted que conoce los secretos de Erik y que no quiere que yo hable de ellos! ¿Quién es usted?

—Lo sabe de sobra... Soy el Persa —dijo la sombra.

XX

El vizconde y el Persa

Raoul recordó entonces que una noche de espectáculo su hermano le había señalado aquel vago personaje del que se ignoraba todo, una vez dicho que se trataba de un persa, y que vivía en un viejo pisito de la calle de Rivoli.

El hombre de tez de ébano, ojos de jade y gorro de astracán se inclinó hacia Raoul.

—Espero, señor de Chagny, que no haya traicionado el secreto de Erik.

—¿Y por qué habría dudado en traicionar a ese monstruo, señor? —replicó Raoul con altivez, tratando de librarse del importuno—. ¿Es amigo suyo?

—Espero que no haya dicho nada de Erik, señor, porque el secreto de Erik es el de Christine Daaé. Y hablar del uno sería hablar de la otra.

—¡Oh, señor! —dijo Raoul, más impaciente a cada paso—, parece usted al corriente de muchas cosas que me interesan, pero no tengo tiempo para oírle.

—Se lo repito, caballero de Chagny, ¿adónde va tan deprisa?

—¿No lo adivina? En ayuda de Christine Daaé...

—Entonces, señor, quédese aquí..., ¡porque Christine Daaé está aquí!

—¿Con Erik?

—¡Con Erik!

—¿Cómo lo sabe?

—Me hallaba en la función, y en el mundo solo Erik puede maquinar un rapto como ese... ¡Oh! —dijo lanzando un profundo suspiro—, ¡he reconocido la mano del monstruo!

—Entonces ¿le conoce?

El Persa no contestó, pero Raoul oyó un nuevo suspiro.

—¡Señor! —dijo Raoul—, ignoro cuáles son sus intenciones..., pero ¿puede hacer algo por mí...?, quiero decir, ¿por Christine Daaé?

—Eso creo, señor de Chagny, y por eso le he abordado.

—¿Qué puede hacer?

—¡Tratar de llevarle hasta ella..., y hasta él!

—Señor, es esa una empresa que ya he intentado en vano esta noche..., pero, si usted me presta ese servicio, mi vida le pertenece. Una cosa más, señor: el comisario de policía acaba de informarme de que Christine Daaé ha sido raptada por mi hermano, el conde Philippe...

—No lo creo, señor de Chagny...

—No es posible, ¿verdad?

—No sé si es posible, pero hay modos de raptar y el señor conde Philippe, que yo sepa, *nunca ha trabajado en magia.*

—Sus argumentos resultan sorprendentes, señor, y yo no soy más que un loco... ¡Corramos! ¿Cómo no creerle cuando nadie más me cree? ¿Cuando usted es el único en no reírse si pronuncio el nombre de Erik?

Al decir esto, el joven, cuyas manos ardían de fiebre, había cogido con un gesto espontáneo las manos del Persa. Estaban heladas.

—¡Silencio! —dijo el Persa deteniéndose y escuchando los rumores lejanos del teatro y los menores crujidos que se producían en las paredes y en los corredores vecinos. No pronunciemos esa palabra. Digamos: *Él*, tendremos menos posibilidades de atraer su atención.

—¿Cree que está cerca de nosotros?

—Es posible, señor..., si es que no está, en este momento, junto con su víctima, *en la morada del Lago.*

—¡Ah! ¿También usted conoce esa morada?

—... Si no está en esa morada, puede estar en esta pared, en este suelo, en este techo... ¡Qué sé yo...! Puede tener el ojo en esa cerradura..., y el oído en esa viga.

Y el Persa, rogándole apagar el ruido de sus pasos, arrastró a Raoul por unos corredores que el joven nunca había visto, ni siquiera cuando Christine le paseaba por aquel laberinto.

—¡Con tal que Darius haya llegado! —dijo el Persa.

—¿Quién es Darius? —preguntó el joven mientras corría.

—Darius es mi criado.

En ese momento se hallaban en el centro de una verdadera plaza desierta, pieza inmensa que iluminaba mal un cabo de vela. El Persa detuvo a Raoul y, muy bajo, tan bajo que a Raoul le costaba oírle, le preguntó:

—¿Qué le ha dicho usted al comisario?

—Le he dicho que el ladrón de Christine Daaé era el Ángel de la música, llamado el fantasma de la Ópera, y que su verdadero nombre era...

—¡Chisss...! ¿Y le ha creído el comisario?

—No.

—¿No ha dado ninguna importancia a lo que usted le decía?

—¡Ninguna!

—¿Le ha tomado por loco?

—Sí.

—¡Tanto mejor! —suspiró el Persa.

Y volvieron a echar a correr.

Después de haber subido y bajado varias escaleras desconocidas para Raoul, los dos hombres se encontraron frente a una puerta que el Persa abrió con una pequeña llave maestra que sacó de un bolsillo de su chaleco. El Persa, como Raoul, iba naturalmente de frac. Pero si Raoul llevaba una chistera, el Persa se tocaba con un gorro de astracán, como ya he puesto de relieve. Era un insulto al código de elegancia que regía entre bastidores, donde se exige la chistera, aunque se da por supuesto que, en Francia, a los extranjeros se les permite todo: la gorra de viaje a los ingleses, el gorro de astracán a los persas.

—Señor —dijo el Persa—, su chistera puede molestarnos en la expedición que proyectamos..., haría bien dejándola en el camerino...

—¿En qué camerino? —preguntó Raoul.

—En el de Christine Daaé.

Y el Persa, haciendo pasar a Raoul por la puerta que acababa de abrir, le mostró enfrente el camerino de la actriz.

Raoul ignoraba que pudiese llegarse al camerino de Christine por un camino distinto al que él seguía de ordinario. Se hallaba entonces en el extremo del pasillo que solía recorrer hasta el final antes de llamar a la puerta del camerino.

—¡Conoce muy bien la Ópera, caballero!

—¡No tan bien como *él*! —dijo modestamente el Persa.

Y empujó al joven al camerino de Christine.

Se hallaba tal como Raoul lo había dejado momentos antes.

Tras cerrar la puerta, el Persa se dirigió hacia el delgadísimo panel que separaba el camerino de un amplio gabinete trastero que lo continuaba. Escuchó y luego tosió con fuerza.

Al punto se oyó movimiento en el gabinete trastero y, pocos segundos más tarde, llamaban a la puerta del camerino.

—¡Entre! —dijo el Persa.

Entró un hombre, también tocado con un gorro de astracán y vestido con una larga hopalanda.

Saludó y sacó de debajo de su capa una caja ricamente cincelada. La depositó sobre la mesa de aseo, volvió a saludar y se dirigió hacia la puerta.

—¿Nadie te ha visto entrar, Darius?

—No, amo.

—Que nadie te vea salir.

El criado lanzó una ojeada al pasillo y desapareció con rapidez.

—Señor —dijo Raoul—, estoy pensando una cosa, que aquí pueden sorprendernos fácilmente y eso, desde luego, resultaría embarazoso. El comisario no puede tardar mucho en venir a este camerino a investigar.

—¡Bah!, no es al comisario a quien hemos de temer.

El Persa había abierto la caja. Dentro había un par de largas pistolas, un dibujo y un adorno magníficos.

—Inmediatamente después del rapto de Christine Daaé, avisé a mi criado para que me trajese estas armas, señor. Las conozco desde hace tiempo, y no las hay más seguras.

—¿Quiere batirse en duelo? —le preguntó el joven, sorprendido ante la llegada de aquel arsenal.

—En efecto, es un duelo adonde vamos, señor —respondió el otro examinando el cebo de sus pistolas—. ¡Y vaya duelo!

Tras lo cual tendió una pistola a Raoul y le dijo:

—En ese duelo seremos dos contra uno, pero debe estar dispuesto a todo, porque no le oculto que vamos a enfrentarnos al adversario más terrible que se pueda imaginar. Pero usted ama a Christine Daaé, ¿no es así?

—¡Vaya que si la amo, señor! Pero usted, que no la ama, deberá explicarme por qué le encuentro preparado para arriesgar su vida por ella... ¡Odia a Erik!

—No, caballero —dijo en tono entristecido el Persa—, no le odio. Si le odiase, hace tiempo que él ya no haría daño.

—¿Le ha hecho daño a usted?

—El daño que me hizo, ya se lo he perdonado.

—¡Resulta extraordinario —contestó el joven— oírle hablar de ese hombre! Le trata de monstruo, habla usted de sus crímenes, él le ha hecho daño y encuentro en usted esa piedad inaudita que me desesperaba en la propia Christine...

El Persa no contestó. Había ido a coger un taburete y lo había puesto contra la pared frontera del gran espejo que ocupaba todo el lienzo de enfrente. Luego se había subido al taburete y, con la nariz pegada al papel pintado de la pared, parecía buscar algo.

—Bueno, señor —dijo Raoul, que hervía de impaciencia—. Estoy esperándole. ¡Vamos!

—¿Adónde? —preguntó el otro sin volver la cabeza.

—Pues a donde está el monstruo. Bajemos. ¿No me ha dicho que conocía usted el medio?

—Estoy buscándolo.

Y la nariz del Persa continuó paseándose a lo largo de la pared.

—¡Ah! —dijo de pronto el hombre del gorro—, ¡aquí está!

Y su dedo apretó, por encima de su cabeza, una esquina del dibujo del papel.

Luego se volvió y bajó del taburete.

—Dentro de medio minuto —dijo—, estaremos *tras sus huellas*.

Y, cruzando todo el camerino, fue a palpar el gran espejo.

—No, todavía no cede... —murmuró.

—¡Vamos a salir por el espejo!... —dijo Raoul—. ¡Igual que Christine...!

—¿Sabía que Christine Daaé había salido por este espejo?

—¡Delante de mí, señor...! Me hallaba escondido ahí, detrás de la cortina del gabinete de aseo y la vi desaparecer, no por el espejo, sino en el espejo.

—¿Y qué hizo usted?

—Pensé, señor, en una aberración de mis sentidos, en la locura, en un sueño.

—En alguna nueva fantasía del fantasma... —dijo en tono burlón el Persa—. ¡Ay, señor de Chagny... —continuó mientras seguía tanteando el espejo con la mano—, ojalá no tuviéramos que enfrentarnos a un fantasma! ¡Podríamos dejar en su caja nuestro par de pistolas...! Quítese el sombrero, por favor..., y ahora abróchese cuanto pueda el frac sobre el plastrón..., como yo..., baje las vueltas..., levántese el cuello..., debemos hacernos tan invisibles como podamos...

Y tras un breve silencio, añadió mientras cargaba su cuerpo contra el espejo:

—El disparo del contrapeso, cuando se actúa sobre el resorte desde el interior del camerino, tarda algo en producir su efecto. No ocurre así cuando uno está detrás de la pared y se puede actuar directamente sobre el contrapeso. Entonces el espejo gira de forma instantánea y es arrastrado con una rapidez enloquecida...

—¿Qué contrapeso? —preguntó Raoul.

—Pues el que hace alzarse todo este lienzo de pared sobre su eje. Piense que no se desplaza solo, por encantamiento.

Y, atrayendo hacia sí de una mano a Raoul, el Persa seguía apoyando la otra (la que tenía la pistola) contra el espejo.

—Si presta atención, ahora mismo verá cómo el espejo se levanta unos milímetros y luego se desplaza otros más de izquierda a derecha. Entonces estará situado sobre un pivote, y girará. ¡Cuántas cosas pueden hacerse con un contrapeso! Un niño puede hacer girar una casa con su dedito... Cuando un lienzo de pared, por pesado que sea, es llevado por el contrapeso sobre su pivote, bien equilibrado, no pesa más que una peonza sobre su punta.

—¡No gira! —dijo Raoul impaciente.

—Espere un poco. Ya tendrá tiempo de impacientarse, caballero. El mecanismo, evidentemente, está herrumbroso o el resorte no funciona.

La frente del Persa se volvió cavilosa.

—Además, puede ocurrirle otra cosa.

—¿Qué, caballero?

—Tal vez él haya cortado simplemente la cuerda del contrapeso e inmovilizado todo el sistema.

—¿Por qué? ¿Sabe que vamos a bajar por ahí?

—Puede sospecharlo, porque no ignora que yo conozco el sistema.

—¿Se lo enseñó él?

—No, yo hice mis investigaciones yendo tras él, y tras sus misteriosas desapariciones terminé encontrándolo. ¡Oh, es el sistema más simple de las puertas secretas! Es un mecanismo tan viejo como los palacios sagrados de Tebas, la de las cien puertas, como el de la sala del trono de Ecbatana, como la sala del trípode de Delfos...

—Eso no gira... ¡Y Christine, caballero! ¡Christine...!

El Persa dijo fríamente.

—Haremos cuanto humanamente sea posible hacer..., aunque él puede detenernos desde los primeros pasos.

—¿Es el dueño de estas paredes?

—Da órdenes a las paredes, a las puertas, a las trampillas. Entre nosotros le llamábamos con un nombre que significa: *el experto en trampillas*.

—Así es como Christine me había hablado de él..., con el mismo misterio y otorgándole ese mismo poder temible... Todo esto me parece muy extraordinario... ¿Por qué estas paredes solo le obedecen a él? ¿Las ha construido acaso?

—Sí, caballero.

Y cuando Raoul le miraba, estupefacto, el Persa le hizo una seña para que callase, y luego, con un gesto, le señaló el espejo... Fue como un reflejo tembloroso. Su doble imagen se estremeció, como en una ola temblorosa, y luego se inmovilizó del todo.

—Como ve, señor, esto no gira. Tomemos otro camino.

—Esta noche, no hay más caminos... —declaró el Persa con voz singularmente lúgubre—. ¡Y ahora, cuidado! ¡Y prepárese para disparar!

Él mismo levantó su pistola frente al espejo. Raoul imitó ese gesto. El Persa atrajo con el único brazo que le quedaba libre al joven hasta su pecho, y de pronto el espejo giró en medio de un deslumbramiento, de un cruce cegador de disparos; giró como una de esas puertas giratorias de compartimentos que dan acceso ahora a las salas públicas..., giró arrastrando a Raoul y al Persa en su movimiento irresistible y arrojándolos bruscamente de la plena luz a la más profunda oscuridad.

XXI

En los sótanos de la Ópera

—La mano arriba, preparada para disparar —repitió apresuradamente el compañero de Raoul.

Tras ellos, la pared se había cerrado dando un giro completo sobre ella misma.

Ambos hombres permanecieron inmóviles unos instantes, conteniendo la respiración.

En aquellas tinieblas reinaba un silencio que nada venía a turbar.

Por fin, el Persa se decidió a hacer un movimiento y Raoul le oyó deslizarse de rodillas, buscando algo en la oscuridad con sus manos, que tanteaban.

De pronto, delante del joven, las tinieblas se

iluminaron solapadamente con el fuego de una pequeña lámpara sorda, y Raoul retrocedió de forma instintiva, como para escapar a la investigación de un enemigo secreto. Pero al punto comprendió que aquella luz pertenecía al Persa, cuyos gestos seguía. El pequeño disco rojo se paseaba por las paredes, arriba, abajo y en torno a ellos, meticulosamente. Paredes que estaban formadas, a la derecha por un muro, a la izquierda por un tabique de tablas, por encima y por debajo por sótanos. Y Raoul se decía que Christine había pasado por allí el día que había seguido la voz del *Ángel de la música*. Aquel debía de ser el camino habitual de Erik cuando iba, a través de las paredes, a sorprender la buena fe y a intrigar la inocencia de Christine. Y Raoul, que recordaba las palabras del Persa, pensó que aquel camino había sido construido misteriosamente por los cuidados del fantasma mismo. Aunque, más tarde, debía saber que Erik había encontrado, completamente preparado para él, un corredor secreto cuya existencia fue el único en conocer durante mucho tiempo. Aquel corredor se había construido durante la Comuna de París para permitir a los carceleros llevar directamente a los prisioneros a los calabozos construidos en las cuevas, porque los federados habían ocupado el edificio inmediatamente después del 18 de marzo y habían convertido su mayor altura en punto de partida para las mongolfieras encargadas de llevar a provincias sus proclamas incendiarias, y, en la parte inferior, una prisión de Estado.

El Persa se había arrodillado y había dejado en el suelo su linterna. Parecía ocupado en un trabajo rápido en el suelo cuando, de pronto, veló su luz.

Entonces Raoul oyó el resorte de un ligero gatillo y vio en el suelo del corredor un cuadrado luminoso muy pálido. Era como si acabaran de abrir una ventana en los bajos todavía iluminados de la Ópera. Raoul ya no veía al Persa, pero de pronto le sintió a su lado y oyó su respiración.

—Sígame, y haga todo lo que haga yo.

Raoul fue dirigido hacia el tragaluz luminoso. Entonces vio al Persa que se arrodillaba y que, colgándose con las manos del tragaluz, se dejaba deslizar hacia abajo. El Persa llevaba entonces su pistola entre los dientes.

Cosa curiosa, el vizconde tenía plena confianza en el Persa. A pesar de ignorar todo de él, y de que la mayoría de sus palabras no hubieran hecho otra cosa que aumentar la oscuridad de aquella aventura, no vacilaba en creer que, en aquella hora decisiva, el Persa estaba de su lado frente a Erik. Su emoción le había parecido sincera cuando le había hablado del «monstruo», el interés que le había mostrado no le parecía sospechoso.

Finalmente, si el Persa hubiera alimentado algún proyecto siniestro contra Raoul, no le habría armado con sus propias manos. Además, para decirlo todo, ¿no había que llegar junto a Christine, costara lo que costara? Raoul no podía elegir los medios. Si hubiera vacilado, incluso con dudas sobre las intenciones del Persa, el joven se habría tenido por el último de los cobardes.

Raoul se arrodilló a su vez y se colgó de la trampilla con las dos manos. «¡Suelte del todo!», oyó, y cayó en brazos del Persa que, al punto, le ordenó tumbarse boca abajo, cerró la trampilla por encima de sus cabezas, sin que Raoul viera mediante qué estratagema, y fue a tumbarse al lado del vizconde. Este quiso hacerle una pregunta, pero la mano del Persa le cerró la boca y al momento oyó una voz que reconoció como la del comisario de policía que hacía un rato le había interrogado.

Ambos, Raoul y el Persa, se encontraban en ese momento tras un tabique que los ocultaba perfectamente. Cerca de allí, una estrecha escalera subía a una pequeña habitación por la que el comisario debía pasar haciendo preguntas, porque se oía el ruido de sus pasos al mismo tiempo que el de su voz.

La luz que rodeaba los objetos era muy débil, pero como salía de aquella oscuridad espesa que reinaba en el corredor secreto de arriba, a Raoul no le costó mucho distinguir la forma de las cosas.

Y no pudo contener una sorda exclamación, porque allí había tres cadáveres.

El primero estaba tendido en el estrecho rellano de la escalerita que subía hasta la puerta tras la que se oía al comisario; los otros dos habían rodado hasta el pie de la escalera, y estaban con los brazos en cruz. Si hubiera pasado los dedos a través del tabique que le ocultaba, Raoul habría podido tocar la mano de uno de aquellos desgraciados.

—Silencio —dijo de nuevo el Persa en un soplo. También él había visto los cuerpos tendidos y dijo una palabra para explicar todo:

—*¡Él!*

La voz del comisario se dejaba oír entonces con más fuerza. Exigía explicaciones sobre el sistema de iluminación, que el regidor le daba. El comisario debía encontrarse, por tanto, en el «registro» o en sus dependencias. Contrariamente a lo que podría creerse, cuando se trata de un teatro de ópera, el «registro» no está destinado en modo alguno a tocar música.

En esa época, la electricidad solo se empleaba para ciertos efectos escénicos muy restringidos y para las sonerías. El inmenso edificio y la escena misma seguían siendo iluminados con gas, y era con gas hidrógeno como se regulaba y modificaba la iluminación de un decorado; y eso se hacía mediante un aparato especial al que la multiplicidad de sus tubos hizo que fuera bautizado con el nombre de *«juego de órgano»*.

Junto a la concha del apuntador se había reservado una casilla para el jefe de iluminación, que desde allí daba sus órdenes a los empleados y vigilaba su ejecución. Era en esa casilla donde permanecía Mauclair durante las funciones.

Pero Mauclair no estaba en su casilla y sus empleados no estaban en su sitio.

—¡Mauclair! ¡Mauclair!

La voz del regidor resonaba ahora en los sótanos como en un tambor. Pero Mauclair no respondía.

Ya hemos dicho que una puerta daba a una escalerita que subía del segundo sótano. El comisario la empujó, pero se resistía:

—¡Vaya! ¡Vaya!... —dijo—. Mire, señor regidor, no puedo abrir esta puerta..., ¿siempre cuesta tanto?

El regidor empujó la puerta con un vigoroso empujón. Se dio cuenta de que, al mismo tiempo, empujaba a un cuerpo humano y no pudo contener una exclamación: reconoció aquel cuerpo inmediatamente:

—¡Mauclair!

Todos los personajes que habían seguido al comisario en aquella visita al registro avanzaron inquietos.

—¡Qué desgracia! ¡Está muerto! —gimió el regidor.

Pero el señor comisario Mifroid, a quien nada sorprende, ya se había inclinado sobre aquel corpachón.

—¡No —dijo—, está borracho a morir, que no es lo mismo!

—Sería la primera vez —declaró el regidor.

—Entonces le han dado un narcótico... Es muy posible.

Mifroid se levantó, bajó unos escalones y exclamó:

—¡Miren!

A la claridad de un farolillo rojo, al pie de la escalera había otros dos cuerpos tendidos. El regidor reconoció a los ayudantes de Mauclair... Mifroid descendió y los auscultó.

—Duermen profundamente —dijo—. ¡Curioso caso! Ya no podemos dudar de la intervención de un desconocido en el servicio de iluminación... ¡y ese desconocido trabaja evidentemente para el raptor! ¡Pero qué idea tan rara la de raptar a una artista en escena...! ¡O no entiendo nada, o es jugar al más difícil todavía! ¡Que me busquen al médico del teatro!

Y el señor Mifroid repitió:

—¡Curioso! ¡Un caso muy curioso!

Luego se volvió hacia el interior del pequeño

cuarto, dirigiéndose a unas personas que, desde el lugar en que se encontraban, ni Raoul ni el Persa podían divisar.

—¿Qué me dicen de todo esto, caballeros? —preguntó—. Ustedes son los únicos que no me han dado su opinión. Y deben tener alguna...

Entonces, por encima del rellano, Raoul y el Persa vieron avanzar las dos caras asustadas de los señores directores —solo se veían sus caras por encima del rellano—, y oyeron la voz conmovida de Moncharmin.

—Aquí, señor comisario, pasan cosas que nosotros no podemos explicarnos.

Y las dos caras desaparecieron.

—Gracias por su información, caballeros —dijo Mifroid, burlón.

Pero el regidor, cuya barbilla reposaba entonces en el hueco de su mano derecha, que es la señal de la reflexión profunda, dijo:

—No es la primera vez que Mauclair se duerme en el teatro. Recuerdo haberle encontrado una noche roncando en la casilla, junto a su tabaquera.

—¿Hace mucho tiempo de eso? —preguntó el señor Mifroid, limpiando con meticuloso cuidado los cristales de sus anteojos, porque el señor comisario era miope, como ocurre a los más hermosos ojos del mundo.

—¡Dios mío!... —dijo el regidor—, no hace

mucho... ¡Mire..., era la noche..., sí, seguro..., era la noche en que la Carlotta soltó, como usted sabe, señor comisario, su famoso gallo!

—La noche en que la Carlotta soltó su famoso gallo, ¿de veras?

Y volviendo a poner sobre sus narices el binóculo de cristales transparentes, el señor Mifroid miró atento al regidor, como si quisiera penetrar su pensamiento.

—Entonces ¿Mauclair fuma...? —preguntó en un tono descuidado.

—Pues claro que sí, señor comisario... Mire, ahí está, precisamente, en esa tablilla, su tabaquera... ¡Oh, es un gran fumador...!

—¡Y yo también! —dijo el señor Mifroid, y metió la tabaquera en su bolsillo.

Sin que nadie sospechase su presencia, Raoul y el Persa asistieron al traslado de los tres cuerpos, que unos tramoyistas vinieron a levantar. El comisario los siguió y todo el mundo subió tras él. Durante unos instantes todavía se oyeron sus pasos, que resonaban sobre el escenario.

Cuando estuvieron solos, el Persa hizo una seña a Raoul para levantarse. Este obedeció; pero como, al mismo tiempo, no había vuelto a alzar la mano hasta la altura de los ojos, dispuesta para disparar, como el Persa no dejaba de hacer, este le recomendó que de nuevo adoptara esa posición y no la abandonara nunca, pasara lo que pasase.

—Pero así la mano se cansa inútilmente —murmuró Raoul—, y si disparo, no lo haré sobre seguro.

—Entonces cambie el arma de mano —concedió el Persa.

—¡No sé disparar con la mano izquierda!

A lo que el Persa replicó con esta declaración extraña, que no servía evidentemente para aclarar la situación en el cerebro alterado del joven:

—*No se trata de disparar con la mano izquierda o con la mano derecha; se trata de tener una de sus manos puesta como si fuera a apretar el gatillo de una pistola, con el brazo semiencogido; en cuanto a la pistola en sí, después de todo puede metérsela en el bolsillo.*

Y añadió:

—Tiene que entender esto bien, o no respondo de nada. Es asunto de vida o muerte. Ahora, ¡silencio y sígame!

Entonces se hallaban en el segundo sótano. Raoul no hacía más que entrever a la luz de algunos cabos de vela inmóviles, aquí y allá, en sus prisiones de cristal, una ínfima parte de aquel abismo extravagante, sublime e infantil, divertido como un teatrillo de marionetas, espantoso como un abismo, que son los sótanos de la escena en la Ópera.

Son formidables y su número es de cinco. Reproducen todos los planos del escenario, sus trampas y trampillas. Solo los escotillones están reemplazados ahí por raíles. Armazones transversales soportan trampas y trampillas. Unas vigas, que descansan sobre bases de fundición o de piedra, soleras o «chisteras», forman series de soportes que permiten dejar libre paso a las «glorias» y otras combinaciones o trucos. A estos aparatos se les proporciona cierta estabilidad uniéndolos por medio de ganchos de hierro y según las necesidades del momento. Los tornos de mano, los tambores y los contrapesos están generosamente distribuidos en los sótanos. Sirven para manipular los grandes decorados, para realizar cambios a la vista, para provocar la desaparición súbita de los personajes de magia. Sus sótanos, han escrito los señores X., Y., Z., que han consagrado a la obra de Garnier un estudio interesantísimo, son los que han transformado a los cacoquimios en hermosos jinetes y a las horribles brujas en hadas radiantes de juventud. Satán viene de los sótanos, lo mismo que se abisma en ellos. Las luces del infierno escapan de allí, los coros de los demonios toman su asiento en ellos.

—Y los fantasmas se pasean aquí como por su casa...

Raoul seguía al Persa, obedeciendo al pie de

la letra sus recomendaciones, sin tratar de comprender los gestos que el otro le ordenaba..., diciéndose que el Persa era su única esperanza.

... ¿Qué habría hecho él sin su compañero en aquel espantoso dédalo?

¿No se habría visto detenido a cada paso por el entrecruzamiento prodigioso de las vigas y de los cordajes? ¿No habría quedado prendido, sin poder salir del atolladero, en aquella tela de araña gigantesca?

Y si hubiera podido atravesar aquella red de hilos y contrapesos que sin cesar renacían ante él, ¿no corría el peligro de caer en uno de aquellos agujeros que se abrían por instantes bajo sus pasos y cuyo fondo tenebroso no llegaba a distinguir su mirada?

Bajaban, seguían bajando...

Ahora se encontraban en el tercer sótano.

Y su marcha seguía iluminada por un cabo de vela lejano.

Cuanto más bajaban, más precauciones parecía adoptar el Persa... No cesaba de volverse hacia Raoul y recomendarle adoptar las posturas necesarias, mostrándole la forma en que él mismo ponía el puño, ahora desarmado, pero siempre dispuesto a disparar como si tuviera una pistola.

De pronto una sonora voz los clavó en el sitio. Alguien aullaba por encima de ellos.

—¡Al escenario todos los «cerradores de las puertas»! Los llama el comisario de policía.

...Se oyeron pasos y unas sombras se deslizaron en la sombra. El Persa había atraído a Raoul detrás de un bastidor... Vieron pasar cerca de ellos, por encima, a unos viejos encorvados por los años y el peso antiguo de los decorados de ópera. Algunos apenas podían arrastrarse..., otros, por costumbre, buscaban puertas que cerrar con la espalda inclinada y las manos hacia delante.

Porque eran los cerradores de puertas... Los antiguos tramoyistas agotados, de los que se había apiadado una dirección caritativa. Ella les había hecho cerradores de puertas en los sótanos, en los tejados. Iban y venían sin cesar arriba y abajo de la escena para cerrar las puertas; también los llamaban, en aquella época, porque después creo que todos han muerto, «los echadores de corrientes de aire».

Las corrientes de aire, vengan de donde vengan, son muy malas para la voz.[1]

El Persa y Raoul se felicitaron haciendo un *aparte* por aquel incidente que los libraba de testigos importunos, porque algunos de los cerrado-

1. El propio señor Pedro Gailhard me contó que, todavía él, había creado empleos de cerradores de puertas para viejos tramoyistas a los que no quería despedir. *(Nota del autor.)*

res de puertas, al no tener nada que hacer y carecer incluso de domicilio, se quedaban por pereza o por necesidad en la Ópera, donde pasaban la noche. Podían tropezar con ellos, despertarlos, tener que enfrentarse a una petición de explicaciones. La investigación del señor Mifroid libraba momentáneamente a nuestros dos compañeros de ese desafortunado encuentro.

Pero no gozaron mucho tiempo de su soledad... Otras sombras bajaban ahora el mismo camino por donde los «cerradores de puertas» habían subido. Cada una de aquellas sombras tenía delante de sí una pequeña linterna..., que agitaban con fuerza, orientándola arriba y abajo, examinando todo a su alrededor y dando la impresión evidente de que buscaban algo o a alguien.

—¡Diablos!... —murmuró el Persa—, no sé qué buscan, pero bien podrían dar con nosotros..., ¡huyamos...!, ¡deprisa...! La mano en guardia, caballero, siempre dispuesta para disparar... Doble más el brazo..., la mano a la altura de los ojos, como si estuviera batiéndose en duelo y esperando la orden de «Fuego». Meta su pistola en el bolsillo... ¡Deprisa, bajemos! *(Arrastraba a Raoul al cuarto sótano)*... A la altura de la vista, es cuestión de vida o muerte... Por aquí, por esta escalera. *(Estaban llegando al quinto sótano)*... ¡Ah, qué duelo, caballero, qué duelo...!

Al llegar al quinto sótano, el Persa resopló... Parecía gozar de alguna seguridad más de la que había mostrado hacía un momento, cuando ambos se habían detenido en el tercer sótano, pero, sin embargo, no cambió la actitud de la mano...

Raoul tuvo tiempo, una vez más, de sorprenderse —sin hacer por otro lado ninguna nueva observación, ¡ninguna!, porque, en verdad, no era el momento—, de sorprenderse, digo, en silencio, ante aquella extraordinaria concepción de la defensa personal que consistía en meterse la pistola en el bolsillo mientras la mano seguía preparada para utilizarla como si la pistola siguiera en la mano, a la altura de los ojos; posición de espera de la orden de «Fuego» en los duelos de la época.

Y a este propósito Raoul creía que podía seguir pensando lo siguiente: «Me acuerdo muy bien de lo que me ha dicho: "Son pistolas de las que estoy seguro"».

De donde le parecía lógico extraer la siguiente conclusión interrogativa: «¿Qué puede hacerle estar seguro de una pistola cuyo servicio encuentra inútil?».

Pero el Persa le detuvo en sus vagos intentos de cogitación. Haciéndole una seña de permanecer en el sitio, él volvió a subir algunos escalones de la escalera que acababan de dejar. Luego regresó rápidamente junto a Raoul.

—Somos estúpidos —le dijo en un soplo—, pronto vamos a vernos libres de las sombras de las linternas... Son los bomberos que hacen su ronda.[2]

Los dos hombres permanecieron entonces a la defensiva durante cinco largos minutos por lo menos; luego, el Persa arrastró otra vez a Raoul hacia la escalera que acababan de bajar; mas, de pronto, un gesto le ordenó de nuevo la inmovilidad.

Delante de ellos, la oscuridad se movía.

—Boca abajo —exclamó en un soplo el Persa.

Los dos hombres se tiraron al suelo.

Justo a tiempo.

... Una sombra, que esta vez no llevaba ninguna linterna..., una sombra simplemente en la sombra pasaba.

Pasó tan cerca de ellos que a punto estuvo de tocarlos.

Sobre sus caras sintieron el soplo cálido de su capa.

Porque pudieron distinguirla lo suficiente para ver que la sombra tenía una capa que la en-

2. En esa época, los bomberos aún tenían por misión, fuera de las representaciones, velar por la seguridad de la Ópera; luego ese servicio ha sido suprimido. Cuando le pregunté al señor Pedro Gailhard el motivo, me respondió que «se debía al miedo, no fuera a ser que, en su total inexperiencia de los sótanos del teatro, *le prendieran fuego*». *(Nota del autor.)*

volvía de la cabeza a los pies. Sobre la cabeza, un sombrero blando de fieltro.

...La sombra se alejó, rozando las paredes con el pie y dando a veces, en los rincones, un puntapié a las paredes.

—¡Uff!... —hizo el Persa—, de buena nos hemos librado. Esa sombra me conoce y ya me ha llevado dos veces al despacho del director.

—¿Es alguien de la policía del teatro? —preguntó Raoul.

—Alguien mucho peor —respondió sin más explicaciones el Persa.[3]

—¿No es... *él*?

—*¿Él...?*, si no llega por detrás, siempre

3. Lo mismo que el Persa, el autor no dará más explicaciones sobre esta aparición de sombra. Mientras que, en esta historia histórica, se explicará todo normalmente en el transcurso de acontecimientos a veces aparentemente anormales, el autor no hará comprender de forma expresa al lector lo que el Persa quiso decir con estas palabras: «Alguien mucho peor» (que alguien de la policía del teatro). El lector deberá adivinarlo, porque el autor ha prometido al exdirector de la Ópera, el señor Pedro Gailhard, mantener el secreto sobre la personalidad extremadamente interesante y útil de la sombra errante de la capa que, condenándose a vivir en los sótanos del teatro, ha prestado tan prodigiosos servicios a quienes, las noches de gala, por ejemplo, se atreven a aventurarse *en los sótanos*. Me refiero a los servicios de Estado, y no puedo decir más, palabra. *(Nota del autor.)*

veremos los ojos de oro... Es un poco nuestra fuerza en la oscuridad. Pero puede llegar por detrás..., con paso de lobo..., y estamos muertos si no mantenemos nuestras manos como si fueran a disparar, a la altura de los ojos, hacia delante.

No había terminado el Persa de formular de nuevo esa «línea de comportamiento», cuando delante de los dos hombres apareció una figura fantástica.

...Una figura completa..., un rostro; no solo dos ojos de oro.

...Sino toda una cara luminosa..., toda una figura en llamas.

Sí, una figura en llamas que avanzaba con la altura de un hombre, *pero sin cuerpo.*

Aquella figura desprendía fuego.

En la oscuridad parecía una llama cuya forma era la figura de un hombre.

—¡Oh! —dijo el Persa entre dientes—, ¡es la primera vez que la veo...! ¡El teniente de bomberos no estaba loco. Sí que la había visto. ¿Qué son estas llamas? ¡No es *él*!, pero tal vez sea *él* quien nos la envía. ¡Cuidado...! ¡Cuidado...! ¡La mano a la altura de los ojos, en nombre del cielo..., a la altura de los ojos!

La figura de fuego, que parecía una figura del infierno —de demonio abrasado— seguía avanzando a la altura de un hombre, sin cuerpo, delante de los dos hombres asustados...

—Tal vez *él* nos envíe por delante esa figura, para sorprendernos mejor por la espalda..., o de flanco..., ¡con *él* nunca se sabe...! Conozco muchos de sus trucos..., pero este..., este..., aún no lo conocía. ¡Huyamos...!, por prudencia..., ¿verdad...?, ¡por prudencia...!, la mano a la altura de los ojos.

Y ambos huyeron por el largo corredor subterráneo que se abría ante ellos.

Al cabo de algunos segundos de aquella carrera, que les parecieron largos, larguísimos minutos, se detuvieron.

—Sin embargo —dijo el Persa—, rara vez viene *él* por aquí. ¡Este lado no le interesa...! ¡No conduce al lago ni a la morada del Lago...! Pero tal vez sepa que le vamos *pisando los talones...*, aunque yo le haya prometido dejarle tranquilo y no ocuparme más de sus historias.

Y al decir esto, volvió la cabeza, y también Raoul volvió la cabeza.

Todavía divisaron la cabeza de fuego detrás de sus cabezas. Los había seguido... Y había debido correr tanto y tal vez más deprisa que ellos, porque les pareció que se había acercado.

Al mismo tiempo empezaron a distinguir cierto ruido cuya naturaleza les resultaba imposible adivinar; se dieron cuenta, simplemente, de que aquel ruido parecía desplazarse y acercarse con la llama-figura-de-hombre. Eran rechinamientos, o más bien crujidos, como si millares de uñas arañaran un encerado, ruido espantosamente insoportable, como el que a veces produce una piedrecilla en el interior de la tiza al rechinar contra el encerado.

Siguieron retrocediendo, pero la figura-llama seguía avanzando, avanzando, ganándoles terreno. Ahora podían distinguirse muy bien sus rasgos. Los ojos eran completamente redondos y fijos, la nariz un poco torcida y la boca grande, con un labio inferior que colgaba en semicírculo; aproximadamente como los ojos, la nariz y el labio de la luna cuando la luna está completamente roja, color sangre.

¿Cómo se deslizaba aquella luna roja en las tinieblas, a la altura de un hombre, sin punto de apoyo, sin cuerpo para soportarla, al menos en apariencia? ¿Y cómo iba tan deprisa, tan recta, con sus ojos fijos, tan fijos? Y ¿de dónde procedía todo aquel chirrido, crujido, rechinamiento que arrastraba consigo?

En cierto momento, el Persa y Raoul no pudieron retroceder y se aplastaron contra el muro, sin saber qué iba a ser de ellos debido a la figura incomprensible de fuego y, sobre todo, ahora, del ruido más intenso, más pululante, más vivo, más «numeroso», porque desde luego aquel ruido estaba hecho por centenares de pequeños ruidos que se movían en las tinieblas, bajo la cabeza-llama.

Cabeza-llama que sigue avanzando..., que ya está ahí, con su ruido..., ahí mismo, a su altura.

Y los dos compañeros, aplastados contra la pared, sienten que sus cabellos se erizan de horror en sus cabezas, porque ahora saben de dónde proceden los mil ruidos. Llegan en tropel, traídos en la sombra por innumerables olas pequeñas y apretadas, más rápidas que las olas que trotan por la arena, al subir la marea, pequeñas olas de noche que cabrillean bajo la luna, bajo la luna cabeza de llama.

Y las pequeñas olas pasan entre sus piernas, les suben por las piernas de forma irresistible. Entonces Raoul y el Persa no pueden contener sus gritos de horror, espanto y dolor.

Tampoco pueden seguir manteniendo sus manos a la altura de los ojos: posición del duelo a pistola en la época, antes de la orden de «Fuego». Sus manos bajan hasta sus piernas para rechazar las pequeñas olas relucientes, que traen consigo unas cositas agudas, olas que están llenas de patas, uñas, garras y dientes.

Sí, sí, Raoul y el Persa están a punto de desmayarse como el teniente de bomberos Papin. Pero la cabeza fuego se ha vuelto hacia ellos con su aullido. Y les habla:

—¡No os mováis! ¡No os mováis...! Y, sobre todo, no me sigáis... ¡Yo soy el matador de ratas...! ¡Dejadme pasar con mis ratas...!

Y súbitamente la cabeza-fuego desaparece, desvanecida en las tinieblas mientras por delante de ella el corredor se aclara a lo lejos, simple resultado de la maniobra que el matador de ratas acaba de hacer sufrir a su linterna sorda. Hace un momento, para no asustar a las ratas que tenía delante, había vuelto la linterna sorda hacia sí mismo, iluminando su propia cabeza; ahora, para acelerar su fuga, alumbra el espacio oscuro delante de las ratas... Y entonces salta, arrastrando consigo todas las olas de ratas, trepadoras, crujientes, los mil ruidos...

Liberados, el Persa y Raoul respiran, aunque todavía tiemblan.

—Hubiera debido recordar que Erik me habló del matador de ratas —dijo el Persa—, pero no me dijo que se presentaba bajo ese aspecto..., y es extraño que nunca me lo haya encontrado. ¡Ah, creí que se trataba de uno de los trucos del monstruo...! —suspiró—. Pero él nunca viene por estos parajes.[4]

4. El antiguo director de la Ópera, el señor Pedro Gailhard, me contó un día en el cabo de Ail, en casa de la señora Pierre Wolff, toda la inmensa depredación subterránea debi-

—¿Estamos muy lejos del lago? —preguntó Raoul—. ¿Cuándo llegaremos, señor...? ¡Vamos al lago! ¡Vamos al lago...! Cuando estemos en el lago, sacudiremos las paredes, gritaremos... Christine nos oirá... ¡Y también *Él* nos oirá...! Y dado que usted le conoce, le hablaremos.

—¡Qué niño es usted! —dijo el Persa—, nunca entraremos en la morada del Lago por el lago.

—¿Por qué no?

—Porque es ahí donde él tiene acumuladas todas sus defensas... Yo mismo nunca he podido

---

da al estrago de las ratas, hasta el día en que la administración trató, por un precio bastante elevado por lo demás, con un individuo que se jactaba de suprimir el azote dando una vuelta por las bodegas cada quince días.

Luego no volvió a haber más ratas en la Ópera que las admitidas en el *foyer* de la danza. El señor Gailhard pensaba que este hombre había descubierto un perfume secreto que atraía hacia él las ratas, como el *coq-levent* con que algunos pescadores se adornan las piernas atrae al pez. Las arrastraba tras de sí, a alguna cueva, donde las ratas, embriagadas, se dejaban ahogar. Nosotros hemos visto el espanto que la aparición de esa figura había causado ya en el teniente de bomberos, espanto que había llegado incluso al desmayo —conversación con el señor Gailhard—, y, por lo que a mí se refiere, no tengo ninguna duda de que la cabeza-llama encontrada por ese bombero es la misma que puso en tan cruel desazón al Persa y al vizconde de Chagny (papeles del Persa). *(Nota del autor.)*

llegar a la otra orilla..., a la orilla de la casa... Primero hay que atravesar el lago... ¡y está muy bien guardado...! Temo que más de uno de esos antiguos tramoyistas y viejos cerradores de puertas que han desaparecido hayan intentado simplemente atravesar el lago... Es terrible... Yo mismo estuve a punto de quedarme allí... ¡Si el monstruo no hubiera llegado a reconocerme a tiempo...! Un consejo, caballero, no se acerque nunca al lago... Y, sobre todo, tápese los oídos si oye cantar a *la Voz bajo el agua*, la voz de la Sirena.

—Pero entonces —continuó Raoul en un arrebato de fiebre, de impaciencia y de rabia—, ¿qué estamos haciendo aquí...? Si no puede ayudar a Christine, déjeme al menos morir por ella.

El Persa trató de calmar al joven.

—Solo hay un medio de salvar a Christine Daaé, créame, y es penetrar en esa morada sin que el monstruo se dé cuenta.

—¿Podemos esperar eso, caballero?

—Si no tuviera esa esperanza, no habría ido en su busca.

—¿Y por dónde se puede entrar en la morada del Lago sin pasar por el lago?

—Por el tercer sótano, de donde hemos sido tan desafortunadamente arrojados, señor, y a donde vamos a volver... Voy a decirle, caballero... —dijo el Persa con la voz alterada de forma súbita—, voy a decirle el lugar exacto... Se encuentra entre unos bastidores y un decorado abandonado de *El Rey de Lahore*, exactamente en el lugar en que murió Joseph Buquet...

—¡Ah!, ¿el jefe de tramoyistas que encontraron ahorcado?

—Sí, caballero —añadió en un tono singular el Persa—, y cuya cuerda no se pudo encontrar... Vamos, ánimo, en marcha, y coloque su mano en posición, caballero... Pero ¿dónde estamos?

El Persa hubo de encender de nuevo su linterna sorda. Dirigió el chorro luminoso hacia dos amplios corredores que se cruzaban en ángulo recto y cuyas bóvedas se perdían en el infinito.

—Debemos estar en la parte reservada especialmente al servicio de aguas... No veo ningún fuego procedente de los caloríferos.

Y precedió a Raoul, buscando el camino, deteniéndose bruscamente cuando temía el paso de algo *hidráulico*; luego tuvieron que apartarse de la claridad de una especie de forja subterránea que acababa de apagarse y ante la que Raoul reconoció a los demonios entrevistos por Christine durante su primer viaje el día de su primer cautiverio.

Así regresaban poco a poco hasta los prodigiosos sótanos de la escena.

Debían de hallarse entonces en el fondo de la *cuba*, a grandísima profundidad, si se piensa que la tierra está excavada *a quince metros por debajo de las capas de agua* que existían en toda aquella parte de la capital, y que hubo que achicar toda el agua... Se retiró tanta que, para hacerse una idea de la masa de agua expulsada por las bombas, habría que imaginarse en superficie el patio del Louvre y en altura una vez y media las torres de Notre-Dame. De cualquier modo, hubo que conservar un lago.

En ese momento el Persa tocó una pared y dijo:

—Si no me equivoco, este muro podría pertenecer a la morada del Lago.

Estaba golpeando contra una pared de la cuba. Y tal vez no sea inútil que el lector sepa la forma en que se construyeron el fondo y las paredes de la cuba.

Para impedir que las aguas que rodean la construcción permaneciesen en contacto inmediato con los muros que soportaban todo el montaje de la maquinaria teatral, cuyo conjunto de armazones, carpintería, serrería y telas pintadas al temple debe preservarse especialmente de la humedad, *el arquitecto se había visto obligado a montar en todas partes una doble envoltura.*

El trabajo de esa doble envoltura exigió todo un año. Contra el muro de la primera envoltura interior golpeaba el Persa al hablar a Raoul de la morada del Lago. Para quien conociese la arquitectura del monumento, el gesto del Persa parecía indicar que *la misteriosa casa de Erik se hallaba construida en la doble envoltura*, formada por un grueso muro construido en estacada, luego por un muro de ladrillos, una enorme capa de cemento y otro muro de varios metros de espesor.

A las palabras del Persa, Raoul se había lanzado contra la pared y había escuchado ávidamente.

...Pero no oyó nada..., solo unos pasos lejanos que resonaban sobre el suelo en las partes altas del teatro.

El Persa había apagado nuevamente su linterna.

—¡Cuidado!... —dijo—, ¡cuidado con la mano! ¡Y ahora, silencio! Porque vamos a intentar penetrar en su casa.

Y le arrastró hasta la escalerilla que hacía un momento habían bajado.

...Volvieron a subirla, deteniéndose en cada escalón, espiando la sombra y el silencio.

De este modo llegaron al tercer sótano...

El Persa hizo entonces seña a Raoul de ponerse de rodillas, y así, arrastrándose de rodillas y sobre una mano —la otra mano seguía en la posición indicada—, llegaron hasta la pared del fondo.

Contra aquella pared había un amplio lienzo abandonado del decorado de *El Rey de Lahore*.

... Y, muy cerca de ese decorado, un portante...

Entre el decorado y el portante había espacio suficiente para un cuerpo.

... Un cuerpo que un día habían encontrado ahorcado..., el cuerpo de Joseph Buquet.

El Persa, que seguía arrodillado, se había detenido. Escuchaba.

Durante un momento pareció vacilar y miró a Raoul, luego sus ojos se clavaron encima, hacia el segundo sótano, que les enviaba la débil claridad de una linterna, en el intersticio de dos tablas.

Evidentemente, aquella luz molestaba al Persa.

Por fin, movió la cabeza y tomó una decisión.

Se deslizó entre el portante y el decorado de *El Rey de Lahore*.

Raoul le pisaba los talones.

La mano libre del Persa tanteaba la pared. Raoul le vio empujar con fuerza durante un momento contra la pared, igual que había empujado el muro del camerino de Christine...

... Y una piedra giró...

Ahora había un agujero en la pared...

El Persa sacó esta vez su pistola del bolsillo e indicó a Raoul que debía imitarle. Montó la pistola.

Y con decisión, y siempre de rodillas, se adentró por el agujero que la piedra, al girar, había dejado en el muro.

Raoul, que hubiera querido pasar el primero, debió contentarse con seguirle.

El agujero era muy estrecho. El Persa se detuvo casi inmediatamente. Raoul le oía tantear la piedra a su alrededor. Y luego volvió a sacar su linterna sorda y se inclinó hacia delante, examinó algo bajo su cuerpo y apagó al punto la linterna. Raoul le oyó decir en un soplo:

—Vamos a tener que dejarnos caer unos metros, sin hacer ruido; quítese los botines.

El Persa ya estaba procediendo a esa operación. Pasó sus zapatos a Raoul.

—Déjelos ahí, al otro lado del muro... Los encontraremos al salir.[5]

Entonces el Persa avanzó algo.

Luego dio una vuelta completa, siempre de rodillas, y de este modo se encontró frente a Raoul. Le dijo:

—Voy a colgarme con las manos del extre-

5. Nunca se han hallado esos dos pares de botines que según los papeles del Persa se depositaron justo entre el portante y el decorado de *El Rey de Lahore*, en el lugar en que encontraron a Joseph Buquet ahorcado. Tal vez los cogió algún tramoyista o «cerrador de puertas». *(Nota del autor.)*

mo de la piedra y a dejarme caer *en su casa*. Luego usted deberá hacer lo mismo. No tema: yo le recibiré en mis brazos.

El Persa hizo lo que había dicho; y Raoul oyó pronto, debajo de él, un ruido sordo producido evidentemente por la caída del Persa. El joven temblaba, temeroso de que aquel ruido revelase su presencia.

Sin embargo, para Raoul el motivo horrible de angustia era, más que ese ruido, la ausencia de cualquier otro ruido. ¡Cómo! Según el Persa, acababan de penetrar en los muros mismos de la morada del Lago, ¡y no se oía a Christine...! ¡Ni un solo grito...! ¡Ni un gemido...! ¡Grandes dioses! ¿Habrían llegado demasiado tarde...?

Rozando con sus rodillas la pared, aferrándose a la piedra con sus dedos nerviosos, Raoul se dejó caer.

Y al punto sintió que le abrazaban.

—¡Soy yo —dijo el Persa—, silencio!

Y permanecieron inmóviles, escuchando.

Nunca a su alrededor había sido más opaca la oscuridad...

Nunca el silencio más pesado ni terrible.

Raoul se clavaba las uñas en los labios para no gritar: «¡Christine! ¡Soy yo...! Contéstame si no estás muerta, Christine».

Finalmente, empezó de nuevo el juego de la

linterna sorda. El Persa dirigió sus rayos por encima de sus cabezas, contra la pared, buscando el agujero por el que habían bajado y no encontrándolo...

—¡La piedra se ha cerrado por sí sola! —dijo.

Y el chorro luminoso de la linterna descendió a lo largo del muro, luego llegó hasta el suelo.

El Persa se agachó y recogió algo, una especie de hilo que examinó un segundo y tiró horrorizado.

—*¡El lazo del Punjab!* —murmuró.

—¿Qué es? —preguntó Raoul.

—Bien podría ser —respondió el Persa estremeciéndose— la cuerda del ahorcado que tanto buscaron...

Y dominado súbitamente por una ansiedad nueva, paseó el pequeño disco rojo de su linterna por las paredes... De este modo iluminó, suceso extraño, un tronco de árbol que aún parecía vivo con sus hojas..., y las ramas de aquel árbol subían a lo largo de la muralla e iban a perderse en el techo.

Debido a la pequeñez del disco luminoso resultaba difícil al principio darse cuenta de las cosas..., se veía una esquina de ramas..., y luego una hoja..., y otra..., y al lado no se veía nada de nada..., solo el chorro luminoso que parecía reflejarse a sí mismo... Raoul metió su mano en aquella nada de nada, en aquel reflejo...

—¡Vaya! —exclamó—, ¡la pared es un espejo!

—¡Sí, un espejo! —dijo el Persa en el tono de la emoción más profunda. Y, pasándose la mano de la pistola por su frente sudorosa, añadió—: ¡Hemos caído en la cámara de los tormentos!

XXII

Interesantes e instructivas tribulaciones de un persa en los sótanos de la Ópera

Relato del Persa

El propio Persa contó cómo había intentado en vano hasta esa noche penetrar en la morada del Lago por el lago; cómo había descubierto la entrada del tercer sótano, y cómo, finalmente, el vizconde de Chagny y él se enfrentaron con la infernal imaginación del fantasma en la *cámara de los tormentos*. Este es el relato escrito que nos dejó (en condiciones que precisaremos más tarde) y en el que no he cambiado ni una palabra. Lo doy tal como está, porque no he creído que deba pasar en silencio las aventuras personales del *daroga* alrededor de la casa del Lago, antes de caer en ella en compañía de Raoul. Si, durante unos momentos, su principio, muy interesante, parece alejarnos algo de la cámara de los tormentos, no es sino para llevarnos mejor hasta ella inmediatamente, después de haberos explicado cosas importantísimas y ciertas actitudes y maneras de ser del Persa, que pudieron parecer muy extraordinarias.

Era la primera vez que penetraba en la casa del Lago —escribe el Persa—. Había rogado en vano al *experto en trampillas* (así es como, entre nosotros, en Persia, llamábamos a Erik) que me abriese las misteriosas puertas. Siempre se había negado. Yo, que era pagado para conocer muchos de sus secretos y trucos, había intentado en vano quebrantar, con astucia, la orden. Desde que había vuelto a encontrar a Erik en la Ópera, donde parecía haber elegido su domicilio, le había espiado a menudo, tanto en los corredores superiores, como en los inferiores o en la orilla misma del lago, cuando él se creía solo, subía a la barquita y atracaba directamente en el muro frontero. Pero la sombra que le rodeaba era siempre demasiado opaca para permitirme ver en qué lugar exacto hacía abrirse la puerta en el muro. La curiosidad, y también una idea temible que se me había ocurrido al meditar algunas palabras que el monstruo me había dicho, me empujaron, cierto día que me creía solo a mi vez, a lanzarme a la barquita y dirigirme hacia aquella parte del muro en que había visto desaparecer a Erik. Fue entonces cuando tuve que enfrentarme a la Sirena que guardaba los accesos de aquellos lugares, y cuyo encanto estuvo a punto de resultarme fatal, en las condiciones precisas que a continuación relato. No acababa de dejar la orilla cuando el silencio en el que navegaba se vio sensiblemente turbado por una especie de soplo cantante que me rodeó. Era a la vez una respiración y una música; ascendía suavemente de las aguas del lago y yo me hallaba envuelto en él sin que lograse descubrir el artificio con que se conseguía. Aquello me seguía, se desplazaba conmigo, y era tan suave que no me daba miedo. Al contrario, con el deseo de acercarme a la fuente de aquella dulce y cautivadora armonía, me incliné, por encima de mi barquita, hacia las aguas, porque no tenía duda de que aquel canto procedía de las aguas mismas. Me hallaba ya en el centro del lago y en la barca solo estaba yo; la voz (porque ahora se trataba con toda nitidez de una voz) estaba a mi lado, sobre las aguas. Me incliné..., seguí inclinándome... El lago estaba de una calma perfecta y el rayo de luna que, tras pasar por el tragaluz de la calle Scribe, venía a clarearla, no me mostró absolutamente nada sobre su superficie lisa y negra como la tinta. Me hurgué un poco las orejas con la intención de librarme de un posible zumbido, pero hube de rendirme a la evidencia de que no hay zumbido de oídos tan armonioso como el soplo cantante que me seguía y que, ahora, me atraía.

Si yo hubiera sido un espíritu supersticioso, o fácilmente accesible en puntos flacos, no habría dejado de pensar que tenía que vérmelas con alguna sirena encargada de turbar al viajero lo bastante osado como para viajar sobre las aguas de la casa del Lago, pero, a Dios gracias, soy de un país en el que se ama demasiado lo fantástico para no conocer su fondo, y yo mismo lo había estudiado en otro tiempo: con los trucos más sencillos, quien conozca su oficio puede hacer trabajar la pobre imaginación humana.

No dudé que me hallaba enfrentado a una nueva invención de Erik, pero, una vez más, aquella invención era tan perfecta que, al inclinarme por la borda de la barquita, me impulsaba menos el deseo de descubrir la superchería que de saborear su encanto.

Y me incliné, seguí inclinándome..., hasta zozobrar.

De pronto dos brazos monstruosos salieron del seno de las aguas y me agarraron del cuello, arrastrándome hacia el abismo con fuerza irresistible. Y, desde luego, habría estado perdido si no me hubiera dado tiempo a lanzar un grito por el que Erik me reconoció.

Porque era él, y, en lugar de ahogarme como desde luego había sido su intención, nadó y me depositó suavemente en la orilla.

—¿Ves lo imprudente que eres? —me dijo irguiéndose delante de mí, todo chorreante de aquella agua infernal—. ¿Por qué intentas entrar en mi morada? Yo no te he invitado. No quiero nada de ti ni de nadie en el mundo. ¿Me salvaste la vida solo para hacérmela insoportable? Por grande que sea el servicio prestado, Erik tal vez termine por olvidarlo, y tú sabes que nada puede contener a Erik, ni siquiera el propio Erik.

Él hablaba, pero yo no tenía otro deseo que conocer lo que yo ya llamaba *el truco de la sirena*. Quiso contentar mi curiosidad, porque Erik, que es un verdadero monstruo (así es como yo le juzgo, porque, por desgracia, tuve ocasión de verle trabajar en Persia), en algunos aspectos sigue siendo un verdadero niño presuntuoso y vanidoso, y nada le gusta tanto, tras asombrar a todo el mundo, como demostrar todo el ingenio realmente milagroso de su mente.

Se echó a reír y me enseñó un largo tallo de junco.

—¡Es tan simple como una lechuga! —me dijo—, pero resulta muy cómodo para respirar y para cantar en el agua. Es un truco que aprendí de los piratas de Tonkín, que así pueden permanecer escondidos horas enteras en el fondo de los ríos.[1]

Yo le hablé con severidad:

—Es un truco que ha estado a punto de matarme... —exclamé—, y que tal vez haya sido fatal para otros.

No me respondió, pero se levantó delante de mí con aquel aire de amenaza infantil que yo le conocía.

No permití «que se saliera con la suya». Le dije con mucha claridad:

—Ya sabes lo que me prometiste, Erik, nada de crímenes.

—¿He cometido realmente crímenes? —me preguntó adoptando un aire amable.

—¡Desgraciado...! —exclamé yo—. ¿Has olvidado acaso las *Horas Rosas de Mazenderán?*

1. Un informe administrativo, procedente de Tonkín y llegado a París en julio de 1900, cuenta la forma en que el célebre capitán de banda De Tham, acosado junto a sus piratas por nuestros soldados, pudo escapar, lo mismo que todos los suyos, gracias a la artimaña de los juncos. *(Nota del autor.)*

—Sí —respondió, poniéndose triste de pronto—, prefiero haberlas olvidado, pero hice reír a la pequeña sultana.

—Todo eso pertenece al pasado..., ahora es el presente..., y me debes razón del presente porque, si yo hubiera querido, no habría presente para ti... Recuérdalo, Erik, ¡yo te salvé la vida!

Y aproveché el giro que había tomado la conversación para hablarle de una cosa que hacía algún tiempo me rondaba la cabeza.

—Erik..., Erik, júrame...

—¿Qué? Sabes de sobra que no cumplo mis juramentos. Los juramentos se hacen para atrapar imbéciles...

—Dime..., ¿puedes decírmelo?

—¿Qué?

—La lámpara..., la lámpara, Erik...

—¿Qué lámpara?

—Sabes de sobra a qué me refiero.

—¡Ah! —dijo burlón—, la lámpara..., sí, te lo diré... *La lámpara, no fui yo*... Aquella lámpara estaba muy gastada...

Cuando reía, Erik resultaba más espantoso aún. Saltó a la barca riéndose de una forma tan siniestra que no pude dejar de temblar.

—Muy gastada, querido *daroga*... Muy gastada la lámpara... Se cayó sola... Hizo ¡bum! Y, ahora, un consejo, *daroga*, vete a secarte, porque si no vas a pillar un resfriado..., y no vuelvas a subir a mi barca..., y, sobre todo, no intentes volver a entrar en mi casa..., no siempre estoy yo allí..., *daroga*. Y lamentaría tener que dedicarte *mi misa de difuntos*.

Al decir esto y reírse burlón, estaba de pie en la popa de su barca y remaba con un balanceo de mono. Tenía entonces el aspecto de la roca fatídica, con sus ojos de oro además. Luego, sin tardar mucho, no vi otra cosa que sus ojos y, finalmente, desapareció en la noche del lago.

A partir de ese día renuncié a penetrar en su morada por el lago. Evidentemente, esa entrada estaba demasiado bien guardada, sobre todo desde que él sabía que yo la conocía. Pero pensaba que debía haber otra, porque más de una vez había visto desaparecer a Erik en el tercer sótano, mientras le vigilaba, y sin que pudiera imaginar la forma en que lo hacía. Nunca lo repetiré bastante: desde que había reencontrado a Erik instalado en la Ópera, yo vivía en un perpetuo terror a sus horribles fantasías, no por lo que pudieran concernirme, sino porque de él lo temía todo contra los demás.[2] Cuando ocurría algún accidente, al-

2. Aquí, el Persa habría podido confesar que el destino de Erik le interesaba también por él mismo, porque no ignoraba que, si el gobierno de Teherán llegaba a enterarse de que

gún suceso fatal, no dejaba de decirme: «Tal vez haya sido Erik...», lo mismo que otros a mi alrededor decían: «Es el fantasma»... ¡Cuántas veces no he oído pronunciar esa frase a gentes que sonreían! Si hubieran sabido esos infelices que el fantasma existía en carne y hueso y que era mucho más terrible que la sombra vana que evocaban, juro que habrían cesado de burlarse... Con que hubieran sabido solo de lo que Erik era capaz, sobre todo en un campo de maniobras como la Ópera... ¡Y si hubieran conocido hasta el fondo mi aterrador pensamiento...!

En cuanto a mí, no vivía... Aunque Erik me había anunciado muy solemnemente que había cambiado y que se había convertido en el más virtuoso de los hombres, *desde que era amado por él mismo*, frase que me dejó de pronto horriblemente perplejo, no podía dejar de estremecerme al pensar en aquel monstruo. Su horrible, única y repugnante fealdad lo desterraba de la humanidad, y muy a menudo me pareció que, por eso mismo, no sentía ningún deber respecto a la raza

---

Erik seguía vivo, habría retirado la modesta pensión al antiguo *daroga*. Por lo demás, es justo añadir que el Persa tenía un corazón noble y generoso, y no dudamos que las catástrofes que temía para los demás preocuparon mucho su ánimo. Por otro lado, su conducta en todo este asunto lo prueba de sobra y por encima de cualquier elogio. *(Nota del autor.)*

humana. La forma en que me habló de sus amores no había hecho sino aumentar mi angustia, porque yo preveía en aquel acontecimiento, al que aludió en un tono de fanfarronada que yo ya le conocía, la causa de dramas nuevos y más horribles que todo lo demás. Conocía el grado de sublime y de desastrosa desesperación al que podía llegar el dolor de Erik, y las palabras que me había dicho —vagamente anunciadoras de la más horrible catástrofe— no cesaban de habitar mi aterrador pensamiento.

Por otra parte, yo había descubierto el extraño comercio moral que se había establecido entre el monstruo y Christine Daaé. Escondido en el trastero que continúa el camerino de la joven diva, asistió a sesiones admirables de música, que sumían evidentemente a Christine en un éxtasis maravilloso, pero, de todos modos, no podía pensar que la voz de Erik —que era sonora como el trueno o suave como la de los ángeles, a voluntad— pudiera hacer olvidar su fealdad. Lo comprendí todo cuando descubrí que Christine aún no le había visto. Tuve ocasión de penetrar en el camerino y, recordando lecciones que en otro tiempo él me diera, no me costó mucho encontrar el resorte que hacía girar la pared que soportaba el espejo, y constaté la mediación de ladrillos huecos, de ladrillos portavoces, que empleaba para dejarse oír por Christine como si se hallara a su lado. También descubrí el camino que llevaba a la fuente y al calabozo —el calabozo de los *comuneros*—, y también la trampilla que debía permitir a Erik introducirse directamente en los sótanos del escenario.

Algunos días más tarde, cuál no sería mi estupefacción al saber, con mis propios ojos y mis propios oídos, que Erik y Christine Daaé se veían, y sorprender al monstruo, inclinado sobre la pequeña fuente que llora, en el camino de los *comuneros* (al final de todo, bajo tierra) y refrescando la frente de Christine Daaé desmayada. Un caballo blanco, el caballo de *El Profeta*, que había desaparecido de las cuadras de los sótanos de la Ópera, estaba tranquilamente a su lado. Me dejé ver. Fue terrible. Vi salir chispas de dos ojos de oro y, antes de poder decir una palabra, fui golpeado en plena frente por un golpe que me aturdió. Cuando volví en mí, Erik, Christine y el caballo blanco habían desaparecido. No dudé que la desventurada estaba prisionera en la morada del Lago. Sin vacilar, decidí volver a la orilla, a pesar del peligro cierto de semejante empresa. Durante veinticuatro horas aceché, escondido junto a la oscura ribera, la aparición del monstruo, porque pensé que tendría que salir, forzado a ir en busca de provisiones. Y a este propósito debo decir que, cuando él salía por París u osaba aparecer en público, ponía, en el sitio de su horrible agujero de nariz, una nariz de cartón piedra provista de bigote, lo cual no eliminaba del todo su aire macabro, porque, cuando pasaba, decían a sus espaldas: «Mira, ahí va el compadre Engaña-muertes», pero que le volvía poco más o menos —y digo poco más o menos— soportable de ver.

Estaba pues acechándole en la orilla del lago —del lago Averno, como varias veces había llamado él a su lago delante de mí, riéndose burlón— y, cansado de mi larga paciencia, aún me decía: «Ha pasado por otra puerta, por la del "tercer sótano"», cuando oí un pequeño chasquido en la oscuridad, vi brillar los dos ojos de oro como dos faroles e inmediatamente después atracaba la barca. Erik saltaba a la orilla y venía hacia mí.

—Hace veinticuatro horas que estás ahí —me dijo—; me estás cansando. Te aviso que todo esto acabará muy mal. Y tú te lo habrás buscado, porque mi paciencia contigo es prodigiosa... Crees seguirme, inmenso necio —(textual)—, y soy yo quien te sigue, y sé todo lo que sabes de mí. Ayer te perdoné, en *mi camino de los comuneros*; pero te digo, y va de veras, que no quiero volver a verte. Todo esto resulta muy imprudente, palabra, y me estoy preguntando si aún sabes lo que para ti supone hablar.

Estaba tan encolerizado que me cuidé mucho de interrumpirle entonces. Tras haber resoplado como una foca, precisó su horrible pensamiento, que concordaba con mi aterrador pensamiento.

—Sí, has de saber de una vez por todas, y digo de una vez por todas, lo que te supondría hablar. Te digo que, con tus imprudencias, porque ya te has hecho detener dos veces por la sombra del sombrero de fieltro, que no sabía qué hacías en los sótanos y que te ha llevado ante los directores, estos te han tomado por un fantástico persa aficionado a los trucos de magia y a las candilejas de teatro (yo estaba allí..., sí, estaba en el despacho; sabes de sobra que estoy en todas partes), te digo pues que, con tus imprudencias, acabarán preguntándose qué es lo que buscas aquí..., y terminará sabiéndose que buscas a Erik..., y entonces querrán, como tú, buscar a Erik..., y descubrirán la casa del Lago... Peor para ti, amigo mío, peor para ti... ¡Yo no respondo de nada...!

Y volvió a resoplar como una foca.

—¡De nada...! Si los secretos de Erik no siguen siendo los secretos de Erik, peor *para muchos de los de la raza humana*. Eso es todo lo que tenía que decirte, y, a menos que seas un inmenso necio —(textual)—, debería bastarte; salvo que no sepas lo que te supondría hablar...

Estaba sentado en la parte trasera de su barca

y golpeaba la madera de la pequeña embarcación con sus tacones, en espera de lo que yo debía responderle; le dije simplemente:

—No vengo a buscar aquí a Erik.

—¿A quién, entonces?

—Lo sabes de sobra: ¡a Christine Daaé!

Él me contestó:

—Tengo derecho a citarla en mi casa. Soy amado por mí mismo.

—Eso no es cierto —le contesté—; la has raptado y la retienes prisionera.

—Escucha —me dijo él—, ¿me prometes no volver a entrometerte en mis asuntos si te demuestro que soy amado por mí mismo?

—Sí, te lo prometo —respondí sin vacilar, porque pensaba que semejante prueba era imposible de hacer con tal monstruo.

—Pues bien, es muy sencillo... Christine Daaé saldrá de aquí cuando le plazca y volverá aquí... Sí, volverá, porque le gustará volver..., y volverá por ella misma, porque me ama por mí mismo...

—Dudo que vuelva... Pero es deber tuyo dejarla partir.

—Mi deber, inmenso necio —(textual)— es mi voluntad..., mi voluntad de dejarla partir, y ella volverá..., porque me ama... Te aseguro que todo esto acabará en matrimonio..., en un matrimonio en la Madeleine, inmenso necio —(textual)—. ¿Me crees ahora? Si te digo que mi misa de matrimonio ya está escrita... ya verás qué *Kyrie*...

Volvió a golpear con sus talones en la madera de la embarcación, en una especie de ritmo que acompañaba a media voz cantando:

—*¡Kyrie...! ¡Kyrie...! ¡Kyrie Eleison...!* ¡Ya verás, ya verás qué misa!

—Escucha —concluí yo—, te creeré si veo a Christine Daaé salir de la casa del Lago y volver libremente a ella.

—¿Y no volverás a meterte en mis asuntos? De acuerdo, lo verás esta noche... Acude al baile de máscaras. Christine y yo iremos a dar una vuelta... Luego te esconderás en el trastero y verás que Christine, que habrá regresado a su camerino, no pedirá cosa mejor que tomar de nuevo el camino de los *comuneros*.

—¡De acuerdo!

Si yo veía aquello, no tendría que hacer otra cosa que rendirme, porque una persona muy hermosa tiene siempre derecho a amar al más horrible de los monstruos, sobre todo cuando, como este, posee la seducción de la música, y cuando esa persona es precisamente una cantante muy distinguida.

—¡Y ahora, vete!, porque tengo que salir de compras...

Me fui, pues, aunque seguía inquieto por la suerte de Christine Daaé; pero, en el fondo de mí mismo, tenía un aterrador pensamiento desde que él lo había despertado de forma tan formidable alegando mis imprudencias.

Yo me decía: «¿Cómo acabará esto?». Y aunque soy bastante fatalista por temperamento, no podía librarme de una indefinible angustia debido a la increíble responsabilidad que había echado sobre mis espaldas cierto día, dejando vivir al monstruo que hoy amenazaba a *muchos de los de la raza humana*.

Ante mi prodigioso asombro, las cosas ocurrieron como él me las había anunciado. Christine Daaé salió de la casa del Lago y volvió a ella varias veces sin que aparentemente fuera forzada. Mi espíritu quiso entonces liberarse de aquel amoroso misterio, pero resultaba muy difícil, sobre todo para mí —a causa del temible pensamiento— no pensar en Erik. No obstante, resignado a una extrema prudencia, no cometí el error de volver a orillas del lago ni de tomar nuevamente el camino de los *comuneros*. Pero como me perseguía la angustia de la puerta secreta del tercer sótano, me dirigí más de una vez directamente a ese lugar que sabía desierto la mayor parte del día. Allí pasaba interminables ratos retorciéndome las manos y escondido tras un decorado de *El Rey de*

Lahore que habían dejado allí, no sé por qué, porque no se representaba con frecuencia *El Rey de Lahore*. Tanta paciencia debía ser recompensada. Cierto día vi venir hacia mí, de rodillas, al monstruo. Yo estaba seguro de que él no me veía. Pasó entre el decorado que allí se encontraba y un portante, fue hasta la pared y obró, en un lugar que precisé de lejos, sobre un resorte que hizo bascular una piedra para abrir un pasadizo. Él desapareció por aquel pasadizo y la piedra se cerró a sus espaldas. Ya conocía el secreto del monstruo, secreto que, llegado el momento, podía abrirme la morada del Lago.

Para asegurarme, esperé al menos media hora y activé el resorte. Todo ocurrió igual que con Erik. Pero me guardé mucho de penetrar por el agujero, sabiendo que Erik estaba allí. Por otro lado, la idea de que podía ser sorprendido por Erik me recordó de pronto la muerte de Joseph Buquet y, no queriendo comprometer semejante descubrimiento, que podía ser útil a mucha gente, *a muchos de los de la raza humana*, abandoné los sótanos del teatro tras haber puesto cuidadosamente la piedra en su sitio, según un sistema que no había variado desde Persia.

Pensarán ustedes que yo seguía muy interesado por la intriga de Erik y de Christine Daaé, no porque obedeciese en aquellas circunstancias a una curiosidad enfermiza, sino debido, como ya he dicho, a ese aterrador pensamiento que no me abandonaba: «Si Erik descubre que no es amado por sí mismo —pensaba yo— podemos esperar cualquier cosa». Y, sin dejar de vagar, prudentemente, por la Ópera, pronto supe la verdad de los tristes amores del monstruo. Dominaba el espíritu de Christine mediante el terror, pero el corazón de la dulce niña pertenecía por entero al vizconde Raoul de Chagny. Mientras estos retozaban como dos inocentes prometidos por los pisos superiores de la Ópera huyendo del monstruo, no sospechaban que alguien velaba por ellos. Yo estaba decidido a todo: a matar al monstruo si era preciso y a dar luego explicaciones a la justicia. Pero Erik no apareció, lo cual tampoco me tranquilizaba mucho.

Debo decir cuáles fueron mis cálculos. Creía que el monstruo, expulsado de su morada por los celos, me permitiría penetrar sin peligro en la casa del Lago por el pasadizo del tercer sótano. Estaba muy interesado, para todo el mundo, en saber exactamente lo que podía haber allí dentro. Cierto día, cansado de esperar una ocasión, activé el resorte de la piedra y al punto oí una música formidable; el monstruo trabajaba, con todas las puertas de la casa abiertas, en su *Don Juan triunfante*. Sabía que allí estaba la obra de su vida.

Evité moverme y permanecí prudentemente en mi oscuro agujero. Él dejó un momento de tocar y empezó a pasear por el cuarto como un loco. Y dijo en alto, con voz sonora: «¡Tiene que estar acabado *antes*! ¡Completamente acabado!». No era frase como para tranquilizarme y, cuando la música continuó, cerré la piedra muy despacio. Y, pese a la piedra cerrada, seguía oyendo yo un vago canto lejano, lejano, que subía desde el fondo de la tierra, lo mismo que había oído el canto de la sirena subir del fondo de las aguas. Y recordé las palabras de algunos tramoyistas, de las que se habían reído en el momento de la muerte de Joseph Buquet: «Había alrededor del cuerpo del ahorcado una especie de ruido que se parecía al canto de difuntos».

El día del rapto de Christine Daaé no llegué al teatro sino bastante tarde aquella noche, temblando por miedo a recibir malas noticias. Había pasado un día atroz, porque desde la lectura de un periódico que anunciaba el matrimonio de Christine y el vizconde de Chagny, no había cesado de preguntarme si, después de todo, *no haría mejor denunciando al monstruo*. Pero recuperé la razón y quedé convencido de que tal actitud no podía hacer otra cosa que precipitar la catástrofe posible.

Cuando mi vehículo me depositó delante de la Ópera, contemplé ese monumento como si realmente estuviera sorprendido *de verlo todavía en pie.*

Pero, como todo buen oriental, soy algo fatalista y entré, *esperando cualquier cosa.*

El rapto de Christine Daaé en el acto de la cárcel, que sorprendió naturalmente a todo el mundo, me encontró preparado. Era seguro que Erik la había escamoteado, como rey de los prestidigitadores que en verdad es. Y pensé que, esta vez, había llegado el final para Christine, *y tal vez para todo el mundo.*

Hasta el punto de que, por un momento, me pregunté si no debería yo aconsejar a todas las personas que aún permanecían en el teatro que escaparan. Pero esta idea de denuncia fue detenida por la certeza en que me hallaba de que me tomarían por loco. Por último, no ignoraba que, si por ejemplo gritaba para hacer salir a toda aquella gente: «¡Fuego!», podía provocar una catástrofe, asfixia en medio de la huida, pisoteos, luchas salvajes, cosa peor que la catástrofe misma.

No obstante, decidí actuar sin más tardanza personalmente. Por otro lado, el momento me parecía propicio. Tenía muchas probabilidades de que Erik solo pensase, en aquel instante, en su cautiva. Había que aprovecharlo para penetrar en su morada por el tercer sótano, y pensé unir a la empresa al pobre desesperado del vizconde que, a la primera palabra, aceptó con una confianza en mí que me conmovió profundamente; yo había enviado a mi criado en busca de mis pistolas. Darius se reunió con nosotros en el camerino de Christine con la caja. Di una pistola al vizconde y le aconsejé que estuviera preparado para disparar lo mismo que yo porque, después de todo, Erik podía esperarnos detrás del muro. Debíamos pasar por el camino de los *comuneros* y por la trampilla.

Al ver mis pistolas, el vizcondesito me había preguntado si íbamos a batirnos en duelo. Claro, le dije, y ¡qué duelo! Pero, por supuesto, no tuve tiempo de explicarle nada. El vizcondesito es valiente, pero, de cualquier modo, ignoraba casi todo de su adversario. ¡Mejor para él!

¿Qué es un duelo con el más terrible de los esgrimidores al lado de un combate con el más genial de los prestidigitadores? A duras penas me hacía yo mismo a la idea de que iba a entablar combate con un hombre que solo es visible en el fondo cuando él quiere y que, al contrario, ve todo a su alrededor cuando para los demás todo sigue estando oscuro... Con un hombre cuya ciencia extraña, cuya sutileza, imaginación y astucia le permiten disponer de todas las fuerzas naturales, combinadas para crear en vuestros ojos o en vuestros oídos la ilusión que os pierde... Y todo esto en los sótanos de la Ópera, es decir, en el país mismo de la fantasmagoría. ¿Puede imaginarse sin temblar? ¿Es posible siquiera hacerse una idea de lo que podría ocurrirles a los ojos o a los oídos de un habitante de la Ópera si se hubiera encerrado en la Ópera —en sus cinco sótanos y en sus veinticinco pisos— un Robert Houdin feroz y «gracioso», que tan pronto se burla como odia, que tan pronto vacía los bolsillos como mata...? Piensen en esto: «¿Luchar contra el experto en trampillas?». ¡Dios mío! ¡Fabricó en nuestro país, en todos nuestros palacios, tantas de esas sorprendentes trampillas pivotantes que son las mejores trampillas! ¡Combatir al experto en trampillas en el país de las trampillas!

Si mi esperanza estribaba en que aún no había dejado a Christine Daaé en aquella morada del Lago, adonde había debido llevarla, una vez más, desmayada, mi terror consistía en que estuviese ya en alguna parte a nuestro alrededor, preparando *el lazo del Punjab.*

Nadie mejor que él sabe lanzar el lazo del Punjab y es el príncipe de los estranguladores, de la misma forma que es el rey de los prestidigitadores. Cuando había acabado de hacer reír a la pequeña sultana, en la época de las *Horas Rosas de Mazenderán*, esta exigía que el otro se divirtiese cuando la hacía temblar. Y él no había encontrado nada mejor que el juego del lazo del Punjab.

Erik, que había vivido en la India, había regresado de ahí con una habilidad increíble para estrangular. Se hacía encerrar en un patio, adonde le llevaba un guerrero —la mayoría de las veces condenado a muerte— armado de una larga pica y de una ancha espada. En cuanto a Erik, solo tenía su lazo, y era siempre en el momento en que el guerrero creía abatir a Erik de un golpe formidable cuando se oía silbar el lazo. Con un giro de muñeca, Erik había apretado el delgado lazo en el cuello de su enemigo, y al punto lo arrastraba ante la pequeña sultana y sus mujeres, que miraban por una ventana y aplaudían. También la pequeña sultana aprendió a lanzar el lazo del Punjab y así mató a varias criadas e incluso amigas que la visitaban. Pero prefiero dejar ese tema horrible de las *Horas Rosas de Mazenderán*. Si he hablado de él ha sido porque, habiendo llegado con el vizconde de Chagny a los sótanos de la Ópera, hube de poner en guardia a mi acompañante contra una posibilidad, siempre amenazadora a nuestro alrededor, de estrangulamiento. Una vez en los sótanos, mis pistolas ya no podían servirnos de nada, porque era completamente seguro que, desde el instante en que Erik no se había opuesto a nuestra entrada en el camino de los *comuneros*, no se dejaría ver. Pero siempre podía estrangularnos. No tuve tiempo de explicar todo esto al vizconde e incluso no sé si, en caso de disponer de ese tiempo, lo habría gastado contándole que en alguna parte, en la sombra, había un lazo del Punjab presto para silbar. Era del todo inútil complicar la situación y me limité a aconsejar al señor de Chagny que mantuviera siempre su mano a la altura de los ojos, con el brazo replegado en la posición del tirador de pistola que espera la orden de «¡Fuego!». En esa posición, incluso al estrangulador más diestro le resulta imposible lanzar de forma eficaz el lazo del Punjab. Al mismo tiempo que el cuello te coge el brazo o la mano, y así, ese lazo, del que uno puede soltarse fácilmente, se vuelve inofensivo.

Después de haber evitado al comisario de policía y a algunos cerradores de puertas, además de a los bomberos, y de haber encontrado por primera vez al matador de ratas, y pasado inadvertidos a los ojos del hombre del sombrero de fieltro, el vizconde y yo llegamos sin obstáculos al tercer sótano, entre el bastidor y el decorado de *El Rey de Lahore*. Activé el resorte de la piedra y saltamos a la morada que Erik se había construido en la doble envoltura de los muros de cimiento de la Ópera *(y todo ello de la forma más tranquila del mundo, porque Erik fue uno de los primeros contratistas de albañilería de Philippe Garnier, el arquitecto de la Ópera, y porque él había seguido trabajando misteriosamente solo, cuando los trabajos ya se hallaban oficialmente suspendidos, durante la guerra, el sitio de París y la Comuna).*

Conocía lo suficiente a Erik para acariciar la presunción de llegar a descubrir todas las trampas que había podido fabricar durante aquel tiempo: por eso no estaba nada tranquilo al saltar dentro de su casa. Yo sabía lo que había hecho de cierto palacio de Mazenderán. De la más honrada construcción del mundo pronto había hecho la casa del diablo, donde no podía pronunciarse ya una palabra sin que fuera espiada o transmitida por el eco. ¡Cuántos dramas de familia! ¡Cuántas tragedias sangrientas arrastraba tras de sí el monstruo con sus trampillas! Sin contar con que, en los palacios que había trucado, nunca podía saberse exactamente dónde se encontraba él. Tenía inventos sorprendentes. Desde luego el más curioso, el más horrible y peligroso de todos era *la cámara de los tormentos*. Salvo en casos excepcionales en que la pequeña sultana se divertía haciendo sufrir a alguien, allí solo se dejaba entrar a los condenados a muerte. En mi opinión, aquello era la invención más atroz de las *Horas Rosas de Mazenderán*. Por eso, cuando el visitante que había entrado en *la cámara de los tormentos* «tenía suficiente», siempre le estaba permitido acabar con un lazo del Punjab, que se dejaba a su disposición al pie del árbol de hierro.

Ahora bien, cuál no sería mi emoción, inmediatamente después de haber penetrado en la morada del monstruo, al percibir que la pieza en la que acabábamos de saltar el señor vizconde de Chagny y yo era la reconstrucción exacta de la cámara de los horrores de las *Horas Rosas de Mazenderán*.

A nuestros pies encontré el lazo del Punjab que tanto había temido durante toda la noche. Estaba convencido de que aquel hilo ya había servido para Joseph Buquet. El jefe de tramoyistas había debido sorprender cierta noche, como yo, a Erik en el momento en que activaba la piedra del tercer sótano. Curioso, había intentado pasar antes de que la piedra se cerrase y había caído en la cámara de los tormentos, de la que no había salido sino ahorcado. Fácilmente imaginé a Erik arrastrando el cuerpo, del que quería deshacerse, hasta el decorado de *El Rey de Lahore* y colgándolo allí para dar ejemplo o para aumentar *el terror supersticioso que debía ayudarle a guardar los accesos de la caverna*.

Pero, tras reflexionar, Erik había vuelto en busca del lazo del Punjab, que está singularísimamente hecho de tripas de gato, y que habría podido excitar la curiosidad de un juez de instrucción. Así se explicaba la desaparición de la cuerda del ahorcado.

Y eso es lo que descubrí a nuestros pies en la cámara de los tormentos..., el lazo. No soy pusilánime, pero un sudor frío me inundó el rostro.

La linterna, cuyo pequeño disco rojo yo paseaba por las paredes de la excesivamente famosa cámara, temblaba en mis manos.

El señor de Chagny se dio cuenta y me dijo:

—¿Qué ocurre, señor?

Le hice una seña violenta para que callase, porque yo aún podía tener la suprema esperanza de que estábamos en la cámara de los tormentos sin que el monstruo lo supiese.

Pero incluso esa esperanza no era la salvación, porque aún podía imaginar muy bien que, por el lado del tercer sótano, la cámara de los tormentos, se encargaba de guardar la *morada del Lago*, y, tal vez, lo hacía de forma automática.

Sí, los tormentos quizá iban a empezar *automáticamente*.

¿Quién hubiera podido explicar los gestos que esperaban de nosotros para dar inicio a las torturas?

Recomendé a mi acompañante la inmovilidad más absoluta.

Un silencio aplastante pesaba sobre nosotros.

Y mi linterna roja seguía dando vueltas por la cámara de los tormentos..., la reconocía, sí..., la reconocía.

XXIII

En la cámara de los tormentos

Continuación del relato del Persa

Estábamos en el centro de una sala pequeña de forma perfectamente hexagonal..., cuyos seis lienzos de pared estaban provistos de espejos..., de arriba abajo... En las esquinas se distinguían muy bien los «añadidos» de espejo..., los pequeños sectores destinados a girar sobre sus tambores..., sí, sí, los reconocí..., y reconocí también el árbol de hierro en una esquina, al fondo de uno de aquellos pequeños sectores..., el árbol de hierro, con su brazo de hierro..., para los ahorcados.

Había cogido el brazo de mi acompañante. El vizconde de Chagny estaba temblando, dispuesto a gritar a su prometida la ayuda que le llevaba... Yo temía que no pudiera contenerse.

De pronto, oímos ruido a nuestra izquierda.

Al principio fue como una puerta que se abría y se cerraba, en la pieza de al lado hubo luego un gemido sordo. Retuve con más fuerza todavía el brazo del señor de Chagny; luego oímos con toda claridad estas palabras.

—¡O lo tomas o lo dejas! La *misa de matrimonio* o la *misa de difuntos*.

Reconocí la voz del monstruo.

Oímos de nuevo un gemido.

Luego, un largo silencio.

Ahora yo estaba convencido de que el monstruo ignoraba nuestra presencia en su morada, porque, de otro modo, se las habría arreglado para que no le oyésemos. Para ello le hubiera bastado con cerrar herméticamente la ventanita invisible por la que los aficionados a los tormentos miran dentro de la cámara de los tormentos.

Además, estaba seguro de que si *él* hubiera conocido nuestra presencia, los tormentos habrían empezado de inmediato.

Teníamos, por lo tanto, una buena ventaja sobre Erik: estábamos junto a *él* y *él* no lo sabía.

Resultaba importante no hacérselo saber, y lo que yo más temía era que el impulso del vizconde de Chagny le empujara a precipitarse a través de las paredes para reunirse con Christine Daaé, cuyo gemido creíamos oír a intervalos.

—¡La misa de difuntos no es nada alegre! —prosiguió la voz de Erik—, mientras que la misa de boda es magnífica. Hay que tomar una resolución y saber lo que se quiere. A mí me resulta imposible seguir viviendo así, en el fondo de la tierra, en un agujero, como un topo. *Don Juan triunfante* está acabado, ahora quiero vivir como todo el mundo. Quiero tener una mujer como todo el mundo y saldremos a pasear los domingos. He ideado una máscara que me presta la cara de cualquiera. Nadie se volverá a mirarme. Serás la más feliz de las mujeres. Y cantaremos solo para nosotros, hasta morir. ¡Lloras! ¡Me tienes miedo! ¡Sin embargo no soy malvado en el fondo! Ámame y lo verás. *No me ha faltado más que ser amado para ser bueno.* Si me amases, yo sería dulce como un cordero y harías de mí lo que quisieras.

Inmediatamente, el gemido que acompañaba a esa especie de letanía amorosa aumentó y aumentó. Nunca he oído nada más desesperado, y el señor de Chagny y yo reconocimos que aquel espantoso lamento pertenecía al propio Erik. En cuanto a Christine, debía de estar, en alguna parte, tal vez al otro lado del muro que teníamos delante de nosotros, muda de horror, sin fuerza siquiera para gritar, con el monstruo a sus rodillas.

El lamento era sonoro, bramante y estertoroso como la queja de un océano. Por tres veces arrancó Erik esta queja de la roca de su garganta.

—¡Tú no me amas! ¡Tú no me amas! ¡Tú no me amas!

Y luego, en tono más dulce:

—¿Por qué lloras? Sabes de sobra que me haces daño.

Un silencio.

Para nosotros cada silencio era una esperanza. Nos decíamos: «Tal vez se haya ido y Christine esté sola tras el muro».

Solo pensábamos en la posibilidad de advertir a Christine Daaé de nuestra presencia sin que el monstruo llegara a sospecharla.

Ahora solo podíamos salir de la cámara de los tormentos si Christine nos abría la puerta; y solo con esa condición primera podíamos ayudarla, porque ignorábamos incluso dónde podía encontrarse a nuestro alrededor la puerta.

De pronto, el silencio de al lado fue turbado por el ruido de una sonería eléctrica. Al otro lado de la pared se produjo un salto y la voz de trueno de Erik:

—Alguien llama. Que entre.

Una risa lúgubre.

—¿Quién viene a molestarnos? Espérame aquí un momento..., *voy a decirle a la sirena que abra.*

Se alejaron unos pasos y una puerta se cerró. No tuve tiempo de pensar en el horror que se avecinaba; olvidaba que el monstruo salía tal vez para un nuevo crimen; no comprendí más que una cosa: ¡Christine estaba sola tras la pared!

El vizconde de Chagny ya estaba llamándola.

—¡Christine! ¡Christine!

Desde el momento en que oíamos lo que se decía en la pieza de al lado, no había ninguna razón para que mi compañero no fuera oído. Y, sin embargo, el vizconde hubo de repetir varias veces su llamada.

Por fin, hasta nosotros llegó una débil voz:

—Estoy soñando —decía ella.

—¡Christine! ¡Christine!, soy yo, Raoul.

Silencio.

—Respóndame, Christine..., si está sola, respóndame, en nombre del cielo.

Entonces la voz de Christine murmuró el nombre de Raoul.

—Sí, sí, soy yo. No es un sueño... Tenga confianza, Christine..., estamos aquí para salvarla..., pero no podemos cometer ni una imprudencia... Cuando usted oiga al monstruo, avísenos.

—¡Raoul, Raoul...!

Se hizo repetir varias veces que no soñaba y que Raoul de Chagny había conseguido llegar hasta allí, guiado por un acompañante fiel que conocía el secreto de la morada de Erik.

Pero, enseguida, a la excesivamente rápida alegría que le aportábamos le sucedió un terror mayor. Ella quería que Raoul se marchara de inmediato. Temblaba de miedo ante el temor de que Erik descubriese su escondite, porque, en tal caso, no dudaría en matar al joven. En unas cuantas frases precipitadas nos informó que Erik había enloquecido por completo de amor, y que estaba decidido *a matar a todo el mundo y a él mismo junto con el mundo* si ella no consentía en convertirse en su mujer delante del alcalde y del párroco, el párroco de la Madeleine. Le había dado hasta las once de la noche del día siguiente para reflexionar. Era el último plazo. Entonces tendría que elegir, según decía *él*, entre la misa de matrimonio y la misa de difuntos.

Y Erik había pronunciado esta frase que Christine no había comprendido del todo: «Sí o no: si es no, todo el mundo está muerto y *enterrado*».

Pero yo comprendía perfectamente la frase, porque respondía de una forma terrible a mi aterrador pensamiento.

—¿Podría decirnos dónde está Erik? —pregunté yo.

Ella contestó que debía de haber salido de la morada.

—¿Podría asegurarse de ello?

—¡No...! Estoy atada..., no puedo hacer ningún movimiento.

Al saber esto, el señor de Chagny y yo no pudimos dejar de contener un grito de rabia. Nuestra salvación, la de los tres, dependía de la libertad de movimientos de la joven.

—¡Hay que soltarla! ¡Llegar hasta ella!

—Pero ¿dónde está usted? —preguntaba Christine—. En mi cuarto solo hay dos puertas: el cuarto Luis Felipe, del que ya le he hablado, Raoul..., una puerta por donde entra y sale Erik, y otra que nunca ha abierto delante de mí y que me ha prohibido franquear porque, según me ha dicho, es la más peligrosa de las puertas..., ¡la puerta de los tormentos!

—¡Christine...!, estamos detrás de esa puerta.

—¿Están en la cámara de los tormentos?

—Sí, pero no vemos la puerta.

—Ay, si pudiera arrastrarme hasta ahí... Golpearía la puerta y ustedes verían el lugar en que está.

—¿Es una puerta con cerradura? —pregunté yo.

—Sí, con una cerradura.

Yo pensé: «Se abre del otro lado con una llave, como todas las puertas, pero desde nuestro lado se abre con el resorte y el contrapeso, y eso no va a ser fácil de descubrir».

—Señorita —dije—, es absolutamente preciso que nos abra usted esa puerta.

—Pero ¿cómo? —respondió la voz llorosa de la infeliz... Oímos un cuerpo que se magullaba, que evidentemente trataba de librarse de las ataduras que la aprisionaban.

—Solo lo conseguiremos con la astucia —dije yo—. Tenemos que conseguir la llave de esa puerta.

—Sé dónde está... —respondió Christine, que parecía agotada por el esfuerzo que acababa de hacer—. Pero estoy bien atada... ¡El muy miserable...!

Y hubo un sollozo.

—¿Dónde está la llave? —pregunté yo, ordenando callarse al señor de Chagny y dejarme llevar el caso, porque no teníamos tiempo que perder.

—En el cuarto, junto al órgano, con otra llavecita de bronce que también me ha prohibido tocar. Las dos están en una bolsita de cuero que él llama *La bolsita de la vida y de la muerte*... ¡Raoul..., Raoul...!, huya..., aquí todo es misterioso y terrible y Erik se va a volver completamente loco... Y ustedes están en la cámara de los tormentos... ¡Váyanse por donde han venido! Esa cámara debe de tener sus razones para llamarse con semejante nombre.

—¡Christine! —dijo el joven—, saldremos de aquí juntos o moriremos juntos.

—Tenemos que salir de aquí todos sanos y salvos —dije yo en un soplo—, pero para ello debemos conservar nuestra sangre fría. ¿Por qué la ha atado, señorita? Porque usted no puede escapar de su casa y él lo sabe.

—¡He querido matarme! Esta noche, el monstruo, después de haberme traído aquí desvanecida, medio anestesiada, se ha ausentado. Iba, al parecer, eso me ha dicho al menos, *a ver a su banquero*... Cuando ha vuelto, me ha encontrado con la cara ensangrentada..., ¡yo había querido matarme! ¡Me había golpeado la frente contra las paredes!

—¡Christine! —gimió Raoul, y se echó a llorar.

—Entonces me ha atado..., no tengo derecho a morir hasta mañana por la noche a las once.

Toda esta conversación a través de la pared era mucho más «entrecortada» y más prudente de la impresión que podría dar al transcribirla. A menudo nos parábamos en mitad de una frase porque nos había parecido oír un crujido, un paso, un meneo insólito... Ella nos decía: «¡No, no, no es él...! ¡Ha salido! ¡Ha salido! He reconocido el ruido que hace, al cerrarse, la pared del lago».

—Señorita —declaré yo—, ha sido el monstruo mismo quien la ha atado... y será él quien la libere. Solo tenemos que representar la comedia precisa para conseguirlo... ¡No olvide usted que la ama!

—Pobre de mí —oímos—, no podré olvidarlo nunca.

—Acuérdese de sonreírle..., supliquele..., dígale que esas ataduras le hacen daño.

Pero Christine dijo:

—¡Chisss...! Oigo algo en la pared del lago... ¡Es *él*...! ¡Váyanse...! ¡Váyanse...! ¡Váyanse!

—No nos iríamos ni siquiera si pudiésemos —afirmé yo para impresionar a la joven—. No podemos irnos. Y estamos en la cámara de los tormentos.

—¡Silencio! —volvió a decir en un soplo Christine.

Los tres nos callamos.

Unos pasos pesados se arrastraban lentamente detrás del muro, luego se detenían y volvían a hacer crujir el suelo.

Hubo un suspiro formidable seguido de un

grito de horror de Christine, y oímos la voz de Erik.

—Te pido perdón por mostrarte una cara como esta. ¡Vaya estado en que estoy! Es culpa del *otro*. ¿Por qué ha llamado? ¿Pregunto yo acaso a los que pasan la hora que es? No volverá a preguntar la hora a nadie. Ha sido la sirena...

Y de nuevo otro suspiro, más profundo, más formidable, procedente del fondo del abismo de un alma.

—¿Por qué has gritado, Christine?

—Porque sufro, Erik.

—He creído que yo te había dado miedo...

—Erik, aflójeme las ataduras..., ¿no soy su prisionera?

—Querrías matarte...

—Usted me ha dado un plazo hasta mañana por la noche, a las once, Erik...

Los pasos siguen arrastrándose sobre el suelo.

—Después de todo, dado que debemos morir juntos..., y dado que estoy tan cerca de ti..., sí, también yo estoy harto de esta vida, ¿comprendes...? Espera, no te muevas, voy a soltarte... No tienes más que decir una palabra: *¡no!*, y esto acabará inmediatamente, *para todo el mundo...* ¡Tienes razón..., tienes razón! ¿Por qué esperar hasta mañana por la noche a las once? Ah, sí, porque habría sido más bello..., siempre he tenido la enfermedad del decorado..., de lo grandioso..., ¡qué infantil! En la vida no hay que pensar más que en uno mismo..., en la propia muerte..., el resto es superfluo. *¿Ves lo mojado que estoy...?* Ay, querida, es que he hecho mal en salir... Hace un tiempo de perros... Dejando a un lado eso, Christine, me parece que tengo alucinaciones... ¿Sabes?, el que llamaba donde la sirena hace un momento —vete a saber si suena en el fondo del lago—, pues bien, se parecía... Así, vuélvete..., ¿estás contenta? Ya estás libre... Dios mío, tus muñecas, Christine, ¿las he magullado...? Esto solo merece la muerte... A propósito de muerte, *tengo que cantarle su misa.*

Al oír estas terribles palabras no pude dejar de tener un horrible presentimiento... También yo había llamado una vez a la puerta del monstruo..., y sin saberlo, ciertamente..., había debido de poner en marcha alguna corriente de aviso... Aún recordaba los dos brazos que salieron de unas aguas negras como la tinta... ¿Quién era aquel pobre extraviado en aquellas orillas?

El pensamiento de ese desventurado me impedía casi alegrarme de la estratagema de Christine, y, sin embargo, el vizconde de Chagny murmuraba en mi oído esta palabra mágica: ¡libre...! ¿Quién, quién era el *otro*? ¿Quién era aquel por el que en ese momento oíamos la misa de difuntos?

¡Ah, qué canto tan sublime y furioso! Toda la casa del Lago resonaba con él..., todas las entrañas de la tierra se estremecían... Habíamos pegado el oído contra la pared de espejo para oír mejor la comedia de Christine Daaé, la comedia que representaba para nuestra liberación, pero no oíamos otra cosa que la misa de difuntos. Aquello era más bien una misa de condenados... Aquello formaba, en el fondo de la tierra, una ronda de demonios.

Recuerdo que el *Dies irae* que *él* cantó nos envolvió como una tormenta. Sí, a nuestro alrededor había truenos y relámpagos... Cierto que yo *le* había oído cantar en otro tiempo... Llegaba a hacer cantar incluso a las fauces de piedra de mis toros androcéfalos, en los muros del palacio de Mazenderán... Pero cantar como lo estaba haciendo..., ¡nunca, nunca! Cantaba como el dios del trueno...

De pronto, la voz y el órgano se detuvieron de forma tan brusca que el señor de Chagny y yo retrocedimos detrás de la pared: tan sobrecogidos estábamos... Y la voz, que súbitamente había cambiado y se había transformado, hizo rechinar con toda claridad estas sílabas metálicas:

—*¿Qué estás haciendo con mi bolsa?*

XXIV

Empiezan los tormentos

Continuación del relato del Persa

La voz repitió furiosa:

—¿Qué estás haciendo con mi bolsa?

Christine Daaé no debía de temblar más que nosotros.

—¿Querías que te soltase para coger mi bolsa, di...?

Se oyeron pasos precipitados, la carrera de Christine que volvía a la habitación Luis Felipe, como para buscar un refugio ante nuestra pared.

—¿Por qué huyes?... —decía la voz rabiosa, que la había seguido—. ¿Quieres devolverme mi bolsa? ¿No sabes que es la bolsa de la vida y de la muerte?

—Escúcheme, Erik... —suspiró la joven—, si estamos de acuerdo en que debemos vivir juntos..., ¿qué le importa? ¡Todo lo que es suyo me pertenece...!

Lo decía de una manera tan temblorosa que daba lástima. La desventurada debía emplear la energía que le quedaba en superar su terror... Pero no sería con supercherías tan infantiles, dichas mientras le castañeteaban los dientes, como podría sorprender al monstruo.

—Usted sabe que solo contiene dos llaves... ¿Qué quiere hacer? —preguntó Erik.

—Querría ver esa cámara que no conozco y que usted siempre me ha ocultado... ¡Es curiosidad de mujer! —añadió ella en un tono que quería volverse alegre y que solo consiguió aumentar la desconfianza de Erik por su sonido falso...

—¡No me gustan las mujeres curiosas! —replicó Erik—, y tú deberías desconfiar desde la historia de Barba Azul... ¡Vamos, devuélveme mi bolsa..., devuélveme mi bolsa...! ¿Quieres soltar la llave...? ¡Maldita curiosa!

Y se rio burlón mientras Christine lanzaba un grito de dolor... Erik acababa de quitarle la bolsa.

Fue en ese momento cuando el vizconde, que no podía contenerse, lanzó un grito de rabia y de impotencia que a duras penas logré ahogar en sus labios...

—¿Qué es eso?... —exclamó el monstruo—. ¿Qué ha sido...? ¿No has oído, Christine?

—¡No..., no...! —respondió la pobre—; no he oído nada.

—Me parecía que alguien había lanzado un grito.

—¡Un grito...! ¿Está volviéndose usted loco, Erik? ¿Quién quiere usted que grite en el fondo de esta morada...? Soy yo quien ha gritado porque usted me hacía daño... Yo no he oído nada...

—¡Qué forma de decirlo tienes...! ¡Estás temblando...! Estás completamente emocionada... ¡Mientes...! ¡Han gritado, han gritado! Hay alguien en la cámara de los tormentos... ¡Ah, ahora comprendo!

—¡Ahí no hay nadie, Erik...!

—Ahora comprendo...

—¡Nadie...!

—Tal vez tu prometido...

—¡Yo no tengo ningún prometido...! ¡Usted lo sabe bien!

Aún oímos otra risa burlona y malvada.

—Además, fácil es saberlo... Mi pequeña Christine, amor mío..., no hay necesidad de abrir la puerta para ver lo que pasa en la cámara de los tormentos... ¿Quieres ver? ¿No quieres ver...?

¡Mira...! Si hay alguien..., si realmente hay alguien, verás iluminarse allá arriba, junto al techo, la ventana invisible... Basta con tirar de la cortina negra y luego apagar aquí... Ya está... ¡Apaguemos! Acompañada por tu maridito, no te dará miedo la oscuridad.

Entonces se oyó la voz agónica de Christine.

—¡No...! ¡Tengo miedo...! ¡Le digo que me da miedo la oscuridad...! Esa cámara no me interesa para nada... Es usted el que siempre me mete miedo, como a una niña, con esa cámara de los tormentos... Ay, es cierto que he sido curiosa... Pero ya no me interesa para nada..., para nada.

Y lo que yo temía por encima de todo, empezó *automáticamente*... De pronto quedamos inundados de luz... Sí, detrás de nuestra pared se produjo algo así como un incendio. El vizconde de Chagny, que no se lo esperaba, quedó tan sorprendido que a punto estuvo de caer. Y la voz encolerizada estalló al lado.

—Ya te decía que había alguien... ¿Ves ahora la ventana...? ¡La ventana luminosa...! ¡Allá arriba...! El que está detrás de esa pared no la ve..., pero tú vas a subir a la escalerilla doble. ¡Está ahí para eso...! Me has preguntado a menudo para qué servía... Ahora ya lo sabes... Sirve para mirar por la ventana de la cámara de los tormentos, pequeña curiosa...

—¿Qué tormentos...? ¿Qué tormentos hay dentro...? ¡Erik, Erik!, dígame que solo quiere asustarme... Dígamelo, si me ama, Erik... ¿Verdad que no hay tormentos? ¿Que solo son cuentos para niños?

—Ve a ver, querida, a la ventanita...

No sé si el vizconde, que estaba a mi lado, oía ahora la voz desmayada de la joven, porque estaba ocupado en contemplar el espectáculo inaudito que acababa de surgir ante su mirada enloquecida... Por lo que a mí se refiere, que ya había visto aquel espectáculo con demasiada frecuencia por la ventanita de las *Horas Rosas de Mazenderán*, solo me preocupaba lo que decían al lado, buscando una razón para actuar y una resolución que adoptar.

—Ve, ve a ver a la ventanita... ¡Y ya me dirás! *Ya me dirás cómo tiene la nariz.*

Oímos el ruido de la escalerilla que aplicaban contra la pared...

—¡Sube...! ¡No..., no, subiré yo, querida...!

—Bueno, sí..., también yo lo veré, déjeme.

—¡Ay, querida..., querida mía..., qué amable eres...! ¡Qué amable por ahorrarme este esfuerzo a mi edad...! Ya me contarás cómo tiene la nariz... Si la gente sospechara la felicidad que da tener una nariz..., una nariz completamente propia..., nunca vendrían a pasear por la cámara de los tormentos.

En ese instante oímos con toda claridad por encima de nuestras cabezas estas palabras:

—*Amigo mío, no hay nadie...*

—¿Nadie? ¿Estás segura de que no hay nadie...?

—Completamente segura..., no hay nadie.

—Pues entonces mejor... ¿Qué te ocurre, Christine...? ¿Qué te pasa? ¿No te encontrarás mal...? ¡Si no hay nadie...! ¡Baja..., baja...! Tranquilízate, si no hay nadie... *Pero ¿qué te ha parecido el paisaje...?*

—¡Oh, muy bien!

—Bueno, ya te encuentras mejor, ¿verdad? Eso está bien..., nada de emociones... ¿Y qué casa tan extraña, verdad, donde pueden verse paisajes como esos?

—Sí, parece el Museo Grévin... Pero, dígame, Erik..., ahí dentro no hay tormentos... ¿Sabe que me ha asustado?

—¿Por qué, si no hay nadie?

—¿Fue usted quien construyó esa cámara, Erik...? Es muy hermosa. Decididamente, Erik, usted es un gran artista...

—Sí, soy un gran artista «en mi género».

—Pero, dígame, Erik, ¿por qué a esa cámara le ha dado el nombre de cámara de los tormentos?

—Muy sencillo. Ante todo, ¿qué has visto?

—He visto un bosque...

—¿Y qué hay en ese bosque?

—Árboles...

—¿Y qué hay en un árbol?

—Pájaros...

—¿Has visto pájaros...?

—No, no he visto pájaros...

—Entonces ¿qué has visto? ¡Busca...! ¡Has visto ramas! ¿Y qué hay en una rama?... —dijo la voz terrible—. *¡Una horca!* Por eso llamo a mi bosque la cámara de los tormentos... Ya lo ves, solo es una forma de hablar. Lo hago únicamente por hacer reír... ¡Yo nunca me expreso como los demás...! ¡No hago nada como los demás...! Pero estoy cansado..., muy cansado... Estoy harto de tener un bosque en mi casa, y una cámara de tormentos... Y de estar alojado como un charlatán en el fondo de una caja con doble fondo... ¡Estoy harto, estoy harto! Quiero tener un piso tranquilo, con puertas y ventanas normales y una honesta mujer dentro, como todo el mundo... Deberías comprenderlo, Christine, y yo no debería tener necesidad de repetírtelo a cada paso... ¡Una mujer como todo el mundo...! Una mujer a la que yo amaría, a la que sacaría a pasear los domingos, y a la que haría reír durante toda la semana... ¡Ah, conmigo no te aburrirías! Tengo más de un truco en mi bolso, sin contar los trucos de cartas... Mira, ¿quieres que te haga un juego de cartas?

Siempre nos ayudará a pasar el tiempo, en espera de que lleguen las once de mañana por la noche... ¡Mi pequeña Christine...! ¡Mi pequeña Christine...! ¿Me escuchas...? ¡Ya no me rechazas...! Dime, ¿me amas...? ¡No, no me amas...! Pero no importa, ya me amarás. En otro tiempo no podías mirar mi máscara porque sabías lo que hay detrás... Y ahora quieres mirarla y olvidas lo que hay detrás, y ya no quieres rechazarme... Uno se habitúa a todo cuando quiere..., cuando tiene buena voluntad... ¡Cuántos jóvenes que no se amaban antes del matrimonio se han adorado después...! Ay, ya no sé lo que digo... Pero te divertirás conmigo... No hay nadie como yo, te juro ante el Dios que ha de casarnos —si eres razonable— que no hay nadie como yo haciendo de ventrílocuo. ¡Soy el primer ventrílocuo del mundo...! ¿Te ríes...? ¿Acaso no me crees...? ¡Escucha...!

El miserable (que era, en efecto, el primer ventrílocuo del mundo) aturdía a la pequeña (yo estaba dándome cuenta perfectamente) para desviar su atención de la cámara de los tormentos... ¡Cálculo estúpido...! Christine solo pensaba en nosotros... Varias veces repitió, en el tono más dulce que pudo sacar y con la súplica más ardiente:

—¡Apague la ventanita, Erik! ¡Apague la ventanita...!

Porque pensaba que aquella luz, aparecida súbitamente en la ventanita, y de la que el monstruo había hablado de forma tan amenazadora, tenía su razón terrible de ser... Solo una cosa debía tranquilizarla momentáneamente, y es que nos había visto a los dos, detrás de la pared, en el centro del magnífico incendio, de pie y con buena salud... Pero se habría tranquilizado más... si la luz estuviera apagada...

El otro ya había empezado a hacer de ventrílocuo. Decía:

—Mira, levanto un poco mi máscara... solo un poco... ¿Ves mis labios? ¿Lo que tengo de labios? ¡No se mueven...! Mi boca está cerrada..., mi especie de boca... y sin embargo, ¡estás oyendo mi voz...! Hablo con el vientre..., es completamente natural..., esto se llama ser ventrílocuo. Todo el mundo lo sabe: escucha mi voz, ¿dónde quieres que vaya? ¿A tu oído izquierdo? ¿A tu oído derecho...? ¿A la mesa...? ¿A los cofrecillos de ébano de la chimenea...? ¡Ah, te sorprende todo esto...! ¡Mi voz está en los cofrecillos de la chimenea! ¿La quieres alejada...? ¿La quieres cercana...? ¿Sonora...? ¿Aguda...? ¿Gangosa...? Mi voz pasea por todas partes..., por todas partes... Escucha, querida..., está en el cofrecillo de la derecha de la chimenea, y escucha lo que dice: *¿Hay que girar el escorpión...?* ¡Y ahora, crac...!, escucha lo que dice en el cofrecillo de la izquierda: *¿Hay que girar el saltamontes...?* ¡Y ahora, crac...! Ahora está en la bolsa de cuero... ¿Qué dice? «Estoy en la bolsa *de la vida y de la muerte.*» ¡Y ahora, crac...!, ahora está en la garganta de la Carlotta, en el fondo de la garganta dorada, de la garganta de cristal de la Carlotta, palabras... ¿Qué dice? Dice: «Soy yo, señor gallo. Soy yo quien canta: *Yo escucho esa voz solitaria, ¡cuac...! que canta en mi ¡cuac...!*». Y ahora, crac, ha llegado a la silla del palco del fantasma..., y dice: «La señora Carlotta canta esta noche como *para desenganchar la lámpara...*». ¡Y ahora, crac...! ¡Ah, ah, ah, ah...! ¿Dónde está la voz de Erik...? Escucha, Christine, querida..., escucha... Está detrás de la puerta de la cámara de los tormentos... ¡Escúchame...! ¡Soy yo quien está en la cámara de los tormentos...! ¿Y qué digo...? Digo: «Malditos quienes tienen la dicha de tener una nariz, una verdadera nariz propia y que vienen a pasear por la cámara de los tormentos...! ¡Ah, ah, ah!».

¡Maldita voz del formidable ventrílocuo! ¡Estaba en todas partes, en todas partes...! Pasaba por la ventana invisible..., a través de las paredes..., corría a nuestro alrededor..., entre nosotros... ¡Erik estaba allí...! ¡Nos hablaba...! Hicimos un gesto como para abalanzarnos sobre él..., pero, más rápido, más inasible que la voz sonora del eco, la voz de Erik ya había saltado al otro lado de la pared...

Pronto no pudimos seguir oyendo nada, porque pasó lo siguiente:

Voz de Christine:

—¡Erik, Erik...! Me cansa usted con su voz... ¡Cállese, Erik...! ¿No le parece que aquí hace calor...?

—Sí, sí —responde la voz de Erik—, el calor se vuelve insoportable...

Y de nuevo la voz jadeante de angustia de Christine:

—¿Qué está pasando...? La pared está muy caliente..., la pared está ardiendo...

—Voy a explicártelo, Christine, querida, es debido al «bosque de al lado»...

—¿Qué quiere decir...? ¿El bosque?

—¿No has visto que se trataba de un bosque del Congo?

Y la risa del monstruo se alzó tan terrible que ya no percibíamos el clamor suplicante de Christine... El vizconde de Chagny gritaba y golpeaba las paredes como un loco... Yo no podía contenerle... Pero solo se oía la risa del monstruo..., y el monstruo mismo no debía de oír más que su risa... Luego se produjo el ruido de una lucha rápida, de un cuerpo que cae contra el suelo y al que arrastran..., el estrépito de una puerta cerrada de un golpe..., y luego, nada, nada más que el silencio abrasado del mediodía a nuestro alrededor..., ¡en el corazón de un bosque de África!

. . . .

XXV

«¡Toneles! ¡Toneles...! ¿Quién vende toneles?»

Continuación del relato del Persa

Ya he dicho que aquella cámara en la que nos encontrábamos el señor vizconde de Chagny y yo era regularmente hexagonal y estaba completamente adornada de espejos. Luego se ha visto, sobre todo en ciertas exposiciones, esa clase de cámaras así dispuestas y denominadas «casas de los milagros» o «palacios de las ilusiones». Pero su invención le corresponde a Erik quien, ante mi vista, construyó la primera sala de este tipo durante las *Horas Rosas de Mazenderán*. Bastaba disponer en las esquinas algún motivo decorativo, una columna, por ejemplo, para tener al instante un palacio de mil columnas, porque, por efecto de los espejos, la sala se veía aumentada en seis salas hexagonales, cada una de las cuales se multiplicaba hasta el infinito. En otro tiempo, para divertir a «la pequeña sultana», Erik había dispuesto un decorado que se volvía el «templo innumerable»; pero la pequeña sultana se cansó enseguida de una ilusión tan infantil, y entonces Erik transformó su invención en cámara de tormentos. En lugar del motivo arquitectónico colocado en las esquinas, puso en el primer panel un árbol de hierro. ¿Por qué era de hierro aquel árbol que imitaba perfectamente a la vida, con sus hojas pintadas? Porque debía ser lo bastante sólido para resistir todos los ataques del «paciente» al que encerraban en la cámara de los tormentos. Ya veremos la forma en que, por dos veces, el decorado así conseguido se transformaba instantáneamente en otros dos decorados sucesivos, gracias a la rotación automática de los tambores que se encontraban en las esquinas y que habían sido divididos por tercios, uniendo los ángulos de los espejos y soportando cada uno un motivo decorativo que aparecía alternativamente.

Las paredes de aquella extraña sala no ofrecían ningún asidero al paciente, dado que, salvo por el motivo decorativo de una solidez a toda prueba, estaban únicamente adornadas por espejos, y espejos lo bastante gruesos para que no hubiera nada que temer de la rabia del miserable al que encerraban allí, con las manos y los pies desnudos además.

Mueble, ninguno. El techo era luminoso. Un ingenioso sistema de calefacción eléctrica, que luego ha sido imitado, permitía aumentar a voluntad la temperatura de las paredes y dar así a la sala la atmósfera deseada...

Me dedico a enumerar todos los detalles precisos de una invención completamente natural que daba esa ilusión sobrenatural, con algunas ramas pintadas, de un bosque ecuatorial abrasado por el sol de mediodía, para que nadie pueda poner en duda la calma actual de mi cerebro, para que nadie tenga derecho a decir: «Ese hombre se ha vuelto loco», o «ese hombre miente», o «ese hombre nos toma por imbéciles».[1]

Si hubiera contado las cosas de la siguiente forma: «Habiendo descendido al fondo de una bodega, encontramos un bosque ecuatorial abra-

1. En la época en que escribía el Persa, es comprensible que haya adoptado tantas precauciones contra el espíritu de incredulidad; hoy, cuando todo el mundo ha podido ver ese tipo de sala, serían superfluas. *(Nota del autor.)*

sado por el sol de mediodía», habría logrado un buen efecto de asombro estúpido, pero no busco ningún efecto, dado que, al escribir estas líneas, mi objetivo es contar lo que exactamente nos pasó al señor vizconde de Chagny y a mí en el transcurso de una terrible aventura que, por un momento, tuvo ocupada a la justicia de este país.

Prosigo ahora los hechos donde los he dejado.

Cuando el techo se iluminó y a nuestro alrededor se alumbró el bosque, la estupefacción del vizconde sobrepujó cuanto se pueda imaginar. La aparición de aquel bosque impenetrable cuyos troncos y ramas innúmeros nos abrazaban *hasta el infinito*, le sumió en una consternación espantosa. Se pasó las manos por la frente como para expulsar una visión de pesadilla y sus ojos parpadearon como harían unos ojos a los que, al despertar, les costara tomar conocimiento de la realidad de las cosas. Por un momento, se olvidó *de escuchar*.

Ya he dicho que la aparición del bosque no me sorprendió. Por eso escuché lo que ocurría en la sala de al lado. Finalmente, mi atención se veía atraída de forma especial menos por el decorado, que mi pensamiento dejaba de lado, que por el espejo mismo que lo producía. Aquel espejo *estaba roto* en algunos lugares.

Sí, tenía fisuras; habían conseguido «estrellarlo», a pesar de su solidez, lo cual me demostraba, sin duda alguna, que la cámara de los tormentos en que nos encontrábamos *ya había servido*.

Un infeliz, cuyos pies y manos estaban menos desnudos que los condenados de las *Horas Rosas de Mazenderán*, había caído a buen seguro en aquella «Ilusión mortal», y, loco de rabia, había golpeado aquellos espejos que, pese a sus ligeras heridas, no habían dejado de reflejar su agonía. Y la rama del árbol en que había terminado su suplicio estaba dispuesta de tal modo que, antes de morir, había podido ver patalear junto con él —consolación suprema— a mil ahorcados.

¡Sí, sí, Joseph Buquet había pasado por allí!

¿Íbamos a morir como él?

Yo no lo creía, porque sabía que teníamos algunas horas por delante y que podría emplearlas de forma más útil de lo que Joseph Buquet había sido capaz de hacerlo.

¿No poseía yo un conocimiento profundo de la mayoría de los «trucos» de Erik? Tenía que utilizarlo, ahora o nunca.

En primer lugar, no pensaba en volver por el pasadizo que nos había llevado a aquella cámara maldita, ni me preocupé por la posibilidad de activar la piedra interior que cerraba el pasadizo. La razón era sencilla: ¡no tenía medio para hacerlo! Habíamos saltado desde una altura excesiva a la cámara de los tormentos y ningún mueble nos permitía alcanzar el pasadizo, ni siquiera la rama del árbol de hierro, ni siquiera los hombros de uno de nosotros a guisa de estribo.

Solo había una salida posible, la que daba a la habitación Luis Felipe, y en la que estaban Erik y Christine Daaé. Pero aquella salida se hallaba en su estado ordinario de puerta del lado de Christine, y era absolutamente invisible para nosotros... Por lo tanto, había que intentar abrirla sin saber siquiera dónde estaba, tarea que no resultaba desde luego fácil.

Cuando estuve seguro de que no podíamos albergar ya ninguna esperanza de parte de Christine Daaé, cuando oí al monstruo llevar o, mejor dicho, arrastrar a la desventurada joven fuera de la habitación Luis Felipe *para que no molestase nuestro tormento,* decidí ponerme inmediatamente a la faena, es decir, a la búsqueda del resorte de la puerta.

Pero primero tuve que calmar al señor de Chagny, que ya se paseaba por el claro como un alucinado, lanzando gritos incoherentes. Las migajas de la conversación que había podido captar, pese a su emoción, entre Christine y el monstruo habían contribuido no poco a sacarle de quicio; si se añade a eso el efecto del bosque mágico y el ardiente calor que empezaba a hacer chorrear sudor sobre sus sienes, costará poco comprender que el humor del señor de Chagny empezaba a sufrir cierta exaltación. A pesar de todas mis recomendaciones, mi acompañante no daba muestras de ninguna prudencia.

Iba y venía sin sentido, precipitándose hacia un espacio inexistente, creyendo entrar en una avenida que le conducía al horizonte y golpeándose la frente, tras unos pasos, con el reflejo mismo de su ilusión de bosque.

Al hacerlo, gritaba: ¡Christine, Christine...!, y blandía su pistola, llamando incluso con todas sus fuerzas al monstruo, desafiando a duelo a muerte al Ángel de la música, mientras injuriaba a su bosque ilusorio. El tormento producía así su efecto sobre un espíritu no prevenido. Intenté combatirlo dentro de lo posible, explicárselo de la forma más tranquila del mundo al pobre vizconde: haciéndole tocar con el dedo los espejos y el árbol de hierro, las ramas sobre los tambores, y analizando, según las leyes de la óptica, toda la imaginería luminosa que nos envolvía y de la que no podíamos convertirnos en víctimas como vulgares ignorantes.

—Estamos en una cámara, en una cámara pequeña, eso es lo que tiene que decirse a usted mismo una y otra vez..., y saldremos de esta cámara en cuanto hayamos encontrado la puerta. Pues bien, busquémosla.

Y le prometí que, si me dejaba hacer, sin aturdirme con sus gritos y sus paseos de loco, antes de una hora habría dado con el resorte de la puerta.

Entonces se tumbó en el suelo, como se hace en los bosques, y declaró que esperaría a que yo encontrase la puerta porque él no tenía nada mejor que hacer. Y se sintió en el deber de añadir que, desde el lugar en que se encontraba, «la vista era espléndida». (Pese a cuanto yo hubiera podido decirle, el tormento actuaba.)

En cuanto a mí, *olvidando el bosque*, elegí un panel de espejos y me puse a tantear sobre él en todos los sentidos, *buscándole el punto débil*, sobre el que había que apretar para que girasen las puertas según el sistema de puertas y trampillas giratorias de Erik. A veces, ese punto débil podía ser una mancha en el espejo, del grosor de un guisante, y bajo la que se hallaba el resorte que la movía. Busqué y busqué, tanteaba tan arriba como alcanzaban mis manos. Erik era poco más o menos de mi misma estatura y pensé que no habría colocado el resorte por encima de su talla —por lo demás, se trataba solo de una hipótesis, pero era mi única esperanza—. Había decidido actuar de la misma forma, sin debilidad y minuciosamente, en los seis paneles de espejo, y luego examinar con mucha atención el propio suelo.

Al tiempo que tanteaba los paneles con el mayor de los cuidados, me esforzaba por no perder un minuto, porque el calor me invadía cada vez más y nos cocíamos literalmente en aquel bosque encendido.

Trabajaba de esa forma desde hacía media hora, y ya había terminado con tres paneles cuando nuestra mala suerte quiso que me volviese a una sorda exclamación lanzada por el vizconde.

—¡Me ahogo!... —decía—. Todos los espejos despiden un calor infernal... ¿Va a encontrar pronto ese resorte...? Como tarde más, aquí nos vamos a asar.

No me enfadé al oírle hablar así. Él no había dicho una sola palabra del bosque y esperé que la razón de mi acompañante pudiera luchar todavía bastante tiempo contra el tormento. Pero añadió:

—Lo que me consuela es que el monstruo le ha dado a Christine hasta las once de mañana por la noche: si no podemos salir de aquí y ayudarla, al menos habremos muerto antes que ella. ¡La misa de Erik puede servir para todo el mundo!

Y aspiró una bocanada de aire caliente que a punto estuvo de hacerle desmayarse...

Como yo no tenía las mismas desesperadas razones que el señor vizconde de Chagny para aceptar la muerte, me volví, tras algunas palabras de aliento, hacia mi panel, pero había cometido el error de dar algunos pasos mientras hablaba; hasta el punto de que, en el enredo inaudito del bosque ilusorio, no encontraba ya mi panel. Me veía obligado a volver a empezar, al azar... Por eso no pude dejar de manifestar mi descontento y el vizconde comprendió que había que hacer todo de nuevo. Fue para él un nuevo golpe más.

—Nunca saldremos de este bosque —gimió.

Y su desesperación no hizo sino aumentar. Y, al crecer, la desesperación le hacía olvidar más cada vez que tenía que habérselas con espejos y creer que luchaba con un bosque de verdad.

Yo me había puesto a buscar de nuevo..., a tantear... La fiebre también me iba ganando..., porque no encontraba nada..., absolutamente nada... En la habitación de al lado continuaba el mismo silencio. Estábamos perdidos en el bosque..., sin salida..., sin brújula..., sin guía..., sin nada. Sabía lo que nos esperaba si nadie venía en nuestra ayuda..., o si yo no encontraba el resorte... Pero, por más que lo buscase, no encontraba otra cosa sino ramas..., admirables ramas que se erguían rectas delante de mí o se redondeaban de forma preciosa encima de mi cabeza... ¡Pero no daban sombra! Era bastante lógico, por lo demás, puesto que estábamos en un bosque ecuatorial con el sol justo encima de nuestras cabezas..., un bosque del Congo...

En varias ocasiones, el señor de Chagny y yo nos habíamos quitado y vuelto a poner nuestra ropa, encontrando unas veces que nos daba más calor y otras que nos libraba, por el contrario, de aquel calor.

Pero yo seguía resistiendo moralmente, mientras que me parecía que el señor de Chagny se había «ido». Pretendía que ya hacía tres días y tres noches que caminaba sin parar por aquel bosque en busca de Christine Daaé. De vez en cuando creía vislumbrarla detrás del tronco de un árbol o deslizándose entre las ramas, y la llamaba con palabras suplicantes que me provocaban las lágrimas. «¡Christine! ¡Christine! —decía—, ¿por qué huyes de mí? ¿No me amas...? ¿No estamos prometidos...? Christine, detente... Ya ves que estoy agotado... Christine, ¡ten piedad de mí...! Voy a morir en el bosque..., lejos de ti...»

—¡Tengo sed! —dijo por último, con acentos de delirio. También yo tenía sed..., mi garganta ardía...

Y, sin embargo, acurrucado ahora en el suelo, eso no me impedía seguir buscando..., buscando..., buscando el resorte de la puerta invisible..., con tanta más fuerza cuanto que la estancia en el bosque se volvía peligrosa con la llegada de la noche... La sombra ya empezaba a envolvernos..., la oscuridad había venido muy deprisa, como cae la noche en los países ecuatoriales..., súbitamente, sin apenas crepúsculo...

Y la noche en los bosques ecuatoriales siempre es peligrosa, sobre todo cuando, como nosotros, no se tiene nada para encender fuego y así alejar a las bestias feroces. Abandonando un instante la búsqueda de mi resorte, había estado tentado a romper unas ramas que habría encendido con mi linterna sorda, pero también yo había chocado con los famosos espejos, y esto me había recordado a tiempo que enfrente solo teníamos imágenes de ramas...

Junto con la luz no había desaparecido el calor, al contrario... Ahora hacía mucho más calor bajo la claridad azul de la luna. Recomendé al vizconde que tuviera las armas dispuestas para disparar y que no se apartase del lugar de nuestro campamento mientras yo proseguía la búsqueda del resorte.

De pronto se dejó oír, a unos pasos, el rugido del león. Se nos desgarraron los oídos.

—Oh —dijo el vizconde en voz baja—, no está lejos... ¿No lo ve...? Ahí..., al otro lado de los árboles, en esa espesura... Si vuelve a rugir, ¡disparo...!

Y volvió a empezar el rugido, más formidable todavía. El vizconde disparó, pero no creo que alcanzase al león; rompió un espejo; lo constaté a la mañana siguiente, con la aurora. Durante la noche debíamos de haber andado un buen trecho, porque de pronto nos encontramos en el borde del desierto, de un inmenso desierto de arena, de piedras y de rocas. No merecía realmente la pena salir del bosque para caer en el desierto. Cansado de luchar, me había tumbado junto al vizconde, fatigado de buscar resortes que no encontraba.

Estaba muy sorprendido (y así se lo dije al vizconde) de no haber vuelto a tener durante la noche malos encuentros. Normalmente, después del león venía el leopardo y luego, a veces, el zumbido de la mosca tsetsé. Esos eran efectos fáciles de conseguir, y le expliqué al señor de Chagny, mientras descansábamos antes de atravesar el desierto, que Erik conseguía el rugido del león con un tamboril alargado, acabado en una piel de asno por uno solo de sus extremos. Sobre esa piel va una cuerda de tripa unida por su centro a otra cuerda del mismo género, que atraviesa de arriba abajo el tambor. A Erik le basta entonces frotar esa cuerda con un guante untado de colofonia y, por la forma en que frota, imita, hasta el punto de confundirse, la voz del león o del leopardo, o incluso el zumbido de las moscas tsetsé.

La idea de que Erik podía estar en la habitación de al lado, con sus trucos, me decidió súbitamente a entrar en conversaciones con él, porque, evidentemente, tenía que renunciar a la idea de sorprenderle. Y ahora, él debía saber a qué atenerse respecto a los habitantes de la cámara de los tormentos. Le llamé: ¡Erik! ¡Erik...! Grité lo más fuerte que pude a través del desierto, pero nadie respondió a mi voz... A nuestro alrededor no había más que el silencio y la inmensidad desnuda de aquel desierto *pétreo*... ¿Qué iba a ser de nosotros en medio de aquella horrible soledad?

Empezábamos, literalmente, a morirnos de calor, de hambre y de sed..., sobre todo de sed... Finalmente, vi al señor de Chagny incorporarse sobre un codo y señalarme un punto en el horizonte... Acababa de descubrir el oasis.

Sí, allá abajo, allá abajo el desierto daba paso al oasis..., un oasis con agua..., con agua límpida como un espejo..., con agua que reflejaba el árbol de hierro... Claro..., era el cuadro del *espejismo*..., lo reconocí inmediatamente..., el más terrible... Nadie había podido resistirse a él..., nadie... Me esforzaba por retener toda mi razón... *y no esperar agua*..., porque sabía que, si uno esperaba agua, el agua que reflejaba el árbol de hierro, y que si después de haber esperado el agua uno chocaba con el espejo, ya no había que hacer más que una cosa: ¡colgarse del árbol de hierro!...

Por eso le grité al señor de Chagny: «¡Es un

espejismo...! ¡Es un espejismo...! ¡No crea en el agua...! ¡Sigue siendo un truco del espejo...!». Entonces él me envió, como suele decirse, a paseo con mi truco del espejo, mis resortes, mis puertas giratorias y mi palacio de espejismos... Rabioso, afirmó que yo estaba loco o ciego para imaginar que toda aquella agua que fluía allá abajo, entre árboles tan hermosos e innumerables, no era agua de verdad... ¡Y también el desierto era verdad! ¡Y el bosque...! A él no se le podía embaucar..., había viajado bastante..., y por todos los países.

Y se arrastró diciendo:

—¡Agua...! ¡Agua...!

Y tenía la boca abierta como si bebiese...

También yo tenía la boca abierta como si bebiese...

Porque no solamente veíamos el agua, sino que *la oíamos*... La oíamos caer... y chapotear... ¿Comprende la palabra *chapotear*? *Es una palabra que se entiende al pronunciarla*... La lengua casi sale fuera de la boca para escuchar mejor...

Por último, tormento más intolerable que cualquier otro, ¡oímos la lluvia y no llovía! ¡Esta sí que era invención demoníaca...! También sabía yo cómo lo conseguía Erik: llenaba con piedrecillas una caja muy estrecha y muy larga, cortada a intervalos por compuertas de madera y de metal. Las piedrecillas, al caer, encontraban esas compuertas y rebotaban unas sobre otras, de donde procedían unos sonidos entrecortados que recordaban a la perfección el golpeteo de la lluvia de tormenta.

...Por eso, había que ver cómo el señor de Chagny y yo sacábamos la lengua mientras nos arrastrábamos hacia el agua que chapoteaba..., *nuestros ojos y nuestros oídos estaban llenos de agua, pero nuestra lengua seguía seca como suela de zapato...*

Llegado al espejo, el señor de Chagny lo lamió..., y también yo, también yo lamí el espejo...

¡Estaba ardiendo!

Rodamos por tierra, con un estertor de desesperación. El señor de Chagny acercó a su sien la última pistola que estaba cargada, y yo miraba a mis pies el lazo del Punjab.

Yo ya sabía por qué había vuelto el árbol de hierro a aquel tercer decorado...

¡El árbol de hierro me esperaba...!

Pero cuando miraba el lazo del Punjab, vi una cosa que me hizo estremecer con tanta violencia que el señor de Chagny fue detenido en su movimiento de suicidio. Ya había empezado a murmurar: «¡Adiós, Christine...!».

Yo le había cogido del brazo. Y luego le quité la pistola..., y me arrastré de rodillas hasta lo que había visto.

Acababa de descubrir junto al lazo del Punjab, en la ranura del suelo, un clavo de cabeza negra cuyo uso ignoraba...

¡Por fin había encontrado el resorte...! ¡El resorte que había de activar la puerta...! ¡Que iba a darnos la libertad...! Que iba a librarnos de Erik.

Palpé el clavo... Le mostré al señor de Chagny una cara radiante... El clavo de cabeza negra cedía a mi presión...

Y entonces... Entonces no fue una puerta la que se abrió en la pared, sino una trampilla la que se abrió en el suelo...

Al punto nos llegó, de aquel agujero negro, el aire. Nos inclinamos sobre aquel cuadrado de sombra como sobre un manantial límpido. Con la barbilla en la sombra fresca, la bebimos.

Y nos inclinábamos cada vez más por encima de la trampa. ¿Qué podía haber en aquel agujero, en aquella bodega que acababa de abrir misteriosamente su puerta en el piso...?

¿Tal vez había agua...?

Agua para beber...

Estiré el brazo en las tinieblas y encontré una piedra, luego otra..., una escalera..., una negra escalera que bajaba a la bodega.

El vizconde ya estaba dispuesto a lanzarse al agujero...

Incluso si no había agua, allí dentro podríamos escapar al beso radiante de aquellos abominables espejos.

Pero detuve al vizconde porque temía una nueva jugarreta del monstruo y, con mi linterna sorda encendida, bajé el primero...

La escalera se prolongaba en medio de las tinieblas más profundas y giraba sobre sí misma... ¡Ah, el adorable frescor de la escalera y las tinieblas...!

Aquella frescura debía de proceder menos del sistema de ventilación construido necesariamente por Erik que del frescor mismo de la tierra, que debía de estar completamente saturada de agua en el nivel en que nos encontrábamos... ¡Además, el lago no debía de estar lejos...!

Pronto nos encontramos al pie de la escalera... Nuestros ojos empezaban a habituarse a la sombra, a distinguir a nuestro alrededor formas..., formas redondas..., a las que dirigí el chorro luminoso de mi linterna...

¡Toneles...!

¡Estábamos en la bodega de Erik!

Allí era donde debía de guardar él su vino y tal vez su agua potable...

Sabía que Erik era muy aficionado a los buenos caldos...

¡Ah, allí sí que había de beber...!

El señor de Chagny acariciaba las formas redondas y repetía incansablemente:

—¡Toneles! ¡Toneles...! ¡Cuántos toneles...!

De hecho, había cierta cantidad de ellos alineada muy simétricamente en dos hileras entre las que nos encontrábamos...

Eran pequeños toneles y pensé que Erik los había escogido de aquel tamaño para facilitar su transporte a la casa del Lago...

Los examinamos uno tras otro buscando si alguno de ellos tendría alguna espita que nos indicase así que de vez en cuando se sacaba vino.

Pero todos los toneles estaban herméticamente cerrados.

Entonces, después de haber levantado uno a medias para comprobar que estaba lleno, nos pusimos de rodillas y, con la hoja de un cuchillito que llevaba conmigo, intenté hacer saltar el «tapón».

En ese momento me pareció oír, procedente de muy lejos, una especie de canto monótono cuyo ritmo me resultaba conocido, porque lo había oído con frecuencia en las calles de París:

—¡Toneles! ¡Toneles...! ¿Quién vende toneles?

Mi mano se inmovilizó sobre el tapón... También el señor de Chagny había oído. Me dijo.

—Es raro..., se diría que el tonel canta...

El canto prosiguió, más lejano...

—¡Toneles! ¡Toneles...! ¿Quién vende toneles?

—Le juro —dijo el vizconde— que el canto se aleja en el tonel...

Nos levantamos y fuimos a mirar detrás del tonel...

—¡Es dentro! —decía el señor de Chagny—; ¡es dentro!

Pero ya no oíamos nada..., y nos vimos obligados a atribuirlo al mal estado y a la turbación real de nuestros sentidos...

Volvimos al tapón. El señor de Chagny, con sus dos manos unidas debajo y un último esfuerzo, hizo saltar el tapón.

—¿Qué es eso? —exclamó inmediatamente el vizconde—. No es agua.

El vizconde había acercado sus dos manos llenas a mi linterna... Yo me incliné sobre las manos del vizconde..., y al punto arrojé mi linterna de forma brusca tan lejos que se rompió y se apagó..., y la perdimos.

Lo que acababa de ver en las manos del señor de Chagny... ¡era pólvora!

XXVI

¿Hay que girar el escorpión? ¿Hay que girar el saltamontes?

Fin del relato del Persa

De este modo, bajando al fondo de la bodega, había llegado al fondo de mi aterrador pensamiento. El miserable no me había engañado con sus vagas amenazas contra muchos de aquellos de la raza humana. Al margen de la humanidad, se había construido lejos de los hombres una guarida de animal subterráneo, completamente decidido a llevarse todo por delante, junto con él, en una catástrofe estrepitosa, si los que vivían sobre tierra iban a acosarle al antro donde había refugiado su monstruosa fealdad.

El descubrimiento que acabábamos de hacer nos emocionó tanto que nos hizo olvidar todas nuestras penas pasadas, todos nuestros sufrimientos presentes... Nuestra excepcional situación, incluso aunque hacía un momento nos habíamos encontrado al borde mismo del suicidio, no se nos había presentado aún en todo su espanto. Ahora comprendíamos lo que había querido decir y lo que le había dicho el monstruo a Christine Daaé y lo que significaba la abominable frase: «*¡Sí o no...! ¡Si es no, todo el mundo está muerto y enterrado!*». Sí, enterrado bajo los escombros de lo que había sido la gran Ópera de París... ¿Podía imaginarse crimen más espantoso para dejar el mundo en una apoteosis de horror? Preparada para la tranquilidad de su retiro, la catástrofe iba a servir para vengar los amores del más horrible monstruo que se haya paseado bajo los cielos... «¡Mañana por la noche, a las once, último plazo...!» ¡Ah, qué bien había elegido su hora...! Habría mucha gente en la fiesta..., muchos de los de la raza humana..., arriba..., en los pisos superiores y flamígeros de la casa de música... ¿Qué séquito más hermoso podría soñar para morir...? Iba a bajar a la tumba con los hombros más bellos del mundo, adornados con todas las joyas... ¡Mañana por la noche, a las once...! ¿Cómo no iba Christine Daaé a decir: no? ¿No preferiría casarse con la muerte misma antes que con aquel cadáver viviente? ¿No ignoraba acaso que de su negativa dependía el destino fulminante de muchos de la raza humana...? ¡Mañana por la noche, a las once!

Y, arrastrándonos en medio de las tinieblas, huyendo de la pólvora, tratando de encontrar los escalones de piedra..., porque allá arriba, encima de nuestras cabezas..., la trampilla que lleva a la habitación de los espejos también se ha apagado..., nos repetimos: ¡Mañana por la noche, a las once...!

...Por fin encuentro la escalera..., pero, de pronto, me pongo de pie en el primer escalón porque, de forma súbita, un pensamiento arde en mi cerebro:

¿Qué hora es?

¡Ah!, ¿qué hora es? ¡Qué hora...!, porque, en última instancia, mañana por la noche, a las once, tal vez sea hoy, tal vez sea inmediatamente... ¿Quién podría decirnos la hora que es...? Me parece que estamos encerrados en este infierno hace días y días..., desde hace años..., desde el inicio del mundo... ¡Quizá todo esto salte por los aires ahora mismo...! ¡Ah, un ruido...!, ¡un crujido...! ¿Ha oído, caballero? Allí..., allí..., en aquel rincón..., ¡grandes dioses...!, una especie de ruido de mecánica... Sí... ¡Ah, la luz...!, es tal vez la mecánica la que va a hacer que saltemos... Ya se lo he dicho: un crujido..., ¿está usted sordo?

El señor de Chagny y yo nos pusimos a gritar como locos..., el miedo nos pisa los talones..., subimos la escalera trepando por los escalones... La trampa tal vez se ha cerrado arriba. Tal vez sea esa puerta cerrada la que crea toda esta oscuridad... ¡Ah, salir de la oscuridad, salir de la oscuridad...! Volver a la claridad mortal de la cámara de los espejos.

...Ya hemos llegado a la parte superior de la escalera..., no, la trampa no se ha cerrado, pero ahora la cámara de los espejos está tan oscura como la bodega que abandonamos... Salimos de la bodega..., nos arrastramos por el suelo de la cámara de los tormentos..., el suelo que nos separa de aquel polvorín... ¿Qué hora es...? Gritamos, llamamos... El señor de Chagny clama con todas sus fuerzas: «¡Christine! ¡Christine!»... Y yo llamo a Erik..., le recuerdo que le he salvado la vida... Pero nada nos responde..., solo nuestra propia desesperación..., nuestra propia locura..., ¿qué hora es...? «Mañana por la noche, a las once»... Discutimos..., nos esforzamos por medir el tiempo que hemos pasado en aquel lugar..., pero somos incapaces de razonar... Si pudiéramos ver la esfera de un reloj, con unas agujas caminando...

Mi reloj se ha detenido hace tiempo..., pero el del señor de Chagny todavía funciona... Me dice que le ha dado cuerda al arreglarse para la velada, antes de acudir a la Ópera... Tratamos de deducir de este hecho alguna conclusión que nos permita esperar que aún no hemos llegado al minuto fatal...

...La menor clase de ruido procedente de la trampa que en vano he intentado cerrar nos lanza en medio de la angustia más atroz... ¿Qué hora es...? No tenemos más que una cerilla... Y, sin embargo, habría que saber... Al señor de Chagny se le ocurre romper el cristal de su reloj y palpar las dos agujas... Se produce un silencio, durante el que palpa e interroga a las agujas con la yema de los dedos. La anilla del reloj le sirve de punto de referencia... Estima por la separación de las agujas que tal vez sean las once en punto.

Pero las once que nos hacen temblar, tal vez hayan pasado, ¿no...? Tal vez sean las once y diez minutos..., y entonces tendríamos doce horas al menos por delante.

Y yo, de pronto, grito:

—¡Silencio!

Me ha parecido oír pasos en la morada de al lado.

¡No me he equivocado! Oigo un ruido de puertas, seguido de pasos precipitados. Llaman contra el muro. La voz de Christine Daaé:

—¡Raoul, Raoul!

¡Ah!, exclamamos todos al mismo tiempo, ahora, a un lado y otro de la pared. Christine solloza, no sabía si volvería a encontrar vivo al señor de Chagny... El monstruo ha sido terrible, al parecer. No ha hecho más que delirar mientras esperaba a que ella pronunciara el «sí» que le negaba... Y, sin embargo, ella le prometía aquel «sí» si quería guiarla hasta la cámara de los tormentos... Mas él se había opuesto con obstinación, con amenazas atroces contra todos los de la raza humana... Finalmente, tras horas y horas de aquel infierno, él acababa de salir hacía un momento dejándola sola para reflexionar por última vez...

... ¡Horas y horas...!

—¿Qué hora es? ¿Qué hora es, Christine...?

—¡Son las once...!, ¡las once menos cinco...!

—Pero ¿qué once...?

—Las once que deben decidir sobre la vida o la muerte... Acaba de repetírmelo al irse... —prosigue la voz estertorosa de Christine—. ¡Es espantoso...! Delira y se ha quitado la máscara y sus ojos de oro lanzan llamas. ¡Y no hace más que reír...! Riéndose me ha dicho, como un demonio borracho: «¡Cinco minutos! Te dejo sola por tu pudor bien conocido... No quiero que te ruborices delante de mí cuando me digas "sí", como las novias tímidas... ¡Qué diablos! Uno tiene educación». Ya les he dicho que estaba como un demonio borracho: «¡Toma!», y ha metido la mano en la bolsa de la vida y de la muerte. «¡Toma!», me ha dicho, «aquí tienes la llavecita de bronce que abre los cofres de ébano que están sobre la chimenea de la cámara Luis Felipe... En uno de esos cofres encontrarás un escorpión, y en el otro un saltamontes, animales muy bien imitados en bronce japonés; son animales que dicen sí y no. Es decir, que te bastará con girar el escorpión sobre su eje, en la posición contraria a aquella en que lo hayas encontrado..., esto significará a mis ojos, cuando vuelva a entrar en la cámara Luis Felipe, en la cámara de los esponsales: *sí*... En cuanto al saltamontes, si lo giras, querrá decir *no* a mis ojos, cuando yo vuelva a entrar en la cámara Luis Felipe, en la cámara de la muerte...». ¡Y reía como un demonio borracho! Yo no hacía otra cosa que reclamarle de rodillas la llave de la cámara de los tormentos, prometiéndole ser por siempre su mujer si me la concedía... Pero me dijo que aquella llave no volvería a ser nunca necesaria y que iba a arrojarla al fondo del lago... Luego, riéndose como un demonio borracho, me dejó, diciéndome que no regresaría hasta dentro de cinco minutos, porque sabía lo que se debe, cuando uno es galante, al pudor de las mujeres... Ah, sí, y me gritó además: «¡El saltamontes...!

¡Cuidado con el saltamontes...! Un saltamontes no da vueltas, salta, salta... *¡salta maravillosamente bien...!*».

He tratado de reproducir aquí con frases, palabras entrecortadas y exclamaciones el sentido de las palabras delirantes de Christine... Porque también ella, durante aquellas veinticuatro horas, había debido alcanzar el fondo del dolor humano..., y tal vez había sufrido más que nosotros... Christine se interrumpía a cada instante y nos interrumpía para exclamar: «Raoul, ¿sufres...?». Y tanteaba las paredes, que ahora estaban frías, y preguntaba la razón por la que habían estado tan calientes... Y transcurrieron los cinco minutos y en mi pobre cerebro arañaban con todas sus patas el escorpión y el saltamontes.

Yo había conservado la lucidez suficiente para comprender que, si se giraba el saltamontes, el saltamontes saltaba..., ¡y con él muchos de los de la raza humana! No había duda de que el saltamontes regía alguna corriente eléctrica destinada a hacer saltar el polvorín... Apresuradamente el señor de Chagny, que ahora, desde que había oído la voz de Christine, parecía haber recuperado toda su fuerza moral, explicaba a la joven en qué situación temible nos encontrábamos, nosotros y toda la Ópera... *Tenía que girar el escorpión*, inmediatamente...

Aquel escorpión, que respondía al sí tan deseado por Erik, debería ser algo que tal vez impidiese que se produjera la catástrofe...

—¡Ve, pues, Christine, esposa adorada...! —le ordenó Raoul.

Hubo un silencio.

—Christine —dije yo—, ¿dónde está?

—¡Junto al escorpión!

—¡No lo toque!

Se me había ocurrido la idea —porque conocía a mi Erik— de que el monstruo también había engañado a la joven. Tal vez era el escorpión el que iba a hacer saltar todo. Porque, en última instancia, ¿por qué no estaba él allí? Hacía tiempo que habían transcurrido los cinco minutos..., y no había vuelto... Sin duda, se habría puesto a salvo... Y tal vez esperaba la explosión formidable..., solo esperaba eso... No podía esperar, en verdad, que Christine consintiera en ser su presa voluntaria... ¿Por qué no había regresado...? ¡No toque el escorpión...!

—¡Él...! —exclamó Christine—. ¡Le estoy oyendo...! ¡Ya está aquí...!

. . . .

En efecto, él llegó. Oímos sus pasos, que se acercaban a la cámara Luis Felipe. Se había reunido con Christine. No había pronunciado una palabra...

Entonces yo alcé la voz:

—¡Erik! ¡Soy yo! ¿Me reconoces?

Al oírme, respondió al punto en tono extraordinariamente pacífico:

—*¿No se han muerto ahí dentro...?* Entonces, traten de permanecer tranquilos.

Quise interrumpirle, pero me dijo tan fríamente: «Ni una palabra más, *daroga*, o hago saltar todo», que permanecí petrificado detrás de mi muro.

Y añadió inmediatamente:

—¡Ese honor debe corresponder a la señorita...! La señorita no ha tocado el escorpión —¡qué tranquilo hablaba!—, la señorita no ha tocado el saltamontes —¡con qué espantosa sangre fría!—, pero todavía no es demasiado tarde para hacerlo. Mire, yo abro sin llave, porque soy el experto en trampillas y abro y cierro todo cuanto quiero y como quiero... Abro los cofrecillos de ébano: mire, señorita, en los cofrecillos de ébano... estos bonitos animales... ¡Qué bien imitados están..., qué inofensivos parecen...! Pero el hábito no hace al monje —todo esto lo decía con una voz blanca, uniforme...—. Si se gira el saltamontes, saltamos todos, señorita... Hay bajo nuestros pies pólvora suficiente para hacer saltar todo un barrio de París... Si se gira el escorpión, ¡toda esa pólvora queda anegada...! Con motivo de nuestras bodas, señorita, usted va a hacerles un buen regalo a varios centenares de parisienses que en este momento aplauden una mediocre obra de Meyerbeer... Va a hacerles el regalo de la vida..., porque, señorita, con sus lindas manos —¡qué voz cansada aquella voz!— va a hacer girar el escorpión... ¡Y luego, contentos, nos casaremos!

Hubo un silencio, y a continuación:

—Si dentro de dos minutos, señorita, no ha girado el escorpión..., tengo un reloj... —añadió la voz de Erik—, un reloj que va muy bien..., soy yo el que gira el saltamontes..., y el saltamontes, *eso sí que salta bien...*

Se produjo el silencio, más espantoso por sí solo que todos los demás espantosos silencios. Yo sabía que cuando Erik había adoptado aquella voz pacífica, y tranquila, y cansada, es que estaba al límite, capaz de la fechoría más titánica o de la abnegación más furiosa, y que una sílaba desagradable a su oído podría desencadenar el huracán. En cuanto al señor de Chagny, había comprendido que no quedaba otra salida que rezar, y, de rodillas, rezaba... En cuanto a mí, mi sangre golpeaba con tanta fuerza que hube de ponerme la mano sobre el corazón, por miedo a que estallase... Presentíamos en medio de un horror excesivo lo que pasaba en aquellos segundos supremos por el pensamiento enloquecido de Christine

Daaé..., comprendíamos sus dudas para girar el escorpión... ¿Y si fuera el escorpión el que hacía saltar todo?... ¡Si Erik hubiera decidido sepultarnos a todos con él!

Por fin se dejó oír la voz de Erik, dulce esta vez, de una dulzura angélica:

—Han pasado los dos minutos..., adiós, señorita..., ¡salta, salta, saltamontes!

—Erik —exclamó Christine, que había debido precipitarse sobre la mano del monstruo—, me juras, monstruo, me juras por tu infernal amor que es el escorpión lo que hay que girar...

—Sí, para saltar a nuestras bodas...

—Pues, entonces, saltemos.

—¡A nuestras bodas, inocente niña...! El escorpión abre el baile... Pero estoy harto... ¿No quieres el escorpión? ¡Pues para mí el saltamontes!

—¡Erik!

—¡Basta...!

Yo había unido mis gritos a los de Christine. El señor de Chagny, que continuaba de rodillas, seguía rezando...

—¡Erik! ¡He girado el escorpión...!

. . . .

¡Ay, qué segundo vivimos!

¡Esperando!

Esperando no ser otra cosa que migajas, en medio del trueno y de las ruinas...

A sentir crujir bajo nuestros pies, en el abismo abierto..., cosas..., cosas que podían ser el comienzo de la apoteosis del horror..., porque, por la trampilla abierta a las tinieblas, fauces negras en la noche negra, venía un silbido inquietante, como el primer ruido de un cohete...

...Muy delgado al principio..., y luego más grueso..., luego fortísimo...

¡Pero escuchad! ¡Escuchad! Y retened con las dos manos vuestro corazón presto a saltar con muchos de los de la raza humana.

No era aquel el silbido del fuego.

¿No parecía un cohete de agua...?

¡A la trampilla! ¡A la trampilla!

¡Escuchad! ¡Escuchad!

Aquello empieza a hacer gluglú..., gluglú...

¡A la trampilla! ¡A la trampilla! ¡A la trampilla!

¡Qué frescor!

¡Al frescor! ¡Al frescor! Toda nuestra sed, que había desaparecido al llegar el espanto, vuelve ahora con más fuerza con el ruido del agua.

¡El agua! ¡El agua! ¡El agua que sube...!

Que sube en la bodega, por encima de los toneles, todos los toneles de pólvora (¡Toneles! ¡Toneles...! ¿Quién vende toneles?), ¡el agua!..., ¡el agua hacia la que descendemos con las gargantas abrasadas..., el agua que sube hasta nuestras barbillas, hasta nuestras bocas...!

Y bebemos... En el fondo de la bodega, bebemos, hasta la bodega...

Y, en medio de la noche negra, volvemos a subir la escalera, peldaño a peldaño, la escalera que habíamos bajado en busca de agua y que volvíamos a subir con el agua.

Realmente, la pólvora estaba perdida y bien anegada...

¡Con el agua...! ¡Bonito trabajo...! ¡En la morada del Lago, el agua no se escatima! Si esto sigue así, todo el lago va a entrar en la bodega...

Porque, en verdad, ya no sabemos dónde va a detenerse...

Resulta que hemos salido de la bodega y el agua sigue subiendo...

Y el agua sale también de la bodega, fluye por el suelo... Si continúa así, toda la morada del Lago quedará inundada. El suelo de la cámara de los espejos es un verdadero lago pequeño en el que chapotean nuestros pies. ¡Qué cantidad de agua! Erik tiene que cerrar el grifo: ¡Erik! ¡Erik...! ¡Ya hay suficiente agua para la pólvora! ¡Cierra el grifo! ¡Cierra el escorpión!

Pero Erik no responde... Solo él oye el agua que sube..., ahora nos llega ya a media pierna...

—¡Christine! ¡Christine! El agua nos llega a las rodillas —grita el señor de Chagny.

Pero Christine no responde... solo se oye el agua que sube.

¡Nada, nada en la habitación de al lado...! ¡No hay nadie! ¡No hay nadie para girar el grifo! ¡Nadie para cerrar el escorpión!

Estamos completamente solos, en la oscuridad, con el agua negra que nos abraza, que trepa, que nos hiela. ¡Erik! ¡Erik! ¡Christine! ¡Christine!

Ahora hemos perdido pie y giramos en el agua, arrastrados por un movimiento de rotación irresistible, porque el agua gira con nosotros y chocamos con los espejos negros, que nos rechazan..., y nuestras gargantas alzadas por encima del torbellino aúllan...

¿Vamos acaso a morir aquí? ¿Ahogados en la cámara de los tormentos...? ¡Nunca he visto esto! ¡En la época de las *Horas Rosas de Mazenderán*, Erik nunca me enseñó esto por la ventanita invisible...! ¡Erik, Erik! ¡Yo te salvé la vida! Recuérdalo... ¡Estabas condenado...! ¡Ibas a morir...! ¡Yo te abrí las puertas de la vida...! ¡Erik...!

¡Ay! ¡Girábamos en el agua como restos de un naufragio...!

Pero de pronto cojo con mis manos extraviadas el tronco del árbol de hierro..., y llamo al señor de Chagny..., ya estamos los dos colgados de la rama del árbol de hierro...

¡Y el agua sigue subiendo!

¡Ah, ah! Recordad: ¿qué espacio hay entre la rama del árbol de hierro y el techo en la cúpula de la cámara de los espejos...? ¡Intentad acordaros...! Después de todo, quizá el agua se detenga..., llegará probablemente a su nivel... ¡Mirad...! ¡Parece que se detiene...! ¡No, no, qué horror...! ¡A nado! ¡A nado...! Nuestros brazos que nadan se agarran: ¡nos ahogamos...!, nos debatimos en el agua negra..., apenas podemos respirar el aire negro por encima del agua negra..., el aire que se escapa, que oímos escaparse por encima de nuestras cabezas por no sé qué aparato de ventilación... ¡Ah, demos vueltas y vueltas y más vueltas hasta que hayamos encontrado la boca de aire...! Pegaremos entonces nuestra boca a la boca de aire... Pero las fuerzas me abandonan, trato de agarrarme a los muros... ¡Qué resbaladizas son las paredes de espejo para mis dedos que buscan...! ¡Seguimos girando...! Nos hundimos... ¡Un último esfuerzo...! ¡Un último grito...! ¡Erik...! ¡Christine...! Glu, glu, glu... en los oídos..., glu, glu, glu..., en el fondo del agua negra nuestros oídos hacen gluglú... Y antes de perder completamente el conocimiento me parece oír todavía dos gluglús... «¡Toneles! ¡Toneles...! ¿Quién vende toneles?»

XXVII

El fin de los amores del fantasma

Ahí termina el relato *escrito* que me dejó el Persa. Pese al horror de una situación que parecía consagrarlos definitivamente a la muerte, el señor de Chagny y su acompañante se salvaron gracias a la abnegación sublime de Christine Daaé. Y la boca del *daroga* mismo me contó el resto de la aventura.

Cuando fui a verle, seguía viviendo en su pequeño piso de la calle de Rivoli, frente a las Tullerías. Estaba muy enfermo y yo tenía que recurrir a todo mi ardor de reportero-historiador al servicio de la verdad para decidirle a revivir conmigo el increíble drama. Seguía siendo su viejo y fiel criado Darius quien le servía, y quien me precedía hasta él. El *daroga* me recibía en un rincón de la ventana que da al jardín, sentado en un amplio sillón donde intentaba erguir un torso que no había debido carecer de belleza. Nuestro Persa aún tenía unos ojos magníficos, pero su pobre rostro estaba muy cansado. Se había rasurado completamente la cabeza, que cubría de ordinario con un gorro de astracán; iba vestido con una amplia hopalanda muy sencilla, dentro de cuyas mangas se divertía inconscientemente haciendo girar los pulgares, pero su mente seguía siendo muy lúcida.

No podía recordar los antiguos trances sin verse dominado por cierta fiebre y, a migajas, hube de arrancarle el sorprendente fin de esta extraña historia. A veces, se hacía rogar mucho tiempo para responder a mis preguntas, y otras, exaltado por sus recuerdos, evocaba de forma espontánea delante de mí, con un relieve sobrecogedor, la imagen espantosa de Erik y las terribles horas que el señor de Chagny y él habían vivido en la morada del Lago.

Había que ver el temblor que lo agitaba cuando me pintaba su despertar en la penumbra inquietante de la habitación Luis Felipe..., tras el drama de las aguas... Y este es el fin de la terrible historia, tal como me la contó para que completase el relato escrito que había querido confiarme:

Al abrir los ojos, el *daroga* se había visto tendido sobre una cama... El señor de Chagny estaba tumbado en un canapé, junto al armario de espejo. Un ángel y un demonio velaban sobre ellos...

Tras los milagros e ilusiones de la cámara de los tormentos, la precisión de los detalles burgueses de aquel pequeño cuarto tranquilo parecía haber sido inventada con el designio de desanimar el espíritu del mortal lo bastante temerario como para extraviarse en aquel dominio de la pesadilla viviente. Aquella cama-barco, aquellas sillas de caoba encerada, aquella cómoda y aquellos cobres, el sonido con que aquellos pequeños cuadros de puntilla hecha a ganchillo estaban puestos en el respaldo de los sillones, el péndulo y, a cada lado de la chimenea, los pequeños cofrecillos de apariencia tan inofensiva..., en fin, aquella estantería adornada de conchas, de acericos rojos para los alfileres, de barcos de nácar y de un enorme huevo de avestruz..., todo ello discretamente iluminado por una lámpara con tulipa puesta sobre un velador..., todo aquel mobiliario que era de una fealdad doméstica conmovedora, tan pacífica, tan razonable, *«en el fondo de las cuevas de la Ópera»*, desconcertaba más a la imaginación que cualquiera de las fantasmagorías pasadas.

Y la sombra del hombre de la máscara, en aquel pequeño marco anticuado, preciso y limpio, resultaba más formidable todavía. Se inclinó la sombra hasta el oído del Persa y le dijo en voz baja:

—¿Estás mejor, *daroga*...? ¿Miras mi mobiliario...? Es todo lo que me queda de mi pobre miserable madre...

Y además le dijo cosas que ya no recordaba; pero —y esto le parecía muy singular— el Persa tenía el recuerdo preciso de que, durante esa visión caduca de la habitación Luis Felipe, solo habló Erik. Christine Daaé no decía una palabra; se desplazaba sin ruido y como una hermana de la caridad que hubiera hecho voto de silencio... Traía en una taza un cordial..., o un té humeante... El hombre de la máscara se la cogía de las manos y la tendía al Persa.

En cuanto al señor de Chagny, dormía...

Derramando un poco de ron en la taza del *daroga* y señalándole al vizconde tumbado, Erik dijo:

—Ha vuelto en sí mucho antes de que pudiésemos saber *si usted estaba todavía vivo, daroga*. Se encuentra muy bien... Duerme... No hay que despertarle...

Erik abandonó la habitación un momento y el Persa, incorporándose sobre un codo, miró a su alrededor... Sentada en una esquina de la chimenea distinguió la silueta blanca de Christine Daaé. Le dirigió la palabra..., la llamó..., pero aún estaba muy débil y volvió a caer sobre la almohada... Christine se acercó a él, le puso la mano sobre la frente, luego se alejó... Y el Persa recordó que entonces, al irse, ella no tuvo ni una mirada para el señor de Chagny que, a su lado, cierto, dormía tranquilamente..., y volvió a sentarse en su sillón, en la esquina de la chimenea, silenciosa como una hermana de la caridad que ha hecho voto de silencio...

Erik regresó con unos frasquitos que depositó sobre la chimenea. Y muy bajo, para no despertar al señor de Chagny, le dijo al Persa, tras sentarse a su cabecera y haberle tomado el pulso:

—Ahora los dos estáis a salvo. Y pronto os devolveré a la superficie de la tierra, *para agradar a mi mujer.*

Tras lo cual se levantó, sin más explicaciones, y volvió a desaparecer.

El Persa miraba ahora el perfil tranquilo de Christine Daaé bajo la lámpara. Estaba leyendo un librito de lomo dorado como el que se ve en los libros religiosos. De *La Imitación* hay ediciones así. Y al Persa aún le resonaba en los oídos el tono natural con que el otro había dicho: «Para agradar a mi mujer...».

Muy suavemente, el *daroga* volvió a llamar, pero Christine debía de *leer muy lejos*, porque no oyó...

Regresó Erik..., hizo beber al *daroga* una poción, tras haberle recomendado no volver a dirigir una palabra a «su mujer» ni a nadie, *porque podía ser muy peligroso para la salud de todo el mundo.*

A partir de ese momento, el Persa recuerda todavía la sombra negra de Erik y la silueta blanca de Christine, que seguían deslizándose en silencio por el cuarto y se inclinaban sobre el señor de Chagny. El Persa aún estaba muy débil, y el menor ruido, la puerta del armario de espejo que se abría rechinando, por ejemplo, le daba dolor de cabeza..., y luego se durmió como el señor de Chagny.

Esta vez no debía despertarse sino en su casa, cuidado por su fiel Darius, quien le informó de que la noche anterior le habían encontrado contra la puerta de su piso, donde debía de haber sido trasladado por un desconocido que se preocupó de llamar antes de alejarse.

En cuanto el *daroga* recuperó sus fuerzas y su responsabilidad, envió en busca de noticias del vizconde al domicilio del conde Philippe.

Le contestaron que el joven no había aparecido y que el conde Philippe había muerto. Habían encontrado su cadáver en la orilla del lago de la Ópera, del lado de la calle Scribe. El Persa se acordó de la misa fúnebre a la que asistiera tras el muro de la cámara de los espejos y no dudó ya del crimen ni del criminal. Conociendo a Erik, reconstruyó el drama, ¡ay!, sin esfuerzo. Tras haber creído que su hermano había raptado a Christine Daaé, Philippe se precipitó en su persecución por la ruta de Bruselas, donde sabía que todo estaba preparado para semejante aventura. Al no encontrar a los jóvenes, había regresado a la Ópera y, recordando las extrañas confidencias de Raoul sobre su fantástico rival, supo que el vizconde lo había intentado todo para penetrar en los sótanos del teatro y, por último, que había desaparecido, dejando su sombrero en el camerino de la diva, junto a una caja de pistolas. Y el conde, que ya no dudaba de la locura de su hermano, se había lanzado a su vez en aquel infernal laberinto subterráneo. A ojos del Persa, ¿se necesitaba más para terminar encontrando el cadáver del conde a orillas del lago, donde vigilaba el canto de la sirena, la sirena de Erik, aquella portera del lago de los Muertos?

Por eso el Persa no vaciló. Aterrado por aquella nueva fechoría, y sin poder seguir en la incertidumbre en que se hallaba sobre el destino definitivo del vizconde y de Christine Daaé, se decidió a contarle todo a la justicia.

Pero la instrucción del caso se había confiado al señor juez Faure y fue en casa de este donde llamó. Puede sospecharse la forma en que un espíritu escéptico, pedestre, superficial (lo digo como lo pienso) y en modo alguno preparado para semejante confidencia, recibió la declaración del *daroga*. Este fue tratado como un loco.

Perdiendo la esperanza de hacerse oír alguna vez, el Persa se puso entonces a escribir. Dado que la justicia no quería su testimonio, tal vez la prensa lo aceptaría, y acababa de trazar cierta noche la última línea del relato que fielmente he transcrito aquí cuando su criado Darius le anunció un extranjero que no había dicho su nombre, cuyo rostro resultaba imposible ver y que había declarado simplemente que no abandonaría el lugar hasta haber hablado con el *daroga*.

Presintiendo inmediatamente la personalidad de aquel singular visitante, el Persa ordenó que lo introdujeran en el acto.

El *daroga* no se había equivocado.

¡Era el fantasma! ¡Era Erik!

Parecía muy débil y se apoyaba en la pared como si temiera caer... Tras quitarse el sombrero, mostró una frente de palidez de cera. El resto del rostro estaba oculto por la máscara.

El Persa se había erguido ante él.

—Asesino del conde Philippe, ¿qué has hecho de su hermano y de Christine Daaé?

Ante este apóstrofe formidable, Erik vaciló y

guardó un instante de silencio; luego, después de arrastrarse hasta un sillón, se dejó caer en él lanzando un profundo suspiro. Y allí dijo con cortas frases, con breves palabras, con aliento escaso:

—*Daroga*, no me hable del conde Philippe... Estaba muerto..., ya..., cuando salí de mi casa..., estaba muerto... ya... cuando... la sirena cantó..., fue un accidente..., un triste..., un... lamentablemente triste... accidente... ¡Se cayó de forma torpe, simple y natural en el lago...!

—¡Mientes! —exclamó el Persa.

Entonces Erik inclinó la cabeza y dijo:

—No vengo aquí... para hablarte del conde Philippe..., sino para decirte que... voy a morir...

—¿Dónde están Raoul de Chagny y Christine Daaé?

—Voy a morir.

—¿Raoul de Chagny y Christine Daaé?

—... de amor..., *daroga*..., voy a morir de amor..., así es..., ¡la amaba tanto...! Y la sigo amando, *daroga*, porque muero por ella, como te digo. Si supieras qué bella estaba cuando me permitió besarla *viva*, por su salvación eterna... Era la primera vez, *daroga*, la primera vez, ¿oyes?, que yo besaba a una mujer... Sí, viva, la besé estando viva y estaba hermosa como una muerta...

El Persa se había levantado y había osado tocar a Erik. Le zarandeó por el brazo.

—¿Vas a decirme de una vez si está muerta o viva?

—¿Por qué me zarandeas así?... —respondió Erik haciendo un esfuerzo—. Te digo que soy yo el que va a morir..., sí, la besé viva...

—Y ahora ¿está muerta?

—Te repito que la besé así en la frente..., y que ella no apartó su frente de mi boca... ¡Ah, es una joven honesta! En cuanto a si está muerta, no lo creo, aunque eso no me afecte... ¡No, no, no está muerta! Y solo faltaría que me enterase de que alguien ha tocado un pelo de su cabeza. Es una joven valiente y honesta que te salvó la vida, para colmo, *daroga*, en un momento en que yo no habría dado dos céntimos por tu piel de persa. En el fondo, de ti nadie se preocupaba. ¿Por qué estabas allí con aquel jovencito? Ibas a morir además. Palabra que ella me suplicaba por su jovencito, pero yo le contesté que, dado que había girado el escorpión, por ese hecho y por su buena voluntad yo me había convertido en su prometido y que ella ya no necesitaba tener dos, cosa bastante justa; en cuanto a ti, tú no existías, no existías ya, te lo repito, e ibas a morir con el otro prometido. Pero, escúchame bien, *daroga*, cuando gritabais como posesos debido al agua, Christine vino a mí, con sus grandes ojos abiertos, y me juró, por su salvación eterna, que consentía *en ser mi mujer viva*. Hasta entonces, en el fondo de sus ojos, *daroga*, siempre había visto yo a mi mujer muerta; era la primera vez que veía en ellos a *mi mujer viva*. Era sincera, dado que juraba por su salvación eterna. No se mataría. Asunto concluido. Medio minuto más tarde, todas las aguas habían vuelto al lago y yo estiraba tu lengua, *daroga*, porque creí, palabra, que te quedabas allí... En fin... Estaba decidido que yo debía transportaros a los dos a vuestra casa en la superficie de la tierra. Por último, cuando me dejasteis libre el suelo de la habitación Luis Felipe, volví a ella completamente solo.

—¿Qué habías hecho del vizconde Chagny? —le interrumpió el Persa.

—Ah, tienes que comprender una cosa, *daroga*, no iba a devolverle así como así a la superficie... Era un rehén... Pero tampoco podía conservarlo en la morada del Lago, debido a Christine; entonces lo encerré en un lugar muy confortable, lo encadené limpiamente (el perfume de Mazenderán le había vuelto débil de carácter) en el panteón de los *comuneros* que está en la parte más desierta de la más lejana bodega de la Ópera, debajo del quinto sótano, adonde nadie va nunca y desde donde no se puede oír a nadie. Muy tranquilo, volví junto a Christine. Ella me esperaba...

En este punto de su relato, parece que el fantasma se levantó de forma tan solemne que el Persa, que había vuelto a su lugar en el sillón, hubo de levantarse también, como si obedeciera al mismo movimiento y dándose cuenta de que era imposible permanecer sentado en un momento tan solemne, e incluso (me lo dijo el Persa mismo) se quitó, aunque tenía la cabeza afeitada, su gorro de astracán.

—Sí, ella me esperaba... —continuó Erik, que se puso a temblar como una hoja, pero a temblar con una verdadera emoción solemne—, me esperaba muy erguida, viva, como una verdadera novia viviente, por su salvación eterna... Y cuando avancé, más tímido que un niño pequeño, no escapó..., no, no..., se quedó..., me esperó..., creo, incluso, *daroga*, que un poco..., oh, no mucho..., pero que un poco, como una novia viva..., que adelantó la frente un poco... Y..., y..., yo la... besé... ¡Yo..., yo..., yo...! ¡Y ella no murió...! Permaneció de forma completamente natural a mi lado, después de besarla así..., en la frente... ¡Ay, *daroga*, qué bueno es besar a alguien...! Tú no lo puedes saber..., pero yo..., yo... Mi madre, *daroga*, mi pobre miserable madre nunca quiso que yo la besara... Ella escapaba..., arrojándome mi máscara..., ninguna otra mujer..., nunca..., nunca... ¡Ay, ay, ay...! Ante una felicidad como aquella, lloré... Y caí llorando a sus pies... y le besé los pies, sus piececitos, llorando... También tú lloras, *daroga*, y también ella lloraba..., el ángel lloró...

A medida que contaba esto, Erik sollozaba y el Persa, en efecto, no había podido contener sus lágrimas ante aquel hombre enmascarado que, con los hombros sacudidos y las manos en el pelo, lanzaba al mismo tiempo estertores de dolor y de ternura.

—... ¡Oh, *daroga*, sentí correr sus lágrimas sobre mi frente por mí! ¡Por mí! Eran cálidas..., y dulces..., sus lágrimas corrían por todas partes debajo de mi máscara, se mezclaban con mis propias lágrimas en mis ojos..., corrían hasta mi boca... ¡Ay, sus lágrimas..., por mí! Escucha, *daroga*, escucha lo que hice... Me quité la máscara para no perder una sola de sus lágrimas... ¡Y ella no huyó...! ¡Ni murió...! Siguió viva, llorando..., sobre mí..., conmigo... ¡Lloramos juntos...! ¡Señor del cielo, me habéis dado toda la felicidad del mundo...!

Y Erik se había desmoronado, lanzando estertores, sobre el sillón.

—¡Ay, no voy a morir aún..., inmediatamente..., pero déjame llorar! —le había dicho al Persa.

Al cabo de un instante, el Hombre de la máscara prosiguió:

—Escucha, *daroga*..., escucha bien esto..., mientras yo estaba a sus pies... oí que decía: «*¡Po-*

bre desventurado de Erik!», ¡y me cogió la mano...! Como comprenderás, yo no era ya otra cosa que un pobre perro dispuesto a morir por ella..., como te lo digo, *daroga*. Figúrate que yo tenía en la mano un anillo, un anillo de oro que yo le había dado..., una alianza... Se la puse en su manita y le dije: «Toma, coge esto..., coge esto para ti... y para él... Será mi regalo de bodas..., el regalo del *pobre desventurado de Erik*... Sé que amas a ese joven..., no llores más...». Con una voz muy dulce ella me preguntó qué quería decir; entonces le hice comprender, y ella comprendió enseguida que yo no era para ella más que un pobre perro dispuesto a morir..., pero que ella, que ella podría casarse con el joven cuando quisiera, porque había llorado conmigo... Ay, *daroga*..., piensa que cuando le decía esto era como si desgarrase tranquilamente mi corazón en cuatro trozos, pero había llorado conmigo... y había dicho: «¡Pobre desventurado de Erik!».

Era tanta la emoción de Erik que hubo de advertir al Persa que no le mirase, porque se ahogaba y se veía en la necesidad de quitarse la máscara. A este propósito, el *daroga* me contó que había ido a la ventana y que la había abierto con el corazón sublevado de piedad, pero teniendo mucho cuidado de mirar la cima de los árboles del jardín de las Tullerías para no encontrarse con la cara del monstruo.

—Fui entonces a liberar al joven —prosiguió Erik— y le dije que me siguiera junto a Christine... Delante de mí, en la cámara Luis Felipe, se abrazaron... Christine tenía su anillo... Hice jurar a Christine que, cuando yo estuviera muerto, una noche ella vendría, pasando por el lago de la calle Scribe, a enterrarme con gran secreto con el anillo que habría llevado hasta ese minuto..., le dije cómo encontraría mi cuerpo y lo que tenía que hacer... Entonces Christine me besó por primera vez en la frente... (¡no mires, *daroga*!), aquí, en la frente..., en mi frente... (¡no mires, *daroga*!), y luego los dos se fueron... Christine ya no lloraba..., solo yo lloraba, *daroga*, *daroga*... ¡Si Christine cumple su juramento, pronto volverá...!

Y Erik se había callado. El Persa no le hizo ninguna pregunta más. Se había tranquilizado sobre el destino de Raoul de Chagny y de Christine Daaé, y ninguno de los de la raza humana habría podido, tras haberle oído esa noche, poner en duda la palabra de Erik, que lloraba.

El monstruo se había vuelto a poner la máscara y había reunido sus fuerzas para despedirse del *daroga*. Le anunció que, cuando sintiera cercano su fin, le enviaría, en agradecimiento al bien que le hiciera en otro tiempo, lo que más quería en el mundo: todos los papeles que Christine Daaé escribió durante esta aventura para Raoul, y que había dejado a Erik, y algunos objetos que procedían de ella, dos pañuelos, un par de guantes y un lazo de zapato. A una pregunta del Persa, Erik le informó que, nada más verse libres, los dos jóvenes habían decidido ir en busca de un sacerdote a algún lugar apartado donde ocultarían su felicidad y que, con tal designio, habían tomado «la estación del Norte del Mundo». Finalmente, Erik contaba con el Persa para que anunciara su muerte a los dos jóvenes tan pronto como este recibiera las reliquias y los papeles prometidos. Para ello debería pagar una gacetilla en los anuncios necrológicos del periódico *L'Époque*.

Aquello era todo.

El Persa había conducido a Erik hasta la puerta de su piso, y Darius le había acompañado hasta la acera sosteniéndole. Le esperaba un simón en el que Erik montó. El Persa, que había regresado a la ventana, le oyó decir al cochero: «A la explanada de la Ópera».

Luego el simón se había perdido en la noche. El Persa había visto por última vez al pobre desventurado de Erik.

Tres semanas más tarde, el periódico *L'Époque* publicaba esta gacetilla necrológica:

ERIK HA MUERTO.

Epílogo

Tal es la verídica historia del fantasma de la Ópera. Como anunciaba al principio de esta obra, ahora ya no se puede dudar de que Erik vivió realmente. Hoy hay demasiadas pruebas de esa existencia al alcance de quien quiera para poder seguir, *razonablemente*, los hechos y los gestos de Erik a través de todo el drama de los Chagny.

No es preciso repetir aquí cuánto apasionó a la capital este caso. Aquella artista raptada, el conde de Chagny muerto en condiciones tan excepcionales, su hermano desaparecido, y el triple sueño de los empleados de la iluminación de la Ópera... ¡Qué dramas! ¡Qué pasiones! ¡Qué crímenes se habían desarrollado en torno al idilio de Raoul y la dulce y encantadora Christine...!

¿Qué había sido de la sublime y misteriosa cantante de quien la tierra no debía volver a oír hablar nunca...? La imaginaron víctima de la rivalidad de los dos hermanos, y a nadie se le ocurrió lo que había pasado: nadie comprendió que, dado que Raoul y Christine habían desaparecido juntos, los dos prometidos se habían retirado lejos del mundo para saborear una felicidad que no habrían querido hacer pública tras la muerte inexplicada del conde Philippe... Un día tomaron un tren en la estación del Norte del Mundo... También yo un día tome tal vez el tren en esa estación y vaya a buscar, alrededor de tus lagos, ¡oh, Noruega!, ¡oh, silenciosa Escandinavia!, las huellas quizá vivas todavía de Raoul y de Christine, y también de la tía Valérius, que desapareció al mismo tiempo... ¿Oiré tal vez un día, con mis propios oídos, al Eco solitario del Norte del mundo repetir el canto de aquella que conoció al Ángel de la música...?

Mucho después de que el caso fuera archivado, gracias a los inteligentes cuidados del señor juez de instrucción Faure, la prensa seguía intentando penetrar de vez en cuando en el misterio... y continuaba preguntándose dónde estaba la mano monstruosa que había preparado y ejecutado tan inauditas catástrofes. (Crimen y desaparición.)

Un periódico amarillo, que estaba al corriente de todos los comadreos de entre bastidores, fue el único que escribió:

«Esa mano es la del fantasma de la Ópera».

Y, naturalmente, aún lo hacía en tono irónico.

Solo el Persa, a quien nadie había querido escuchar, y que, tras la visita de Erik, no repitió su primera tentativa con la Justicia, poseía toda la verdad.

Y ya tenía en su poder las pruebas principales que le habían llegado con las piadosas reliquias anunciadas por el fantasma...

Me correspondía a mí completar, con la ayuda del propio *daroga*, esas pruebas. Le puse, día a día, al corriente de mis investigaciones, y él las guiaba. Hacía años que no había vuelto a la Ópera, pero había conservado del monumento un recuerdo muy preciso y no había mejor guía en el mundo para hacerme descubrir los rincones más escondidos. Fue también él quien me indicó las fuentes a que podía acudir, y los personajes a quienes debía interrogar; fue él quien me impulsó a llamar a la puerta del señor Poligny cuando ya el pobre hombre estaba casi en la agonía. No sabía que fuera tan bajo y nunca olvidaré el efecto que produjeron en él mis preguntas sobre el fantasma. Me miró como si viese al diablo y solo me respondió con algunas frases sin ilación, que atestiguaban sin embargo (eso era lo esencial) cuánta perturbación había causado el F. de la Ó. en aquella vida ya muy agitada (el señor de Poligny era lo que se ha convenido en denominar un vividor).

Cuando conté al Persa el escaso resultado de mi visita al señor Poligny, el *daroga* sonrió vagamente y me dijo: «Poligny nunca supo hasta qué punto le hizo "andar" aquel extraordinario crápula de Erik —el Persa hablaba unas veces de Erik como de un dios, otras como de un vil canalla—. Poligny era supersticioso y Erik lo sabía. Erik sabía también muchas cosas sobre los asuntos públicos y privados de la Ópera».

Cuando el señor Poligny oyó que una voz misteriosa le contaba, en el palco n.º 5, el empleo que hacía de su tiempo y de la confianza de su socio, no preguntó nada más. Fulminado al principio como por una voz del Cielo, se creyó condenado, y luego, como la voz le pedía dinero, vio finalmente que era engañado por un maestro cantor del que el propio Debienne fue víctima. Los dos, hartos ya de su dirección por numerosas razones, se fueron sin tratar de conocer a fondo la personalidad de aquel extraño F. de la Ó., que les había hecho llegar un pliego de condiciones tan singular. Legaron todo el misterio a la dirección siguiente lanzando un gran suspiro de satisfacción, liberados de una historia que les había intrigado mucho sin hacer reír a ninguno de los dos.

Así se expresó el Persa sobre los señores Debienne y Poligny. A este propósito, le hablé de sus sucesores, y me sorprendió que en las *Memorias de un Director*, del señor Moncharmin, se hablase de forma tan completa de los hechos y gestos del F. de la Ó. en la primera parte, para llegar luego a no decir nada o muy poco en la segunda. A lo que el Persa, que conocía esas *Memorias* como si las hubiera escrito, me hizo observar que encontraría la explicación de todo el caso si me molestaba en reflexionar en las escasas líneas que, en la segunda parte de esas *Memorias*, Moncharmin tuvo a bien consagrar todavía al fantasma. Transcribo a continuación esas líneas que, además, nos interesan de modo muy particular, puesto que en ellas se relata la sencilla forma con que concluye la famosa historia de los veinte mil francos.

«A propósito del F. de la Ó. —es el señor Moncharmin quien habla—, algunas de cuyas singulares fantasías he narrado aquí mismo, al comienzo de mis *Memorias*, solo quiero añadir una cosa, que redimió con un hermoso gesto todas las molestias que había causado a mi querido colaborador y, debo confesarlo, a mí mismo. Juzgó sin duda que había límites a todas las bromas, sobre todo cuando cuestan tan caras y cuando el comisario de policía está "tras sus pasos", porque en el minuto mismo en que citamos al señor Mifroid a nuestro despacho para contarle toda la historia, pocos días después de la desaparición de Christine Daaé, hallamos en el escritorio de Richard, en un bonito sobre en el que se leía, con tinta roja: *De parte del F. de la Ó.*, las sumas bastante importantes que había logrado hacer salir momentáneamente, y a modo de juego, de la caja de dirección. Richard opinó que debíamos detenernos allí y no seguir adelante. Consentí en ser de la opinión de Richard. Y bien está todo lo que bien acaba. ¿No es así, querido F. de la Ó.?»

Evidentemente, Moncharmin, sobre todo después de esa devolución, seguía creyendo que había sido juguete por un momento de la imaginación burlesca de Richard, como por su parte Richard nunca dejó de creer que Moncharmin se había entretenido inventando todo el caso del F. de la Ó. para vengarse de algunas bromas.

¿No era el momento de pedir al Persa que me enseñase el artificio con que el fantasma hacía desaparecer veinte mil francos en el bolso de Richard, a pesar del imperdible? Me respondió que no había meditado en ese ligero detalle, pero que, si yo tenía a bien «trabajar» en los lugares mismos de los hechos, debería encontrar la clave del enigma en el despacho de dirección, recordándome que Erik no había sido apodado *el experto en trampillas por nada*. Y prometí al Persa dedicarme, tan pronto como tuviera tiempo, a útiles investigaciones por ese lado. Acto seguido, debo decir al lector que los resultados de tales investigaciones fueron perfectamente satisfactorios. No creía, en verdad, descubrir tantas pruebas innegables sobre la autenticidad de los fenómenos atribuidos al fantasma.

Y conviene que se sepa que los papeles del Persa, los de Christine Daaé, las declaraciones que me fueron hechas por los antiguos colaboradores de los señores Richard y Moncharmin y por la pequeña Meg misma (por desgracia, la excelente señora Giry ya había fallecido) y por la Sorelli, que ahora está retratada en Louveciennes, conviene, decía, que se sepa que todo esto, que constituye las piezas documentales de la existencia del fantasma de la Ópera, se encuentra controlado por varios descubrimientos importantes de los que con toda justicia puedo sentirme orgulloso.

Si no he podido encontrar la morada del Lago, dado que Erik condenó definitivamente todas sus entradas secretas (y aún estoy seguro de que sería fácil penetrar en ella si procediesen a secar el lago, como varias veces he pedido a la administración de Bellas Artes),[1] no por ello he

1. Hablaba yo incluso de ese asunto cuarenta y ocho horas antes de la aparición de esta obra, con el señor Dujar-

dejado de descubrir el pasillo secreto de los comuneros, cuya pared de tablas se cae a pedazos por algunas partes: del mismo modo, he descubierto la trampilla por la que el Persa y Raoul bajaron a los sótanos del teatro. He descubierto, en el calabozo de los comuneros, muchas iniciales trazadas sobre los muros por los desventurados que en él fueron encerrados, y, entre esas iniciales, una R y una C. ¿R C? ¿No resulta significativo? ¡Raoul de Chagny! Las letras todavía son hoy muy visibles. Por supuesto, no me he detenido ahí. En el primer y tercer sótanos, puse en movimiento dos trampillas de un sistema pivotante, completamente desconocidas de los tramoyistas, que no utilizan trampillas de deslizamiento horizontal.

Finalmente puedo decir al lector, con pleno

din-Beaumetz, nuestro simpatiquísimo subsecretario de Estado para Bellas Artes, que me ha dado alguna esperanza, y le decía que era deber del Estado acabar de una vez con la leyenda del fantasma para restablecer sobre bases indiscutibles la curiosísima historia de Erik. Para ello sería preciso, y supondría la coronación de mis trabajos personales, encontrar la morada del Lago, en la que tal vez se hallen todavía tesoros para el arte musical. Ya no cabe la menor duda de que Erik fue un artista incomparable. ¿Quién nos dice que no encontraremos en la morada del Lago la famosa partitura de su *Don Juan triunfante*? *(Nota del autor.)*

conocimiento de causa: «Visite un día la Ópera, pida que le dejen pasear por ella en paz, sin cicerone estúpido, entre en el palco n.º 5 y golpee en la enorme columna que separa ese palco del proscenio; golpee con su bastón o con su puño y escuche... a la altura de su cabeza: *¡la columna suena a hueco!* Y tras eso, no se asombre de que pueda estar habitada por la voz del fantasma; hay en esa columna sitio para dos hombres. Y si le sorprende que durante los fenómenos del palco n.º 5 nadie se haya fijado en esa columna, no olvide que ofrece el aspecto de mármol macizo y que la voz que se había encerrado parecía venir del lado opuesto (porque la voz del fantasma ventrílocuo venía de donde él quería). La columna fue labrada, esculpida, hecha de recovecos y más recovecos por el cincel del artista. No pierdo la esperanza de descubrir un día el trozo de escultura que debía bajarse y subirse a voluntad, para dejar libre y misterioso paso a la correspondencia del fantasma con la señora Giry y a sus liberalidades. Cierto que todo esto que yo he visto, olido y palpado no es nada al lado de lo que, en realidad, un ser enorme y fabuloso como Erik debió de crear en el misterio de un monumento como el de la Ópera, pero daría todos mis descubrimientos a cambio del que he logrado hacer, delante del propio administrador, en el despacho del director, a unos centímetros del sillón: una trampilla, de la longitud de una hoja del *parquet*, de la longitud de un antebrazo, no más..., una trampilla que se cierra como la tapa de un arcón, una trampilla por la que veo salir una mano que trabaja con destreza en el faldón de un frac que cuelga...

¡Por ahí es por donde salieron los cuarenta mil francos...! Y también por ahí, gracias a algún intermediario, habían vuelto...

Cuando le hablaba al Persa de ello con emoción muy comprensible, le dije:

—Dado que terminaron volviendo los cuarenta mil francos, ¿se divertía simplemente Erik haciéndose el gracioso con su pliego de condiciones...?

Él me contestó:

—¡No lo crea...! Erik necesitaba dinero. Creyéndose al margen de la humanidad, no le importunaban los escrúpulos y se servía de los dones extraordinarios de astucia e imaginación que había recibido de la naturaleza como compensación a la atroz fealdad con que le había dotado, para explotar a los humanos, y esto a veces de la forma más artística del mundo, porque el truco valía a menudo su peso en oro. Si devolvió los cuarenta mil francos por propia voluntad a los señores Richard y Moncharmin es porque, en el momento de la devolución, *no los necesitaba*. Había renunciado a su matrimonio con Christine Daaé. Había renunciado a todas las cosas existentes en la superficie de la tierra.

Según el Persa, Erik era oriundo de una pequeña aldea de los alrededores de Ruan. Era hijo de un maestro de obras de albañilería. A hora temprana huyó del domicilio paterno, donde su fealdad era objeto de horror y de espanto para sus padres. Durante algún tiempo se había exhibido por las ferias, donde su empresario le mostraba como «muerto viviente». Había debido cruzar Europa de feria en feria y completar su extraña educación de artista y mago en el manantial mismo del arte y de la magia, entre zíngaros. Había todo un período de la existencia de Erik sumido en la oscuridad. Se le encuentra de nuevo en la feria de Nizhni-Nóvgorod, donde se presentaba en toda su horrible gloria. Cantaba ya como nadie en el mundo ha cantado nunca; hacía de ventrílocuo y se entregaba a juegos malabares extraordinarios de los que, a su regreso a Asia, se hacían lenguas las caravanas a lo largo de su camino. Así fue como su fama traspasó los muros del palacio de Mazenderán, donde la pequeña sultana, favorita del *shahinshah*, se aburría. Un mercader de pieles, que se dirigía a Samarcanda, y que volvía de Nizhni-Nóvgorod, refirió los milagros que había visto bajo la tienda de Erik. Llamaron al mercader a palacio, y el *daroga* de Mazenderán hubo de interrogarle. Luego le encargaron al *daroga* buscar a Erik. Lo llevó a Persia, donde durante algunos meses hizo y deshizo como le vino en gana, según decimos en Europa. Cometió así infinidad de horrores, porque no parecía conocer ni el bien ni el mal, y cooperó en algunos hermosos asesinatos políticos tan tranquilamente como combatió, con invenciones diabólicas, al emir de Afganistán, en guerra con el Imperio. El *shahinshah* se hizo amigo suyo. Es en ese momento donde hay que situar las *Horas Rosas de Mazenderán*, de las que nos ha hecho un apunte el relato del *daroga*. Como Erik tenía ideas arquitectónicas completamente personales y concebía un palacio como un prestidigitador, puede imaginar un cofre de trucos, el *shahinshah* le encargó una construcción de ese tipo, que llevó a término y que, al parecer, era tan ingeniosa que Su Majestad podía pasear por todas partes sin ser visto y desaparecer sin que fuera posible distinguir el artificio con que lo conseguía. Cuando el *shahinshah* se vio dueño de semejante joyel ordenó, como había hecho cierto zar con el genial arquitecto de una iglesia de la Plaza Roja, en Moscú, que reventasen a Erik sus ojos de oro. Pero pensó que, incluso ciego, Erik podría construir para otro soberano una morada igual de inaudita que la suya, y finalmente, que mientras Erik estuviera vivo existía alguien que conocía el secreto del maravilloso palacio. Se decidió la muerte de Erik, así como la de todos los obreros que habían trabajado a sus órdenes. Se encargó al *daroga* de Mazenderán la ejecución de esa orden abominable. Erik le había prestado algunos servicios y le había hecho reír mucho. Le salvó procurándole los medios de huida. Pero a punto estuvo de pagar con su cabeza esa debilidad generosa. Por suerte para el *daroga*, encontraron en la ribera del mar Caspio un cadáver medio comido por los pájaros marinos y que pasó por el de Erik, debido a que unos amigos del *daroga* habían vestido aquellos despojos con efectos pertenecientes al propio Erik. El *daroga* fue liberado a cambio de la pérdida del favor del *shahinshah*, de sus bienes y del exilio. El Tesoro persa, sin embargo, siguió dándole, porque el *daroga* descendía de la raza real, una pequeña renta de unos centenares de francos al mes, y fue entonces cuando vino a refugiarse a París.

En cuanto a Erik, había pasado al Asia Menor, luego había ido a Constantinopla, donde había entrado al servicio del sultán. Haré comprender los servicios que pudo prestar a un soberano al que acosaban todos los terrores diciendo que fue Erik quien construyó todas las famosas trampillas y cámaras secretas y cajas de caudales misteriosas que se encontraron en Yildiz-Kiosk, tras la última revolución turca. También fue a él[2] a quien se le ocurrió fabricar unos autómatas vestidos como el príncipe y tan parecidos a él que confundieron al propio príncipe, autómatas que hacían creer que el jefe de los creyentes estaba en un lugar, despierto, mientras que dormía en otro sitio.

Naturalmente, hubo de abandonar el servicio del sultán por las mismas razones por las que había tenido que huir de Persia. Sabía demasiadas cosas. Entonces, muy cansado de su aventurera, formidable y monstruosa vida, quiso convertirse en alguien *como todo el mundo*. Y se hizo maestro de obras, como un maestro de obras normal que construye casas para todo el mundo, con ladrillos ordinarios. Licitó ciertos trabajos de cimentación en la Ópera. Cuando se vio en los sótanos de un teatro tan vasto, su carácter artístico, fantasioso y *mágico*, lo dominó. Además, ¿no seguía siendo igual de feo? Soñó con crearse una morada desconocida para el resto de la tierra que le ocultase por siempre de la mirada de los hombres.

Ya se sabe y se adivina lo que ocurrió después. Está inscrito a lo largo de esta increíble y sin em-

2. Entrevista de Mehmet-Alí, bey, al día siguiente de la entrada de las tropas de Salónica en Constantinopla, por el enviado especial del *Matin*. *(Nota del autor.)*

bargo verídica aventura. ¡Pobre desventurado de Erik! ¿Hay que compadecerle? ¿Hay que maldecirle? Solo pedía ser uno más, como todo el mundo. Pero era demasiado feo. Y hubo de ocultar su genio o *hacer trucos*, cuando con un rostro normal hubiera sido uno de los seres más nobles de la raza humana. Tenía un corazón capaz de contener el imperio del mundo, y en última instancia hubo de contentarse con una cueva. ¡Decididamente hay que compadecer al fantasma de la Ópera!

Pese a sus crímenes, he rezado sobre sus despojos y ojalá Dios se haya apiadado de él. ¿Por qué hizo Dios un hombre tan feo?

Estoy seguro, completamente seguro, de haber rezado sobre su cadáver, el otro día, cuando le sacaron de la tierra, en el lugar mismo en que se enterraban las voces vivientes; era su esqueleto. No fue por la fealdad de la cabeza por lo que le reconocí, porque, cuando están muertos desde hace tanto tiempo, todos los hombres son feos, sino por el anillo de oro que llevaba y que Christine Daaé había deslizado en su dedo, antes de sepultarle, como le había prometido.

El esqueleto se hallaba muy cerca de la fuentecilla, en ese lugar en el que por primera vez, cuando la arrastró a los sótanos del teatro, el Ángel de la música había sostenido en sus brazos temblorosos a Christine Daaé desmayada.

Y ahora, ¿qué se va a hacer con ese esqueleto? ¿Lo arrojarán a la fosa común...? Yo afirmo que el lugar del esqueleto del fantasma de la Ópera está en los archivos de la Academia Nacional de Música; no es un esqueleto ordinario.

AUSTRAL MÍNIMA reúne las obras más emblemáticas de la literatura universal en un formato especial que te permitirá llevarlas siempre contigo.

TÍTULOS DE LA COLECCIÓN:

Las flores del mal, Charles Baudelaire
Cumbres borrascosas, Emily Brontë
Canción de Navidad, Charles Dickens
La metamorfosis, Franz Kafka
El fantasma de la Ópera, Gaston Leroux
1984, George Orwell

AUSTRAL

www.australeditorial.com

www.planetadelibros.com